불놀이

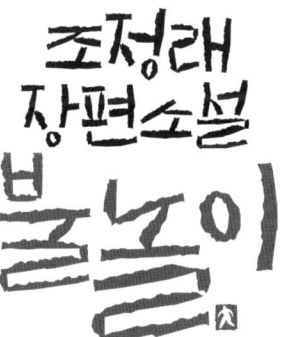

조정래 장편소설
불놀이

해냄

| 작가의 말 |

어리석은 모성애

 독자들이 작가들에게 흔히 하는 질문 중의 하나가 '당신이 꼽는 대표작은 어떤 것인가' 하는 것이다. 그런데 그 대답을 흔쾌하게 하는 작가들은 많지 않다. 왜냐하면 그 정답은 '열 손가락 깨물어 아프지 않은 손가락 없다'는 우리의 속담이기 때문이다. 그 모성애가 곧 자기 작품에 대한 순정이고 창작의 열정일 것이다. 그러므로 독자들의 그런 질문이나, 작가들의 그런 모성애나 어리석기는 마찬가지 아닐까.
 『불놀이』의 탄생을 꼽아보니 어느덧 30여 년의 세월이 흘렀다. 네 편의 독립된 중편이면서, 전체적으로는 통일된 장편이 되도록 구성된 『불놀이』를 지금 독자들은 어떻게 생각할까. 녹슬었거나 낡았다고 느끼지는 않을 것 같다. 민족의 숙원이고 비원인 통일이 언제일지 모를 분단 상황의 지속과 함께. 이런 일방적인 생각이 작가의 어리석은 모성애라는 것을 금세 눈치 채시리라.

『불놀이』는 그동안 여러 나라 말로 번역되었다. 영어·불어·독어로 번역되었고, 지금 중국어·스웨덴어로 번역하고 있다. 번역 운이 좋은 작품인지, 내 초창기 문학의 대표작으로 꼽힌 것인지 잘 모르겠다.

새 옷차림으로 책을 꾸민 해냄의 노고에 감사드리며, 새 독자들을 많이 만나기를 소망한다.

2010년 11월

| 차례 |

작가의 말
4

인간 연습
9

인간의 문
101

인간의 계단
207

인간의 탑
315

작가 연보
421

인간
연습

1

 그 일은 전혀 아무런 예고도 없이 그의 평화롭고도 만족스러운 일상(日常)의 조화를 깨뜨리고 느닷없이 전신을 드러냈다.
 도심의 하루가 빌딩의 사이사이에서 비껴눕는 햇빛을 따라 희부옇게 시들어가고 있었다. 으레 이 시간 무렵이면 그는 3단까지 눕혀지는 회전 의자를 2단에 고정시켜 반쯤 눕듯이 한 그지없이 편안한 자세를 취했다. 그리고 실눈을 뜨고는 12층 저 아랫세상을 굽어보고 있었다.
 또 하루가 무사하게 지나갔구먼.
 저물어가는 도시의 길바닥에서 무슨 영문인지 모르게 분

주스럽게 꼬물대고 있는 사람들의 무리를 지그시 내려다보며 그가 하는 생각이다. 그에게 있어 '하루가 무사하게' 지났다는 것은 그만큼 사업이 번창하고 재력이 커간다는 의미였다. 무사한 날은 하루도 빠짐없이 계속되어야 하는 것이고, 그럴수록 그의 마음은 12층이 아니라 50층 100층의 높이에서 아래를 굽어볼 수 있는 것이다.

그는 하루 중 이 시간을 가장 즐겼다. 입맛 돋우는 별난 음식을 술 한잔 곁들여 배불리 먹고 담배 한 대를 깊숙이 빨아들인 때의, 그 느긋한 포만감이라고 할까. 아니면, 늙은 마누라가 아니라 아직 설익은 애송이와 그 일을 치르고 나긋나긋한 손길에 서투른 안마를 받으며 잠에 빠져들 때의 그 비릿한 충족감이라고 할까. 어쨌든 그런 기분들을 한마디로 뭉뚱그리면 승리감이라는 것이었다.

나는 승리자다.

그는 실눈을 뜨고 12층 아랫세상을 내려다보며 매일 목청을 돋우어 외치고 있었다. 늙은 중이 손때로 반들반들 윤이 나는 염주를 지칠 줄 모르고 돌리듯 그는 매일 자신의 승리를 확인하고 어루만지고 흡족해 하고 그리고 소리 없이 외쳐대고 있었다. 다만 한 가지 아쉽고 안타까운 것이 있다면 그 하루하루가 늙음도 함께 가져온다는 점이었다. 매일 그 시간이면 사장실인 그의 방은 완전 통제 상태에 들어갔다.

퇴근 시간 40분 전에 비서실의 미스 강이 꿀로 간을 맞추고 대추 호도 잣을 띄운 인삼차를 대령하는 것이 신호가 된다. 회사가 금이 가는 정도의 사건이 터지지 않고는 그 시간에 누구도 면회란 불가능했다. 전화가 불통인 것은 더 말할 필요가 없었다.

그런데 바로 그 시간에 그 일은 전화를 통해서 그의 앞에 느닷없이 모습을 드러냈다.

"미, 미쓰 가앙, 미쓰 가아앙!"

그는 수화기를 든 채 소리를 질렀다. 그 커다란 목소리에는 평소와는 달리 위엄이나 노여움이 아닌 공포와 두려움이 섞여 있었다.

"사장님, 부르셨습니까?"

미스 강이 자동 조절되는 인형처럼 잽싸게 들어서며 습관적인 말을 해놓고는 멈칫 긴장했다.

"아까 그, 그 전화 어디서 왔다고 했지?"

"사장님, 어디 편찮으세요?"

비서실의 일개 여직원에 불과한 미스 강은 사장의 물음에 대답을 하지 않고 감히 엉뚱한 말을 묻고 있었다.

그러나 미스 강의 행동은 직책에 십분 충실한 것이었는지도 모른다. 사장의 모습은 불과 10분도 안 된 사이에 너무나 변해 있었던 것이다. 그 혈색 좋은 얼굴은 핏기가 싹 가신 채 하얗게 질려 있었고, 수화기를 쥐고 있는 두 손이 보기에 민망할 지경으로 푸들푸들 떨리고 있었다.

"실장님, 실장니이임!"

미스 강이 다급하게 외치며 돌아섰고, 비서실장이 왜 그래, 왜 하며 허둥지둥 사장실로 들어왔다.

"조용히들 해, 조용히……."

사장은 탈진한 것처럼 말했다.

"많이 불편하신 모양인데 전화기 놓으시고 좀 앉으시지요."

비서실장이 조심스럽게 손을 내밀며 침착하게 말했다. 사장은 그때까지 들고 있던 수화기를 비서실장에게 넘겨주고는 무너지듯 의자에 주저앉았다.

"미쓰 강……."

"네, 사장님, 그 전화는 태양실업 사장님께서 오늘 체결한 계약에 대해 중대한 말씀이 있으시다면서, 그쪽 비서실에서 걸어왔던 거예요."

미스 강은 뭔가 크게 잘못된 것을 직감하며, 잠시 중단되었던 대답을 숨도 안 쉬고 쏟아놓았다. 그러면서도 자신에게 튈 불똥을 막기 위해 '중대한'이란 말을 삽입하는 것을 잊지 않았다.

"태양실업……."

그는 신음처럼 중얼거리다가 다시 정신이 아득해지는 피

비린내 풍기는 현기증에 휘말렸다. 그는 반사적으로 두 팔꿈을 책상에 받치며 두 손으로 머리를 싸잡아 눌렀다.

그놈은 샅샅이 다 알고 있구나…….

그는 전신의 솜털까지 곤두서는 것 같은 오한을 느꼈다. 그놈을 피해서는 안 된다는 생각을 했다.

"여봐, 앞으로 신범호…… 신범호라는 사람한테서 전화가 오면 아무때나 바꿔."

신범호라는 '놈' 소리가 혀끝까지 밀려왔지만 애써 '사람'이라는 말로 바꾸었다.

"사장님, 편찮으신데 일찍……."

"나가 있어!"

그는 버럭 소리를 질렀다. 평소의 야성의 냄새가 물씬 풍기는 음성이었다.

태양실업 사장이라기에 더없이 흔쾌한 기분으로 수화기를 집어 들었던 것이다. 오늘 30억대의 계약을 체결했고, 호박이 넝쿨째 굴러들어온 것이나 다름없는 손쉬운 설비 공사였다.

"아, 박 사장님, 나 황이외다아."

그는 반쯤 숙여주고 반쯤은 빳빳한 기분이 뒤섞인 기묘한 어조로 헛웃음을 앞세워 먼저 너스레를 떨었다. 그런데 저쪽에서는 아무런 반응이 없었다. 전화가 끊긴 건 아니었다.

"아, 여보세에요오—."

그가 느슨하게 목청을 빼던 그때였다.

"배점수 씨, 안녕하십니까."

이 느닷없는 소리가 전화기에서 굴러나왔다. 그렇다, 분명 그 소리는 흘러나온 것이 아니라 마치 무슨 물건처럼 굴러 나왔다. 그건 보통의 말이 아니었다. 배·점·수·씨⋯⋯ 한 음(音)씩을 똑똑 끊어서 하는 그 말은 글을 갓 깨친 아이가 책을 읽는 것 같기도 하고, 중죄인을 다루는 판사의 엄한 목소리 같기도 했다. 그 한 음씩 똑똑 끊어지는 열 개의 소리는 순식간에 그를 반사(半死) 상태로 몰아넣었다. 그 소리 하나하나는 커다란 못이 되어 그의 생명을 이끌어가고 있는 중요 기관에 하나씩 정통으로 박히고 있었다. 심장, 머리, 허파, 눈, 혀⋯⋯.

그는 무슨 말인가를 하려고 짧은 시간 동안 치열하게 애썼지만 혀가 말을 듣지 않았다. 혀는 뻣뻣하게 굳어져 자신의 의지를 배반하고 있었다. 혀만이 아니었다. 의식 자체가 뿌연 안개에 뒤덮여 뒤죽박죽이 되어 있었다.

"배점수 씨, 전화를 끊을 생각은 마시오. 그건 멍청이나 하는 짓이니까."

"⋯⋯."

그는 소리를 치고 싶었다. 네 놈이 누구냐고 외치고 싶었다. 그러나 아무 소리도 낼 수가 없었다.

"배점수 씨, 이렇게 만나게 되어 반갑소."

"……."

배점수, 배점수— 그는 부들부들 떨고 있었다. 상대방은 말을 시작할 때마다 의식적으로 '배점수'를 앞에다 못 박듯 하는 것이 분명했다. 그때마다 배·점·수라는 석 자가 벌겋게 달구어진 화인(火印)이 되어 자신의 이마며 가슴팍이며 엉덩짝에 찍히는 것 같은 착각에 몰리며 그는 몸서리를 쳤다. 그 목소리는 처음과 똑같이 한 음씩 똑똑 끊어서 책 읽듯 하고 있었기 때문에 전혀 감정을 느낄 수가 없었다. 그러나 되풀이되는 배·점·수 석 자가, 너는 이제 꼼짝못해, 너는 이제 끝장이야, 이런 협박으로 변해 그의 의식을 난도질하고 있었다. 그 무감정하고 무표정한 목소리가 귓속을 파고들 때마다 자신의 몸이 커다란 이빨에 질경질경 씹혀 들어가고 있는 것 같은 공포감에 떨었다.

"배점수 씨, 그럼 오늘은 이만 전화를 끊겠소."

"아, 아니, 다, 당신은 누, 누……."

숨이 차서 말을 다 맺지 못한 그는 순식간에 너무나 초라하게 변해버린 자신의 꼴을 보았다.

"배점수 씨, 뭐 그렇게 급할 건 없을 게요. 이제 시작인걸. 하긴 앞으로 전화 걸기 편하게 하려면 내 이름 정도는 알려두는 게 좋겠소. 난 신범호라는 사람이오."

전화는 여기서 끊기고 말았다.

그는 머리를 싸잡은 채 의자에서 엉거주춤 일어섰다. 전화를 걸어온 그놈이 누구인지, 어떻게 그 까마득한 사실을 알아냈는지 따지고 맞춰볼 겨를이 없었다. 우선 약을 먹어야 했다. 지금 그의 머리는 사고 능력을 거의 상실하고 있었다. 곧 터지거나 뽀개질 것 같은 무서운 고통만이 머릿속을 온통 들쑤시고 있었다. 만성 고혈압이란 몹쓸 놈의 병에 저당 잡혀 있는 꼴인 몸뚱어리가 갑작스러운 충격 앞에서 맥을 못 쓰는 것이다. 한번 발작을 시작한 머릿속의 고통은 금방 이 세상의 끝을 내보일 것 같은 위기 의식에 빠지게 하곤 했다. 그런 때 그는 머리통이 단단한 뼈로 덮여 있다는 사실을 믿을 수가 없는 것이다. 자신의 머리통은 철없는 아이의 입에 물려 있는 고무풍선 같았다. 철없는 아이가 이마에 핏줄을 세워가며 용을 쓸수록 고무풍선은 자꾸만 커지고, 남보다 크게 만들려는 아이의 욕심에 못 견뎌 고무풍선은 자꾸 커지다가 그만 펑 터지고 마는 것이다. 아이의 입에서 고무풍선으로 공기가 밀려들듯 온몸의 피가 머리로만 몰려드는 것 같은 압박 속에서 그는 자신의 머리통이 자꾸만 부풀어 오르는 착각에 시달리는 것이다. 곧 머리통이 뻥 터져버릴지도 모른다는 공포감에 떠밀리며 그는 상비하고 있는 응급약을 먹어야 하는 것이다.

왜 이제 와서……

그는 어질어질한 시야를 애써 고정시키려 하면서 이런 생각을 어렴풋이 했다. 꿈에서도 돌이키고 싶지 않은 기억들이 한꺼번에 몰려들었다. 그는 이빨 사이로 신음을 씹어내면서 탁자를 붙들었다.

간신히 약을 먹은 그는 소파에 길게 누웠다. 자신은 전화를 걸어온 그놈의 입에 물린 고무풍선일지도 모른다는 생각이 퍼뜩 들었다.

그는 순간 뿌드득 소리가 나도록 이빨을 갈았다. 그 불길한 생각을 완강하게 떼치려고 했다.

이 황복만이를 뭘로 보고…….

그러나 이 다짐은 여지없이 깨어져나갔다.

―배점수 씨, 안녕하십니까.

이 목소리가 그의 다짐을 너무나 쉽게 박살내고 말았다.

배점수, 그 이름은 이미 이 세상에서 없어진 이름이었다. 다시는 살아나지 못하도록 불태워 버린 이름이었다. 불태운 것만이 아니고 그 흔적의 티끌 하나도 남기지 않도록 완벽을 기했다.

그런데 끔찍하게도 되살아난 것이다. 정체를 알 수 없는 한 사람의 몸을 빌려 되살아난 것이다.

그건 까마득한 옛날, 20년하고도 9년이 더 보태어진 세월을 거쳐 환생한 망령이었다.

"29년……."

도끼로 마구 찍는 것 같은 머리의 통증이 만드는 신음을 씹으며 그는 중얼거렸다. 그 세월은 자신의 반생(半生)이었다. 그때가 서른이었으니까 꼭 반이 되는 셈이었다.

아아, 29년…….

그건 미처 깨닫지 못했던 사실이었다. 그는 자신의 나이가 쉰아홉이라는 것을 새삼스럽게 계산했고, 그 절반은 배점수로 살았고, 나머지 절반은 황복만으로 살았다는 사실 앞에서 진저리를 쳤다. 배점수란 이름을 죽인 이후로 단 한 번도 배점수와 황복만을 지금처럼 나란히 놓고 생각해 본 적이 없었다. 그런 일은 스스로의 피를 말리는 어리석은 짓이었다. 배점수 시절의 기억이 비로 낙엽을 쓸듯 그렇게 말끔하게 씻겨진 건 아니었다. 험악한 기억들이 무시로 불쑥불쑥 나타나 괴롭혔지만 그럴 때마다 그는 주문을 외듯, 너는 황복만이다, 너는 황복만이다, 스스로에게 강조했던 것이다.

"사장님, 좀 어떠신지요?"

그는 더디게 눈을 떴다. 울컥 화가 치밀었다. 소파에 나가 뻗은 자신의 허약한 꼴을 보이는 게 불쾌했다. 그러나 그는 화를 낼 수조차 없었다. 머리의 통증은 전혀 가라앉지 않고 있었다. 신묘하리만큼 잘 듣던 약도 오늘은 맥을 못 쓰는 모양이었다.

"약속 시간을 어떻게……."

비서실장은 곧 터질 고함에 대비하기라도 한 듯 잔뜩 웅크리고 서서 말을 어물거렸다.

"취소하게. 난 집으로……."

그는 힘없이 말하고 눈을 감아버렸다.

―배점수 씨, 안녕하십니까.

그는 부르르 떨었다. 차가운 물방울같이 한 음씩 똑똑 끊어지던 그 소리가 다시 들려왔다. 아니, 정확하게 말해서 그 소리는 들려오는 것이 아니라 아예 귓속 깊숙이 자리 잡고 있는 것 같았다.

"신범호……."

그는 그놈의 이름을 되씹다가 가슴이 쿵 무너지는 충격에 부딪혔다.

그놈은 신씨 가문의 유령으로 자신의 앞에 나타난 것이다. 그는 자신의 정체가 드러난 것에 급급한 나머지 여태껏 그놈의 성이 신씨라는 사실을 소홀히 한 것이었다.

신씨― 그는 새롭게 밀려드는 통증으로 신음을 물며 몸을 비비 틀었다. 그는 배점수를 죽여버린 이후에 그 어떤 경우에도 신씨와는 관계를 갖지 않았다. 공장까지 합쳐 5백이 넘는 사원들 중에서 신씨는 단 한 명도 없었다. 말단 공원이나 청소부에 이르기까지 정기 급여를 지불하는 경우 그는 그 이력서들을 하나도 빼지 않고 최종 확인했다. 그때 신씨는 재고의 여지가 없이 채용 불가의 빨간 줄이 그어졌다. 사원뿐만이 아니었다. 하청업자는 물론이고 이익의 폭이 큰 거래 앞에서도 신씨라는 것이 확인되면 그날로 상담(商談)을 중단해 버렸다. 그러나 아무도 그의 이런 처사를 눈치채지는 못했다. 사원 채용에는 언제나 2배수의 이력서가 준비되어 있었고, 거래상의 거절 이유는 적당한 말을 갖다 붙이면 다 그럴듯했던 것이다.

그의 이런 철두철미한 신씨 기피증은 어떤 보복 심리의 발동이 아니었다. 오히려 보복을 두려워하는 자기 보호책 중의 하나였다. 배점수를 영원히 죽이고 황복만을 철저하게 보호하기 위해 강구한 여러 가지 방법 중의 하나였다.

그런데 신범호라는 놈은 바로 코앞에 다가서 있는 것이다. 그것도 제 모습은 감춘 채 이쪽의 모든 것을 샅샅이 알고 있는 것이 아닌가. 오늘 체결한 태양실업과의 계약 관계는 어떻게 알았으며, 그 시간에 통화를 하기 위해 그 건을 이용한 사실만으로도 그놈은 이쪽을 현미경 들여다보듯 하고 있음이 분명했다. 마치 보이지 않는 총구 앞에 겨냥당하고 있는 것처럼 절박한 불안이 몰려들었다.

"그렇다!"

그는 자신도 모르게 소리치며 눈을 번쩍 떴다. 머리의 통증이 말끔히 가시는 기분이었다. 그놈은 분명 태양실업 그 어느 부서엔가 박혀 있을 것이다.

"장 실장, 여봐 장 실장!"

그는 평소와 다름없이 호기롭게 비서실장을 불렀다.

"예예, 사장님. 차 대기시켰습니다."

"가만, 가만, 내 말 똑똑히 듣게. 내일 오전 중으로 태양실업에 직접 가서 신범호가 어느 부서에 근무하는지 알아내도록 해."

"알겠습니다, 사장님."

"그만 퇴근하지."

그는 비서실장에게 부축을 받아야 했다. 그러나 마음은 한결 가벼워져 있었다.

차에 몸을 실은 그는 다소 마음의 여유를 챙기고는 이런저런 생각을 굴리기 시작했다. 무엇보다 급한 건 그놈을 찾아내는 것이다. 그런 다음 해결책을 강구한다. 해결책이래야 보나마나 뻔한 것 아닌가. 그놈의 아가리가 찢어지게 돈을 틀어넣는 것이다. 욕심껏 돈을 문 아가리가 무슨 소리를 더 씨부릴 것인가. 그런데 그놈의 아가리가 얼마나 클까. 1억? 10억? 그는 문득 살의(殺意)를 느꼈다. 10억이라는 현찰은 상상으로도 가능한 돈이 아니었다. 그 어마어마한 액수를 고스란히 빼앗겨야 한다는 상상 앞에서 살의는 차갑게 고개를 들었다.

그는 괴롭게 눈을 감았다. 그러면서 자신을 혐오했다. 어쩌면 그렇게 쉽게 살의를 품을 수 있는지 스스로가 원망스러웠다. 그리고 자신이 배점수인 것을 알고 접근해 온 그놈도 결코 만만치는 않을 것이었다. 섣불리 대했다가는 오히려 크게 당할지도 모를 일이었다.

신씨 가문— 그의 꼭 감은 눈앞에는 세 개의 산봉우리가 선하게 펼쳐졌다. 삼형제봉이라고 불렀고, 신씨 가문의 유식한 사람들은 삼봉산(三鳳山)이라고 했다. 그 산은 신씨 문중 사람들이 사당만큼이나 떠받드는 영험이 큰 산이라는 것이었다.

옛날 아주 옛날에 큰 벼슬을 지내던 신씨네의 한 할아버지가 간신들의 모함에 빠져 귀양살이를 떠나게 되었다. 귀양길에 오른 그 사람은 그곳 주막에서 하룻밤을 묵게 되었다. 그런데 꿈에 웬 할아버지가 나타나 귀양살이가 풀리거든 그곳에 터를 잡으라고 했다. 그곳 땅은 신씨와 맥이 맞으며, 앞에 보이는 세 봉우리에는 혈이 고루 퍼져 있어 자손의 번창이 시들 날이 없을 거라고 했다. 하도 야릇한 꿈이라서

기약이 없는 귀양길이기는 했지만 그 사람은 꿈속의 할아버지 말을 따르는 뜻으로 나뭇가지 하나를 꺾어 잡초 우거진 들판에 꽂았다. 꿈이 맞았음인지 앞날을 예측할 수 없던 귀양살이가 1년이 다 못 되어 풀렸다. 그 사람은 다시 열린 벼슬길도 마다하고 그곳에 터를 잡았다. 가운데 봉우리에서 봉황새가 솟아 훨훨 날더니 그 날개가 하늘을 뒤덮는 꿈을 꾸고 아내에게 태기가 있었다. 열 달 만에 아들을 낳았다. 두 번째에는 우측 봉우리에서, 세 번째는 좌측 봉우리에서 봉황새가 솟아날았다. 그래서 아들 3형제를 두게 되었고, 그 산은 삼봉산이라 이름 지어졌다는 것이었다.

신씨 문중 사람들은 자기들이 양반이라는 사실에 앞세워 그 이야기들을 했다. 그리고 자기네 자식들에게도 그 이야기를 들려주었으며, 신씨네 아이들은 또 타성바지 아이들 앞에서 인절미를 자랑할 때보다 더 뽐내면서 그 이야기를 하곤 했다.

그 이야기를, 지어낸 거짓말이라고 할 사람은 아무도 없었다. 그 이야기에 나오는 것처럼 신씨네는 높은 벼슬을 대대로 지낸 사람들이 수두룩했고, 그 자손들도 끝없이 번창해서 춘곡리, 회정리, 동천리가 온통 신씨 판이었다. 타성바지가 없는 것은 아니었지만 모두 신씨네 그늘에 묻혀 사는 신세라서 그 꼴들이 말이 아니었다. 산이고 논이고 밭이고 모두 신씨 성을 가진 사람들의 소유라서 타성바지들은 고작 잘되어야 소작붙이에 지나지 않았다. 남다른 독기를 품고 가난을 면해보겠다고 몸을 사리는 타성바지가 전혀 없는 것도 아니었지만 그런 사람들은 언제나 실패를 거듭할 뿐이었다. 산비탈에 밭뙈기 하나 일구려면 회정리 가운데에 선 당산나무를 중심으로 사방 30리 밖으로 나가야 했다. 그 안의 산은 모두 신씨 문중의 것이었고, 그들은 타성바지 그 누구에게도 땅을 일구도록 허락하지 않았다.

"사장님, 다 왔습니다."

운전기사가 문을 열었다.

그는 더디게 눈을 떴고, 감당할 수 없는 피곤이 밀리는 것을 느꼈다.

"아니 여보, 무슨 일이 터졌길래 또 혈압이 올랐수 그래."

마누라가 대문 계단을 뛰어 내려오며 수선을 떨고 있었다. 비서실에서 미리 연락을 한 모양이었다. 그는 막 한 다리를 차 밖으로 내밀던 것을 멈추고 마누라를 멍한 눈길로 바라보았다. 순간 마누라의 얼굴이 영 딴사람처럼 느껴지는가 싶더니 그 얼굴 위에 겹쳐지는 얼굴이 있었다. 그건 몰매를 맞아 죽은 첫 번째 마누라 쌍림댁의 얼굴이었다. 그는 차의 문틀을 붙들었다.

"여보, 왜 이러세요. 정신 차려요."

그는 마누라의 수선에 울컥 짜증이 솟았다.

"죽지 않을 테니 입 좀 다물어!"

더 이상 말을 걸지 못하도록 그는 사납게 대질렀다. 그러지 않고는 그 수선을 피할 방법이 없었다.

그는 다시 약을 먹고 자리에 누웠다. 머리의 통증은 전혀 가라앉지 않았고, 자꾸 토해질 것처럼 속이 꿈틀꿈틀하며 구역질이 솟았다. 갑자기 혈압이 오르면 뒤따라 생기는 증상이었다. 그는 신음을 물며 뒤척였다. 혈압이 힘찬 분수 솟구치듯 머리로 치뻗어 오르고, 이렇게 신경이 바작바작 타게 되면 당뇨병도 기회는 이때다 하고 덩달아 요동을 시작할 것이었다. 그는 두려웠다.

"신범호……"

그는 신·범·호 석 자를 어금니 사이에다 넣고 짓씹으며 신음했다.

고혈압이라는 생명의 위험 수위에 처하고, 당뇨병이라는 목숨의 노략질에 시달리게 된 원인을 그는 그 누구보다 잘 알고 있었다. 그건 그 흔한 노인병이 아니었다. 그리고 생무식으로 이만한 사업을 일으키느라고 심신을 너무 혹사해서도 아니었다. 그런 건 다 부차적인 요인이었다. 혼자만이 알고 있는 제일 큰 원인은 배점수를 죽이고 나서 황복만이를 무사히 살려가기 위해 소모한 신경의 탓이었다. 그 누가 알

랴, 잠을 자면서까지 신경을 활시위처럼 팽팽하게 당기고 있어야 하는 긴장의 피로를. 그 누구에게 하소연할 수 있었던가, 신경의 한 가닥 한 가닥이 매일처럼 뿌지직뿌지직 타들어 재가 되는 초조감을. 오로지 혼자 견디고, 혼자 이겨내야 했던 살 찢어지는 고통이었다.

10년을 쫓기며, 20년을 두리번거리며 살다 보니 몸은 자신도 모르게 멍들고 금이 가고 있었다.

점수는 전쟁이 터지기 1년 전부터 빨강물이 들어 있었다.

"배점수 씨, 저 시퍼렇게 타오르는 불꽃을 보시오. 그리고 저 속에서 맥을 못 쓰고 녹아내리는 쇠를 보시오. 바로 저것이오. 양반이니 지주니 하는 것들은 저 쇠붙이고 우리는 저 쇠붙이를 맘대로 녹여 버릴 수 있는 불꽃인 것이오."

방 선생은 풀무질을 할 때마다 퍼렇게 퍼렇게 춤을 추는 불꽃을 똑바로 손가락질하며 힘주어 말했다. 이럴 때의 방 선생은 전혀 딴사람으로 둔갑했다. 눈에서는 소나기 걷힌 구름 사이로 내리뻗치는 햇살 같은 빛이 뻗어 나오고, 여자의 것처럼 얇은 입술은 쇠붙이처럼 강하게 변하고, 조용조용하던 목소리에는 갑자기 강철 스프링이 '싱'으로라도 들어갔는지 말에 힘이 펄펄 넘치고, 살아서 움직이고, 사람의 가슴에 맞바람이 통하도록 시원하게 만드는 신통력을 지니고 있었다.

"배점수 씨는 언제까지나 천대받고 무시당하는 대장간 대장쟁이가 아니란 말이오. 달군 쇠붙이를 맘대로 주물러 칼도 낫도 괭이도 만들듯이 앞으로 우리의 힘으로 양반이네 지주네 하는 것들을 맘대로 주물러대는 날이 오는 것이오."

방 선생은 무슨 말이든 알아듣기 쉽게 했다. 배웠다는 사람들이 흔히 내보이는 거드름이나 젠체하는 데가 털끝만큼도 없었다. 쉬운 말로 하고 싶은 이야기를 다 하는 사람이었다. 학교에서나 길을 걸어다닐 때는 그는 영락없이 참한 색시였다. 그래서 아이들이 부르는 별명도 '새색시'라고 했다. 그런 그가 대장간에서 마주 대하고 앉으면 바위 덩어리 같은 남자로 변해버리는 것이다. 점수는 방 선생을 믿고 의지했다. 나이는 비록 다섯 살이나 아래였지만 방 선생만 마주 대하면 새로운 햇빛이, 새로운 바람이 가슴에 가득 차는 기쁨과 보람을 느꼈다.

물론 처음부터 방 선생을 믿었던 건 아니다. 노동자가 어떻고 농민이 어떻고 하면서 접근을 해왔을 때는 잔뜩 몸을 사렸었다. 우선 그 말뜻을 알아들을 수가 없었고, 말뜻을 알고 나서는 더욱 그를 경계했다. 그의 신분은 그가 말하는 노동자, 농민과 너무나 거리가 먼 국민학교 선생이었던 것이다.

방 선생은 지치지도 않고 밤이면 대장간을 찾아왔다. 점수는 참다못해 뱃속에서 부글거리고 있던 말을 내뱉고 말았다.

 "방 선상은 날 빙신으로 아는 모양인디, 그러덜 맙시다. 아, 선상질허는 사람이 무신 아순(아쉬운) 것 있다고 나 같은 대장쟁이나 농꾼들 편을 들것소. 아무리 낫 놓고 기역자도 모른다고 사람 고렇크름 보덜 마씨요."

 방 선생은 곧 점수의 눈을 찍어내기라도 할 것처럼 똑바로 쏘아보고 있었다. 그 눈에서 수없이 많은 빛살이 튕겨져 나오고 있었고, 점수는 그 빛살을 맞받아내기가 눈이 시어 고개를 돌리고 말았다.

 "우리 아버지는 종놈이었소!"

 방 선생은 표정 하나 변하지 않고 말했다.

 "고것이 무신 소리다요?"

 "우리 아버지는 종놈이었단 말이오."

 "선상님 아부지가요?"

 "그렇소. 우리 할아버지도 종놈이었소."

 "워메 참말로 무신 귀신 씨나락 까묵는 소린지 모르겄네."

 점수는 하도 어처구니가 없어 입에서 헛바람이 샜다.

 "왜, 종놈의 자식이 어떻게 선생질을 할 수 있게 됐느냐고 묻지 않소?"

방 선생은 여전히 눈으로 빛살을 쏘아대며 말하고 있었다.

"금메 나가 물어야 헐 말이었는디……."

점수는 이상하게 한풀이 꺾이는 것을 느끼며 어물거렸다.

"들어보겠소?"

그의 집안은 천석꾼 부자 김진사 댁의 대를 물리는 종이었다. 그 집 큰손자는 부잣집 도령답게 장가를 들고서도 주색잡기에 빠져들었다. 어른들의 호통도 나무람도 통하지 않았다. 그러던 중 살인을 저지르고 말았다. 새로 온 기생을 탐하다가 뜻대로 되지 않자 주먹을 휘둘렀는데 그만 죽고만 것이다. 그는 쇠고랑을 찼는데, 일은 이때부터 벌어졌다. 자기네 손자와 자식을 구해내기 위해 방 선생 아버지에게 살인 죄인 노릇을 하라는 압력이 가해졌다. 상답(上畓) 30마지기에 종살이를 풀겠으며, 증인들과 순사들을 매수해서 죄를 최대한 가볍게 만들겠다는 것이었다. 이미 입 밖으로 나와버린 상전의 말이었다. 거절을 하면 무슨 보복이 가해질지 모를 일이었다. 기구한 운명을 탓할 수밖에 없었다. 방 선생 아버지는 살인 죄인이 되기로 작정했고, 포승에 묶이기 전에 30마지기 논문서를 챙기고 종살이를 끝내게 되었다. 그 다음 일은 하늘에 맡기는 도리밖에 없었다. 내 평생에 상답 30마지기가 꿈이나 꿔볼 일인가. 나 없는 동안 착실히 농사지어 애들 공부 착실히 시켜. 종살이도 면했겠다, 변해가는 세상에 배우지 않고는 짐승이니까. 내 말 명심해. 마누라한테 이 말을 마지막으로 남기고 방 선생 아버지는 밤에 집을 떠났다. 살인 죄인은 밤사이에 바꿔치기 되었고 김 진사 댁 큰손자는 어디로 사라졌는지 자취가 묘연했다. 어떻게 손을 썼는지 살인 죄인은 사형도 무기 징역도 면하고 10년 형을 받았다. 그때 방 선생의 나이 열 살이었고, 그의 아버지는 스물아홉이었다. 그는 뒤늦게 학교를 다니게 되었다. 그런데 그의 아버지는 감옥 생활 4년 만에 중병을 얻어 죽고 말았다. 죽으면서 남긴 말도 자식들 공부를 가르치라는 것이었다.

"점수 씨, 혹시나 해서 묻는 말인데, 글은 깨쳤소?"

점수가 마음을 터놓게 되면서 방 선생이 물었다.

"워디요, 까막눈이지라우."

"알았어요. 사람이 사는 데 꼭 많은 공부가 필요한 건 아니오. 그러나, 최소한 읽고 쓸 수는 있어야 해요."

"참말로, 고걸 누가 모른답디여. 다 쌍것 팔자를 타고난 죄로……."

"지금도 늦지 않아요."

"무신 소리다요? 서른에서 한살 모지랜 나이 해갖고 인자 소핵교 1학년으로 들어가란 말은 아니겠지라우?"

"결심만 해요. 내가 밤마다 와서 가르쳐줄 테니까요."

방 선생은 한 번도 빠지지 않고 밤마다 대장간을 찾아왔고, 점수는 제 주먹으로 제 머리통이며 눈두덩을 마구 갈겨가며 졸음을 쫓았다. 6개월이 다 안 되어 읽고 쓰기를 익혔고, 점수는 자신도 모르는 사이에 방 선생의 빨강물이 짙게 들어 있었다.

어둠의 물살만을 찾아 날개를 퍼덕이는 박쥐처럼 그들은 밤에만 머리를 맞대었다. 마을에서 외따로 떨어져 있는 점수네 대장간은 그들의 비밀스러운 일을 은폐하기에는 안성맞춤이었다. 날이 갈수록 그들의 숫자는 하나씩 하나씩 늘어갔다. 새로 뜻을 합치는 사람들은 모두 방 선생의 손을 거친 사람들이었다. 방 선생은 새사람을 뽑는 일을 살얼음 위를 걷듯이 했는데, 이글이글 타고 있는 그의 눈이 뿜어내고 있는 빛살은 보이지 않는 철사줄이 되어 한 사람 한 사람을 친친 동여매고 있었다.

"우리의 투쟁이 밝은 햇빛 아래 영웅적으로 찬란하게 빛날 날도 머잖았소. 그날이 올 때까지 우리는 다 같이 철통같이 뭉쳐 만반의 준비를 하는 데 게을러서는 안 될 것이오."

방 선생은 밤마다 찰고무같이 질긴 힘으로 모두의 가슴속에다가 소나기를 퍼붓고는 했다. 그 소나기는 한 맺힌 상처로 찢긴 그들의 가슴에 뿌려진 원한의 씨에 싹을 트게 했고, 그 싹이 무럭무럭 자라나게 했다.

그들은 모두 여덟 명이었는데, 여자 하나가 끼어 있었다. 그 여자는 방 선생과 같은 학교의 선생이었다.

"아니, 왜 그리 놀라지요? 우리 부모가 지은 죄를 내가 대신 갚으려고 나선 거예요."

여선생은 능청스럽다 싶게 태연하니 말했다. 아니, 입 꼬리가 약간 처지도록 웃기까지 했다. 그 웃음이 어찌나 차고도 야무진지 점수는 으스스 찬바람을 느꼈다. 방 선생이 "우리 아버지는 종놈이었소" 했던 것보다 한결 더 충격적으로 들렸다.

그 여선생은 이웃 도시에서도 알 만한 사람들은 아는 지주의 딸이었다. 지주네 딸이 지주들을 쳐없애고 새 세상을 만드는 일에 나서다니, 도무지 믿을 수가 없는 일이었다. 그건 해방이 되자마자 친일파 쳐없애자는 바람이 일어났을 때 그 일에 왜놈 형사질한 놈의 자식이 앞장서기를 바라는 것만큼이나 상상이 안 되는 일이었다.

"그런 사사로운 관계를 뛰어넘는 것이 바로 사상의 힘이오. 천 선생은 나보다 더 마음이 강하고 굳세요. 아무 염려 말고 배우고 따르도록 해요."

방 선생의 조용조용한 말이었다.

"세 치 혀가 자기도, 조직도 망치는 겁니다. 바윗돌을 안고 물 속에 잠기듯, 그렇게 비밀을 지켜야 합니다."

천숙자 선생의 꼬챙이 같은 말이었다. 천 선생의 말을 여자의 말이라고 그 누구도 소홀히 하지 않았다. 천 선생은 치마만 둘렀지 여자가 아니었다. 방 선생만큼 아는 것이 많고, 눈치 빠르고 꾀 잘 내기가 백년 묵은 여우가 저럴까 싶을 정도였다.

"점수 씨, 창 만들 수 있지요?"

어느 날 밤 방 선생이 숨을 죽이며 말했다.

"사람 쥑이는 거 말인게라우?"

"쉬읏—."

방 선생은 검지손가락을 재빨리 입에 갖다 대며 어둠이 배어 있는 장지문을 살폈다.

"대나 나무를 손잡이로 끼워 쓸 수 있도록 창을 만들 수 있지요?"

"옛적에 포도청에서 썼든 거맹키로 생긴 거 말이당가요?"

"맞아요, 바로 그런 거요."

"참말로 선상님도 영 섭섭허네요이. 고것이 괭이 맨드는 것허고 멋이가 달블(다를)랍디여? 괭이는 굽었고, 창은 쪽 곧은 것잉께, 맨들기로 친담서야 창이 훨씬 쉽제라. 근디 선상님은 이 배점수럴 워치께 보시고 고렇크름 못 믿어 허신다요?"

"못 미더워서 그런 게 아니지요. 창은 통 안 만드는 물건이라서 걱정이 됐던 거지요."

방 선생은 점수의 눈을 똑바로 보며 의미 깊게 웃음 지었다.

"근디 창은 워디다 쓰실 건디요?"

"때가 가까워왔소. 미리 준빌 하는 거요. 아무의 눈에도 띄지 않게 내일부터 창을 만들도록 하시오."

점수는 전신의 피가 갑자기 뜨겁게 덥혀지는 걸 느꼈다.

다음날 밤부터 그들은 자루를 다 없애버린 도끼나 괭이, 낫 등속을 한 가지씩 숨겨가지고 대장간에 모이기 시작했다.

2

 그는 눈을 좀 붙이려고 애를 썼지만 뜻대로 되지가 않았다. 수그러들지 않는 머리의 통증도 통증이었지만 한꺼번에 뒤엉켜드는 핏자국 선명한 기억들에 시달림을 당했다.
 10시쯤 몸을 일으켜 잣죽 사발에 숟가락을 꽂았다. 약을 먹으려면 속을 비워둘 수가 없었던 것이다.
 따르르릉, 따르르릉…….
 전화벨이 울렸다. 그는 들이켜던 숨을 딱 멈출 만큼 소스라쳤다.
 따르릉…… 따르르릉…….
 전화벨은 계속 울려댔고, 그 소리에 따라 가슴이 쿵쿵 울리는 소리를 들으며 그는 뛰쳐나가 전화를 받고 싶은 충동을 간신히 누르고 있었다. 내가 왜 이래 이거. 애들한테 한두 번 전화가 걸려온다구.

"아, 여보세요, 누구요?"

퉁명스러운 가정부의 목소리였다.

"누구시라구요? 신범호 씨요?"

그는 자신도 모르게 벌떡 일어섰다. 그리고 거실로 뛰쳐나갔다. 흥분하지 말자. 굵직한 낚싯밥을 던지자. 그리고, 천천히 천천히 끌어당기자.

그는 수화기를 받아 들며 숨을 크게 쉬었다. 회사에서처럼 그렇게 절박한 심정은 아니었다.

"전화 바꿨소. 나 황복만이오."

그는 부하 직원을 대하는 말투로 먼저 입을 열었다.

"흐흐흐흐…… 착각하지 마시오. 나한테만은 배점수라고 하시오. 흐흐흐흐……."

그는 하마터면 전화기를 놓칠 뻔했다. 아까와 똑같이 한 음씩 똑똑 끊어지며 냉기가 줄줄 흐르는 그 느릿느릿한 목소리. 그리고 어두운 공동 묘지에서나 들릴 것 같은 흐흐거리는 웃음 소리. 그는 벌써 평정을 잃고 있었다.

"배점수 씨, 다름이 아니라 내일부턴 집으로 전화하겠다는 걸 알리려고 실례한 거요. 회사는 번거롭고, 낮에는 또

내 할 일에 지장이 있으니 말요."

"안 돼, 집으로는. 회사로 해요."

그는 엉겁결에 말했다.

"안 되는 건 당신 사정이지요. 식구들한테 들통나는 게 두려우면 직접 받도록 하면 될 거 아니겠소. 자, 그럼 이만……."

"아니, 여보시오, 나 좀 만납시다. 내일 당장."

"난 그럴 의사 없소."

"제발 만나 얘기합시다. 무슨 조건이든 다 들어드리리다."

"역시 배점수 씨답게 머리가 빨리 도시는군. 하지만 미안하게도 난 당신한테 요구할 게 아무것도 없소."

"그럼 뭐요."

"뭔지는 차츰 두고 보면 아실 게요."

"두고 보다니, 나한테 무슨 원수가 졌다고."

"……."

"여보시오, 여보시오."

"나는 당신한테 원수진 일이 없지만 당신은 나한테, 아니 좀더 정확하게 말해서 우리 아버지 어머니한테 큰 원수를 졌소."

"도대체 넌 누구야!"

"고정하시오. 고혈압이신데 흥분하면 혈압 오르시니까."

불길처럼 타오르는 성질을 그는 이빨을 앙다물며 틀어잡았다.

"미안하오, 말을 놔서. 제발 우리 만나서 얘기합시다. 만나보면 다 얘기가 통합니다. 만나지 않고 도대체 나를 어쩔 셈이오."

"……."

"여보시오, 여보시오, 젊은이."

"배점수 씨, 당신 너무 오래 살았다고 생각하지 않소?"

"머, 머라고 이놈아!"

그는 있는 대로 소리를 질렀지만 이미 전화는 끊긴 뒤였다.

마누라와 가정부가 뛰어나왔고, 그는 수화기를 떨어뜨린 채 곧 쓰러질 것처럼 비틀거리고 있었다. 그는 두 사람에게 끌리다시피 해서 방에 뉘어졌다.

그는 두 시간 가까이를 거의 혼수 상태나 다름없는 고통의 늪을 허우적거렸다. 그동안에 의사가 다녀간 것도 그는 몰랐다. 자정이 가까워 겨우 정신을 차린 그는 한잠도 자지 못하고 밤을 꼬박 밝혔다.

─배점수 씨, 당신 너무 오래 살았다고 생각하지 않소?

그것은 정녕 사람의 입에서 나오는 말이 아니었다. 뱉을 겨를도 없이 목구멍을 넘어가고 있는 독약이었고, 꼼짝할 수 없이 결박당한 채 신경 마디마디를 찢기는 고문(拷問)이었다.

오래 살았으니 어쩌겠다는 것인가.

그 변함이 없는 차가운 목소리, 소름이 쭉쭉 끼쳐오는 웃음 소리. 그놈은 사람이 아니다. 원한 맺힌 신씨 문중 사람들의 원귀(寃鬼)일 것이다.

그놈의 애비 에미는 도대체 누구인가.

그놈은 신가 어느 누구의 자식인가.

어떻게 모든 걸 알아냈을까.

만날 필요가 없다고? 그놈은 어떻게 할 작정일까.

아니, 이쪽에선 어떻게 대처해야 할 것인가.

29년—가슴 조이고 두리번거리며 살아온 세월. 천신만고 끝에 이루어놓은 모든 것들이 하루아침에 물거품이 되는 것인가.

죄는 무엇인가. 세월이 이렇게 길게 흘렀는데도 죄는 그대로 남게 마련인가.

—배점수 씨, 당신 너무 오래 살았다고 생각하지 않소?

"점수 씨는 바로 프롤레타리아 혁명의 본보기며 영웅적 기수인 것이오. 출신 성분이 그렇고, 지금까지의 생활 자체가 곧 빛나는 투쟁이었소."

방 선생은 점수의 팔을 붙들고 힘주어 말했다. 그리고 왜 대단한지를 실례를 들어가며 차근차근 설명했다.

열세 살의 어린 나이로 신씨 집안의 아이를 반죽음이 되도록 두들겨 팬 것. 이건 바로 목숨을 건 지주 계급에 대한 투쟁이라고 했다. 그리고 대장간에서 땀 흘린 노동은 지주 계급을 향한 굽힐 줄 모르는 투쟁 정신의 발로라는 것이었다. 뿐만 아니라, 해방을 맞아 신씨 집안 사람들을 친일파로 규탄한 일은 얼마나 위대한 투쟁의 증거냐는 것이었다.

점수는 처음에는 어리둥절했지만, 되풀이해서 듣게 되면서 차츰차츰 자신이 정말 장하고 큰일을 한 것이라는 생각이 굳어져갔다. 그때는 분을 견디다 못해서, 달리 살아갈 방법이 없어서, 사사로운 분풀이 때문에 저질렀던 일들이 뜻밖에 영웅적 투쟁으로 변하고, 혁명의 기수로 변모하는 바람에 점수는 은근히 아랫배에 힘이 짱짱하게 오르고 항시 주눅들어 오그라들기만 하던 어깨가 슬슬 펴지는 것을 느끼며, 남모르게 세상 살맛을 생전 처음으로 쇠고기 등심살을 씹듯 즐기게 되었다. 신씨네 아이들과 자신이 달라야 한다는 건 당연한 일이었다. 어른인 아버지가 그 아이들 앞에서 설설 기는 판인데 자신은 더 말할 것이 없었다. 똥장군을 짊어지고 가던 아버지가 신씨네 아이들이 파놓고 기다리는 구덩이에 빠져 사정없이 곤두박질쳤다. 지게에서 굴러 떨어진 똥장군은 땅에 부딪히면서 똥을 토해냈고, 넘어진 아버지는 그 똥을 흠뻑 뒤집어썼다. 숨어 있던 아이들은 와아 소리를 지르며 뛰어나갔고, 아버지를 둘러싸고 좋아 죽겠다는 듯 깡충깡충 팔딱팔딱 뛰면서 숨넘어가게 웃어대고 있었다. 요게 무슨 짓거리여. 요런 장난허면 쓰간디? 아버지는 고작 이렇게 말하며 비실비실 일어나는 것이었다. 얼굴에 똥을 뒤집어쓴 아버지의 표정은 보이지 않았다. 점수는 더 보고 있을 수가 없어서 마구 달음박질을 치기 시작했다. 아부지 빙신, 그놈 새끼덜 모강댕이를 싹싹 비틀어뿔지도 못허고, 빙신, 빙신. 점수는 눈물을 줄줄 흘리며 뛰고 있었다. 아이들이 시키는 대로 그 구덩이를 판 것은 바로 자기였다. 아버지가 구덩이로 가까워지고 있을 때 뛰쳐나가 소리치고 싶었다. 그러나 신씨네 아이들의 부라린 눈길들이 입이고 발이고 꽁꽁 묶고 있었다.

 매사가 이런 식이었기 때문에 점수는 언제나 그애들 앞에서는 꼬리를 사타구니 사이로 말아 넣고 빌빌거리는 겁 질린 강아지꼴을 면하지 못했다. 그애들은 인절미를 배꼽이 튀어나오도록 먹지만 자기는 개떡 한번 푸지게 먹을 수 없는 것도 으레 그러려니 했다. 숨바꼭질에서 술래 노릇만 하는 것도, 말타기 놀이에서 말 노릇만 하는 것도, 학교를 가는 대신 나뭇짐만 지는 것도, 다 당연한 것으로 생각했다. 상것이고 가난하기 때문에…… 이 말이면 다 그만이었다.

그러나 점수는 속마음까지 비실거리고 흐물거린 건 아니었다. 분한 일을 당하면 꼭 꿈에서 보복을 하곤 했다. 꿈에서는 언제나 자신이 당한 것 이상으로 그애들을 두들기거나 짓밟았다. 그리고 자기는 커서 어른이 되면 절대로 아버지처럼 살지 않겠다고 벼르고는 했다. 점수의 마음속에서 아버지는 논 가운데 누더기를 걸치고 서 있는 허수아비로밖에는 보이지 않았다.

"항시 죽어지내야 허는겨. 나대봤자 계란으로 바위 치기니께. 알겄냐?"

아버지는 가끔 점수에게 이런 다짐을 하곤 했다. 이럴 때처럼 아버지가 짜잔하게(못나고 병신스럽게) 보일 때가 없었다. 점수가 죽어지낼 수 있는 것은 아버지의 이런 말 때문이 아니라 함께 당하는 타성바지 아이들이 있기 때문이었다.

점수는 나뭇짐을 지고 햇살이 설핏해진 길을 힘겹게 걷고 있었다. 한낮이면 아직 매미가 간드러지게 울기는 했지만 아침 저녁으로는 가을 냄새가 이름 모를 향내처럼 알싸하게 코끝에 감겨오곤 했다.

"싸게싸게 나무해 날러. 열세 살이면 장개도 갈 나잉께 니 밥값은 혀야 써."

어머니는 사정없이 산으로 내몰았다.

점심을 굶은 속에 나뭇짐까지 진 점수는 배가 고프다 못해 속이 비비틀리며 쓰린 것을 느꼈다. 이렇게 배고프게 살려면 차라리 죽는 게 나을 것 같았다. 아니, 이런 사람의 꼴을 하지 말고 차라리 배 터지게 먹을 수 있는 신씨네의 개이고 싶었다. 수시로 하는 생각을 또 하며 점수는 터덕거리고 있었다.

"이잉, 아파, 잉잉…… 엄니이……."

징징 우는 계집애의 목소리였고,

"히히히……."

"헤헤헤……."

사내애들의 낮은 웃음 소리였다.

점수는 우뚝 멈춰 섰다. 그 소리는 길 옆 잡목숲의 큰 바위 뒤에서 들리고 있었다.

"잉잉…… 엄니 나 아파, 엄니이……."

점수는 자기도 모르게 지게를 받쳤다. 그리고 숨을 죽이고 바위로 다가갔다. 살금살금 고개를 내밀던 점수는 그만 딱 굳어졌다.

계집애 하나가 땅에 누워 있었고, 그 배 위에 한 사내놈이 계집애에게 등을 보이고 걸터앉아 있었다. 그 사내놈은 발가벗겨진 아랫도리로 곤추세워진 계집애의 앙상한 무릎을 버팅기고 있었고, 다른 한 사내놈은 나무 꼬챙이를 들고 있었다. 나무 꼬챙이로 계집애의 거기를 찌르며 두 사내놈은 히히, 헤헤 신이 나 있었고, 계집애는 그때마다 버둥대며 아픈 울음을 크지도 못하게 찔찔 울고 있었다.

처음에 점수는 잘못 보았다고 생각했다. 그러나 틀림이 없었다. 계집애는 동생 순월이었고, 꼬챙이를 든 놈은 신주사네 아들 병철이었고, 배에 올라앉은 놈은 하서방네 아들 구천이었다.

"요런 염병헐 새끼들아!"

점수는 앞으로 뛰쳐나가며 소리쳤다. 두 애들은 피할 겨를도 없이 점수의 손에 들린 돌을 맞고 픽픽 쓰러졌다. 점수는 두 애들을 번갈아 가며 돌로 내리쳤다. 삽시간에 손이고 옷이고 피범벅이 되었다.

"오빠, 고만 혀, 고만. 야들 다 죽어뿔겄네, 죽어뿔어."

순월이가 팔딱팔딱 뛰며 소리소리 질러서야 점수는 때리기를 멈추었다.

"오빠 워쩔라고 병철이럴 저렇크름 맹글어부렀는가, 인자 우리 집은 큰 탈 나부렀네."

순월이가 서럽게 울며 한 말이었다.

"죽여뿌러야 써, 다 죽여뿌러야."

점수는 넋 나간 것처럼 중얼거리고 있었다.

날이 어둑어둑해질 무렵 신씨네 장정들이 집으로 들이닥

쳤다. 점수는 아버지와 함께 그들에게 붙들려 갔다.

"요런 느자구 읎는 놈, 쌍것이 감히 어디다가…… 저놈얼 우리 병철이가 맞은 것보담 곱쟁이만 패서 다시는 고런 버르장머리 못허게 맹글어!"

마루에 버티고 선 신 주사가 싸늘하게 내뱉은 말이었다.

"아니구만요, 지가, 지가 잘못 키운 죄구만요. 잘못은 다 지헌테 있구만요."

손을 뒤로 묶여 마당에 꿇어앉은 아버지가 다급하게 말하고 있었다. 아버지 때문에 점수는 말할 기회를 놓치고 있었다.

"아, 멋들 혀! 싸게 끌어내."

신 주사가 험악하게 얼굴을 일그러뜨리며 소리쳤다. 그와 동시에 점수는 장정들에게 덜미를 낚아채여 땅바닥에서 일으켜 세워졌다. 점수는 순간적으로 위험을 느꼈다.

"병철이가 구천이허고 우리 동상 순월이럴……."

"주딩이 닥쳐!"

점수는 더 이상 말을 잇지 못했다. 장정의 커다란 주먹이 점수의 볼을 갈겼던 것이다.

"내 자석 몸에 손대지 말어. 차라리 날 쥑여, 날 쥑이랑께에—."

아버지의 부르짖음을 뒤로 들으며 점수는 장정들에게 끌

려갔다. 아버지가 쫓아오지 않는 것으로 보아 다른 장정들에게 붙들려 있는 모양이었다.

점수는 광으로 끌려 들어갔고, 입에 재갈을 물린 다음 몽둥이로 뜸질을 당하기 시작했다.

얼마를 어떻게 맞았는지 모른다. 처음엔 아버지를 부르며 몸부림쳤고, 정신이 아물아물해지면서는 병철이놈을 꼭 죽이고 말겠다며 몸서리를 쳤다.

정신을 차려보니 안방이었다. 온몸이 불덩이로 끓고 있었고, 흐린 시야 속에서 어머니는 울고 아버지는 곰방대만 빨고 있었다.

"점수야, 점수야, 살아났구나. 못 믹이고 못 입히고 키운 것도 원통헌디, 요것이 무신 일이다냐. 상것으로 태어난 것만도 서러운디, 요렇크름 모지게 맞고 분혀서 워찌 살끄나?"

어머니는 점수의 옷깃을 비비 틀어 쥐고 또 쥐며 울음을 걷잡지 못했다. 그 옆에서 아버지는 장승처럼 앉아 아무런 말이 없었다.

점수는 시름시름 앓으며 보름을 넘겼다. 어머니가 때맞춰 디밀어대는 이름 모를 쓰디쓴 약은 그다지 효과가 있는 것 같지 않았다. 점수가 자리에 누워 줄곧 한 생각은, 언젠가 마땅한 때가 오면 자신이 당한 것보다 몇 갑절 크게 원수를 갚고야 말겠다는 것이었다.

구천이 아버지 하 서방네는 그 일이 있고 나서 이틀 만에 동네를 쫓겨났다.

"성님, 면목 읎구만이라. 자석놈 빈빈찮게 돼서 성님헌테 죄짓고, 내 신세 막막허게 되야불고……."

구천이 아버지는 내몰이를 당하는 날 아침 일찍 집으로 찾아왔다. 아버지는 아무 말도 하지 않았다.

점수는 기동을 하기 시작해서 보름쯤 지나 옷가지를 챙겨 가지고 아버지를 따라 집을 나섰다. 대장간으로 살러 가는 것이었다.

"니 놈 성깔머리에 신씨 집안 농사 부치고 살다가는 지레 맞어 죽을 끼여. 찍소리 말고 대장일이나 뼈다구에 익혀. 대장일도 기술인디, 니 놈 한평상 묵고 살기는 농사꾼보담은 낫을 것잉께. 알아듣는 기여?"

"야아……."

점수는 코 먹은 소리로 대답했다. 아버지는 언제나처럼 조용조용하게 말을 해나가다가 '알아듣는 기여?'에서 갑자기 소리를 지르듯 했다. 점수는 그 큰 목소리를 듣자 가슴이 찡 울리며 눈물이 나려고 했다.

가을은 달음박질쳐온 들판에 와 있었고, 오직 온기를 잃지 않은 해맑은 햇빛은 눈부시게 벼 이파리 위에서 반짝이고 있었다. 아버지는 느릿느릿한 걸음걸이로 그 따스한 햇볕 속을 걷고 있었고, 점수는 옷 보퉁이를 옆구리에 끼고 종종걸음을 치면서, 아버지가 처음으로 자기를 따뜻하게 보듬어주고 있다고 생각했다. 그리고 생전 처음이다 싶게 마음은 햇빛 가득 안은 들판처럼 맑았는데, 또릿또릿 영글어가고 있는 쌀알처럼 아버지의 말 한마디 한마디가 가슴에 새겨지고 있었다. 세 끼 밥을 제대로 얻어먹어 집에서처럼 배고픈 줄은 몰랐지만 대장일이란 게 여간 어렵지가 않았다. 사시사철 불을 지피고 있어야 하기 때문에 여름에는 대장간이 바로 지옥이었고, 겨울에는 대장간이 바로 천당인 셈이었다. 풀무잡이로만 3년, 보조 망치잡이로 5년, 망치 본잡이로 3년, 제대로 쇠를 다룰 수 있기까지는 13년이 걸렸다. 지겹고 넌덜머리가 나서 도망치고 싶은 때가 한두 번이 아니었지만 그럴 때마다 아버지의 목소리가 자신의 가슴에서부터 들려오곤 했다.

—니 놈 성깔머리에…… 알아듣는 기여?

해방이 되면서 일본 것들이 줄행랑을 치는 소동이 벌어진 건 당연한 일이었지만, 세상은 그것으로 가라앉지 않았다. 친일파를 색출해서 처벌해야 한다고 시끌덤벙했다. 그런 어수선한 판에서 전에 기죽어 지내던 축들이 생기 있게 들먹이고, 누군가는 느닷없는 출세를 하기도 했다. 반대로 전에 세도를 부리던 사람들이 표나게 기가 꺾이고 풀이 죽었다. 점수는 이 기회를 놓치지 않고 병철이 아버지 신 주사를 물고 늘어졌다. 신씨 집안에서 친일파로 몰린 것은 신 주사만이 아니었다. 그러나 그 일은 점수가 흥분하고 기대했던 것처럼 신명나고 시원하게 끝나주지 않았다.

"때가 머지않았소. 모두 한층 더 긴장해야 하오. 다시 한번 점검을 합시다."

방 선생은 확실히 어느 높은 데하고 통하고 있었는지도 몰랐다. 그날이 왔을 때 각자가 해야 될 임무를 재확인하고, 그동안 수시로 만들어왔던 창 개수도 다시 세어보았다.

그리고 보름이 못 되어서였다. 믿어지지 않게, 그러나 틀림없이 세상이 뒤바뀐 날이 오고야 말았다.

"보시오, 마침내 노동자 농민들이 해방되고 양반이나 지주 계급을 처치할 혁명의 날이 오고야 말았소. 지금부터 동무들은 맡은 바 임무를 철저히 수행하시오."

방 선생은 시뻘겋게 피가 돋은 얼굴로 맘껏 소리쳤다. 처음 있는 일이었고, 동무라는 말도 처음 썼다.

방 선생은 인민위원회 위원장이 되었고, 점수는 부위원장이었다. 천숙자 선생은 여성동맹 위원장을 맡았다.

파르스름한 빛을 요귀스럽게 내비쳤다 감췄다 하는 예리

한 창 앞에서 신씨네 일족은 그야말로 한 마리 벌레에 지나지 않았다. 벌레도 풍뎅이나 부나방도 못 되고 개미나 빈대에 불과했다. 점수는 한동안 그 돌변한 현상을 도무지 믿을 수가 없었다. 한다하는 신씨네의 늙고 젊은 남자들이 자신이 꼬나 잡은 창 앞에서 너무나 허망하고 쉽게 무릎을 꿇었다. 너무 믿어지지가 않아 창끝으로 허벅지를 쿡쿡 찔러봐도 누구 하나 반항을 하거나 크게 비명을 지르지도 못했다. 창끝이라 덜 아파서 그런가 싶어 있는 힘껏 주먹을 휘둘렀다. 대장간에서 쇠를 다루며 잔뼈가 굵은 자신의 힘이 얼마나 억센지는 소문이 나 있었다. 그런데 그 주먹을 맞고서도 그들은 마찬가지였다. 그들은 하나같이 겁에 질린 눈으로 치사할 만큼 목숨을 구걸하고 있었는데, 얼굴마다에는 죽음의 벌레가 꼬물꼬물 기어 다니고 있었다. 저것들은 백정의 손에 고삐를 잡힌 소새끼들이다! 점수가 퍼뜩 깨달은 사실이었다. 그 깨달음은 이상하게도 점수를 흥분시켰다. 세상이 바뀐 힘 앞에서 고작 저 정도밖에 안 되는 것들 밑에 깔려서…… 점수는 전신의 근육이 꿈틀거리도록 거친 분노와 복수심이 끓어오르는 것을 느꼈다.

"어떻소, 부위원장 동무, 이제 세상 살맛이 생긴 게요?"

방 위원장의 말이 아니었어도 점수는 세상 돌아가는 이치가 꼭 해 뜨고, 달 지는 것처럼 답답한 것만이 아니라는 사실을 눈 휘둥그렇게, 가슴 벌떡벌떡하게 느끼고 있었다. 남모르게 창을 만들면서도 이렇게 버선 뒤집어버리듯 달라진 세상이 오리라고는 상상도 못했었다. 친일파 검거의 소란이 흐지부지 끝나는 것을 보았던 것이고, 토지 개혁이라고 했지만 미리미리 저희들 집안끼리 서류상 분배를 해서 끄떡없이 버텨낸 신씨네를 목격했었다. 그러나 이번의 변동은 예전 같지가 않았다.

"위원장 동무, 신가놈덜 씨를 말려뿔자면 저그 저 삼봉산 중테기(중턱) 혈을 끊어뿌러야 씁니다."

"부위원장 동무, 그건 바로 지주놈들이나 양반이란 놈들이 즈이들을 높게 보이기 위해 조작해 낸 새빨간 거짓말이고, 그 거짓말을 믿는 게 미신이오."

방 위원장은 얇은 입술에 비웃음을 물며 말했다.

"위원장 동무 말씸이 지당허지요. 헌디, 저놈에 삼봉산만 보면 영 목구녕에 까시 얹힌 거맹키로 기분이 찜찜허다 고런 말씸이어라. 헝께, 혈을 끊겄다고 일삼아 삼봉산 중테기를 팔 것이 아니라, 기왕이면 혈을 파낸 고 자리에 반동 신가놈덜 묘럴 써불자 고런 말이요. 허면 혈이 끊겼겄다, 거그서 송장이 푹푹 썩겄다, 워쩌크름 신가놈덜이 다시……."

"좋소, 그런 걸 두고 바로 일거양득이라는 게요. 역시 부위원장 동무는 남다르다니까요."

7월의 녹음은 수천만 개의 바늘 끝으로 내리꽂히는 따가운 햇살 속에서 검푸르게 침묵하고 있었다. 삼봉산의 녹음은 한결 더 깊어 숲속에서는 새벽의 잔영 같은 그늘이 대낮에도 고요와 함께 퍼져 있었다. 신씨네 남자들은 거의 매일이다 싶게 두세 명씩 한 덩어리가 되어 삼봉산 중턱으로 끌려 올라갔다.

 "요런 반동 새끼덜, 느그 손으로 싸게싸게 혈을 끊어!"

 쩜수는 창을 휘두르며 쩌렁쩌렁 소리를 질렀다. 쩜수의 우렁찬 목소리는 숲의 고요를 뒤흔들고 촘촘히 내리꽂히는 햇살의 숲을 가르며 멀리멀리 메아리쳐나갔다. 와왕, 와왕, 와왕, 소리의 여울을 지으며 멀리멀리 퍼져나가는 자신의 목소리를 들으며 쩜수는 말로는 다 못할 아릿아릿한 쾌감을 느꼈다. 이렇게 환하게, 이렇게 후련하게, 박하잎을 입 안 가득 넣고 씹는 것 같은 이 환한 기분, 이렇게 시원한 세상이 있는 것인데…… 쩜수는 더 거칠게 소리를 질렀다.

 "요런 반동 새끼야, 싸게싸게 파, 싸게싸게!"

 벌거벗은 등 위로 창이 스치고 지나갔고, 땀과 흙으로 범벅이 된 등에서는 금방 새빨간 피가 솟아번졌다.

 배꼽 깊이로 구덩이를 판 그들은 그 구덩이를 뒤로하고 섰다.

 "노동자 농민의 피럴 뽑아 묵고 돼지맹키로 살만 찐 느그 같은 반동 새끼덜, 느그덜 죄가 먼지나 알아묵어?"

점수는 피가 말라붙은 창끝을 그들의 코끝에 들이대며 으르렁거렸다.

"알구만요, 백번 천번 알구만요. 무신 짓이든 다 헐 껭게 목심만 살려줏씨요."

"참말로, 참말로 잘못혔구만요. 한번만 살려줏씨요. 한번만⋯⋯."

"개애새끼덜, 느그덜이 배꼽이 요강 꼭지맹키로 톡 불거지게 배 터지게 처묵고 있을 적에 우리덜은 배창시가 등짝에 찰싹 붙어뿔게 쫄쫄 굶었다는 것을 느그덜이 알어? 배고픈 서럼이 뭔지럴 느그 놈덜이 아느냔 말이여! 우리가 씨레기죽도 못 묵을 적에 느그 놈덜은 곳간에 쌀 가마니 차곡차곡 싸놓고 떡이다 유과다 약과다 해 처묵음서 희희낙락했어. 고 쌀이 먼지나 알어? 고건 바로 우리 겉은 사람덜 피 뽑고, 살 껍데기 벳겨 맹글어진 것이었단 말이여, 느그덜 죄가 먼지 알아묵겄어!"

점수는 이미 옛날의 점수가 아니었다.

"느그덜얼 노동자 농민의 이름으로 처단헌다!"

말이 떨어지기가 무섭게 서너 개의 창이 햇빛에 번뜩하며 허공을 갈랐다.

― 으아악⋯⋯.

목숨이 끝나는 마지막 비명에 부딪히면 햇살도 분말로 부스러지는지 사방은 잠시 동안 어둠에 묻히는 것 같았다.
　점수는 똑바로 서서 먼 허공을 응시한 채 그 소리를 오래도록 듣고 있었다. 한(恨)이라는 게 있다고 했다. 그건 어떻게 해서 생긴 것이고, 어떤 모양을 하고 있을까. 도저히 삭일 수 없이 억울하고 분한 꼴을 당할 때마다 가슴 깊이에 피멍이 잡히고 그것이 뭉치고 또 뭉쳐져 돌멩이처럼 딱딱하게 굳어진 피멍의 덩어리가 한이 아닐까 싶었다. 그 덩어리를 반으로 쪼개보면, 수십 년 묵은 나무의 나이테처럼 굳어진 피멍들이 여러 층을 이루고 있을 것만 같았다. 그 마지막 비명 소리는 실뱀처럼 자신의 몸 속으로 기어들어 한의 덩어리를 한 층씩 한 층씩 녹아내리게 하고 있다고 점수는 믿었다. 그건 느낌만이 아니었다. 할아버지, 아버지, 그리고 자신의 가슴에까지 줄줄이 대물림하여 한을 심었던 자들이 바로 자신의 손에 의해서 하나씩 하나씩 영영 못 올 세상으로 떠나가고 있지 않은가. 방 선생은 전체 인민을 위한 혁명이라고 했지만 자신은 그런 막연한 소리는 별로 실감이 나지 않았다.

3

 그는 결국 출근을 못했다. 그로서는 몇 년에 한 번 있을까 말까 한 이변이었다. 호랑이를 잡으려면 굴로 들어가라. 이건 그의 사업 경영 좌우명이나 다름없었다. 사원들을 철저하게 부려먹으려면 사장이 먼저 출근하고 늦게 퇴근하라. 그는 스스로에게 내린 이 계율을 25년 가까이 거의 어긴 적이 없었다.
 그는 회사로 전화를 걸어 결근을 알리게 하고 비서실장을 찾았다. 실장은 태양실업으로 바로 출근을 했다고 했다. 쓸 만한 녀석이야. 그는 고통에 시달리면서도 일순간 반짝하는 기쁨을 느꼈다.

"사장님, 회사가 부도날 리 없을 텐데 혈압이 왜 이 지경이 됐습니까."

새벽같이 차를 보내 불러온 주치의는 웃음을 잃지는 않았지만 못내 언짢은 기색이었다.

"미안해요, 전 박사……."

그는 긴 한숨을 내쉬었다.

"이런, 이런, 방바닥 금 가겠습니다. 그 한숨, 그게 범인입니다. 그런 끔찍한 한숨이 터져 나오게 하는 게 도대체 무슨 일입니까."

"글쎄요, 나도 이젠 그만 살아야 될까 보오."

"아니, 왜 이러십니까. 고혈압이란 병이면서 병이 아닙니다. 신경을 안정시키고 마음의 평정을 유지하면 아주 순하고 착하게 다스려지는 병입니다."

그는 눈을 감았다. 이런 무식한 돈벌레야 하는 것 같은 의사의 얼굴을 보고 싶지 않았다. 그리고 신경 안정, 마음의 평정 하는 말이 듣기가 거북했다.

"조금 있으면 약간 나아질 겁니다. 허나 약보담은 마음이 약이라는 사실을 잊지 마십시오. 그런 일 없겠지만, 급하시면 학교로 연락 주십시오."

주치의가 돌아가고 뒤이어 실장한테서 전화가 왔다.

"응, 자넨가, 결론부터 말하게."

그는 다급하게 몰아쳤다.

"두 사람이 있긴 한데 신범호는 아닙니다."

"아니라구······."

그의 가슴에선 장마철에 꼭지 곯은 호박 떨어지는 소리가 울렸고, 옳지, 가명을 썼을지도 모른다 하는 생각이 구원처럼 번쩍 떠올랐다.

"그 두 사람 신상 파악해서 5분 내로 보고해. 원적, 본적, 현주소야!"

"알겠습니다, 사장님."

그는 맥박이 점점 빨라지는 것을 느끼고 있었다. 어젯밤부터 줄곧 여기에다 굵은 기대의 동아줄을 걸어놓고 있었다. 만약 아니라면······ 맥박은 자꾸 속력을 내고 있었다. 찾아내지 않으면 안 된다. 기필코 만나야 한다.

5분이 안 되어 전화가 걸려왔다.

"한 사람은 원적, 본적이 서울특별시······."

"됐어. 그 다음 사람, 그 다음 사람 말해."

그는 꽥꽥 소리를 질렀다.

"네에, 네, 다음 사람은 원적이 충청북도······."

"관둬, 관둬!"

그는 외치고, 송수화기가 깨져나가라고 전화기에다 떡을 쳤다. 그리고 그는 신음을 삐질삐질 흘리며 이불 위로 무너져 내렸다.

  그는 열까지 오르는 몸을 주체하지 못하고 하루 종일 끙끙 앓았다. 물만 조금 넘겨도 금방 구역질이 생겼다. 그는 잠이 좀 들었는가 싶다가도 이내 외마디소리를 지르며 소스라치곤 했다. 그런 그의 눈은 번하게 열려 있었는데, 전혀 초점이 맞는 것 같지가 않았다.

  두 번째의 전화를 받고 주치의가 달려왔다. 대학병원의 의사가 일과 중에 개인 집으로 왕진을 한다는 건 결코 쉬운 일이 아니었다.

"입원하시죠. 병세가 심해서가 아니라 안정을 위해섭니다."

의사는 웃지 않고 말했다.

"괜찮아요. 내 병은 내가 알아요."

그는 얼굴을 일그러뜨리며 억지로 웃어 보였다.

"사장님, 딴 때는 지금의 반도 못 되는 상태에서 사장님이 먼저 입원을 서두르셨습니다."

"그랬어요, 여보. 제발 고집 부리지 마세요."

"당신 나가 있어!"

그는 마누라를 쥐어뜯듯 소리쳤다.

"사장님, 무슨 큰 걱정거리라도 있습니까?"

의사는 단골 환자의 아픔을 덜어줄 고민거리를 건져내기라도 하려는 듯이 그의 얼부푼 눈 속을 찬찬히 들여다보았다.

"별일 없어요. 늙은 탓이오."

그러나 그는 속시원히 말해 버리고 싶었다. 지금 쫓기고 있다고, 제발 좀 살려달라고. 하지만 그는 병을 고치는 의사일 뿐이었다. 자신의 과거를 고칠 수 있는 사람이 아니었다. 아니, 자신의 과거를 다 듣고 나면 당장 진료를 거부해 버릴지도 모를 일이었다. 그는 무서운 고독감에 에워싸이고 있었다.

"입원을 해야겠으면 바로 연락드리리다. 두 번씩이나, 고맙고 미안합니다."

"별말씀을, 몇 시간 주무시도록 했습니다."

그는 약기운으로 서너 시간을 잤다. 잠을 깨어보니 밖은 어두워져 있었다. 그는 얼른 벽에 걸린 시계로 눈을 돌렸다. 8시가 다 되어가고 있었다.

찌르릉, 찌르르릉······.

그는 부르르 떨었다. 그건 환청이었다. 가슴에서 불두덩까지, 찬바람 한 줄기가 뱃속을 관통하고 있었다. 그리고 그는 심한 오한을 느꼈다.

갑자기 무섬증이 몰려들었다. 그건 어둠이 머리카락을 풀어헤치고 다가서며 뿌리는 차가운 빗방울 같은 소름 끼침이었다. 어둠에서 이런 무서움을 느끼기는 생전 처음이었다.

어쩌면 자신의 평생 태반은 어둠을 친구 삼아 이루어졌는지도 모른다. 그 반은 밤의 어둠 속에서, 나머지 반은 마음의 어둠 속에서.

  그들은 어느덧 야행성(夜行性) 동물로 변해 있었다. 어둠이 산자락을 타고 오르며 밤의 알맹이들을 촘촘히 뿌리기 시작하면 그들은 부엉이와 함께 기지개를 켰다. 어둠은 그들을 포근하게 감싸서 보호하기를 게을리 하지 않았다. 어둠은 친근해 갈수록 새로운 눈과 새로운 다리를 마련해 주었다. 어둠은 그들이 가진 어떤 것보다 강력한 무기의 하나였다.
"쌍림댁이 오늘 몰매 맞아 죽었소."
  그는 이 말을 전해 듣고도 놀라지 않았다. 오히려 옆에 둘러앉은 사람들 사이에 팽팽한 긴장이 일어났다.
"당산나무 아래서 당헸다느마요."
  전령은 불안을 못 견디겠는 듯 묻지 않는 말을 덧붙였다.
"칠성이는 워찌됐고?"
  그는 낮은 목소리로, 그러나 질긴 것을 꼭꼭 씹는 것처럼 말마디에 힘을 박아 물었다. 그 어조에서 풍기는 섬뜩한 살기는 둘러앉은 사람들의 가슴에 화살처럼 꽂혀왔다.
"칠성이는 화를 면헌 모양인디……."

"근디, 지끔 워디 있는겨?"

"나도 고걸 알아낼라고 혔는디, 말봉이가 그것꺼정은 안즉……."

"그 쌍녀러 새끼덜얼 당장!"

그는 자리를 차고 일어섰다.

"부위원장 동무, 홍분하지 말고 침착하시오."

방 위원장이 한 자락씩 짙게 펼쳐지고 있는 계곡의 어둠살에 눈을 둔 채 냉정하게 말했다.

"염려 놓으씨요. 나럴 젖 묵는 어린앤 줄 아시오?"

"그렇진 않지만, 피붙이에 끌리는 마음이 자칫 잘못하면 큰일을 망칠 수 있기 때문이오."

도마 위의 고기를 토막치듯 하는 차가운 말이었다. 당신은 안즉 새끼를 까보지 못혀서 그런겨. 자석을 불화로 속에 내던진 애비 속이 워떤지 당신이 알기나 혀? 그라고, 마누라가 맞아 죽었어. 장개 못 가본 당신이 그 속을 워찌 알어. 이 말을 외쳐대고 싶었다. 그러나 어금니를 물며 참았다.

"내 알아서 헐 팅께 위원장 동무는 눈감고 있으씨요."

"글쎄 안 된다니까요. 그 지역에 들어가기에는 너무 위험해요."

티격태격이 계속되다가 결국 군관까지 알게 되고 말았다.

"부위원장 동무, 어찌하자는 것임매?"

"반동 새끼덜 먹을 따부러야 내 분이 풀릴 것 겉소."

"만일 체포되면 우리 거점이 노출된다는 사실을 생각했음매?"

"잽히면 요걸로 가슴을 팍 쑤셔 죽어뿔 작정이오."

점수는 칼을 뽑아 들고 부르르 떨었다.

"부위원장 동무 역시 강한 투사당이. 좋소, 가보도록 합세."

"군관 동무, 고맙구만이라."

점수는 혼자 어둠 속으로 날아들었다. 불쌍헌 것, 지가 무슨 죄를 졌다고 몰매를 맞어 죽음스롱 날 을매나 원망했을꼬. 그 심덕 착허든 것이, 원망도 못혔을 끼여. 점수는 비로소 가슴속 밑바닥에서부터 비비 꼬여 오르는 슬픔을 씹으며 울었다.

경황이 없기도 해서였지만, 다섯 살 난 칠성이가 딸린 몸이었다. 그리고 설마 했었다. 자신들도 아녀자나 아이들은 일절 다치지 않았기 때문이었다. 그걸 믿은 게 잘못이었다.

"칠성이 아부지, 너무 모질게 안 허는 것이 워떻겠소. 나 겉은 무식헌 기집이 멀 알랍디여만은, 원수를 원수로 갚아 나가먼 끝이 읎을 것 아니요이."

마누라의 말이 되살아나고 있었다. 그러나 그렇게 차분하게 앞뒤를 따지고 맞출 여유가 없었다. 이미 터지기 시작한 봇물이었다. 그 거센 물줄기를 거슬러 오를 힘도 마음도 없었다.

　점수는 끝없이 이어지는 마누라의 비명 소리를 들으며 미친 듯이 어둠 속을 내닫고 있었다. 총에 맞아 죽은 것도 아니고, 창에 찔려 죽은 것도 아니다. 몰매를 맞으며 시나브로 시나브로 죽어간 것이다. 그 고통이 얼마나 기막혔을까.

　점수는 세포로 박아둔 말봉의 집으로 숨어들었다.

　"워메, 요게 뉘여? 점수, 아, 아니 부위원장 동무 아니란가요?"

　말봉은 잠이 덜 깬 눈으로 허둥댔다.

　"싸게 정신 채려!"

　점수는 말봉의 멱살을 잡고 짤짤 흔들었다.

　"워메, 들키면 워쩔라고 여그까지 들이닥친다요? 내 모가지는 열 개가 되는 줄 아씨요?"

　말봉은 노골적으로 싫은 기색을 했다.

　"요런 느자구 웂는 인종 보소. 니 모가지에 당장 칼을 팍 박아뿌러야 정신이 나겄냐?"

　점수는 칼을 빼 들어 말봉의 턱밑에 들이댔다.

　"아니어라우, 나가 깜빡 정신이 나갔었구만요. 용서허시씨요."

　말봉은 정신이 바짝 든 표정으로 마른침을 삼켰다.

　"칠성이는 워떻게 되얐어. 지끔 어딨어?"

"고건 진작 말 전혔는디……."

"그때가 원젠디, 그라면 이적지 알아보도 않고 태평시럽게 잠만 퍼자고 있는 거여?"

점수의 눈에서 불똥이 튀었다.

"눈치 읎이 설레발 치다가 내 신분이 노출되면 워쩔 것이요. 맘이사 굴뚝 겉지만 더 큰일을 허잔께……."

점수는 전신의 힘이 한꺼번에 빠져나가는 허탈에 빠졌다. 조직을 앞세운 명분 앞에 더 할말이 없었다.

"내일 당장 찾아내도록 혀. 그라고 칠성이 엄니는 워딨어!"

"상여집 옆에 무데기로 내다 버렸구만요."

"알겄어. 자빠져 자."

점수는 어둠 속으로 몸을 감추었다.

말봉은 칼끝이 닿았던 목을 문지르며 긴 숨을 내쉬었다. 칠성이 어머니의 죽어가던 모습이 선하게 떠올랐다. 당산나무에 묶여 돌로 찍히고 몽둥이로 두들겨 맞아 죽어가면서도 쌍림댁은 큰 비명 한번 지르지 않았다. 미친 것처럼 날뛰는 사람들의 아우성 속에 칠성이는 차이고 나뒹굴어지며 경기를 일으키고 있었다.

상여를 넣어둔 동네 끝 움막 옆에는 커다란 구덩이가 파여 있었다. 점수는 구덩이로 뛰어들었다. 시체는 한두 개가 아니었다. 시체의 머리를 더듬어 여자를 찾아내야 했다. 끈적끈적하고 역한 피비린내가 국수 가락처럼 길게 코로 빨려 들었다. 시체는 시체 위에 포개져 있었고, 점수는 그 시체들을 잡아끌기도 하고 안아서 옮기기도 하면서 하나하나 확인해 나갔다. 그런데 난감한 일이 생겼다. 시체는 모두 아홉인가 그랬는데, 낭자 머리를 했거나 머리칼이 길어서 여자로 확인된 시체는 셋이었다. 지척을 분간하기 어려운 어둠 속에서 어떤 것이 마누라인지를 식별해 낼 수가 없었다. 불을 켤 수가 없는 형편이기도 했지만 점수는 빛을 만들 만한 것은 아무것도 몸에 지니고 있지 않았다. 어둠을 타고 행동해야 하는 그들로서는 성냥을 지닐 수 없는 것이 절대 수칙 사항이었다. 점수는 물을 뒤집어쓴 것처럼 흐르는 땀을 훔치며 손으로 더듬어 식별할 수 있는 마누라 몸의 특징이 무엇인가를 생각해 보았다. 자신의 왼쪽 눈 아래 광대뼈쯤에 솟은 콩알만 한 혹 같은 것 말이었다. 그러나 마누라의 몸에는 기억에 남을 만한 것이 없었다. 마누라의 벗은 몸은 평생을 상것으로 살기에는 억울하고 아까울 만큼 희고 고왔다. 흠이라곤 찾을 수 없이 매끈했던 그 몸이 지금으로선 오히려 그렇게 야속할 수가 없었다. 점수는 세 여자의 시체를 번갈아가며 만지고 또 만졌다. 이것도 마누라 같고, 저것도 마누라 같고, 마누라의 벗은 몸에서는 새순 돋을 때의 솔 이파리 냄새가 숨소리처럼 살아서 풍겼다. 그러나 지금은 시체마다에서 속이 뒤집히는 피비린내만 진동하고 있었다.

점수는 지칠 대로 지쳐 구덩이를 기어 나왔다. 눈물이 걷잡을 수 없이 흘렀다. 그래서 퍼질러 앉아 눈물을 쏟았다.

"그렁께 나가 머랍디여. 너무 모질게 허먼 못쓴다고 안 그럽디여."

마누라의 타박이 들리는 것 같았다.

"안 되야. 씨럴 말려뿌러야 혀."

점수는 이빨을 뿌드득 갈며 일어섰다. 그리고 땀과 눈물이 범벅 된 얼굴을 훔쳤다. 마음속으로 이배(二拜)를 하며 사자(死者)와 이별했다.

점수는 칼을 뽑아 들고 어둠을 헤치고 있었다. 누구라고 할 것이 없었다. 잡히는 대로 몇 놈 목에 바람구멍을 내지 않고는 이대로 돌아갈 수가 없었다. 마을을 향해 점수는 내닫고 있었다.

마을 가까운 개울에 다다랐을 때였다. 갑자기 전신에 소름이 쫙 끼쳤다. 그리고 난데없는 회오리바람이 앞을 가로막았다. 점수는 정신을 가다듬었다. 개울을 건너려는데 회오리바람은 더 거칠어졌고, 무엇이 섬뜩하게 목을 감는 것 같았다. 점수는 얼른 목을 만져보았다. 아무것도 감긴 것이 없었다. 그런데 무언가가 자꾸만 뒤로 잡아당기고 있었다. 마음은 분명 개울을 건너고 있는데 발은 뒷걸음질 치고 있었고, 회오리바람은 뒷걸음질 친 만큼씩 따라오며 용틀임을 했다. 점수는 사타구니의 물건이 바짝 오그라붙는 무섬증을 느꼈다. 그리고 그건 마누라의 혼백이라는 것을 그는 문득 깨달았다. 점수는 그때까지 들고 있던 칼을 칼집에 꽂았고, 개울을 등지고 돌아섰다. 조심조심 걷기 시작했다. 차츰 무섬증이 가셨고, 회오리바람은 언제 가라앉았는지 자취도 없었다.

그때 이후 어둠을 두려워하기는 처음이었다. 그때는 금방 가셨는데 지금은 시간이 갈수록 점점 심해지고 있었다.
찌르릉, 찌르르릉……
그는 가슴이 덜컥 내려앉는 것을 느끼며 시계를 보았다. 10시가 다 되어 있었다. 이번엔 환청이 아니었다.
찌르르릉…… 찌르릉…….
그는 수화기를 들었다. 숨을 깊게 쉬었다.
"여보세요."
"배점수 씨, 안녕하십니까."
목소리는 변함이 없었다.
"여보시오, 젊은이……"
"오늘 태양실업에 근무하는 신씨 성을 가진 사원들의 신원을 조사했다구요."

그는 그만 숨이 컥 막혔다. 이게 도대체 귀신인가, 사람인가. 어떻게 이럴 수가 있는가.

"제법 머리를 쓰긴 썼는데, 대장간 하던 머리라 역시 좀 모자라시군."

"머, 머라고?"

"나를 그렇게 찾고 싶으면 고향 회정리에 사람을 보내 신씨네 주민등록등본을 몽땅 떼시지 그래. 거기 보면 전출지가 다 나와 있으니까 추적하면 쉽게 날 잡을 수 있으실 텐데."

"여보시오……."

"신범호라는 이름이 진짜라고 믿은 당신 머리는 역시 돌이야. 사람을 파리 잡듯 하는 썩은 피를 가진 당신한테 접근하며 그 정도 방어책은 나도 강구해야지."

전화의 목소리는 아예 편안하게 말을 놓고 있었는데 그는 그런 걸 깨달을 겨를이 없었다. 그저 무언지 모르게 와르르 와르르 무너지는 절망감에 휘말리고 있었다.

"여보시오, 제발……."

"진정하시지. 배점수 씨, 당신이 창으로 푹푹 찔러 죽인 사람들이 몇이나 되는지 기억하고 있으신가?"

"이봐요, 젊은이……."

"대답하시오, 몇 명인지."

그는 정신이 가물가물해지고 있었다.

"대답하시오. 몇 명인지."

전화기의 소리가 그때의 비명으로 들리고 있었다.

"기억 못하면 내가 가르쳐드릴까?"

"나 좀 만납시다. 나 좀 만납시다."

그는 거의 울부짖고 있었다.

"서른여덟, 당신은 서른여덟 사람을 창으로 찔러 죽였어."

"나…… 나가, 손수 죽인 것이 아닌디……."

그는 하얗게 죽어가고 있었다.

"배점수 씨, 당신 너무 오래 살았다고 생각하지 않소?"

전화가 끊겼다.

비명을 지르며, 비명을 지르며, 비명을 지르며…… 화살로 내리꽂히는 햇살을 잠시잠시 분말로 부숴뜨리며 그 소리는 메아리로 산 굽이굽이를 더듬다 사라지고, 그들은 그들이 판 구덩이로 굴러 떨어져, 지금 그의 눈앞에서 숨져가고 있었다. 아니, 그들은 되살아나고 있었다. 영화 필름을 거꾸로 돌리는 것처럼, 그들의 몸뚱어리에서 솟구쳐 나오던 피가 되빨려 들어가고, 창에 맞아 터진 상처가 다시 아물고, 산굽이를 돌아 사라진 비명의 메아리는 되돌아와 그들의 입으로 들어갔다. 그리고 그들을 묶은 포승이 스르르스르르 풀리고, 그들은 지금 자신을 향해 한 발짝 한 발짝 다가들고 있었다.

"안 돼, 안 돼!"

그는 소리치며 버둥거렸다.

"여보, 왜 이러세요. 정신 차리세요."

그는 안개가 자욱하게 낀 것 같은 눈으로 마누라를 멀거니 쳐다보았다.

"그 전화 거는 놈이 도대체 누구예요. 어제부터 말하려다 참은 거예요. 그놈이 뭔데 당신을 이 지경으로 괴롭히는 거예요."

그는 오만상을 찌푸리며 손을 내저었다.

"무슨 공갈을 치는 모양인데 당장 경찰에 신고해요."

"닥치지 못해!"

그는 벌떡 일어나 앉으며 벽력같이 소리를 질렀다. 이제 그의 눈은 불을 뿜고 있었다.

"아니, 아니, 왜 그래요 당신."

마누라가 뒤로 물러나 앉으며 의심과 겁이 뒤섞인 얼굴이 되었다.

"설치지 말고 가만있어."

"아니 당신이 무슨 잘못을 저질렀기에 요런 고통을 당하느냐 말이우. 혹시나 사업상 무슨 실수가 좀 생겼다 쳐요. 테레비 수사극도 못 봤어요. 신고를 안 했다가 되레 일이 크게 터지잖아요."

"글쎄 시끄러! 다 내가 알아서 할 일이야."

"몸이 이리 상해가면서 왜 당하기만 하려는 거예요."

"글쎄 잔소리 말어. 당장 나가."

말을 계속하면 금방 후려치기라도 할 기세였다.

그는 완력으로 마누라를 떠밀어내고는 예견하지 못했던 새로운 불안에 둘러싸였다.

그놈이 만약 경찰에 고발을 하면 어떻게 되는 것인가⋯⋯.

그놈은 옴짝달싹 못하게 증거를 들이대고, 증인을 내세울 것이다. 사상범에 살인범, 그리고, 그리고, 이름이고 본적이고 다 바꿔치기 한 것은 무슨 죄가 되는 것인가. 죄에는 시효(時效)가 있다고 했다. 내 죄의 시효는 모두 합치면 몇 년이 필요한 것일까.

그놈은 서른여덟이라고 했다. 다시 생각해도 끔찍한 숫자였다. 그게 사과 서른여덟 개가 아니고, 생선 서른여덟 마리도 아니었다. 피 뜨겁게 살아 있는 사람이 서른여덟인 것이다. 그들의 목숨을 빼앗을 때마다 치부책에다 표시한 건 아니었지만, 아마 틀림없는 숫자일 것이다. 개 서른여덟 마리를 감나무 가지에 목매다는 것도 속 뒤집힐 일일 것인데, 그러나 그때는 숫자가 늘어날수록 왜 자꾸만 그렇게 허기를 느끼며 날뛰었던가. 부위원장 동무, 무작정 죽이는 것만 능사가 아니오. 방 위원장이 말했다. 무신 말이다요? 너무 강한 쇠는 휘어지는 게 아니라 부러지지요? 그야 강헌께 그러지라우. 정치, 아니 사람을 다스리는 것도 마찬가지요. 너무 강하게만 나가면 사람을 잃어요. 우리를 지지할 사람들조차 우리를 두려워하고 멀리하게 돼요. 그렁께 고삐를 늦추라 그런 말씸인가요? 신중을 기하라는 말이오. 그러나 이런 말이 귀에 들어오지 않았었다.

―배점수 씨, 당신 너무 오래 살았다고 생각하지 않소?

그놈이 10억을 요구할지도 모른다는 생각과 동시에 살의를 느꼈던 자신이 새삼스럽게 더없이 초라해 보였다. 신범호가 노리는 것은 돈이 아니라 자신의 목숨이었다. 이제 신범호는 보이지 않는 병균처럼 자신의 몸으로 파고들어 야금야금 목숨을 잡아먹기 시작하고 있었다. 그런데 자신은 아무런 대비책도 강구하지 못하고 있다. 이런 식으로 가다가는 자신의 모든 것―회사고 가정이고―은 밑창에 구멍 뚫린 배처럼 서서히 침몰하게 될 것이다. 세 자식, 회사……그는 그만 미칠 것만 같은 심정이었다.

신범호라는 놈은 틀림없이 서른여덟 명 중의 누구 자식일 것이다. 그들의 자식으로 살아남을 수 있었다면 서른에서부터 마흔 안쪽일 것이었다. 그런데, 어떻게 해서 자신을 배점수로 알아낸 것일까. 아무리 생각해도 귀신이 곡할 노릇이었다. 그는 자신을 감추기 위해서 이름과 본적만 바꾼 것이 아니었다. 왼쪽 눈 밑 광대뼈 가까이에 솟은 콩알만 한 혹을 수술로 제거했고, 시력이 멀쩡한 눈에 안경을 끼웠으며, 그 고치기 어려운 사투리를 혓바닥 깨물어가며 고쳤다. 그러고서 29년이란 세월이 무사히 지나갔다. 전쟁이 끝나고 2~3년이 지나 들통이 났다면 또 모른다.

 그는 낭떠러지 아래로 떠밀리는 절박한 외로움에 갇혀 겹쳐오는 육신의 고통과 싸우고 있었다. 혈압만 오르는 것이 아니라 오줌은 뜨물 빛깔로 탁하게 변해 나왔다.

4

그처럼 허망하게 끝날 줄은 상상도 못했었다.
"고게 무신 소리요. 우리 세상은 끝장나 부렀다 그 말이요?"
점수는 책상을 걷어차며 소리 질렀다.
"목소리 낮춰요. 끝장이 아니라 잠시 후퇴하는 거요. 서둘러요, 시간 없으니까."
방 위원장은 어느 때 없이 허둥거렸다.
"니미럴, 석 달 열흘, 백 일도 다 못 채우고 야간 도주허자는 거여. 요게 무신 염병헐 짓이당가?"
점수는 또 세상이 닫힌다는 사실 앞에서 끓어오르는 분노를 주체할 수가 없었다. 한세상이 햇빛 쏟아지는 들판처럼 그렇게 풍성하게 빛나면서 평생토록 펼쳐지리라고 굳게 믿었었다.

"부위원장 동무, 자숙하시오!"

여자의 목소리가 쨍 하고 울렸다. 여맹위원장 천 선생이 점수를 노려보고 있었다.

"똑똑히 들으시오. 지금 부위원장이 저지르고 있는 언행은 용서할 수 없는 반동이오!"

천 선생은 팔을 쭉 뻗쳐 검지손가락 끝으로 점수를 가리키고 있었는데, 그 손가락 끝은 곧 그의 눈을 후벼 팔 것만 같았다. 점수는 순식간에 전신에 식은땀이 쭉 흐르는 걸 느꼈다. 너무 다급한 상황이었다.

"워디요, 그런 것이 아니라……."

"잠깐의 흥분 상태가 저지른 실수로 간주할 것이니 차후로는 그따위 반동적 행위가 절대 없도록 하시오."

"알겠습니다, 여맹위원장 동무."

도둑고양이들처럼 어둠으로 몸을 가리고 마을을 빠져나가야 했다. 가족을 만나고 어쩌고 할 경황이 없었다. 대원들도 제대로 다 규합을 못해서 떠나는 판이었다. 어둠 속을 걸으며 그 누구도 입을 열지 않았지만 상황은 수염에 불이 붙은 것만큼이나 급박하다는 것을 절실하게 느꼈다.

그들은 회정리에서 30여 리 떨어진 산중에 거점을 마련했다. 선요원의 보고에 의하면 다음날 정오를 기하여 세 마을의 치안이 바뀌었다고 했다. 그건 그들이 자취를 감추어서가 아니라 아침나절에 국군이 밀어닥쳤기 때문이었다.

"간나 새끼들!"

군관은 들고 있던 막대기로 제 가죽 장화를 후려치며 얼굴을 일그러뜨렸다. 깊은 산속의 정적만 괴괴할 뿐 그 누구도 입을 여는 사람이 없었다.

점수는 불개미 한 마리가 풀잎에 기어오르는 것을 하염없이 바라보고 있었다. 아무 생각도 떠오르지 않았다. 지난 석 달 동안의 일이 꼭 꿈결같이 멀게 느껴졌다. 그동안 기운을 다 써버린 것처럼 삭신에 맥이 빠지고 가슴은 허허롭기만 했다. 앞으로 어떻게 되는 것일까. 또 그런 날이 올 수 있는 것일까. 이런 생각을 먼 하늘 끝에 걸려 있는 구름의 거리만큼이나 막연하게 하며 점수는 때 없이 몰려드는 졸음에 빠져들고 있었다. 점수는 꾸벅꾸벅 졸다가 벌렁 네 활개를 펴고 누워버렸다.

아버지는 부석부석한 생전의 얼굴 모습 그대로였다. 옆에는 진작 돌아가신 어머니가 나란히 서 있었다.

"니 한이 크다 헌들 이 애비 것만 허겄냐. 애비 맘 아리고 쓰린 것 참아감서 대장깐에 보낸 것은 니 놈 가심에 한 맺히지 않게 혈란 것이었어. 그란디, 니가 워쩐 일이여. 니 놈보 담 몇십 곱절 큰 한을 안고도 나는 참고 살고, 나보담도 몇 백 곱절 큰 한을 안고도 느그 할아부지는 참고 사셨는디, 니 놈이 이게 워쩐 일이여. 애비 쥑인 웬수도 아니겄고, 있는 사람 읎는 사람끼리 살다 보니 생긴 앙심만으로 사람을 고렇크름 상허는 행투 니 워디서 배웠드라냐. 대장쟁이 솜씨로 농기구 실허게 맹글라 그랬제 사람 찔러 쥑이는 창을 맹근 요런 숭악헌 놈아, 니 놈이 미쳐 돌아가니께 순월이년꺼정 함께 미치는 거여. 이눔아, 안 되는 법이여, 안 돼야. 넘 목심 개 잡듯 허고 니 놈 두 다리 뻗고 자는 법 읎는겨."

점수는 소스라쳐 눈을 떴다. 사방에는 저녁 어스름이 덮여오고 있었다.

"부위원장 동무는 역시 남자 배짱이오. 어찌 그리 달게 잘 수가 있소."

방 위원장이 씁쓸하게 웃으며 혼잣소리처럼 말했다.

"금메 말이요……."

점수는 어정쩡하게 대꾸를 하고는 살갗끼리 마찰되는 소리가 뿌드득 나도록 두 손바닥으로 얼굴을 세게 훔쳐 내렸다. 아직도 아버지의 모습이 그대로 남아 있는 것만 같아서였다.

아버지는 두 달 전에 세상을 버렸다. 병명도 몰랐다. 갑자기 앓아눕더니만 온몸이 부석부석하게 부어올랐다. 조금 빠지는가 하면 다시 부어오르고 하다간 여드레 만에 숨을 거두었다. 한의원에게 보이고, 약첩을 쓰고 했지만 아무 효과가 없었다. 체증이 도진 것인갑구먼. 한의원이 어물거렸다. 점수는 쏘다니느라고 임종도 지키지 못했다. 장례를 치르는 동안 사람들은 점수 뒷전에서 입을 모았다. 죄는 진 대로 가고 공은 닦은 대로 간다는 말이 맞기는 맞는 모양이시. 금메 말이요, 점수 손에 죽은 원귀들이 아부지헌테 붙어부렀는갑소. 그렁게 말시, 넘덜 죽이로 댕기다가 즈그 아부지 쥑인 것잉만. 점수는 별다른 슬픔도 느끼지 못하고 장례를 치렀다.

임종을 지키지 못했던 것이 새삼스럽게 싸한 슬픔이 되어 가슴에서 둥근 파문으로 번져갔다. 아버지는 처음부터 점수의 활동을 마땅찮아했고, 더욱이 딸 순월이가 설치는 데는 치를 떨었다. 저년은 무신 못된 귀신이 들렸길래 미친년 널뛰대끼 저 지랄이당가. 시상 망쪼고, 집구석 구둘장 뒤집었네. 그러나 순월이는 막무가내였다. 아부지, 나 허는 일 간섭 마시씨요. 나는 출가외인이니께. 순월이는 눈썹 하나 까딱하지 않고 아버지 앞에 맞섰다.

점수도 순월이와 맞닥뜨리기를 싫어했다. 병철이 내외를 그렇듯 잔인하게 죽이는 순월이를 본 다음부터는 찬물을 끼얹은 것처럼 정이 멀어지고 말았다. 순월이는 여맹위원이었는데, 함께 떠나오지 못했다. 집에 사람을 보냈는데 어디로 갔는지 집에 없었다. 누구보다도 먼저 화를 당했을 것이었다.

"뭘 그리 생각하시오?"

방 위원장이 갈대 줄기를 꺾으며 말했다.

"암것도 아니오. 근디, 앞으로 워쳤게 된다요?"

"곧 군관 동무의 지시가 있을 거요."

군관은 어둑어둑해지는 속에 모든 사람들을 모이게 했다.

지금부터 우리의 투쟁은 본격적으로 시작되었다. 우리는 악조건에 처해 있기 때문에 더욱 철통같이 뭉쳐야 하고, 악조건을 견디며 쟁취한 투쟁의 승리야말로 가장 가치 있고 빛나는 승리가 될 수 있다. 우리 위대한 인민 군대는 곧 완전한 승리를 이룩할 것이다.

이런 내용의 일장 연설을 했다. 그리고 몇 가지의 절대 수칙 사항을 발표했다. 명령에 절대 복종한다. 명령 불복종은 무조건 사형이다. 모든 조직과 직위는 전과 동일하다. 불을 켤 수 있는 그 어떤 기구도 몸에 지녀서는 안 된다. 허락 없이 부대를 이탈할 수 없다. 발각시에는 사형이다. 대충 이런 내용이었다.

점수가 마누라의 시체를 찾지 못하고 돌아온 다음날 밤

그들은 이동을 실시했다. 마을의 안전을 위해 군인들이 인근 산을 수색할 것이라는 정보에 따라 더 깊은 산으로 옮겨야 했다. 점수는 아들의 손목에 부정(父情)의 명주실을 묶고는 골짜기를 건너고, 산마루를 돌고 하면서도 끊임없이 실을 풀어냈다.

그들의 생활은 밤과 낮이 완전히 뒤바뀌어 있었다. 낮에는 숲 깊은 골짜기 같은 데 은신해 있다가 어둠을 따라 활동을 개시했다. 그들이 밤에 하는 두 가지 큰일은 상부와 연락을 취하는 봉홧불을 올리는 것과 보급이라곤 전혀 없는 상태에서 양식을 구하는 것이었다.

양식을 구하기 위해서는 며칠이 멀다 하고 외딴 마을을 습격해야 했다. 그 일은 안전 장치를 뽑은 수류탄을 쥐고 있는 것이나 다름없었다. 이쪽의 위치를 은폐하기 위해서는 어느 만큼 거리가 떨어진 마을을 물색해야 했고, 마을이 정해지면 국군이나 경찰로부터의 안전 유무를 탐색해야 했다. 싸우는 것이 목적이 아니라 양식을 구하는 것이 목적이었으므로 충돌은 사전에 피하는 것이 상책이었다. 쫓기고 몰리는 입장에서 한 사람의 인명 피해나 한 방의 총탄도 소중히 해야 했다.

점수는 거의 매번 지휘자 노릇을 했다. 점수는 출발에 앞서 꼭 내리는 명령이 있었다. 자기의 허락 없이는 절대 사람을 해쳐서는 안 된다는 것이었다. 전쟁 통에 양식 정도 빼앗기는 것은 예사로 알고, 목숨 다치지 않은 것만을 감사하게 여기게 만들어둬야지 계속 이용할 수가 있다. 함부로 인명 피해를 입혔다가는 이쪽을 원수 삼게 만들고, 자연히 저쪽 편이 늘어나게 도와주는 것이 된다. 이건 빨치산이 내세운 원칙이었다. 그런데 점수가 이 원칙을 더욱 철저하게 지키려 한 것은 혼자의 비밀이었지만, 더는 사람을 죽일 수가 없게 되었던 것이다.

그날 밤도 여섯 명의 부하를 이끌고 열서너 채가 모여 있는 마을을 습격했다. 엉겁결에 잠에서 깨어난 사람들은 코앞에 들이댄 빤히 뚫린 총구 앞에서 돌덩어리거나 나무 등치에 지나지 않았다. 그들은 아무 거리낌 없이 민첩한 동작으로 양식을 구해냈다.

"다 되얐구만요."

부하가 알려왔다.

"느그덜 찍소리 말고 자빠져 있어. 우리 나간 담에 불을 키거나 소리 질르면 싹 다 쏴 쥑이고 말 팅께."

점수는 총구를 좌우로 휘둘렀다. 그리고 돌아서 방문을 열었을 때였다.

"으아악—."

비명을 지르며 마루로 뛰쳐나오는 것이 있었다. 점수는

순간적으로 그것을 걷어차며 소리쳤다.

"총 쏘지 말엇!"

점수는 칼을 빼 들며 마루에 넘어진 사람을 덮쳐눌렀다. 그건 방구석에서 유난히 떨고 있던 처녀였다. 칼끝처럼 곤두섰던 전신의 신경이 느슨해지며 울컥 화가 치솟았다.

"요런 빌어묵을 년이!"

점수는 칼을 높이 치켜들었다. 그러나 내리찍을 수가 없었다. 손끝에서 난데없는 회오리바람이 일어나며, 섬뜩하게 차가운 기운이 목을 감더니 자꾸만 뒤로 잡아당기는 것이 아닌가. 점수는 스르르 팔을 내렸고, 칼을 칼집에 꽂았다.

"이년 끌고 들어가!"

점수는 방에다 대고 소리치고는 돌아섰다.

이 일이 있고부터는 점수는 사람을 해칠 생각은 아예 단념하고 말았다.

겨울이 왔고, 무수한 산을 넘었고, 해가 바뀌었고, 산 타는 일은 계속되었다.

"워쩌크름 되야가는 거요?"

점수는 드문드문 물었다.

"계속 전쟁이오. 좀더 기다리는 거요."

방 위원장의 한결같은 대답이었다.

한 사람이 병들어 죽었고, 한 사람은 실족을 해서 계곡의 눈에 파묻혀 죽었다. 그리고 봄이 왔다. 고향은 어디쯤인지 어림잡을 수도 없었다.

서로가 내놓고 말을 하지는 않았지만 전세가 갈수록 이쪽에 불리해지고 있다는 것은 누구나 짐작하고 있었다. 어느 곳에서나 보급 투쟁이 점점 어려워지고 있었던 것이다. 그건 갈수록 경찰력이 강화되고 있는 탓이었다.

그날 밤도 어둠을 몸에 휘감으며 보급 투쟁을 나섰다. 산 생활에서 보급 투쟁은 그 어떤 투쟁보다 앞섰다. 군경은 잽싸게 피해 안전을 도모할 수 있었지만 양식이 동이 나면 굶는 것은 피할 도리가 없었던 것이다.

산 마을을 털어 제각기 보리를 짊어졌다. 쌀이라고는 구경하기 어려운 철이라서 보리도 감지덕지였다.

"동무덜, 우리덜 새 시상이 오면 곱쟁이로 갚을 것잉께 너무 아까워덜 마시드라고. 다 모든 인민덜얼 위해 이러는 것 아니겄소."

점수는 이런 말 하는 것을 잊지 않았다. 그건 입바른 소리가 아니라 꼭 그렇게 하도록 교육받고 있었던 것이고, 점수 자신으로서도 진심을 담고 있었다. 자신들이 곡식을 가져가는 만큼 마을 사람들은 배를 곯게 된다는 것을 너무나 잘 알고 있었기 때문이다.

일곱 명 인원을 점검하고 점수는 어둠을 헤치며 앞장섰

다. 산골짜기를 두 개 넘어 안전 지대에 들어서게 되자 점수는 잠깐 다리 쉼을 명령했다. 등짐을 부리며 가쁜 숨을 몰아쉬는 소리들이 어둠 속에서 조심스러웠다.

점수는 자신의 입에서 뿜어져 나오는 단내를 맡으며 숨을 몰아쉬었다. 그러면서도 습관처럼 인원 점검을 나섰다. 소리를 내지 않는 것도 철칙이었으므로 직접 인원수를 세나갔다.

"……?"

잘못 세었나 싶었다. 그러나 가슴은 섬뜩했다. 점수는 빠른 동작으로 다시 세기 시작했다.

"……!"

틀림없이 한 사람이 없었다. 도망갔구나! 점수의 머리를 친 생각이었다.

"동무덜, 한 사람이 모지랜디, 이름덜 대!"

점수의 낮고 빠른 말은 뜨거웠다.

"멋이여?"

"무신 소리당가?"

어둠 속에서 금방 동요가 일어났다.

제각기 낮고 빠른 소리로 이름을 대나갔다. 들리지 않은 이름은 '김동수'였다.

어둠 속에서 아무도 입을 열지 않았다. 깊이를 헤아릴 수 없는 어둠만큼 그들 사이의 침묵도 무한정 깊어지고 있었다.

점수는 발 아래가 무너져 내리는 참담함 속에서 김동수 찾기를 포기하고 있었다. 이 어둠 속에서 그가 아무도 모르게 자취를 감추어버린 만큼 그를 찾아내기란 불가능한 일이었다. 그가 잘못 길을 잃었을 확률은 거의 없었다. 산 생활 반년을 넘기면서부터 그 누구나 밤길의 귀신들로 변하게 되었던 것이다.

2~3일이 지나도 김동수는 돌아오지 않았다. 그의 도주는 대원들에게 전세의 불리를 실감시켰고, 사상 교육을 강화시켰다.

여름이 지나고 가을이 왔다. 산 생활은 날이 갈수록 어려워지고 있었다. 군경의 추격이 표나게 강해진 것이다. 자신들의 독무대였던 밤마저 위협당하기 시작했다. 군경은 전에 없이 산 깊숙이까지 쳐들어왔고, 그들은 자꾸만 더 깊은 산속으로 몰렸다. 이건 참으로 난감한 일이었다. 산이 깊을수록 민가가 없기 때문에 양식 구하기가 어려웠다.

그러던 어느 날 그들은 엄청난 일을 당했다. 해질녘이었는데 기습을 당한 것이다. 두어 시간 가까이 접전을 벌이다가 날이 어두워져서야 총성이 멎었다. 그들의 피해는 이만저만이 아니었다. 스물일곱 명 중에서 일곱이 죽었고, 세 명이 부상을 당했다. 방 위원장은 허벅지에 관통상을 입고 있었다. 그들은 어둠을 이용해 피신을 서둘렀다. 점수는 방 위원장을 업고 걸었다. 천 선생은 피가 흐르는 위원장의 다리를 붙들고는 종종걸음을 치고 있었다.

관통상을 치료할 만한 약이 있을 리 없었다. 고통으로 신음하는 방 위원장 옆을 천 선생은 한시도 떠나지 않았다.

"현우 씨, 힘을 내세요. 조금씩 좋아지고 있어요."

천 선생은 방 위원장의 이름을 불렀다. 점수로선 처음 듣는 호칭이었다. 천 선생은 수시로 이 말을 되풀이했는데, 그럴 때마다 그녀의 눈에는 슬프도록 눈물이 가득 고이고는 했다.

방 위원장의 상처는 조금도 나아지지 않고 있었다. 날이 갈수록 점점 심해져갔다. 전혀 약은 구할 수가 없고, 점수가 산속을 헤매 뜯어다 붙이는 약초라는 것이 효과가 있을 리 없었다. 방 위원장의 얼굴에는 하루가 다르게 죽음의 색깔이 진하게 퍼져갔다. 그의 죽음을 확실하게 알리기라도 하는 것처럼 다리에서는 냄새가 풍기기 시작했다. 상처가 썩어가고 있었던 것이다.

엿새째 되는 날이었다. 방 위원장이 부른다는 말을 듣고 천 선생 뒤를 따랐다. 방 위원장의 얼굴은 더 나빠져 있었다. 세 사람 사이에 잠시 침묵이 흘렀다.

"점수 씨—."

방 위원장이 나직하게 부르며 손을 내밀었다. 점수는 너무 오랜만의 호칭에 놀랐고, 심상찮은 낌새를 눈치채며 핏기 없는 그의 손을 맞잡았다.

"점수 씨, 오늘 밤이라도 여길 빠져나가시오."

"야야?"

점수는 크게 숨을 들이켰다.

"내 말 잘 들어요…… 우린 이제 가망이 없소. 전쟁에 이길 승산은 없어진 거요. 산을 타고 이북으로 올라갈 방법이 하나 있었는데, 이젠 그것도 다 틀렸어요. 전 전선이 철통같아서 그 기회마저 놓친 것이오. 우린 이제 독 안에 든 쥐요. 알고 있겠지만 갈수록 상대방은 강해지고, 우리는 약해지고, 피하는 것도 한도가 있는 게요. 우리는 실패했소. 나는 머잖아 죽겠지만, 점수 씨가 걱정이 돼서 말이오. 나를 알고 나서부터 고생만 하고…… 산에서 죽는 건 개죽음이오. 아직 세상이 어수선하니까 점수 씨 한 몸 감추기는 어렵지 않을 게요. 산에 오래 있을수록 그것도 불리해지니까……."

"방 선상님……."

점수는 그야말로 하늘이 무너지는 것 같았다. 혹시나 하는 의심이 가끔 일어나기도 했지만 그때마다 완강하게 그 생각을 뿌리쳤었다. 그리고 기필코 전과 같은 날이 오리라고 굳게 믿었었다. 그 믿음이 있었기에 산 생활의 고초와 불안을 이겨냈던 것이다.

"그라먼 두 분 선상님께서는……."

"우리 염려는 마세요."

천 선생이 나직하게 말했다. 그 얼굴은 헤아리기 어려운 웃음을 엷게 웃고 있었다.

"이런 말 한 사실 누설되면 어찌되는지 아시죠?"

천 선생이 다짐하듯 말했다. 그 결과는 물으나마나 한 것이었다.

"더 생각혀 보겄구만이라."

점수는 동굴 밖으로 나왔다. 가을의 싸한 냉기를 밀쳐 올리며 어둠이 깔려오고 있었다. 점수의 텅 빈 가슴으로 그 냉기와 어둠이 차오고 있었다.

점수는 한숨도 자지 못하고 밤을 밝혔다. 그동안 저질렀던 온갖 일들, 어떻게 해야 좋을지 모를 막막함, 허깨비만 쫓아온 것 같은 허탈, 그런 것들이 뒤범벅되어 지샌 하룻밤이었다.

먼동이 터오고 있었다.

"사, 사람이 목매 죽었다아— 여맹위원장 동무가 목매 죽었다아—."

점수는 허겁지겁 뛰어나갔다.

천 선생은 멀지 않은 참나무 가지에 축 늘어져 매달려 있었다.

　방 선상은……!

　점수는 동굴로 뛰어갔다. 방 위원장은 잠이 든 것처럼 죽어 있었다.

　점수는 금방 깨달았다. 천 선생이 방 위원장을 먼저 목이라도 졸라 죽였을 것이고, 그리고 천 선생은 목을 맸을 것이었다. 점수는 순간적으로 마음을 결정해 버렸다. 속에서 무언가가 뚫리는 소리가 나는 것 같았다.

　위에서 목맨 끈을 푸는 동안 점수는 아래서 축 늘어진 천 선생을 받쳐 잡고 있었다. 사람 한평생 사는 것이 머가 먼지 통 모르겠다. 그리도 열이 끓던 사람덜이 요렇크름 허망허게 가불 수가 있당가. 알다가도 모를 것이 사람 사는 시상이여…… 점수는 망연하게 생각하며 조금씩 아래로 내려지고 있는 시체를 따라 손을 옮기다가 멈칫했다.

　아를 밴 것이 아닌감……?

　번개처럼 스쳐간 생각이었다. 몽당치마 속에 감춰진 시체의 아랫배가 이상하게 볼록했던 것이다. 점수는 다시 한 번 조심스럽게 아랫배를 더듬었다. 손바닥의 감각은 분명 7년 전의 것과 다름이 없었다. 마누라 쌍림댁이 칠성이를 뱄을 때 한사코 억지를 써서 만져보았던 그 도도록한 느낌. 그때와 다른 것이 있다면, 그때는 형용할 수 없는 행복감이 삭신의 마디마디를 간질이는 것 같았고, 지금은 몸이 뻣뻣이 굳어지는 냉기가 전신을 타고 흐르고 있었다.

죄 될 짓거리덜 혔구만…….

그러나 점수는 그들을 탓하기보다는 가슴 미어지는 서러움으로 속입술을 씹고 있었다. 이렇게 죽을 수밖에는 없었던 그들의 절박한 아픔이 그대로 자신의 아픔이 되고 있었던 것이다. 그리고 어젯밤 자신만을 불러 앞일을 깨우쳐준 그들의 따슨 마음이 다시금 절절하게 느껴져왔다.

점수는 그들의 시신을 양지바른 곳에다 나란히 묻었다. 나는 인자 워째야 쓰는가. 날갯죽지 다 짤려뿐 새새끼꼴인디. 점수는 흙을 다지며 똑같은 생각만 되풀이했다.

"이게 무시기 반동적 행위요. 오늘부터 부위원장 동무를 위원장으로 임명하오. 잘해 줄 수 있갔디요?"

군관은 잔뜩 찡그린 얼굴로 말했다.

"고맙구만이라. 뼈다구 휘게 혀보겄구만이라, 군관 동무."

점수는 절도 있는 자세로 위원장 임명을 접수했다.

그러나 이틀 후에 있은 야행에서 점수는 어둠 속으로 자취를 감추어버렸다.

"정말 이상하군요. 지금 상태가 과히 좋질 못하다니까요."

주치의의 반복되는 말이 아니더라도 그는 자신의 병세가

지금 얼마나 악화되어 있는지를 잘 알고 있었다. 그러나 이런 형편에서 입원을 할 수는 없는 노릇이었다.

"전 박사, 나 오늘 하룻밤만 더 견뎌보고 입원을 결정하겠어요. 워낙 중대한 사건이 터져서……."

그는 안타깝고 초조한 심정으로 말했다. 물은 자꾸만 위험 수위로 육박하고 있었다. 그러나 그건 수문이 없는 댐이었다.

"얼마나 중대한 사건인지는 모르지만 건강보다 더할까요."

그는 '건강'이라는 말을 '목숨'이나 '생명'으로 바꿔 듣고 있었다. 주치의의 신중함이 다만 '건강'이라고 완곡하게 표현하고 있을 뿐이었다. 지금 그는 목숨의 귀중함과 그 일의 중대함을 놓고 어떤 것이 더 먼저여야 하는지를 전혀 분간하지 못하고 있었다.

다만 한 가지 분명해진 사실은 있었다. 병세의 악화는 극단의 경우로 치닫는다 하더라도 자기 혼자의 선에서 끝나는 것이었다. 그러나 그 일은 크게 번지게 되는 경우 자신은 물론 마누라와 세 자식들까지 망가뜨리게 될 위험이 커다랗게 입을 벌리고 있었다. 그는 바로 이 사슬에 묶여 병원으로 가지 못하는 것이었다.

"건강은 곧 천하라 하던가요. 내일 아침 다시 연락드리죠."

주치의는 언짢은 표정을 감추려 하지 않고 일어섰다.

"전 박사, 고맙구려."

그는 전에 없이 진정한 고마움을 느끼며 말했다. 의사도 다 돈벌이다 하고 단정을 내리고 있던 자리에, 저 사람마저 없었더라면…… 하는 가냘픈 안도와 위안이 슬그머니 자리 잡은 것이다.

그는 외로움이란 것의 진짜 얼굴을 비로소 정확하게 보는 것 같았다. 모든 것과 함께 있으면서 모든 것으로부터 고립된 상태, 모든 것은 평상의 질서를 그대로 유지하고 있는데 혼자만 흩어지고 부서지는 무질서의 혼돈을 겪으면서 한사코 정상인 체 꾸며야 하는 고통. 그는 오로지 혼자라는 사실을 여태껏 이처럼 절박하게 느껴본 적이 없었다.

산 생활을 단념하고 야행 중에 도주를 시도해 방향 모를 어둠을 헤칠 때 그처럼 절박할 수가 없었다. 그러나 그때는 살아나고 봐야 한다는 일념이 짐승의 본능으로 치솟고 있었다. 말이 전혀 달라진 낯선 지방을 헤매며 자신의 정처 없는 신세를 앞에 두고 까마득한 절박함에 시달렸다. 그러나 그때는 아들 칠성이를 찾아야 한다는 간절함이 함께 있었다. 성도, 이름도, 고향도 다 바꾸며 사는 것이 무엇인지 회의하는 아픔 앞에 외로움은 같은 무게로 압박해 왔다. 그러나 그때는 새로 살아가야 한다는 어설픈 희망이 있었다. 여름만 되면 환절기의 감기를 앓는 것처럼 흉악한 꿈자리에 시달리며 미친 듯이 폭음을 했다. 그러나 그때는 조금씩 나아지고 있는 사업체가 있었다. 배운 것 없이 몸으로 사업체를 밀고 나가며 수없이 부도의 위기에 직면하기도 했지만 그때는 간부 사원들이 있었고, 병을 앓아 입원을 했을 때는 의사와 처자식이 옆에 있곤 했었다. 그러나 지금, 목숨의 위험 신호등이 깜빡거리며 조금씩 조금씩 가까워지고 있는 이 절박함 속에서 그는 아무것도 잡을 수가 없는 것이다. 오로지 유일한 방법이 있다면 전화 속에만 숨어 있는 신범호를 직접 만나는 일이었다. 그는 이제 10억이 아니라 자기의 재산 반을 포기할 각오가 되어 있었다. 의사가 무슨 말을 해도, 머리가 금방 폭발해 버릴 것처럼 아프고, 오줌이 뜨물이 아니라 우유 색깔로 흘러도 그는 입원을 할 수가 없는 것이다. 신범호에게 만날 약속을 얻어내지 못한 이상 또 그 미칠 것만 같은 전화벨 소리를 기다려야 하는 것이다 그는 이미 신범호 그놈을 어떻게 해서든 찾아 없애버리려고 했던 궁리도 포기했다.

그는 담배에 불을 붙여 두어 번 빨고는 비벼 끄고 다시 새 담배에 불을 붙이고는 했다. 그의 눈길은 벽시계로 어지럽게 오락가락하고 있었다. 시계는 10시 5분에 가까워지고 있었다. 전화가 걸려오지 않으니까 오히려 그는 더 초조해지기 시작한 것이다. 그는 갈피를 잡을 수 없는 불길한 생각으로 숨이 가빠지고 있었다.

찌르릉…… 찌르릉…….

그는 흠칫 놀라면서도 빠르게 일어섰다.

"여보시오, 나……."

"흐흐흐…… 배점수 씨, 안녕하십니까."

그는 부르르 몸서리를 쳤다. 한 음씩 똑똑 끊어지는 그 느릿느릿한 목소리는 한층 더 차갑게 끼쳐왔다.

"여보시오, 젊은이, 내 재산 반을 드리겠소. 나 좀 살려주시오. 이건 진심이오, 틀림없는 사실이오."

그는 준비했던 말을 한달음에 쏟아놓았다.

"흐, 흐, 흐."

그리고 아무 말도 없었다.

"여보시오, 여보시오."

"배점수 씨, 똑똑히 들어요. 당신은 역시 돈밖에 모르는 짐승이구만. 재산의 반? 그거 어마어마한 액수지. 그러나 내 목적은 돈이 아니니까, 거절하겠소."

"아니 여보시오, 그럼 당신 목적은 뭐요?"

"이미 밝혔을 텐데, 흐, 흐, 흐."

흐, 흐, 흐 하는 세 마디가 피 묻은 창이 되어 그의 가슴을 푹·푹·푹 파고들었다. 그리고 무릎이 휘청 꺾였다.

"이봐요, 벌써 30년 전 일이오. 마음을 고쳐먹고, 날 좀 살려주시오."

"살려줘? 역시 서른여덟을 죽인 배짱답군. 나는 당신을 죽이겠다고 한 일이 없소. 사는 건 당신의 권리고 자유요."

"아니오, 내 목숨은 이제 당신 손에 달린 거요. 제발 좀 만납시다."

"자아, 오늘은 이만……"

"여보시오. 여보시오."

"아참, 잊은 게 있소. 당신 큰아들이 구름아파트에 사는 게 맞소?"

"아니, 어쩔 셈이오!"

그는 머리가 뻥 터지는 것 같은 충격을 느꼈다.

"몰라서 묻는 거요?"

"이봐요, 젊은이, 제발 그것만은, 그것만은 안 되오. 내 이렇게 비는데……"

"안 되는 건 당신 입장이오."

"이봐요, 당신은 대체 누구 자식인데 날 이렇게 망치려드는 거요? 당신은 대체 누구요?"

"흐·흐·흐. 그렇게 알고 싶다면 안 밝힐 이유도 없지. 허나, 서른여덟씩이나 무더기로 해치웠으니 기억이나 하실까?"

"……"

그는 그만두라고 외치고 싶었다. 그러나 말이 되어 나오질 않았다.

"신병모라는 사람을 기억하시오?"

"신 병 모……."

그의 머릿속은 순식간에 비명과 시체와 햇살과 얼굴과 얼굴이 뒤범벅이 되었다.

"역시 기억이 안 나는 모양이군."

"……."

그는 숨을 헉헉거리고 있었다.

"그럼, 신병철은……."

그의 뇌리에 번개처럼 떠오르는 얼굴이 있었다. 신병철, 그는 여동생 순월이 손에 죽어갔었다. 신병모는 바로 신병철의 동생이었다.

"그, 그럼, 다 당신은……."

하얗게 죽은 그는 비틀거리며 더듬었다.

"신병모 씨는 내 아버지요."

"머여? 멋이라고!"

그는 비명처럼 사투리를 내쏘고는 그대로 나뒹굴었다. 그는 자꾸만 가물거리는 의식을 붙들려고 안간힘 쓰며, 니는 내 새낄 것이여, 틀림없이 내 새낄 것이여 하는 생각과 함께 새댁이었던 신병모의 마누라 얼굴이 어렴풋하게 떠오르다가 사라졌다.

"배점수 씨, 너무 오래 살았다고 생각하지 않소?"

요 위에 내던져진 수화기에서 느릿느릿 흘러나온 소리였고, 그는 그 소리도 듣지 못한 채 혼수 상태로 빠져들고 있었다.

인간의
문

1

—그럴 줄 알고 미리 준비한 게 있소. 당신 아버지 사진이오. 아주 젊었을 적 모습이니까 거기다가 현재의 늙음만 보태면 금방 알아볼 수 있을 게요.

눈을 뜨자마자 이어지는 생각이었다. 책상에 엎드려 깜빡 잠이 든 모양이었다. 커튼이 반쯤 걷혀진 창에는 아침의 봉오리가 무수한 물방울 위에서 서서히 열리고 있었다. 그 해맑은 기운의 반짝거림은 분명 시야에 들어와 있었지만 형민은 아무런 느낌도 가질 수 없었다. 그는 밤을 꼬박 새웠던, 그 앞뒤를 종잡을 수 없는 일에 줄곧 시달리고 있었다.

그는 가늘게 파장을 짓는 한숨을 내쉬며 담뱃갑을 집어

들었다. 검지손가락을 담뱃갑에 넣고 습관적 동작으로 더듬었지만 아무것도 잡히는 것이 없었다. 형민은 담뱃갑을 마구 구겼다. 셀로판지가 손아귀 속에서 가느다랗고 투명한 비명 소리를 내며 구겨졌다. 형민은 볼품없이 구겨진 담뱃갑을 신경질적으로 내던졌다. 그리고 재떨이로 팔을 뻗쳤다. 재떨이에는 폐허의 잔해들처럼 꽁초가 수북했다. 불을 붙일 만한 꽁초를 고르며, 재떨이가 꼭 자신의 가슴 같다고 생각했다.

―믿지 않는 건 당신 자유요. 그러나 당신 아버지한테 확인해 보시오.

전화 속의 목소리는 요술이라도 부리는 듯 아홉 시간에 가까운 시차(時差)도 무시한 채 생생하게 들려오고 있었다.

형민은 담배에 불을 붙였다. 목을 넘어갔다 되돌아 나오는 연기에는 아무런 맛도 없었다. 밤을 뜬눈으로 밝힌 피곤 때문만이 아니었다. 최종 면접 시험장에서 바로 앞사람이 불려 들어가고 나서 뻑뻑 빨아대는 담배 연기에서 무슨 맛을 느낄 수 있을 것인가. 그때는 사람이 담배를 피우는 것이 아니라 초조와 불안이라는 놈이 담배를 피우는 것이다.

아버지가 그럴 수가 있을까…….

이 끝을 헤아릴 수 없는 의문의 꼬리를 붙들려고 밤새도록 실랑이를 했다. 그러나 아무런 결말이 없는 채로 날이 밝앉고, 또 그 의문을 되씹고 있는 것이다.

 사람이란 누구나 감추고 싶은 약점이나 비밀을 가지고 있다고 했다. 요에 오줌을 싼 일, 처녀인 이모의 젖가슴을 잠결인 척 만진 일, 커닝을 한 일, 하루에 다섯 번씩 수음을 한 일, 임신을 시켜놓고 배신을 한 일. 그러나 아버지의 경우는 이런 성질의 과거가 아니었다.

 ─당신 아버지의 본명은 배점수요. 그러니까 당신도 황형민이 아니라 배형민이어야 되는 것이오.

 이 갑작스러운 말 앞에서 형민은 한사코 허엇, 허엇, 허엇 하는 식의 단절음의 헛웃음을 꾸며야 될 것만 같았다. 그건 어쩌면 감당할 수 없는 충격을 모면하기 위한 순간적인 본능의 발동 같은 것인지도 모른다. 사형 선고를 받는 순간 빙그레 웃거나, 교수대(絞首臺)를 바라보며 담배 한 대를 청하는 행동 같은 것 말이다. 전화의 목소리는 단순한 사람의 말이 아니었다. 절대로 거역을 용납하지 않는 신성(神聖)의 명령이었다. 어항의 모양을 한 얼음덩이 속에 박혀버린 한 마리 금붕어꼴이 된 자신을 형민은 보고 있었다. 만약 금붕어에게 목숨이 붙어 있다 한들 금붕어가 할 수 있는 일이 무엇이겠는가. 지난밤을 꼬박 새우면서 한 일이란 아무 것도 없었다. 아버지가 정말 그랬을까, 그게 사실일까, 고작 이런 의문의 꼬리만 붙들고 허덕였다.

전화는 밤 10시 반쯤에 걸려왔었다.

찌르릉…… 찌르릉…… 찌르릉…….

형민은 책을 보다가 약간 짜증스런 기분으로 서재를 나왔다. 아내는 몸살기가 있어 일찍 잠자리에 들었고, 그가 거실로 나오는 동안에도 전화벨은 호들갑스럽게 울려댔다.

"여보세요오……."

형민은 마뜩찮은 어조로 말하며, 아내의 친구라면 그 어떤 용건이든 간에 전화를 바꾸지 않기로 작정하고 있었다.

"안녕하십니까, 황형민 교수님."

형민은 순간적으로 긴장했다. 무슨 이유인지는 몰랐다. 전화를 거는 데 있어서 꼭 필요한 말이면서, 지극히 평범한 말일 뿐인데 이상하게도 서늘한 느낌과 함께 긴장이 되는 것이었다. 굳이 이유를 캐자면 그 음성 때문이었을 것이다. 어쩌면 가성(假聲) 같기도 하고, 어쩌면 본래 그런 것 같기도 한 음성—한 음, 한 음이 똑똑 끊어지면서 전혀 감정의 높낮이가 없는 말. 무슨 공상과학영화에서 로봇이 내는 것 같은 무색무취의 음성이었다.

"누구신가요?"

형민은 감정의 태엽을 바짝 조이면서 냉정해졌다.

"당신 아버지 황복만 씨에 관한 얘긴데, 결론부터 말하겠소."

당신……? 형민의 머릿속에서는 순식간에 수십 개의 꼬마 전구들이 제각기 다른 색깔로 반짝거리기 시작했다.

"여봐요, 사업에 관한 얘긴 회사로 해요. 나하곤 아무 상관도 없으니까."

형민은 욕설이라도 하는 것처럼 거칠게 말했다. 교수님이 당장 당신으로 바뀐 말버릇 하나만으로도 그의 감정은 이미 뒤틀려 있었다.

"머리가 너무 빨리 도시는군. 하지만 잘못 짚었소. 사업에 관한 건이 아니라 당신네 가족 전체의 생존에 관한 문제요. 내 말이 공갈 같은 걸로 들리지 않길 바라오."

어때, 들을 만한 흥미가 있으신가? 하는 식으로 말은 여기서 끊겼다. 형민은 자신도 모르게 심호흡을 했다. 그러면서 재빨리 불쾌하고 칙칙하고 불길하고 습한 감정의 마디들을 부러뜨렸다. 결코 짧지 않은 말을 하면서도 일절 서두르거나 넘벙대는 빛이 없이 한 음씩 똑똑 끊어서 말하고 있는 그 냉정에 대항하기 위해서는 이쪽에서도 철저하게 냉정해질 필요를 느꼈다.

"당신이 지금 하고 있는 언행이 어떤 죄에 해당하는지나 알고 있소?"

라이트 스트레이트를 상대방 턱에 적중시킨 프로 복서처럼 형민은 기세가 오르는 것을 느꼈다.

"역시 교수님답게 유식하시군. 무슨 죄에 해당하든 난 알 바 아니오. 내가 지금부터 하는 말을 듣고 당신이나 당신 아버지의 죄목을 따져보도록 하시오. 심심찮은 일일 게요."

라이트 스트레이트 한 방을 먹이고 라이트와 레프트 스트레이트 연타를 맞은 기분이었다. 형민은 전화를 끊어버리고 싶은 마음과는 달리 수화기를 더 힘주어 잡았다. 그러면서 갈증같이 다급한 흡연욕(吸煙慾)을 느꼈다. 그러나 담배는 서재에 있었다.

"당신 아버지는 서른 살 때 부역을 했소."

"부역……?"

"그렇소. 설마 부역이 무엇인지 모르진 않겠지요?"

형민은 촌각의 틈도 없이 아버지가 쉰아홉 살인 것을 떠올렸고, 29년 전의 일임을 빠르게 계산했다. 그리고 맥이 빠짐을 느꼈다. 아버지는 그때 그 체제에 대항해서 황해도 고향을 버리고 38선을 넘었고, 이제 영원한 실향민이 될지도 모를 처지에 놓여 있었다.

"이봐요! 미친 소리 집어치고 당장 전화 끊어요!"

형민은 강의실에 선 것과 같은 기분으로 목청을 돋우었다.

"그렇게 당당하기는 좀 빠르지 않나 싶소. 당신 아버지의 본명은 황복만이가 아니라 배점수요. 고향도 황해도가 아니라 전라도요."

"이봐, 당신 도대체 누구야! 당신이 지금 하고 있는 짓이 공갈 협박죄란 걸 알고나 있어!"

"흐·흐·흐, 좀더 크게 떠드시지. 이런 사실을 당신 아내까지 빨리 알게 되는 건 나한테 그만큼 유리한 일이니까. 흐·흐·흐."

형민은 그만 섬뜩한 공포를 느꼈다. 흐·흐·흐 하는 소리는 결코 웃음이 아니었다. 그건 괴기가 질질 흐르는 무당의 주문 같은 저주의 소리였다. 음성 마디마디는 전화기에서 튀어나와 뱀의 비늘로 변하고, 그 비늘들은 모아져 한 마리의 뱀이 되어 목을 감아오는 것 같았다.

"당신 아버지는 부역으로 저지른 죄를 은폐하기 위해 이름도, 고향도, 얼굴까지도 바꿨소. 모두 당신이 태어나기 전에 꾸며진 일이었소. 상상할 수 있겠소?"

"당신은 도대체 누구요? 무슨 근거로 그따위 소릴 하는 거요?"

형민은 격하게 말하면서도 이상하게 마음이 뒤로 주춤 물러앉는 것을 느꼈다. 당신이 태어나기 전에 꾸며진 일이었다는 말 때문이었을 것이다. 그 말은 최면술 같은 야릇한 힘으로 육박해 왔다. 형민은 이미, 그랬을지도 모른다는 불길한 가능성의 투망에 걸린 고기가 되어 있었고, 격한 어조는 그 투망을 벗어나려는 몸부림이었다. 형민이 그럴 수 있는 가능성을 반사적으로 수용하는 것은, 성인(成人)의 삶을 시작하면서부터 주변 사람들이 겪는 유사한 피해와 고통을 보아온 때문이었다.

"내가 누군지는 차츰 말하리다. 근거라고 했는데, 바로 당신 아버지가 살아 있잖소. 그리고 내가 있고, 당신 아버지 고향 사람들까지 합치면 근거가 너무 많아 탈일 지경이오."

"닥치시오! 당신은 사람을 잘못 본 거요."

"그럴 줄 알고 미리 준비한 게 있소. 당신 아버지 사진이오. 아주 젊었을 적 모습이니까 거기다가 현재의 늙음만 보태면 금방 알아볼 수 있을 게요. 오늘 부쳤으니 내일이면 받아볼 수 있을 것이오. 증거를 없애겠다고 그 사진을 찢어버리진 마시오. 원판은 내가 가지고 있으니까."

형민은 투망이 점점 죄어들고 있음을 여실하게 느끼고 있었다. 무슨 말로 대항을 해야 할지, 믿어지지 않을 만큼 전신의 맥이 빠지고 있었다.

"당신 아버지의 본명은 배·점·수요. 그러니까 당신도 황형민이가 아니라 배·형·민이어야 되는 것이오."

그 무색무취한 음성은 배·점·수와 배·형·민에서 도장을 꾹꾹 눌러 찍듯이 힘을 주고 있었다.

"닥쳐, 못된 자식아!"

형민은 버럭 소리 질렀다. 전화 속의 목소리가 자신의 이마에 배·형·민이란 세 글자를 새기는 것만 같은 섬뜩함을 다른 방법으로는 떼쳐낼 수가 없었다.

"흐·흐·흐. 물론 충격을 받으셨겠지. 하지만 이제 시작인걸. 배형민 씨, 오늘은 이쯤 합시다. 그럼……"

"이봐요, 여보시오."

"말하시오."

"당신, 목적이 뭐요?"

"목적……? 글쎄…… 당신 아버지는 너무나 오래 살았다고 생각하지 않소?"

"뭐라구?"

전화는 끊기고 말았다.

전화기는 숨이 끊어진 시체와 같았다. 조금 전까지는 살아 있었는데 이젠 딱딱한 기계 덩어리에 지나지 않았다. 전에는 전혀 느끼지 못했던 전화기의 교활한 변신이었다. 형민은 무슨 징그러운 물건이라도 잘못 만진 것처럼 수화기를 후닥닥 놓았다.

뙤약볕 속에서 느끼는 갈증처럼 담배를 피우고 싶으면서도 형민은 꼼짝을 할 수가 없었다. 형용할 수 없는 무섬증이 전신을 옥죄어오고 있었다. 갑자기 집안이 낯설어 보였다. 소파도, 탁자도, 장식장도, 벽지도, 그림도, 시계도 모두 생소한 표정들을 짓고 있었다. 그 낯익은 물건들이 느닷없이 킬킬킬, 히히히, 제각기 요기스럽게 웃어댔다. 형민은 사방을 두리번거렸다. 화장실에서도, 부엌에서도, 아내가 자고 있는 안방에서도, 자신의 서재에서도 무섬증이 아우성치며 쏟아져 나오는 것만 같았다. 왜 이렇게 갑자기 무서워지는가…… 형민은 한사코 흩어지려는 정신을 가다듬으며 간신히 이 생각을 붙들었다. 문득 말 때문이라는 것을 깨달았다. 그렇다. 전화기에서 튀어나온 말의 조각들은 집 안에 가득 차 있었다. 그것들은 무슨 병균처럼 살아서 꼬물꼬물 기어다니는 무섬증을 토해내고 있었다.

형민은 두 손으로 머리를 감싸 잡았다. 이 짙은 어둠 같은 무섬증을 이겨내야 된다고 생각했다. 말이라는 것이 이렇게 숨 막히는 무섬증을 만들어낼 수 있다는 것은 실로 최초의 경험이었다.

그건 사실일지도 모른다…….

무섬증에 항복이라도 하듯 형민은 분명한 의식 속에서 이렇게 생각했다. 그러나 곧 완강하게 부인했다. 그건 털 많은 짐승이 불을 경계하는 것과 흡사한 본능에 가까운 작용이었다. '부역'이라는 말은 국어 사전 속에서 자기를 필요로 할 때까지 무한정 한가한 잠을 즐기는 단어가 아니었다. 그건 시간과 공간을 제멋대로 넘나드는 끔찍한 죄명이었다. 자신은 6·25라는 전쟁은 전혀 몰랐다. 다만 책을 통해서 배웠고, 어른들 이야기로 들었고, 전시된 사진으로 구경했을 뿐이다. 그러나 부역이 얼마나 끔찍한 죄명인지는 주변 친구들이 받는 상처의 깊이를 목격해서 잘 알고 있었다. 그런데 느닷없이 그 죄명이 아버지에게 씌워지고 있었다.

 아버지—그 입지전적 인물. 배운 것 많지 않고, 맨주먹으로 피난을 내려와 온몸으로 세상과 맞부딪치며 살아온 분. 미련스럽도록 끈질긴 성실과 인색하도록 철저한 내핍을 생활 신조로 실천해 온 분. 오늘의 경제적 성공은 바로 그분의 몸 자체였다. 에이브러햄 링컨은 어머니라는 말만 들어도 눈물이 난다고 했다. 그러나 자신은 어쩌다가 '아버지'를 속으로 뇌면 목이 메곤 했다. 철없던 시절에 그렇게 공부를 열심히 했던 것은 순전히 아버지를 기쁘게 해드리기 위해서였다. 상장을 받아오고, 1등 성적표를 내보일 때마다 아버지는 그 얼마나 크게 크게 기뻐했던가. 아버지의 그 하늘 같고, 해 같고, 꽃밭 같은 기쁨을 보는 기쁨으로 더 열심히 공부해야 될 이유는 충분했다. 심심찮게 존경하는 인물을 써야 하는 조사서를 앞에 놓고 끝없이 불만스러웠다. 열번이고 백번이고 '아버지'라고 쓰고 싶은데 선생들은 누구나 그걸 허락하지 않았다. 아버지는 당연한 거니까 다른 인물을 쓰라는 것이었다. 그 이유를 도저히 이해할 수가 없어서, 플랜더스의 개, 톰 소여, 뽀빠이 같은 것을 써넣고는 했다.

그런 아버지에게 느닷없이 부역이라는 죄명이 씌워지면서 이름이 새로 생기고, 고향이 뒤바뀌는 감당할 수 없는 사태가 벌어진 것이다.

도대체 그는 누구일까······.

형민은 이 생각의 꼬리를 잡다가 고개를 번쩍 들었다. 그는 어떻게 나한테 연락을 할 수 있었을까 하는 생각이 섭치고, 아버지는! 하는 생각이 그 위에 또 겹친 것이다. 온 집안을 점령하고 있던 무섬증은 자취도 없었다. 그 정체를 알 수 없는 자에 대한 증오심만이 아버지를 염려하는 것보다 몇 갑절 진하게 끓어오르고 있었다.

형민은 전화기를 잡았다.

―믿지 않는 건 당신 자유요. 그러나 당신 아버지한테 확인해 보시오.

다이얼을 돌릴 수가 없었다. 뭐라고 말을 꺼낼 것인가. 부역 운운하는 공갈 전화 받지 않았느냐고 할 것인가. 혹시 이상한 전화가 걸려오지 않았느냐고 할 것인가. 만약에······ 만약에 전화 내용이 그대로 사실이고, 아버지도 같은 내용의 전화를 받았다면 어찌할 것인가. 그건 아버지를 염려하고 보호하는 것이 아니라 철저하게 고문하는 것이 될 것이었다. 만약 그게 사실이라면 아버지는 그 누구에게도 알리려 하지 않을 것이다. 무슨 수를 써서라도 혼자서, 감쪽같이 해결하기를 원할 것이다.

형민은 전화기에서 손을 뗐다. 그러면서 견딜 수 없는 절망감에 빠졌다.

전화 내용을 결코 믿는 게 아니었다. 그러나 그걸 전적으로 부인할 수도 없었다. 커다랗게 입을 벌리고 달려드는 불행이라는 이름의 먹이로 내던져진 자신을 형민은 괴롭게 응시할 수밖에 없었다.

―당신 아버지는 너무나 오래 살았다고 생각하지 않소?

형민은 몸서리를 쳤다. 그 말을 하면서도 목소리는 여전히 무색무취였다. 그러나 그 말은 분명한 살의(殺意)를 품고 있었다. 그 말을 바꾸면, 당신 아버지는 진작 죽었어야 해 하는 것이었고, 다른 하나는, 당신 아버지는 이제 그만 죽어야 해 하는 뜻이었다.

"개새끼, 내가 먼저 죽이고 말 거다."

형민은 벌떡 일어서며 부르르 떨었다.

그리고, 밤을 꼬박 새웠다. 의문에 의문과 의문만 무성하게 자라났을 뿐 아무것도 얻어진 게 없었다.

아내가 잠을 깬 기척이 들려왔다. 형민은 담배꽁초를 서둘러 비벼 끄고, 책꽂이에서 아무 책이나 한 권 빼서 책상 위에 펼쳤다. 그리고 원고지 뭉치를 끌어다 놓았다.

"어머, 당신 밤샜어요?"

아내가 민망함과 타박이 섞인 표정으로 들어섰다. 아직 새댁이라는 호칭이 필요한 기간이라서 그런가, 아내한테서는 역시 싱그러운 들꽃 냄새가 풍겼다.

―흐·흐·흐, 좀더 크게 떠드시지. 이런 사실을 당신 아내까지 빨리 알게 되는 건 나한테 그만큼 유리한 일이니까. 흐·흐·흐.

형민의 마음에는 아내를 경계하는 막이 투명하게 둘러쳐졌다. 그녀는 아무것도 모르고 지나가면 되는 것이다. 결혼 6개월이 미처 못 되었고, 고급 공무원의 딸인 그녀가 알고 있는 것은, 재력이 튼튼한 뼈대 있는 가문인 시집이라는 것과 실력이 든든해서 장래가 유망한 남편임을 믿는 것이 전부였다. 그런 아내에게…… 형민은 본의 아닌 비밀의 무덤을 만들고 경계까지 해야 하는 고통을 씹었다.

"무슨 바쁜 논문 있어요?"

"음, 갑자기 세미나가 열리게 돼서."

"밤을 샐려면 미리 말을 해야죠. 이 피곤에 젖은 모습 좀 봐요. 야식을 준비했더라면 이렇진 않잖아요."

"괜찮아, 당신 불편했었는데 뭘."

"몰라요. 당신을 이렇게 팽개쳐놓은 줄 아버님이 아시면 제가 얼마나 야단맞겠어요. 날 악처 만들면 싫여."

아내는 콧소리를 내며 뒤로부터 형민을 안아 볼을 가볍

게 갖다 댔다.

"악처는 무슨……"

다른 때 같았으면, 시아버지 무서워 남편 위하는군? 하는 식으로 곯려 말을 더 이어나갔을 것이다. 그리고 아내의 그 비릿한 것 같기도 하고, 찌릿한 것 같기도 한 기묘한 향내를 풍기는 콧소리를 들으면 형민의 남성은 어김없이 맹렬해졌었다. 그러나 지금은 아무런 느낌도 유발시키지 못하는 지극히 평범한 소리에 지나지 않았다.

"당신 너무 무리했나 봐요. 어서 아버님께 문안 전화 드리세요."

아내도 형민의 무감동을 빠르게 눈치챈 모양이었다.

"그러지."

형민은 무겁게 의자에서 일어났다.

아버지 — 형민은 가슴이 뭉클해졌다. 어느 때 없이 ㄱ 갑도는 신하고 매웠다. 아버지는 모든 것을 노력으로 해결하려고 했다. 큰아들인데도 불구하고 결혼과 동시에 딴살림을 살게 한 것도 순전히 노력을 통한 결단이었다. 부정(父情)의 일방적인 욕구를 아버지는 용케도 꺾은 것이었다. 시집은 남편한테 온 것이지 시집 식구한테 온 것이 아니다. 부부의 평생 정이 좋고 나쁨은 젊은 정부터 시작하는 거니까 아무 간섭이나 눈치 볼 것 없이 단둘이 살아라. 가까이서 하는 효도보다 멀리서 하는 효도가 더 살갑고 그리운 것이다. 내 육신 아직 멀쩡한데 며느리 위함받다가는 지레 늙을 것이다. 그저 둘이 뜻 맞춰 잘살고, 공부하는 남편 건강 잘 보살펴주면 더 큰 고마움이 없겠다. 어머니의 반대, 형제들의 마뜩잖아함을 물리치기 위해서 아버지가 그때그때 한 말들이었다. 결국 딴살림을 나기로 결정했고, 한 달만이라도 부모님을 모시겠다는 며느리의 주저하는 제안을 열흘로 줄여 허락했다. 옷고름도 숙달되게 매지 못하는 며느리가 거추장스럽게 한복을 입고 해 올리는 밥상을 받으며 아버지는 그 얼마나 대견해 하고 흡족해 했던가. 고혈압이면서도 국이 짜도 허허 맛있다, 나물이 매워도 허허 맛있다였다. 그럴수록 시어머니의 눈 꼬리는 매워졌지만 그것도 그뿐이었다. 아버지의 엄중 경호 아래 어머니도 더 이상의 실력 행사는 할 수 없었다. 딴살림을 나고 다음날 아침부터 형민은 꼬박꼬박 문안 전화를 올려야 했다. 시아버지의 현대적이고 인간적인 배려에 감읍하고 또 감읍한 아내가 솔선해서 만든 규율이었다.

  다이얼을 돌리면서 형민은 평소와 다름없이 문안을 하기로 했다. 자신을 뒤이어 문안을 드리기 위해 아내가 옆에 있기 때문만이 아니었다.

  "아버지, 저 형민입니다. 안녕히 주무셨습니까."

"응, 그래. 느이들도?"

아버지의 음성은 전혀 달라진 느낌이 없이 탄력이 있었다.

"네에, 혈압은 정상이시구요?"

"거럼, 거럼. 어서 애기 바꿔라."

형민은 정해진 순서대로 아내에게 전화기를 넘겼다. 아버지에게 같은 내용의 전화가 갔다면 유선(有線)상의 어감에서는 더욱 그런 낌새를 챌 수 없을 것이었다. 아버지는 한층 더 태연하게 위장을 할 것이기 때문이었다. 아버지는 회사가 그 어떤 어려움에 봉착해도 잔인할 정도로 식구들에게 내색을 안 하는 분이었다.

형민은 우유만 두 컵을 마셨다. 계란 프라이나 토스트는 먹을 수가 없었다.

"당신 또 야단났네요. 논문만 시작했다 하면 꼭 애 서는 여자 같애요."

"뭐라고? 당신, 나 몰래 입덧 치렀다는 뜻인가?"

"어머, 징그러워라. 비유 잘못했다간 큰일나겠네."

아내는 귀 밑을 붉히며 얼른 식탁에서 일어났다.

형민은 자신이 없는 동안 도착할지도 모를 우편물에 대해 결강(缺講)을 하고라도 직접 받고 싶을 만큼 신경이 쓰였다. 그렇다고 아내에게 새삼스럽게 주의를 환기시킬 수도 없었다. 그건 오히려 긁어 부스럼이었다. 아내는 자기의 것이 아닌 우편물을 미리 뜯어보는 그런 무식한 여자가 아닌 것만을 다행으로 여겼다.

하루 종일 강의가 제대로 되지 않았다. 머릿속은 뒤엉킨 실꾸리처럼 종잡을 수 없는 생각들로 들끓었다. 전화 속의 음성이 언뜻 들리는가 하면, 긍지로 느껴왔던 가문(家門)의 내력이 불현듯 의심스러워지고, 만약 사실이라면…… 허둥지둥 책을 챙겨 강의실로 가곤 했다.

불길한 쪽으로만 치닫는 생각들을 애서 지워가며, 형민은 겨우 전화를 건 상대방에 대해 자기 나름대로 정리를 했다. 그 사람은 결코 무식하지 않다는 것과, 전혀 감정이 담기지 않은 음성이긴 했지만 서른 안팎의 나이를 느끼게 했고, 어떤 원한을 가지고 있으리라는 것이었다.

형민은 오후 4시쯤에 집에 돌아왔다. 책상 위에는 세 개의 우편물이 놓여 있었는데, 형민은 직감적으로 그 사람이 보낸 것이 어떤 것인지를 알아냈다. 하나는 보통 봉투였고, 다른 하나는 책이 든 것이 분명한 큰 봉투였고, 나머지 하나가 바로 그것이었다. 그 봉투는 흔한 봉투 색깔인 연갈색이었는데, 거의 정사각형에 가깝도록 다시 손질한 것으로 전혀 부피감을 느낄 수 없도록 얇았다.

형민은 선뜻 그 봉투를 들 수가 없었다. 걷잡을 수 없는 두려움이 성난 바람처럼 가슴을 휩쓸고 있었다.

그 봉투 속에서 아버지의 젊었을 적 모습을 보게 될지도 모른다는 두려움. 그 봉투를 집는 건 죽음의 순서를 정하는 제비를 뽑는 것이나 다를 게 없었다.

그러나 막다른 골목이었다. 팔을 뻗쳤다. 엄지와 검지로 봉투 끝을 잡았다. 두 손가락이 강해지고자 하는 의지를 배반하고 푸르르 떨리고 있었다. 두 손가락 끝에 얼음덩이가 엉키는 듯싶더니 그 차가운 기운은 일순간에 전신으로 퍼져 나갔다. 형민은 그 냉기에 져서는 안 된다고 생각했다. 생명을 노리는 폭력에 대항하듯 형민은 전신을 긴장시키며 두 손으로 봉투를 잡았고, 그리고 질긴 힘으로 봉투를 찢었다. 연속 동작으로 내용물을 꺼냈다.

―왼쪽 볼 눈 아래 점에 혼동을 일으키지 마시오.

창백하도록 하얀 종이 위에 분명한 획으로 씌어진 글씨였다. 형민은 죽음의 냄새를 물씬 맡았다.

―경고 무단 출입 엄금, 이 지역부터는 발포함.

해골을 표시한 아래 빨간 고딕 글씨로 써 붙인 비밀 지역 앞의 경고문이 내뱉고 있는 죽음의 냄새 바로 그것이었다.

형민은 흰 종이를 벗겼다. 손바닥만 한 크기의 사진이 나왔다. 형민은 훅 숨을 들이켰다. 사진 속의 젊은 얼굴은 한눈에 아버지였다.

"여보오, 커피이 드세요오!"

아내의 목소리가 무슨 경쾌한 노랫가락처럼 들려왔다. 형민은 후닥닥 사진을 책 속에 끼워 넣었다.

"그러지, 곧 나갈게에."

 형민은 크게 대꾸하고는 두 손바닥으로 얼굴을 덮고 서너 번 훔쳤다. 그래도 얼굴 근육은 뻣뻣하게 굳어져 있는 것 같았다. 형민의 머릿속에서는 무수한 폭음과 함께 모든 것이 파괴되고 있었다. 잠깐 본 사진 속의 아버지는 상체를 알몸으로 드러낸 채 커다란 쇠망치를 허공에 치켜든 모습이었다. 다른 소도구들은 필요 없었다. 일감(一感)으로 아버지의 직업이 무엇인지 알아차릴 수 있었다. 아버지는 절대 대장장이일 수가 없었다. 뼈대 굵은 집안의 자손이었다. 그런데, 사진 속의 아버지는 의심할 데 없는 대장장이가 아닌가. 대장장이…… 부역…… 변신…… 형민의 머릿속에서는 무너지고 부서지고 깨어지는 소리가 혼란의 소용돌이를 일으키고 있었다.

"너무 피곤해 봬요. 좀 자도록 하세요."

"그러지."

"무슨 세미나예요?"

"항상 비슷비슷한 거지 뭐."

 형민은 아내가 번거로웠다. 결혼하고 최초로 느낀 감정이었다. 아내한테는 미안한 일이지만 감정의 짐인 것은 사실이다.

"나 눈 좀 붙여야겠어."

형민은 커피를 탕약 마시듯 하고 일어섰다.

"안방에서 편하게 주무세요."

"아냐, 서재에서 생각하다가 잠이 오면 자도록 하지. 폼 잡고 누웠다간 오히려 곤란해."

"그럴지도 모르겠네요."

"당신 심심하면 외출해도 괜찮아."

"그래도 좋아요, 여보?"

아내는 꽃처럼 밝게 웃었고, 형민은 너그럽게 고개를 끄덕이며 자신의 이중성에 쓴웃음을 지었다.

아내를 친정 나들이 보내고 형민은 혼자가 되어 서재로 들어갔다. 사진을 끼워 넣어두었던 책갈피 속에서 갑자기 쇠와 쇠가 맞부딪는 대장간의 망치 소리가 와글와글 쏟아져 나오는 것 같았다. 탕, 탕도 아니고 챙, 챙도 아닌 그 카랑카랑한 금속성은 잘 훈련된 응원단의 삼삼칠 박수 소리처럼 박자의 물결을 일구며 가슴 저 밑바닥, 기억의 아슴한 산굽이를 돌아 가까워지고 있었다. 언젠가 많이 들었던 것처럼, 언젠가 무척 익숙했던 것같이 그 소리는 밀려오고 있었다. 어느 달 밝은 겨울 밤 문득 그 옛날에 듣고 까맣게 잊어버렸던 다듬이질하는 방망이 소리가 또드락또드락 여실하게 일

깨워지는 것 같은 그런 것이었다. 이건 언제 들었던 소리일까…… 형민은 기억의 단층들을 마구 파헤치고 있었다. 그러는 동안에도 그 소리의, 물결은 점점 더 가까워지고 있었다.

"아, 아…… 그것!"

형민은 신음을 토하듯 했다. 국민학교도 들어가기 전이었다. 엄마 몰래 친구와 둘이 두리번거리며 찾아 나선 아버지의 공장. 새빨간 불꽃이 이글거리는 앞에서 장사(壯士)처럼 쇠망치를 휘두르던 사람들. 거기에 맞춰 굵고 가는 망치 소리가 서로 뒤섞이며 신바람 나게 울려 나왔다.

"저 소리가 꼭 비누 방울 같다."

형민이가 말했고,

"치이, 난 꼭 눈깔사탕 같다."

친구가 입을 삐죽하며 말했다. 형민은 친구의 말을 듣고서야 아버지를 찾기 시작했다. 공장을 찾아 나서며 형민은 친구한테, 우리 아빠가 눈깔사탕을 사줄 거라고 큰소리쳤고, 이제 친구는 눈깔사탕을 먹고 싶어하고 있었다. 그러나 아무리 찾아도 아버지는 보이지 않았다. 약이 오른 친구가 일에 바쁜 사람들에게 형민이 아빠 어디 갔느냐고 몇 번이고 소리쳐 물었고, 결국 형민이 주인의 아들임을 그들은 알았고, 아버지는 다른 일을 보러 나갔기 때문에 그들이 사주는 눈깔사탕을 한 주먹씩 쥐고 신나게 돌아왔다. 그런데 그 날 밤 형민은 너무 무섭게 눈을 부릅뜬 아버지 앞에 바지를 걷어 올리고 종아리를 죽을 것처럼 아프게 맞았다. 공장에 나간 죄 때문이었다. 그 다음부터는 공장에 놀러 갈 생각은 꿈에서조차 하지 않았고, 그 일은 까맣게 잊혀지고 말았다.

형민은 자신이 산산조각으로 부서지는 충격에 부딪혔다. 책갈피에서 사진을 빼냈다. 청년의 모습을 한 아버지, 아니 아버지를 빼다박았다는 자신이 사진 속에 들어 있었다. 상체를 알몸으로 드러낸 아버지는 가느다랗고 긴 손잡이가 활시위처럼 휘어지도록 무거운 쇠망치를 허공에 치켜들고 막 내리치려는 순간의 몸짓을 짓고 있었다. 쇠망치를 치켜들고 있는 두 팔의 근육은 꿈틀꿈틀 움직이고 있었고, 어깨며 가슴팍은 바위 덩이 같은 견고한 무게를 지니고 무한한 힘을 뿜어내는 것 같았다. 얼굴은 약간 들린 듯했는데, 땀이 번들거리는 속에 두 눈동자는 내리칠 목표물을 노리며 빛나고 있었고, 있는껏 힘을 모으느라고 그러는지 반쯤 벌어진 입은 약간 한쪽으로 비틀려 있었다. 얼굴은 전체적으로 약간 찡그려진 것 같기도 하고, 약간 일그러진 것 같기도 했다. 그런데 그 표정에서는 이상하리만큼 억센 힘이 뿜어져 나오고 있었다.

형민은 왼쪽 볼의 눈 바로 아래에 찍어 붙인 듯 달려 있는 아주 조그만 혹을 물끄러미 바라보다가 스르르 사진을 떨어뜨렸다. 사진을 싼 백지 위에 적힌 검정 글씨의 경고가 아니었더라도 그 조그만 혹 때문에 아버지를 몰라보진 않았을 것이다. 그 메모에는 점이라고 지적되었지만 그건 틀림없이 혹이었다. 그러나 지금은 없는, 형민이 자신이 태어나기 전에 없어졌을 그 혹은 너무나 또렷하고 분명한 어조로 아버지의 과거를 증거하고 있었다.

"아버지……."

형민은 두 팔굽을 책상 위에 받치고, 두 손을 깍지 끼었다. 거기에 이마를 비비며 오열하듯 아버지를 불렀다. 죽음 같은 캄캄한 어둠만이 밀려들었다. 그 어둠 속에서 자신은 금이 가고, 깨어지고, 부서지고, 가루가 되고, 그리고 마침내 산산이 흩어져 날아가고 있었다.

2

찌르르르릉…….

첫 번째 벨 소리가 미처 끝나기도 전에 형민은 전화를 받았다. 간신히 일찍 자게 만든 아내가 깰까 봐서였다.

"여보세요……."

형민은 목소리를 낮춰 다급하게 말하며 무의식적으로 벽시계를 보았다. 10시 반이 가까워지고 있었다.

"안녕하시오, 배형민 교수님."

어제와 똑같이 마디마디가 끊기는 전혀 감정도 표정도 없는 목소리, 형민은 부르르 몸서리를 쳤다. 그는 제멋대로 성을 '황'에서 '배'로 고쳐 부르고 있었는데 그 '배형민'이란 세 음절은 예리한 칼끝처럼 형민의 심장에 와 박혔다.

"사진 받았소?"

"예에……."

"댁의 아버지가 틀림없던가요?"

"예에……."

"역시 교수시라 정직하시군."

형민은 할 얘기가 너무나 많았다. 그러나 무슨 말부터 해야 좋을지 모른 채 그에게 억눌리고 휘둘리는 기분이었다. 그는 잔인할 정도로 침착하게 자신을 비웃고 있음을 형민은 알았다. 주소며 전화 번호를 정확히 알아낸 사람이 자신이 정교수가 아니라 전임 강사인 것쯤은 너무나 잘 알고 있을 것이었다. 그런데 그는 또박또박 교수라고 부르고 있었다.

"여보세요, 선생은 뉘시오?"

"글쎄요, 내가 누군지 알기 전에 당신 아버지에 대한 일을 더 자세히 아는 게 급하지 않겠소?"

"우리 만납시다. 만나서 자세한 얘기 하도록 합시다."

"서두르지 마시오. 당신 아버지도 만나기를 거절한 처지에 당신은 더욱 만날 필요가 없잖겠소?"

"아버지와 만나기를 거절하다니, 그럼……."

형민은 비위가 역하게 상하는 심한 현기증을 느끼며 두 개의 아버지 얼굴을 보았다. 사진 속의 아버지와 요즘의 아버지 모습이 겹치고 있었다.

"왜 그리 놀라시오. 그럼 당사자한텐 연락을 안 하고, 그 일과는 아무 상관도 없는 아들한테만 연락을 했을 줄 알았소? 그건 좀 지나친 아둔이오."

전화 속에서는 또 비웃고 있었다.

"우리 아버지한테는 언제……."

"같은 날인 어제, 오후부터 시작했으니까 당신보다는 네댓 시간 빨랐소."

아버지…… 그런데도 오늘 아침 전화에서 그분은 평소와 전혀 다름이 없었다. 형민은 그만 가슴이 터질 것 같은 연민의 울음 덩이가 치받쳤다. 얼마나 당황하고, 얼마나 충격이 컸을 것인가. 밤새도록 얼마나 괴롭고, 얼마나 고통스러웠을까.

"여보시오, 선생, 우리 아버지를 살려주시오. 제발 살려주시오."

형민은 거의 울고 있었다.

"진정하시오. 난 당신 아버지를 죽일 권한도 힘도 없소. 그런데 어찌 살리고 말고가 있겠소."

여전히 무표정한 목소리는 형민의 애걸을 여지없이 뿌리쳤다. 그건 힘 있는 자만이 행사할 수 있는 포악한 여유였고 잔인한 겸손이었다. 미리 사죄의 무릎을 꿇었는데도 불구하고 마구 짓밟힘을 당해버린 것 같은 치욕이 형민을 덮쳐왔다. 형민은 전신의 피가 끓어오르는 분노와 증오를 느꼈다.

"여보시오, 지금 당신은 살인 행위를 저지르고 있소. 그러면서도 죽일 권한이 없고 힘이 없다고……."

"흐·흐·흐, 살인 행위라구요. 전화 좀 거는 일로 지레 죽어가고 있다면 그야 그만한 죄를 졌기 때문이 아니겠소. 그게 어찌 내 책임이겠소, 그쪽 책임이지."

"머, 머라구……? 대체 우리 아버지가 무슨 죄를 졌다는 거야. 그 시절에 부역을 하고 지금 살아가는 사람들이 한둘인 줄 알아?"

"진정하시오, 배형민 교수. 당신의 말은 옳소. 그러나……."

말이 뚝 끊어졌다. 형민은 왈칵 몰려드는 침묵에 부딪히며 정신이 아득해졌다. 그를 부르려는 소리가 목구멍을 기어 나왔지만 애써 틀어잡고는 빠르게 담배에 불을 붙였다.

"그러나 말이오, 부역도 부역 나름이고, 지금 떳떳하게 살고 있는 사람들은 다 그 권리를 얻기 위해 법의 심판을 거쳤다는 사실을 망각하지 마시오. 그런데……."

또 말이 끊겼다. 형민은 담배를 비벼 껐다.

"그런데…… 당신 아버지는 인민위원회 부위원장 자리에 앉아 무고한 사람들을 서른여덟, 38명이나 죽였소. 그러고는 도주해서 성도, 이름도, 고향도, 얼굴까지 바꿔가며 법망을 피해 오늘에 이르렀소."

"……."

서른여덟 …… 38명 …… 사람을 서른여덟씩이나, 사람을 38명씩이나…….

"거짓말이야, 새빨간 거짓말이야. 우리 아버진 그런 사람이 아냐. 넌 도대체 누구야, 넌 누구야……."

형민은 식은땀을 삐질삐질 흘리며 부들부들 떨고 있었다.

"진정하시오. 이제 시작일 뿐인데 벌써부터 그렇게 흥분하면 곤란하잖소. 내가 누군지 그렇게 알고 싶다면 말하리다. 나는……."

말이 끊겼다. 형민은 백지 상태의 감정 위에 빛살처럼 곧게 그어지는 핏빛의 한 줄기 선을 느꼈다. 그건 시퍼렇게 살아 있는 원한의 모습이었다.

"나는…… 당신 아버지가 죽인 서른여덟 사람 중의 한 사람 자식이오."

핏빛의 한 줄기 선이 순식간에 불길로 변했다. 예감의 적중 앞에서 형민은 말을 잃어버렸다. 그가 뿜어내고 있는 원한의 독기가 전신을 휘감아오고 있었다.

"제발 만나주시오, 만나서 얘기합시다."

"그럴 필요 없어요. 당신과 나는 그때의 일에 대해 왈가왈부할 일체의 권한이 없소. 당신과 나는 영원히 만날 필요가 없는 사람들이오."

"그런데 왜 전화는……."

형민은 조급해졌다. 그의 뿌리침을 그대로 받아들여서는 안 되었다.

"당신은 배점수 씨의 장남으로 해야 할 임무가 있기 때문이오. 당신은 최소한 당신 아버지의 진실을 알아야 할 필요가 있소. 그건 혈육이기 때문에 짊어지는 짐이오. 내가 당신 아버지를 찾아 10년 가까이 떠돌았던 것처럼 말이오. 당신은 앞으로 당신 아버지의 고향에 내려가 당신 아버지가 저지른 죄를 전부 확인할 책임이 있소. 내가 당신한테 전화하는 목적은 이제 반은 이루어진 셈이고, 당신을 당신 아버지의 고향으로 보내기만 하면 다 끝나는 것이오. 당신한테 할 일은 그뿐이오."

"알았어요, 그 일은 시키는 대로 하겠어요. 그 다음에, 그 다음에 우린 어떻게 되는 겁니까?"

"우리라니요?"

"저어, 우리 집안 말입니다."

"죄를 진 것은 당신 아버지 한 사람일 뿐이오."

"예에…… 아버지는……."

"그건 나나 당신이 상의할 문제가 아닐 것이오."

"여보세요, 너무 성급하고, 너무 죄스러운 말입니다만,

29년 전 일입니다. 제발 제 아버지의 죄를 잊으시고, 제발 용서해 주십시오. 어떻게 해야 용서가 될지 선생과 상의하고 싶습니다."

"미안하오, 그건 내 권한이 아니오. 그건 29년 전에 원한을 품고 죽어간 서른여덟의 망령들의 권한이오. 그리고 평생을 한이 맺혀 살다 간 내 어머니도 눈을 감으면서 당신 아버지를 용서하지 않았소. 내 어머니는 서른아홉 번째의 망령이 된 것이오. 그 망령들이 당신 아버지를 부르고 있소."

"여보시오, 제발……."

"지금부터 당신 아버지 고향을 찾아가는 길 안내를 하겠소. 그곳은……."

형민은 새벽녘에 두어 시간 눈을 붙였다. 잠자리에 들기 전에 아버지의 고향을 찾아가기로 마음을 정했다.

"지방의 특성을 비교 대조해야 하는데 자료가 있어야지. 1박 2일이면 될 거야. 문단속해 놓고 당신은 친정에 가서 지내."

아내는 별다른 이의가 없었다. 공부에 관한 일이라면 일찍이 시아버지한테 당부를 받은 터여서 아내는 순순했다.

"논문 작성도 좋지만, 낯선 지방인데 건강 조심하세요."

아내는 가벼운 염려를 잊지 않았다.

형민은 가라앉을 대로 가라앉은 착잡한 마음으로 문안 전화를 걸기 위해 다이얼을 돌렸다. 하루를 시작하는 기쁨이었고 보람이었던 문안 전화가 이제 곤혹스럽고 부담스러운 짐으로 바뀌어 있었다. 아버지도 마찬가지일 것이었다. 아니, 몇 갑절 더 괴로운 고통일 것이다. 마음속에는 생명을 위협받는 고민을 감추고 겉으로는 평안을, 무사를 가장해야 하는 것이다. 이건 문안 전화가 아니라 차라리 고문이었다. 그런데도 다이얼을 돌려야 했다.
"아버지, 저 형민입니다. 안녕히 주무셨습니까."
"응, 응, 느이들도 잘 잤느냐?"
 그렇게 생각해서가 아니었다. 아버지의 음성은 탁해져 있었다.
"네에, 그런데 아버지 건강이 안 좋으신가요? 음성이 좀······."
 말해 놓고 형민은 금방 후회했다. 자신이 이상한 느낌을 받았다는 그 표현이 바로 아버지를 당황하게 하고 두렵게 할 뿐인 것이었다.
"아니다, 아니다. 좀 피곤해서 그렇다. 어서 애기 바꿔라."
 아버지는 표가 나게 서둘렀다.
"네, 그러죠. 제가 논문 자료 수집 때문에 1박 2일로 출장을 좀 다녀와야 하게 됐습니다."

"출장? 어디로?"

"네, 가까운 충청도 지방입니다. 집사람은 그동안 친정에서 쉬게 하면 어떨까요, 아버지."

형민은 하마터면 전라도 어디라고 할 뻔했다. 이마에 진땀이 배어났다.

"공부하는 건데 가야지. 몸조심하고. 어여 애기 바꿔라."

아버지는 슬프게도 공부를 강조하고 있었다. 형민은 그 공부라는 단어와 사진 속의 아버지가 일직선으로 이어지는 것을 느꼈다.

버스 터미널까지 전송하겠다는 아내를 아파트 입구에서 먼저 택시를 태워 친정으로 가게 했다. 편히 다녀오세요. 아프지 마시구요. 아내는 하룻밤으로 예정된 이별 잎에서 눈물이 글썽했다. 여보, 미안하다. 이건 거짓말도, 속이는 것도 아니다. 이렇게밖에는 할 수 없는 일이지. 아내의 엷은 눈물에서 형민은 아버지의 뜨거운 고통을 느꼈다. 깊이로 깊이로 살을 섞는 부부의 애정의 밀도와, 바꾸려야 바꿀 수 없는 피를 나눠 가진 부자(父子)의 애정의 밀도는 어느 것이 더 강할 것인가. 형민은 불현듯 떠오른 이 생각을 짧은 시간에 서너 번을 이리 뒤집고 저리 뒤집으며 따져보았다. 그리고 절망적인 불행을 느꼈다. 그것은 비교도, 선택도 안 되는 별개의 애정 형태였다. 그러나, 불행하게도 이 사건이 표면화될지도 모른다는 생각을 했고, 그때 아내나 처가 쪽에서 받을 충격을 생각했고, 하룻밤 이별 앞에 내비친 아내의 저 눈물의 의미가 변질되어 버리면 어떡하나 하는 생각이 꼬리를 이었던 것이다. 형민은 별로 생각도 없으면서 담배를 빼 물었다. 그리고 결론지었다. 변질된 눈물의 의미는 미련 없이 버리기로 했다. 6개월 정도의 살 섞음이 평생의 피 나눔 위에 놓일 수는 없는 일이었다. 피—그것은 거역할 수도, 거부할 수도 없는 영원한 생명 그 자체인 것이었다. 형민은 아내의 잔상을 지우며 택시에 올랐다.

"광주 한 장."

매표구에 돈을 디밀며 형민은 말했다. 그 소리가 전혀 자신의 목소리 같지 않게 생경하게 들렸다. 자신은 지금, 편견도 선입감도 없고 그래서 이 땅의 수많은 지명(地名)들 중의 하나였던 도시를 갑작스럽게 연고지로 묶고 그곳으로 가는 차표를 사고 있는 것이다. 광주라는 지명은 목적지가 아니라 경유지였다. 그곳은 황해도와는 정반대 방향이었다.

고속 버스는 정시에 출발했다. 형민은 눈을 감았다. 아버지의 얼굴이 떠올랐다. 그 얼굴은 몹시 화가 난, 처음 공장을 찾아갔다 와서 종아리를 맞던 때의 그 얼굴이었다. 다시는 공장 가까이에 얼씬도 못하도록 눈을 부릅뜬 아버지의 노여움은 어디서 기인했던 것인가. 아버지는 자신의 직업을 자식에게 물리기는커녕 구경시키는 것조차 용납하지 않았다. 그건 대장장이라는 직업에 대한 사무친 저주고 한(恨) 때문이었을 것이다. 대장장이는 삶의 수단인 직업이거나 기능인으로서의 자리가 아니었다. 그건 사람의 값을 결정지어 버리는, 노예의 어깨나 등짝에 찍힌 화인(火印) 같은 것이었다. 어렸을 때 그랬던 것처럼 지금 당신의 고향을 찾아가고 있다는 것을 알면 아버지는 또 눈을 부릅뜨고 회초리를 들 것이다. 아니, 회초리가 아닐 것이다. 어린 날 공장을 구경갔던 것과 지금 고향을 찾아가는 일이 어찌 같을 수 있는가. 아마 아버지는 그 충격으로 돌아가실지도 모른다. 생각하면, 아버지는 그동안 얼마나 철저하고 완벽하게 자신을 감추어오고, 자식들에게 가문의 긍지를 심어왔던가.
"아버지……."
형민은 신음 소리로 아버지를 불렀다. 내려 감은 눈 꼬리에 눈물이 번져 나왔다.
"젊은 양반, 광주 사신 게라?"
말소리와 함께 옆구리를 툭 치는 바람에 형민은 얼른 상체를 일으켰다.
"광주 사시냐고오?"
60이 넘어 뵈는 할머니가 삶은 계란을 우물거리며 물었다. 서울 구경은 했고, 갈 길은 멀고, 말벗이 필요한 모양이었다.

"아닙니다, 할머니. 좀 볼일이 있어서요. 제가 몸이 아파 할머니 말벗이 돼드리기가 어렵군요. 심심하실 텐데 어떡하죠."

좀 야박한 것 같았지만 예의를 차려 미리 막을 수밖에 없었다.

"잉, 나가 바도 그런 상싶구마. 나 걱정 말고 푹 쉬소 쉬어."

할머니는 쯧쯧 혀까지 차며 딱하다는 표정을 지어주었다.

형민은 머리를 등받이에 기대며 시선을 창밖으로 옮겼다. 차는 서울의 변두리를 거의 다 빠져나가며 속력을 높이고 있었다.

―안녕히 가십시오 서울특별시.

형민은 문득 이정표의 글씨에 시선을 멈추었다. 그러나 차의 속력 때문에 이정표는 금방 시야에서 도망쳤다. 그 의례적인 문구가 야릇한 새로움으로 마음을 비집고 들었다. 안녕히 가십시오. 그리고 그 반대의 말, 어서 오십시오. 형민은 그 반대의 말을 그 누구에게도 다시 듣지 못할 것 같은 추운 외로움을 느꼈다.

형민은 눈길을 수습하여 멀리 바라보았다. 시야 가득히 고속 도로가 하얗게 뻗어가고 있었다. 분명 길은 검은 회색으로 보이는데도 의식 속에는 하얗게 투영되고 있었다. 그 끝간데 없이 하얗게 뻗어가고 있는 길이 자신의 과거로 향

하는 숨길 수 없는 운명으로 이어지고 있는 것 같았다.

 사실 자신은 지금 과거의 시간 속으로 들어가고 있었다. 그건 고고학자가 역행하는 시간과는 그 성격이 판이했다. 고고학자는 연구나 업적이라는 포장지로 싼 고급한 흥미에 초점을 맞춘 설레임이 그 전부였다. 그러나 자신은 현실적인 삶의 모든 조건들을 와해시켜 버릴지도 모를 두려운 숙명을 만나러 가고 있었다. 그건 어쩌면 불행이 약속된 역사 속의 무모한 탐험인지도 모를 일이었다. 책을 통해서 배웠을 뿐이고, 어른들에게 이야기를 들었을 뿐이고, 전시된 사진으로 구경했을 뿐인 그 전쟁이 갑자기 자신의 운명에 굵은 동아줄을 맨 것이다.

 1950년에 일어나서 1953년에 끝난 6·25라는 전쟁은 1954년에 태어난 형민으로서는 아무런 실감이 없었다. 객관적으로 지금도 휴전선을 사이에 두고 적과 대치하고 있다는 것, 그래서 의무적으로 군인이 되어야 한다는 것, 주관적으로 아버지가 이북에 고향을 둔 실향민이라는 것, 이런 사실을 제외한다면 6·25라는 전쟁은 3·1운동과 마찬가지로 시차가 서로 다른 역사적 사실에 지나지 않았다.

 증조할아버지는 사또 벼슬을 지낸 분이라고 했다. 벼슬자리에 있을 때는 선정을 베풀어 고을 사람들에게 존경을 받았고, 일본놈들한테 나라를 빼앗기고 벼슬 자리를 물러난 다음에는 집안 살림을 일으키는 데 전력했다. 어찌나 엄하고 규모가 있으신지 날로 재력이 늘어나 돌아가시기 전에는 거의 천석지기가 되었다. 그런데 그 많은 재산은 할아버지에 의해 거의 바닥이 드러나고 말았다. 그러나 하나도 아까울 것이 없었다. 할아버지는 그 재산을 노름이나 기방(妓房)에서 탕진한 것이 아니라 만주 벌판에다 뿌린 것이다. 할아버지는 독립 운동에 가담하고 있었고, 재산은 독립 운동 자금으로 쓰였던 것이다. 할아버지는 바람결에 소식만 전할 뿐이었고, 집안 살림은 겨우 밥을 끓일 정도였다. 그래서 아버지는 많은 배움을 가질 수가 없었고, 가문의 체통을 무릅쓰고 거친 일에 손대지 않을 수가 없었다. 할아버지는 해방되기 2년 전에 만주 땅에서 돌아가셨다. 물론 바람결에 전해진 소식이었고, 뼈는 고사하고 머리카락 한 올 오지 않은 데다가 일본 헌병대의 감시가 심해 제대로 울지도 못했다. 해방이 되자 공산당 세상이 왔고, 아버지는 영락없이 지목당하는 인물이 되었다. 날이 갈수록 심해지는 세상은 오히려 일정 시대보다 더 견디기 어려운 것 같았다. 앉아서 당할 수만은 없는 일이었다. 같은 처지에 있는 사람들끼리 비밀리에 공산당 반대 운동을 벌이기 시작했다. 그러나 그 운동이 오래갈 리가 없었다. 발각이 나서 잡히기 직전에 몸을 피했다. 그런데 피해는 가족이 입었다. 할머니와 배다른 어머니, 배다른 형, 세 사람이 잡혀가 죽었고, 아버지는 1월의 혹독한 추위 속에 목숨을 걸고 38선을 넘었다. 그리고 6월에 전쟁이 터진 것이다.

 이것이 황씨 문중의 내력이었다. 아버지는 이 이야기를 형민이 어렸을 때부터 성인이 될 때까지 몇십 번을 되풀이했는지 모른다. 그럴 때의 아버지의 모습은 감히 범할 수 없는 위엄과 숙연함이 넘쳐흘렀다. 그리고 형민은 똑같이 되풀이되는 그 이야기를 들으면서도 다 아는 내용이라고 지루해하거나 건성으로 넘기지 않았다. 그 이야기의 되풀이는 유행가 레코드판이 아니었다. 들을 때마다 새로운 느낌과 깨달음으로 가슴속에 새겨지는 것이었다. 혈통 있는 가문에다 독립 투사, 반공 투사의 집안—그 피를 받았다는 사실은 형민으로 하여금 더없는 긍지를 가지게 했고, 남자로서 꿋꿋하게 설 수 있는 실한 뿌리가 되어주었다. 중학교 2학년 때였던가. 국어 시간에 작문을 짓게 되었는데 그 제목이 〈아버지〉였다. 형민은 궁리를 하다가 흑판에 적힌 백묵 글씨처럼 머릿속에 또렷이 정리되어 있는 집안 내력을 다 쓰기로 했다. 글을 쓰기 시작하자 그 이야기는 실꾸리가 풀리듯 술술 잘도 써졌다.

 —나는 이 세상에서 아버지 말고는 존경하는 사람이 하나도 없습니다. 아버지를 생각하면 불쌍하고 그리고 위대해

보입니다. 많이 배우지 못한 아버지가 불쌍합니다. 그러나 그걸 조금도 부끄럽게 생각하지 않고 열심히 열심히 노력해서 회사 사장이 되신 아버지이기 때문에 위대해 보입니다. 나는 아버지가 무섭지만 이 세상에서 제일 사랑하고 제일 존경합니다.

이렇게 끝을 맺었다. 그런데 엉뚱한 결과가 빚어졌다. 그 글은 모범 작문이 되어 상을 타게 되고, 교지(校誌)에도 실리게 된 것이었다. 형민은 얼마나 당황했는지 모른다. 정작 아버지가 그 글을 읽게 되면 어떻게 될까 하는 걱정 때문이었다. 그래서 상 타오는 것을 그렇게 기뻐하는 아버지였지만 그 상만은 감추고 말았다. 그런데 얼마 못 가 그 사실이 드러나고 말았다. 아버지는 사업에 쫓기면서도 한 달에 한 번 꼴로는 학교에 들르거나 담임 선생님을 불러내곤 했는데, 담임을 통해 그 일을 알게 된 것이다.

"우리 형민이 장하다. 내 아들 농사 한번 잘 지었다."

아버지는 글을 다 읽고 나서 잠시 방바닥을 내려다보고 있는 것 같다가, 줄곧 조마조마한 마음으로 앉아 있던 형민을 덥석 안으며 감격의 소리를 높였던 것이다.

그런데 사진 속의 아버지는 대장장이였다. 그것도 거의 완벽에 가까운, 별을 서너 개 어깨에 붙인 어떤 장군을 보는 순간 태어날 때부터 군인이 아니었을까 하는 강박감에 사로

잡히는 것처럼 아버지는 대장장이로서 빈틈이라곤 없는 천성적인 모습을 하고 있었다.

"아버지……."

형민은 신음을 씹으며 눈을 감았다. 아버지가 그렇게 가엾고 안쓰러울 수가 없었다. 대장장이와 뼈대 있는 가문과…… 그것은 극과 극의 대치였다. 아버지가 만들어낸 그 허황한 전설의 의미가 가슴으로 절실히 파고들었다. 그건 형용할 수 없는 슬픔이고 아픔이었다.

—당신 아버지는 너무나 오래 살았다고 생각하지 않소?

전화 속의 사나이가 노리는 것이 무엇인지 아직은 모른다. 그는 아버지의 목숨을 직접 해치는 어리석음은 결코 범하지 않을 것이다. 그러나 폭탄은 분명 투척할 것이다. 형민은 마음을 가라앉히려고 애쓰면서, 그 폭탄을 피하려고 안간힘 쓸 것도, 그 피해를 너무 두려워할 것도 없다고 생각했다. 그 일은 이미 내리막길에 들어선 수레바퀴였다. 수레바퀴는 굴러갈 만큼 굴러가야 멈출 것이었다. 지금 누리고 있는 삶의 조건들이 모두 파괴된다 해도 어쩔 도리가 없는 일이었다. 그건 어쩌면 오래고 먼 옛날로부터 그렇게 되도록 결정지어진 것인지도 모를 일이었다. 이제 와서 아버지의 죄의 무게를 따져본다는 것은 더없이 부질없는 짓일 것이었다. 그리고 그건 자식으로서 차마 저지를 수 없는 불효였다.

아버지의 고향을 찾아가서, 아버지가 저지른 죄가 예상했던 것보다 더 크다고 하더라도 오히려 아버지를 예전보다 더 아끼게 될 것 같은 예감을 느끼고 있었다.

3

 지방 버스로 갈아타고 회정리에 도착한 것은 오후 3시쯤 이었다.
 "잘 가시씨요이."
 껌을 숱기차게 씹어대고 있던 여차장이 문을 잡고 매달린 채 싱긋 웃으며 던진 인사였다. 그녀의 표정은, 이런 촌구석에 안 어울리는 폼인데 하는 의아함을 담고 있었다.
 아스팔트로 포장이 되어 있긴 했지만 시골이라서 그런지 길은 흙먼지를 다소 일구고 있었다. 형민은 매캐한 흙먼지를 일으키며 사라져가는 버스 꽁무니를 물끄러미 바라보았다. 잘 가시씨요이. '안녕히'가 '잘'로 바뀌고, 어감도 생소한 말이 아직 귓가에 남아 있었다. 그건 천리 밖 낯선 땅에 와 있다는 여실한 실감이었다.

여기가 바로 아버지의 고향이란 말인가…….

형민은 조심스럽게 숨을 들이마시며 사방으로 느리게 시선을 돌렸다. 개조된 농가, 야트막한 산, 벼들이 익어가고 있는 논, 별다른 특색이 없는 흔한 농촌이었다. 이 언변에서 자신이 태어나기도 전에 그런 끔찍한 살육이 벌어졌다는 사실을 형민은 전혀 실감할 수가 없었다. 도시는 도시 나름의 안정을 지키고 있듯 이곳도 농촌 나름의 고즈넉한 안정이 있을 뿐이었다.

전방을 다 살핀 형민은 눈길이 돌아가는 대로 선 자리에서 발을 조금씩 움직이고 있었다. 논, 미루나무, 들, 산, 밭…… 형민은 문득 한곳에 시선을 고정시켰다. 참 묘하게 생긴 산봉우리다 싶었다. 세 개의 산봉우리는 마치 손에 손을 마주 잡은 것처럼 나란히 서 있었는데, 양쪽에 솟은 두 봉우리는 가운데 봉우리의 산줄기 중간쯤에서부터 시작되고 있어서 마치 한 몸에 솟은 세 개의 혹처럼 보였다. 세 개의 유방을 가진 여자가 있다면 바로 저런 모습이 아닐까 싶었다. 그 세 봉우리는 먼발치에서 보아도 검게 느껴질 정도로 숲이 깊었다. 앞에는 야트막한 봉우리 몇 개를 세우고, 뒤로는 험하게 느껴지는 봉우리들을 거느리고 있었다. 그 세 봉우리는 평범한 이 농촌을 갑자기 특색 있게 만드는 것 같았다.

—지서 주임을 찾아가시오. 당신의 교수 명함을 내밀면 도움을 줄 것이오. 당신 아버지의 과거를 알아내는 건 당신 요령에 달렸소.

불현듯, 그와 지서 주임과는 어떤 사이일까, 내가 찾아갈 거라고 미리 연락을 해둔 건 아닐까 하는 생각이 스쳐갔다. 형민은 순간 공모의 함정에 빠지는 건 아닐까 하는 의혹에 싸였다. 형민은 잠시 생각했다. 공모…… 무슨 새로운 범죄를 꾸미는 일이 아니었다. 까마득한 세월의 저편에서 일어난 사건의 면모를 알아보는 것일 뿐이었다. 그리고 상대해야 할 사람은 명색이 경찰인 것이다. 그와 경찰이 밀접한 관계라 한다면 다소 과장은 할지도 모른다. 그러나 아버지의 죄는 부역을 했고, 사람을 죽였다는 데 있다. 그가 말한 서른여덟을 경찰이 과장해서 일흔여섯이라고 한들 죄가 얼마나 무거워지겠으며, 반대로 축소를 해서 열아홉이라 한들 얼마나 가벼워질 것인가. 일단 만나보면 그들의 관계를 눈치채게 될 것이었다.

지서는 두어 번 물어서 금방 찾을 수 있었다. 형민은 지서 앞에서 한참을 서 있었다. 비참하기도 하고, 절망스럽기도 하고…… 이처럼 남루한 감정의 자신을 일찍이 경험한 적이 없었다.

"무슨 일로 이런 시골까지……."

지서 주임은 명함을 거듭 확인하며 아주 정중하게 대했다. 마흔이 됐을까 말까 한 소박하게 생긴 사람이었다. 형민은 일감으로 그와의 공모에 대한 의혹을 털어버렸다.

"예, 다름이 아니라 이번에 제가, 6·25 당시에 인민군 세력과는 별개로 일어났던 자생적이라고 할까, 자발적이라고 할까, 그런 공산 세력의 양상과 그것이 인민군 세력과 야합하면서 끼치게 된 지방적 피해의 형태, 그 후유증 같은 것을 종합 정리하는 논문을 계획 중입니다. 그런데 그런 것들의 자료가 정리된 것도 아니고, 각 지역이나 지방마다 그 특성이나 양상이 다를 것 같아서 전국적으로 그 대상 지역을 선정했습니다. 이곳도 그 대상 지역 중의 하나이며, 협조를 부탁드리려고 주임님을 찾아뵌 것입니다."

형민은 미리 준비했던 말을 막힘 없이 늘어놓았다.

"아, 그러시군요. 참 어렵고도 중요한 일을 하시는군요. 의당 도와 드려야죠. 그런데……."

주임은 난처한 표정을 지으며 손바닥을 맞비볐다.

"보시다시피 그때 당시 제 나이가 열 살 남짓이었고, 또 이 지방이 고향이 아니라서 직접 도와드릴 수가 없군요. 잠깐만 기다리시면 그때 일을 소상히 알 수 있는 연로한 분을 소개해 드리겠습니다. 어떠실지요."

주임은 이쪽이 쑥스러워질 지경으로 면목 없어했다. 아마 그는 자신이 경찰이면서 그때의 일을 제대로 알고 있지 못하다는 사실에 과민해 있는 것 같았다.

　"감사합니다. 너무 오래된 일이니까 당연히 그래야겠지요."

　형민은 좀 과장되게 만족을 표시해 보였다.

　"말 듣기로는 이 지방 빨갱이들 극성도 어지간했던 모양이더군요. 하지만 무심한 것이 세월이라, 세월이 흐르다 보니 나이 많은 사람들은 거의 다 떠나가고 이제 몇 남지도 않은 모양이더군요. 젊은 사람들한테는 호랑이 담배 먹던 시절의 얘기가 되었구요. 그런데 역시 교수님이시니까 좋은 연구를 하시는군요. 아직도 우리는 전시 체제하에 있으니까 반공이 바로 생존권이고, 교수님의 그런 연구는 반공 의식 고취에도 큰 도움이 되겠어요."

　주임은 부하 직원에게 서너 군데 연락을 취하도록 지시해 놓고는 이런 말을 덧붙였다. 그는 역시 경찰답게 형민이 하는 일에 대해 그 나름의 그럴듯한 의미 부여까지 하고 있었다.

　"아 뭐 부끄럽습니다. 결과가 좋아야 할 텐데 워낙 제 능력이 모자라서……."

　형민은 얼버무렸다. 겉으로는 겸손이었지만, 속으로는 주임의 소박한 진지함에 대한 미안 때문이었다.

"신장문 씨는 현재 계시고요, 나머지 두 분은 안 계시는데요."

전화를 마친 부하 직원이 보고했다.

"됐네, 우선 신장문 씨부터 만나야지. 교수님, 가시지요."

주임은 일어섰다. 직접 안내를 할 모양이었다.

"바쁘실 텐데, 전화로 말씀해 주시고 저 혼자 찾아가도……."

"아닙니다, 아닙니다. 촌이라서 항아리에 담은 물처럼 조용하니까 바쁠 게 별로 없습니다. 그리고 연로하신 분이니까 직접 찾아봬야죠."

주임은 앞장서서 사무실을 나섰다.

"지금은 많이 달라지긴 했습니다만 전에는 이 지방이 거의 신씨 문중 독차지였던 모양입니다. 변했다고는 하지만 지금도 신씨 문중을 절대 무시할 수가 없지요. 경제력이고 뭐고, 중요한 부분은 거의 그들이 차지하고 있으니까요. 지금 찾아가는 분도 몇 안 남은 신씨 문중의 큰 어른 중의 한 분입니다."

좀 빠르게 느껴지는 걸음을 걸으며 주임은 설명하고 있었다. 형민은 건성으로 대답하며 몇 가지의 생각을 빠르게 정리했다. 봉건 씨족 사회, 양반과 상놈, 전화 속의 사나이는 성이 신씨일 것이고, 아버지가 만든 가문의 내력은 바로 이 신씨 집안 그 어느 집의 것에다 가미를 한 것이리라.

"그랑께, 젊은 양반이 대학 선상이다 고런 말씸이신가?"

노인은 형민의 명함을 두 손가락 끝에 든 채 형민의 눈을 똑바로 쳐다보며 물었다. 거의 70이 다 되어 보이는 아주 깐깐한 인상의 노인이었다.

"네, 아직 정교수는 못 되고 전임 강사, 그러니까 이제 겨우 시작인 셈입니다."

형민은 기묘한 감정의 꿈틀거림을 느끼며 대답했다. 형민은 지금 자신의 성이 '황'이 아니라 '배'라는 사실을 처음으로 강하게 인식하고 있었다.

"으응, 그까진 등급이 무신 소양 있능감. 순사도 회사원도 다 등급이 있고, 그 등급이야 세월이 가고 나이 차면 다 높으게 되는 것이지. 안 그런가?"

"예, 그러믄요, 어르신."

주임은 노인의 눈길 앞에서 완전히 주눅 들어 있었다.

"으응, 장하구만, 장혀."

노인은 다시 형민을 훑어보며, 대견해 하는 것 같기도 하고 의아해 하는 것 같기도 한 표정을 허물지 않았다. 형민은 그런 노인의 의중을 금방 읽었다. 노인은 양반의 후예답게 선비를 높게 평가하는 의식이 작용하고 있을 것이고, 대학교 선생이라면 두말할 것 없이 대단한 존재로 여길 것인데,

형민 자신은 그 직함에 어울리지 않을 만큼 젊어 보이고 있는 것이었다.

"헌디…… 주임 말로는 날 보고 난리 적 이약(이야기)을 해도라 그런 것잉가?"

노인은 바람 소리가 날 만큼 주임 쪽으로 고개를 휙 돌리며 갑자기 물었다. 약간 높아진 음성에는 노기가 서린 듯했다.

"예에, 저는 아는 게 없고, 딴 데 연락을 했지만 다 부재중이라서 급한 김에 어르신네를 찾아뵙구만요."

주임은 거의 변명처럼 조심스럽게 말했다.

"고 징헌 이약을…… 나는 못허겄구만, 나는 못허겄어."

노인은 고개를 쩔쩔 흔들면서 단호한 어조로 말했다. 그런 노인의 얼굴은 금방 석고처럼 굳어져버렸는데, 그 차가운 얼굴은 그때의 흉한 기억들을 한꺼번에 들여다보고 있는 것 같았다.

"아니 어르신, 천릿길을 멀다 않고 찾아온 분인데……"

주임은 당황해서 노인 앞으로 다가앉았다.

"알아, 그것은 알아. 헌디……"

노인은 허공을 응시한 채 깊은 한숨을 내쉬었다. 형민은 노인의 모습에서, 마음의 상처라는 것은 세월이 늙게 할 수 없다는 사실을 깨달았다.

"나는 말이여, 문중의 중죄인이여. 그때 이약을 헐 자격이 읎는 중죄인이여. 그랑께 딴사람을 찾어가. 나는 못혀."

노인은 마치 헛소리를 하듯, 그러나 그 목소리에는 안타까운 회한 같은 것이 묻어나고 있었다.

노인이 가지고 있는 죄의식이 무엇인지는 모르지만 형민은 안 되겠다고 판단했다. 형민은 주임에게 눈짓을 했다.

"할아버지, 제가 괜히 찾아와 마음만 상하게 해드린 모양이군요. 죄송해서 어떻게 하면 좋습니까."

형민은 정중하게 머리를 숙이며 말했다.

"아녀, 아녀. 먼 길 왔는디 내가 미안시럽구만. 헌디, 내 가심에 맺힌 한 땀새 그러는디, 젊은 선상, 이해허시겄능가?"

노인은 사죄라도 하는 것처럼 간결하게 말했다. 형민은 노인의 가슴에 난 상처의 깊이를 알 듯도 싶었다.

"이해합니다. 할아버지의 괴로움을 알 것 같습니다."

"징헌 시상이었어. 징허고말고."

형민은 주임과 함께 방을 나왔다.

"어이 김 주임, 자네 경성식당 허는 중걸이 아는가?"

마루를 내려서는데 들린 노인의 목소리였다.

"네에, 압니다."

주임이 돌아서며 빨리 대답했다.

"거그 가보도록 혀."

"알겠습니다, 어르신."

노인의 집을 나와서 형민은 담배를 주임에게 건넸다.

"저 때문에 너무 수고가 많으시군요."

"아, 아닙니다. 민주 경찰의 임무 아닙니까."

주임을 따라 형민도 웃었다. 그러나 그건 웃는 시늉일 뿐이었다. 노인이 남긴 불투명한 여운이 차가운 안개처럼 가슴에 차 있었다.

"깐깐한 영감 같으니라고. 벌써 언제 적 이야기라고 그렇게 엄살이야, 엄살이."

주임은 담배 연기를 코로 입으로 굴뚝처럼 뿜어내며 불만스러워하고 있었다.

"아마 그럴 수도 있을 겁니다. 사람이란 한 번 겪은 일을 죽을 때까지 다시 떠올리고 싶지 않은 경우가 있을 수 있으니까요."

형민은 말하면서 아버지를 생각하고 있었다.

"벌써 5시가 다 됐는데, 오늘 저녁에 광주까지도 못 나가게 생겼는데요?"

"네, 하룻밤 정도 여기서 묵을 계획이었습니다. 여관은 어디……."

"염려 마세요. 좋질 않아서 그렇지 여관은 두어 개 있습니다. 우선 식당 하는 신중걸 씨부터 만나도록 합시다. 잠자리야 그 담에 정해도 넉넉합니다."

주임은 전혀 부담을 느끼지 않게 일을 주선하고 있었다. 그의 선량한 성품의 자연스런 표출인 것 같았다. 형민은 더 이상 겉치레 같은 인사를 입 밖에 낼 수가 없었다.

"뼈대 찾는 양반이 식당을 하다니 좀 어색하군요."

이 말을 해놓고 형민은 아차 싶었다. 이렇게 경솔할 수가 있다니. 거의 무의식 중에 나온 말이었지만, 그 저의는 무엇인가. 어느 틈에 양반 신씨네에 대해 적대감 비슷한 것을 품고 있는 자신을 발견하며 형민은 놀랐다.

"양반, 거참 허수아비꼴 된 지 오래 아닙니까. 가문이다, 족보다, 그런 게 밥 먹여주던 세월은 까마득한 옛날이지요. 양반 대신 돈, 족보 대신 주민등록증이면 족한 세상이니까요. 돈만 잘 벌린다 하면 옛날 양반들 식당 아니라 정육점은 안 하겠어요?"

한 방의 총알로 표적을 관통시키는 듯한 말이었다. 형민은 뭐라고 대꾸할 말이 없었다. 김 주임의 조상은 양반이었는지 천민이었는지 종잡을 수가 없었다. 그의 말은, 흔적도 찾을 수 없도록 와해되어 버린 양반 제도에 대한 안타까움인지, 아니면 그 반대의 통쾌한 기분의 표현인지 구분이 잘 안 되었다.

식당 주인 신중걸 씨는 60이 거의 다 되어 보이는 뼈대가 굵은 사람이었다.

"성씨가 황이라. 방가나 배가가 아니라 다행이시."

형민의 명함을 새삼스럽게 들여다보며 신중걸 씨가 불쑥 한 말이었다. 그 순간 형민은 예리한 쇠꼬챙이가 심장을 꿰뚫는 것 같은 충격과 통증을 동시에 느꼈다.

"무슨 말씀이신가요?"

주임은 아무 느낌이 없는 얼굴로 물었다.

"김 주임은 죽었다 깨나도 모를 소링께 얼른 가서 지서 일이나 허드라고."

신중걸 씨는 나락에 앉은 새떼라도 쫓듯 두 팔을 크게 휘저었다.

"붙잡아도 들어가야 할 시간입니다. 교수님을 도와주실 건지 어쩐지 딱 부러지게 말씀하셔야죠."

"이 사람아, 돕고 말고가 워딨어. 그적지(그때) 일은 우리 문중이 쌍것들헌티 당헌 한 맺힌 사연인디, 고 분헌 맘 풀자면 백번이고 천번이고 이약 못헐 것이 뭐여."

신중걸 씨는 금방 얼굴이 벌겋게 상기되었다. 형민은 신장문 노인을 만났을 때와 똑같이, 마음의 상처라는 것은 세월이 늦게 할 수 없다는 것을 다시 느끼고 있었다. 두 사람의 태도는 정반대였지만 그들의 감정은 한 홈통을 흐르고 있는 같은 물줄기였다.

"됐습니다, 됐습니다. 그럼 전 안심하고 돌아가겠습니다."

"그런디 마시, 고 이약이 『삼국지』 하나 새로 쓰는 택은 될 것인디, 위떠시겄어?"

신중걸 씨는 형민에게 묻고 있었다.

"그런 염려 마세요. 여기서 하룻밤 유하시기로 돼 있으니까요."

주임이 얼른 대답했고, 그때서야 형민은 말뜻을 알아들었다.

"그러면 되야구만. 밥은 우리 집 것 사 묵고, 이약허다 보면 날샐 팅께 여관 잡을 것 읎네. 잠자리값은 따로 안 받을 것잉게. 자네 생각은 워떤가?"

주임에게 묻고 있었다. 형민은 빙그레 웃기만 했다. 속으로는, 역시 기민하게 도는 장삿속이라고 생각했다.

"좋구말구요. 경성식당 밥맛이 제일인데, 어차피 밥 먹으려면 경성식당으로 와야 것 아니겠습니까."

주임은 직업이 그래서 그런지 아주 능란하게 대처해 나가고 있었다.

"되야네. 인자 가보소."

"아니 저, 끝나시고 저녁이나 함께 드시도록 하시죠."

형민은 서둘러 돌아서는 주임을 붙들었다.

"그럭 허소, 자네도 애쓴 모양인디."

인간의 문 157

신중걸 씨가 얼른 거들었다.

"그려도 될께라? 영감님 매상만 올려주기는 영 배아픈디?"

주임은 처음으로 사투리를 쓰며 능청스러운 웃음을 웃고 있었다. 그가 신중걸 씨를 어르신이 아니라 영감님으로 호칭하는 것을 형민은 재빨리 잡아냈다. 그 호칭의 차이는 나이 때문만은 아닌 것 같았다.

"저, 저 못된 심뽀 보드라고. 싸게싸게 갔다 와."

신중걸 씨는 주임을 내몰듯 했다.

저녁밥 때가 다 되었으니 바쁜 손님이나 치르고 나서 이야기를 시작하자고 해놓고 신중걸 씨는 어디론가 나가버렸다. 형민은 내던져진 듯 구석 자리에 앉아 담배를 빼 물었다.

─성씨가 황이라. 방가나 배가가 아니라 다행이시.

신중걸 씨의 이 말을 듣는 순간 왜 그렇게 심장을 찔리는 것처럼 아팠을까. 배가─그건 틀림없이 아버지를 가리키는 것이었으리라. 이건 두려움을 앞세운 선입감이 아니었다. 예감이었다. 방가, 그 사람은 누구일까. 아버지보다 먼저 불려진 것을 보면 아버지보다 더 열성적인 사람이었을까. 아버지보다 더 열성적이었다면 그 사람은 또 얼마나 많은 사람들을 죽였을까.

형민은 꽁초로 새 담배에 불을 붙였다. 그리고 창 밖으로 시선을 옮겼다. 이야기를 듣기 전까지 더 이상 아무 생각도 하고 싶지가 않았다. 한적한 시골의 거리에 어둠이 엷은 바람결처럼 번지고 있었다. 규모가 작은 상점들의 쇼윈도 불빛도 시골다운 소박함을 지니고 있었다. 단조롭기까지 한 이 조그만 규모의 읍이 30여 년 전에는 어떤 모습이었을까. 그때는 그때대로 또 생존은 치열했던 것이리라. 산다는 것, 그것은 무엇일까. 죽음 앞에 서게 되면 허망하고 공허하지 않은 삶이 그 어디 있는가. 그러나 산다는 것은 과정이지 결과는 아닌 것이다. 과정은 결과를 망각하고, 결과는 과정을 일깨울 수가 없다. 그래서 삶은 치열해지는 것인지도 모른다.

"황 교수님, 오래 기다리셨죠?"

김 주임이 어느새 옆에 와 있었다.

"아 네, 앉으시지요."

형민은 생각들을 털어버리고 주임을 맞이했다.

"영감님은 어디 간 모양인가요?"

주임이 좋지 않은 기색으로 식당 안을 휘 둘러보았다.

"예, 곧 돌아오겠다고 했습니다."

"손님 대접이 이럴 수가 있나 원. 이거 죄송합니다."

"아닙니다. 어서 앉으십시오."

주임은 영 언짢아하는 표정으로 느리게 자리에 앉았다.

"김 주임님은 6·25 때 기억이 많이 남아 있습니까?"

형민은 별로 흥미가 없으면서도 주임의 신경을 돌리기 위해 말을 꺼냈다.

"어른들처럼 많을 수야 없겠지만 그래도 수월찮이 남아 있지요. 그런데 그것들이 다 험악한 것들입니다. 총소리, 시체, 배고픔, 추위, 제트기 폭음, 다 끔찍한 것들이지요."

주임은 그런 기억들이 바로 눈앞에 보이기라도 하는지 부르르 몸서리를 쳤다.

"좀 창피한 얘깁니다만, 저는 전쟁이 터지고 나서부터 끝날 때까지, 그리고 전쟁이 끝나고 나서도 한 2년 가까이 밤에 오줌을 쌌어요. 동네 사람들이 무더기로 죽어 자빠진 시체를 본 다음부터 생긴 병이었는데, 예, 그건 분명히 병이었는데, 그게 병으로 인정이 돼야 말이죠. 구박을 받고, 병신 취급을 당하고, 오줌을 안 싸겠다고 긴장을 하면 할수록 그런 날 밤에는 더 질퍽하게 싸는 겁니다. 창피하긴 하고, 뜻대로는 안 되고, 꼭 죽고만 싶었습니다. 오줌싸개와 경찰, 이거 어디 어울립니까?"

주임은 사람 좋게 웃었지만 형민은 웃을 수가 없었다. 그건 소년만 겪어낼 수 있는 너무나 실감나고 슬픈 전쟁의 경험이었던 것이다.

"처음엔 키 뒤집어쓰고 소금 얻어오라고 내쫓더니만, 망신을 시켜도 계속 싸대니깐, 저놈 꼬치가 저래 가지고는 커서 남자 구실 못하겠다 싶었는지 약을 먹인다는 것입니다. 그 약이라는 것이 또 희한해서, 고양이 오줌을 먹으면 직효라는 것이었지요. 그런데 아무 데나 찔끔찔끔 싸버릴 고양이 오줌을 구할 재간이 있어야지요. 누군가가 머릴 써서, 고양이를 양철통에 가두고 위를 완전히 덮어 어둡게 한 다음 얼마만큼씩 시간 간격을 두어 막대기로 양철통을 갑자기 두들기라는 것이었습니다. 그럼 고양이가 놀라서 오줌을 싼다는 것이었지요. 아주 그럴듯한 방법이었어요. 그래서 양철통이 준비되고, 고양이 한 마리가 잡혀오고, 나는 막대기를 들고 앉게 되었지요. 한참을 있다가 양철통을 두들기고, 또 한참을 있다가 양철통을 두들기고, 그러면서 나는 간절하게 빌었어요. 고양이야 제발 오줌을 많이많이 싸다오, 제발 많이만 싸다오. 한나절 내내 그 짓을 하고 마침내 양철통 뚜껑을 열었습니다. 뚜껑을 열자마자 고양이가 무서운 기세로 튀어 올랐어요. 뚜껑을 열던 어머니가 비명을 지르며 뒤로 넘어졌고요. 나는 어머니를 본 체도 안 하고 재빨리 양철통 속부터 들여다봤지요. 고양이 털만 조금 빠져 있을 뿐 물방울 하나 없었어요. 얻은 것이라곤 고양이 발톱에 할퀸 어머니 손등의 상처뿐이었지요. 고양이가 오줌을 싸는 동물인지 아닌지, 그게 지금까지도 의문으로 남아 있습니다."

주임은 또 사람 좋게 웃었다. 경찰의 계급장이 저리도 잘 어울리는 늠름한 모습의 저 사람이 오줌 안 싸는 약을 구하기 위해서 고양이를 감금한 양철통을 막대기로 두들긴 소년 시절이 있었다는 것은 아무리 상상력이 풍부하다 해도 가능한 일이 아니었다. 기억의 상처라는 것은 이렇게 연상(連想)의 매듭도 없이 감쪽같이 사람의 몸 속에 파고드는 것인가 싶었다. 형민은 이런 깨달음에 이어, 그 시절을 겪어낸 모든 사람들은 다 저런 식의 상처를 그들 나름대로 감추고 있으리라는 예측이 무슨 확실한 결론처럼 떠올랐다. 그러면서 6·25라는 전쟁의 의미를 새삼스럽게 느끼고 있었다.

"제가 첫아들을 낳았을 때 어머니가 뭐라신지 아십니까. 딸이라도 나면 다행일 줄 알았는데 아들을…… 어머니 말은 여기서 끝났지요. 얼결에 말을 하다 보니 실언이라는 걸 느끼신 거지요. 어머니는 저를 붙들고 마구 흐느껴 우셨는데, 어머니는 제가 꼭 남자 구실을 못할 줄 아셨던 모양이지요. 그때처럼 어머니 정을 뜨겁게 느낀 적은 없습니다. 제가 연거푸 아들만 셋을 낳는 것을 보시고 어머니는 편안하게 눈을 감으셨지요."

"참 다행이군요. 큰 효도하셨어요."

"글쎄요, 효도는 했는지 모르지만 앞으로 키울 일이 큰일입니다. 그런데, 난리가 나고 30년이 다 됐는데 지금도 제트기 날아가는 소릴 들으면 영 기분이 나빠요. 곧 폭탄이 떨어지고, 기총 소사가 벌어질 것 같은 불안감으로 가슴이 두근두근하고, 하여튼 영 좋질 않아요. 내가 촌스러워서 그러는지, 창피스러워서 남들한테는 말을 꺼낼 수도 없지요. 명색이 경찰 제복 입고 할 소리가 아니거든요."

"아닙니다, 충분히 그럴 수 있어요."

형민은 섬광처럼 떠오르는 기억을 붙들며 필요 이상 큰 소리로 말했다. 1년 전쯤이었다. 9월 말의 캠퍼스는 가을의 완연한 몸짓으로 모든 것이 새롭게 느껴지고 있었다. 형민은 강의를 마치고 복도에서 만난 노교수(老敎授)와 함께 나란히 교정으로 나서고 있는 참이었다. 그때 느닷없이 우과과광…… 콰르르랑…… 초음속 제트 전투기의 폭음이 머리 위에서 부서지며 하늘을 뒤흔들었다. 그때 노교수는 걸음을 우뚝 멈춰 서며 머리를 싸잡았다. 갑자기 현기증을 느끼는 것 같았다. 교수님, 어디 불편하십니까? 형민은 얼른 부축했다. 아냐, 괜찮아. 저, 저…… 노교수는 신음처럼 말하며 미간을 잔뜩 찡그리고 있었다. 그러는 사이 제트기의 폭음도 멀리 사라져갔다. 자네 저 소리를 들으며 느끼는 게 없나? 노교수가 느리게 걸음을 옮기며 물었다. 국군의 날 행사에 대비한 연습인 모양입니다. 이 말을 해놓고 형민은 옆얼굴에 와 닿는 시선을 느꼈다. 얼른 고개를 돌렸다. 노교수가 자신의 얼굴을 보고 있었다. 그런데 그 눈길이 싸늘한 것도, 냉정한 것도, 비웃는 것도 아닌 너무나 복잡한 것이었다. 아니, 교수님 왜 그러시는지요. 형민은 당황해서 물었고, 아니네, 아무것도 아냐. 노교수는 후적후적 앞서 걷기 시작했다. 내가 무엇을 잘못했을까. 형민은 노교수의 구부정한 등에서 의미를 알 수 없는 단절감을 느꼈다.

형민은 1년이 지난 지금에서야 비로소 자신이 얼마나 동문서답을 했는지 깨달은 것이다. 그 복잡했던 교수의 눈길이 무슨 의미였는지 알 것 같았다. 노교수나 김 주임은 각기 천리 밖에 떨어져 있으면서도 제트기의 폭음에서 동질의 아픔을 느끼는데, 형민은 그 폭음을 음속 돌파로 일어나는 당연한 과학적 현상으로만 받아들였던 것이다. 이건 형민 자신만 그러는 게 아니었다.

"머 묵자 것 있는 잔치헌다고 요렇크름 일찍허니 왔당가?"

신중걸 씨는 그들에게로 다가오며 턱없이 큰 소리로 말하고 있었다.

"영감님, 손님 대접을 어찌 이렇게 하십니까. 섭섭합니다."

주임이 화난 것처럼 말했고,

"자네가 요렇게 눈치껏 헐 줄 알고 나 급한디 좀 핑허니 댕겨왔네."

신중걸 영감은 넉살 좋게 받아넘겼다.

"교수님 피곤하신데 빨리 시작하시죠."

"그러세. 저짝 방으로 드세. 밥은 멀로 묵을랑가?"

"우선 불고기에다 맥주를 좀 주시지요."

형민이 얼른 대답했다. 불고기에 맥주요? 고거 조오체, 좋아. 주임과 영감의 이런 말이 거의 동시에 나왔다. 무슨 잔치라고, 간단하게 먹도록 하지요. 주임이 말했다. 어허, 자넨 구경이나 허고 떡이나 묵어. 영감이 못마땅하게 말했다. 당연히 제가 한턱내야죠. 그 정도 연구비는 다 나오니까 염려 마세요. 형민은 말하며 주임에게 눈짓을 했다.

"그럼 술은 쐬주로 바꿉시다. 불고기에 쐬주면 왕이지, 영감님 안 그래요?"

주임은 여태껏 보이지 않았던 단호한 태도로 말했다.

"하면, 하면. 자네 말이 공자님 말씀이네."

신중걸 영감은 눈치 빠르게 대처하고 있었다. 형민은 방으로 들어서며 혼자 웃었다. 주임의 마음씀도 훈훈했고, 영감의 꾸밈 없는 장사욕도 마음에 들었다.

고기가 지글지글 익어가고, 술이 따라졌다. 형민은 차를 바꿔 타며 점심을 우유로 때웠기 때문에 몹시 시장했지만 식욕은 전혀 없었다. 불고기보다는 소주가 더 마음에 끌렸다. 조그만 유리컵 속에서 언제나 투명하게 싸늘한 표정인 소주. 형민은 소주를 대할 때마다 콧대 높은 여자를 느끼곤 했다. 그건 소주를 마시게 하는 야릇한 충동이기도 했다. 지금 그 충동은 이상하게 강렬하게 일어나고 있었다.

"워치께 알고 날 찾아왔등가?"

신중걸 영감이 고기를 뒤적이며 서두를 꺼내고 있었다.

"첨엔 장자 문자 어르신을 찾아갔었지요."

"멋이여? 그란디 워치께 되얐어?"

신중걸 영감은 갑자기 소리를 버럭 질러댔다. 형민과 주임은 너무 놀라 어리둥절했다.

"아니, 왜 그러세요. 영감님."

"아, 싸게싸게 담 말이나 혀!"

영감은 목덜미까지 벌겋게 물들도록 흥분해 있었다.

"그 다음 말이야 뭐 있습니까. 영감님을 찾아가라기에 그대로 한 것뿐이죠."

"그 제겐(작자)이 머라 험시로 날 찾아가라 허등가?"

영감은 주임의 눈을 똑바로 쏘아보며 묻고 있었다.

"당신은 문중의 중죄인이기 때문에 그때의 얘길 할 자격이 없다고 하시더군요."

"헹, 벼룩이도 낯짝은 있는 뱁잉께. 말은 바로 혔구만!"

영감은 아무것도 먹지 않은 입을 야무지게 훔쳐댔다.

"아니, 무슨 사연이 있는 겁니까?"

주임이 의아하게 물었고,

"요거 보드라고 김 주임, 자네 주임 노릇 헐라면 좀 똑똑히 히여. 그 제겐이 바로 빨갱이였더란 것이여!"

"예에……?"

주임은 금방 숨 멎는 소리를 냈고, 형민도 볼을 한 대 주어질린 것처럼 정신이 번쩍 들었다.

"자아, 한잔씩 쭈욱 허고 이약허드라고."

영감을 따라 두 사람은 등신들처럼 잔을 들어 올렸고, 그리고 쭈욱 들이켰다. 빈속을 타내리는 소주의 짜릿짜릿한 독기를 느끼며 형민은 뭐가 뭔지 모를 혼란을 의식했다.

"들어보소. 그 제겐은 일정 때 대학 공부꺼정 헌, 신씨 문중선 신식 공부 많이 배우기로 너덧 손꾸락 속에 꼽히는 사람이었단 마시. 헌디, 대학 댕김스롱도 순허게 공부만 헌 것이 아녀. 독립 운동허고 사촌뻘인 학상 운동을 헌다고 닐치고 댕김서 부모 속을 을매나 썩였는지 모릉만. 결국 대학 졸업도 못허고 헌병대에 쫓겨 만주꺼정 도망을 갔네. 거기서 네 활개 피고 맘대로 독립 운동을 헌다는 것이었제. 고것꺼정은, 부모 속 태운 것 빼고는 장허게 잘헌 짓일 거여. 뺏긴 나라 찾자고 험헌 일 헌 것잉게. 근디, 해방이 되어서는 돌아왔는디, 많이 배운 사람이니께 서울 겉은 큰 물에서 노는 건 당연지사라 치고, 영 안 존 소리가 뚱금 읎이 퍼지고는

인간의 문 167

혔당께. 서울서 공산당을 헌다는 소문이 고것인디, 문중 어른덜은 고런 소리가 샛바람 불디끼 한차례씩 오먼 아무도 입 못 놀리게 닦달을 허고 혔구만. 헌디, 고것이 사실이었어. 난리가 터지고 본색이 드러났는디, 남로당원 중에서도 대들보는 못 돼도 서까래는 실히 됐드란 것이여. 근디, 기가 찬 건 고 담부터로구만. 지가 빨갱임스로 즈그 문중이 빨갱이들 손에 쑥밭이 되고 있능 것도 몰라라 혔다 이것이여. 서울에 나자빠져서는, 즈그 패거리헌티 즈그 아부지, 작은아부지, 사촌, 육촌 다 죽어가는디 무신 지랄을 허고 있었는지 모른단 말이여. 워메, 근디 말이시, 사람 환장헐 일이 또 터진 거여. 난리가 끝나고, 감옥에 갇힌 그 제겐을 문중 사람덜이 비용 쓰고 도장 찍고 혀서 살려낸 것이여. 고렇크름 혀서 지끔꺼정 붙어 있는 목심인디, 문중 중죄인이 아니고 머여. 나허고는 정반대로 산 그 제겐이 자네들을 나헌티 보내는 것은 당연지사여."

형민은 그 깐깐해 보이던 노인을 생각했다. 그가 스스로를 문중의 중죄인이라며 이야기하기를 사양했을 때도 이런 과거 때문이리라고는 상상도 못했었다. 한 사람이 숨겨가질 수 있는 과거라는 중량은 그 얼마까지일까. 형민은 자꾸만 어지럼증 같은 것을 느끼고 있었다.

"그거 참 알다가도 모를 일이군요. 어찌 그런 일을 상상이나 했겠습니까."

주임이 쓰게 입맛을 다셨다.

"워째서 옛적부텀 이 시상에서 질 무서운 짐승이 사람이라고 혔간디. 짐승들 중에서 질 끔찍한 죄를 짓는 것이고, 그 죄를 암시랑토 않게 속에 감추고 있기 때문인 것이여."

이렇게 말하는 영감을 형민은 새삼스러운 눈으로 건너다 보았다. 영감의 말은 결코 평범하지가 않았고, 영감은 그 나름대로 인간의 속성을 파악하는 눈을 가진 것처럼 느껴진 것이다.

"지끔부터 우리 문중이 당헌 이약을 해야겄제?"

영감은 마음을 추슬러 잡는 것처럼 술잔을 단숨에 비웠다. 그리고 식욕 좋게 고기를 한입 가득 밀어 넣고 우물우물 씹었다. 형민은 그런 영감을 바라보며 계속되고 있는 팽팽한 긴장감에서 놓여나지 못하고 있었다.

"낭게, 난리가 터지고 한 대엿새가 지났능가 몰라? 인민군이 쳐들어오기 전에 상것들이 먼저 들고 일어난 것이여. 워메, 가당찮어라. 어제꺼정 찍소리 못허고 살던, 발샅에 때국만도 못헌 상것들이 하루아칙에 쥔 행세를 허고 덤빈 것잉게, 순사들은 도청으로 다 불려가 뿔고 지서는 텅텅 비었겄다, 시퍼런 창을 꼬나 잡고 눈에 불을 킨 상것들 앞에 우리 문중 사람들은 꼼짝읎이 허깨비 아니었능감. 참 기가 찰 노릇이제."

영감은 비감한 표정으로 술잔을 단숨에 비웠다.

"기가 찰 노릇은 그뿐이 아녀. 고 상것들이 고렇크름 똘똘 뭉친 것은 발써 오래전부터였더란 것이여. 근디 우리만 캄캄 밤중으로 몰랐드란 것이제. 침엔 고것들도 그리 독허게 굴진 않트만, 인민군들이 들이닥침스롱 하룻밤 새에 모다 사람 백정으로 돌변헌 것이여. 말도 마소, 지리산 호랭이가 무섭다 무섭다 해싸도 맘 변헌 사람만 헐라등가. 아는 정, 보든 정 읎이, 아녀, 아녀, 화경 디래다보듯 훤히 아는 사이니께 더 웬수가 된 것이제. 뿔근(붉은) 완장 차고, 시퍼런 창꼬나 잡고, 사람 개 끌대끼 허는디 안 끌려갈 장사 워딨겄등가. 시상이 드럽게 엎어져뿐 것이었제."

영감은 술잔을 반쯤 비우고는 담배를 빼 물었다. 담배에 불을 붙이는 영감은 신들려오는 무당처럼 아까와는 거리가 먼 모습을 하고 있었다.

"근디, 고 상것들의 대장이 기절초풍헐 인물이었당께. 시악씨맹키로 얌전허던 국민핵교 방 선상이었어. 사람이 고렇크름 무선 것이여. 고 말읎고 순허디순헌 방 선상이 맘속에 빨갱이 사상을 담고 있을 줄 그 누가 알았을 것이여. 고 방현우 밑에서 부대장을 한 것이 대장깐을 허든 배점순디, 모든 일은 요것들 둘이서 비벼묵고, 말아묵고 다 혔어."

형민은 숨을 멈추며 상 아래서 두 손을 맞잡았다. 마침내 아버지 이름 석 자가 튀어나왔고, 형민은 자신의 안색이 변하는 것 같은 긴장을 느꼈다.

"배점수헌티 뿔근 물 딜인 방가놈도 못쓸 놈이제만, 뿔근 물 처묵고 미쳐 돌아간 배점수 고놈은 더 숭악헌 놈이었당께. 워메, 고놈 징헌 건 말로 다 못혀. 막말로 고것들 시상이 두어 달만 더 끌었다면 붕알 달린 신씨 성받이는 씨가 몰라(말라)부렀을 것잉마. 딴 동네 것들이 다 대창 갖고 설쳤는디, 우리 세 동네 것들만 시퍼런 쇠창인 것도 바로 그 배점수놈이 한 짓거리여. 아 그 육시헐 놈이 사람들 눈 피해감스로 우리덜 찔러 쥑일 그 시퍼런 쇠창을 두고두고 맹글었다고 생각혀 보소. 지끔 생각혀도 치가 부들부들 떨리는 일이 아니고 멋이여. 우리덜언 고런 것도 모르고, 고놈덜 굽실거리는 인사를 받고 태평시럽게 살았드란 것이여."

영감은 술잔을 비웠다. 형민도 술잔을 비웠다. 주임이 빈 잔에 술을 따랐다.

"방가가 인민위원장, 배점수가 부위원장 되어서는 날치는디, 고건 영축 읎이 미친 개들이었당께. 하룻밤 새에 세 동네가 고것들 판이 되야불고, 헌다허는 신씨 문중 사람덜언 다 잽혀가는 신세가 되얐지. 고것들 허는 말이, 한 사람이락도 도망을 가면 앞서 잡아간 사람들을 싹 죽인다는 것이였제. 안직 안 잽혀간 나나 다른 사람덜언 도망질을 치고 잡아도 고 말 땀새 꼼짝을 헐 수가 있어야제. 똥줄만 탐스로 하룻밤을 새고, 담날도 연방 사람을 잡아가는 것이여. 지끔이니께 말이 이렇지, 워메 사람 생통 싸고 죽을 일이 바로 고것이여. 도망도 갈 수가 읎고, 내가 잽혀갈지 워쩔지도 모르겄고. 헌디 말이시, 바로 그날 밤에 날 잡으로 온 것이여!"

형민과 주임은 구부리고 있던 허리를 벌떡 일으킬 만큼 놀랐다. 영감이 갑자기 악을 쓰듯 언성을 높이면서 상을 내리쳤던 것이다. 영감은 큼큼 콧소리를 내고는 또 술잔을 비웠다.

"영감님, 술 그렇게 마셔도 괜찮겠어요?"

주임이 고개를 갸우뚱하며 물었다.

"워째, 나가 취해서 이약 못헐성 불러 그렁가? 걱정 말어. 지끔 묵는 이것은 술이 아니라 약이여, 약. 지끔 내 코에서고 가심에서고 피 냄새가 풀풀 나는디, 요건 그 피 냄새럴 뽂아내는 약이란 마시. 자네 나헌티 요런 험헌 이약시킴스롱 쐬주잔 비우는 것이 배아프다 그것잉가?"

"아닙니다, 영감님, 맘 놓고 드세요. 김 주임께선 영감님 건강 땜에 염려를 한 겁니다. 맘껏 드세요."

형민은 재빠르게 말하며 옆에 앉은 주임의 허벅지를 쿡쿡 찔렀다.

"그럼요, 어디 술이 아까워서 그러나요. 영감님 건강 생각해서 그런 거지요."

김 주임이 능청스럽게 받아넘겼다.

"참말이라면 고맙구만. 헌디, 지랄 겉은 이약이라도 홍 깨져불면 헐 맛 읎어져붕께 초치지 말드라고잉?"

영감은 두 사람을 번갈아 보며 다짐하듯 했다. 그럼요. 두 사람은 합창을 하듯 재빨리 대답했다.

"나가 워디꺼정 이약헸드라?"

"네, 영감님을 딱 잡으로 온 데까지죠."

주임이 얼른 말꼬리를 찾아주었고,

"보소, 자네가 초를 친께 말끝도 안 잊어묵능가."

영감은 마땅찮은 표정을 지으며 고기를 한입 가득 밀어 넣었다. 형민은 담배에 불을 붙이며, 사람은 제대로 고른 것이라고 생각했다. 영감은 성능 좋은 녹음기처럼 일일이 물을 필요 없이 자기 기분에 들떠 줄줄 이야기를 해나가고 있었다. 일일이 묻는 말에나 대답을 하는 상대였다면 무척 곤혹스럽고 힘이 들었을 것이다. 영감의 이야기를 다 듣고 나서 미흡한 것이 있으면 그때 물으면 될 것이었다.

"그렁께, 날 잡으로 온 놈덜언 셋이었는디, 배점수허고 이서방, 판술이었어. 등잔불 밑에서도 번쩍번쩍하는 창끝을 여그, 여그다(영감은 검지손가락 끝으로 턱밑 목줄기를 쿡쿡

쩔렀다) 들여밈스롱 가잔 것이여. 참말로 환장을 허겄등만. 못 가겄다고 뻐팅기먼 그 시퍼런 창이 모가지럴 팍 쑤세뿌러 창끝이 반대쪽으로 툭 불거져불 것 겉고, 죽은 디끼 끌려가자니 고것들이 먼디. 화아, 그때 겉음사 목심이 웬수여. 무신 말이고 혀야겄는디 쌔(혀)는 워쩐 일로 딱딱헌 돌뗑이여. 개새끼맹키로 질질 끌려 마당으로 안 나왔능가. 깜깜헌 밤이등만. 어둠을 봉께로 정신이 버쩍 들데. 도망을 가자 허는 생각이 번개 치듯 헌 것이여. 헌디, 배점수놈이 있는 것이여. 지끔은 폭싹 혀부렀지만, 그때만 혀도 심쓰는 디는 한 가락헌 몸이었응께. 상대방이 셋이고 창을 들었다 혔어도 점수놈만 읎었다먼 한바탕 혀볼 맘이 동했을 것이여. 예로부터 대장쟁이치고 심 못 쓰는 놈덜 읎는 뱁인디, 점수놈은 뼉다구꺼정 타고나서 그 심이 호랭이 맨손으로 때래잡을 것 맨치로 씨었단 마시. 고런 심에 창꺼컹 꼬나 잡았씨니 두 눈에 쌍불 킨 호랭이가 따로 읎드랑께. 나는 꼼지락도 못혀 보고 깜깜헌 고샅을 끌려가고 있었당께. 손을 묶는 대신 허리끈을 풀어뿌러서 두 손으로는 핫바지 말기를 틀어쥐고 걷는디, 워찌 그리 다리는 후들후들 떨리고 발은 헛짚이는지, 죽을지 뻔히 암스롱 백정놈 손에 질질 끌려가는 황소 심정이 요런 것잉갑다 싶드랑께. 그런디 나헌티 신령님 손길이 뻗친 것이여, 신령님 손길이!"

영감은 또 갑자기 소리치며 상을 내리쳤다. 이번에는 형민도 주임도 놀라지 않았다. 두 사람은 영감의 말을 따라가며 긴장해 있었던 것이다. 영감은 술잔을 들어 홀짝 마셔 혓바닥을 축였다.

"나 얼렁 뒷간에 댕겨올라네."

영감은 일어섰고, 형민과 주임은 영감이 돌아올 때가지 아무 말 없이 각자의 생각에 잠겨 있었다. 형민은 중학생이 될 때까지도 아버지의 주먹 쥔 새끼손가락 하나를 펼 수가 없었고, 고등학생이 될 때까지도 아버지의 두 손가락으로 맞붙는 팔씨름을 이길 수가 없었고, 대학생이 될 때까지도 아버지의 그 장대한 물건 앞에서 기가 꺾여야 했었다. 그러나 형민은 같은 또래에서는 언제나 힘이 센 축에 들었었다.

"워디꺼정 이약혔드라?"

영감은 끄윽 트림을 올리며 물었다. 이번에는 말끝을 잊어버린 게 아니라 듣는 쪽의 관심을 환기시키려는 의도 같았다.

"야아, 신령님 손길이 영감님헌티 쫘악 내리뻗쳤구만이라."

김 주임이 눈치 빠른 생도처럼 사투리로 잽싸게 대답했다. 영감은 여유 있게 반나마 남은 술잔을 기울였다.

그리고 다 식어버린 고기를 입에 넣고는 물었다.

"워째 교수님은 들을 만허싱가?"

"그럼요, 재미있기가 『삼국지』 뺨칩니다."

얼결에 대답을 해놓고는 형민은 열번 잘한 대답이라 싶었다.

"핫핫핫핫…… 되얐구만, 되얐어. 허긴 『삼국지』가 따로 있간디, 쥑이고 죽고, 쌈헌 이약이 『삼국지』제. 글먼 또 시작혀 보드라고."

영감은 흥이 절로 나는 모양이었다. 크아 소리를 내며 새 술잔을 비웠고, 주임은 형민을 향해 의미 있는 웃음을 입 꼬리에 담았다.

"신령님 손길이 워쳤게 뻗쳤는고 허니, 고 쌍불 킨 호랭이 겉은 점수놈얼 내 옆에서 띠논 것이여. 아 금메, 고샅에서 나서는디, 나 쪄 그 일이 워쳤게 되는지 가볼 팅께 느그 둘이서 잘 몰고 가, 점수가 이러덜 않겄능가. 워메, 귀가 번쩍 열림스롱 인자 살았다 싶등만. 점수놈이 지 좋을 대로 가뿔고, 나는 을매나 걷다가 여그쯤이먼 좋겄다 싶은 디서 말을 꺼냈구만. 이 서방, 나 소피 잠 보게 해주소. 아 싸게싸게 걸으씨요. 안직 대갱이에 피도 안 오른 판술이놈이 쏴대등만. 허리끈만 맸드람사 소피고 지랄이고 사정헐 것이 머 있었간디? 지까짓 것들이 창 아니라 총을 들었다 혀도, 나이 묵고 뼈다구 약헌 이 서방에, 안직 물뼈다구에 풋기운 쓰는 판술이놈 정도는 자신이 있었제. 헌디 허리끈 읎어 흘러내리는 핫바지 걸치고 워쳤게 기운을 쓰고 쌈을 헐 것이여. 촌각이 급헌디 핫바지 벗고 워쩌고 허다가 창에 찔리면 고만이고. 소피를 보겄다는 것은 순전히 핫바지 벗어뿔 기회를 잡자는 것이었응께. 어이 이 서방, 아무리 죄인이라도 소피는 보게 허고 끌고 가소. 나는 또 숨넘어가는 소리로 사정을 안 혔드랑가. 판술아, 소피는 보게 혀. 나도 눠야 쓰겄다. 이 서방이 헌 말이여. 왔따매, 고 말을 들응께 온몸에 피가 확확 달아오름스로 부들부들 떨리기만 허든 사지에 심이 뻗치는디……(영감은 두 팔을 번쩍 들어 부르르 떨어 보였다) 싸게 누씨요, 싸게. 판술이놈이 말허등만. 나는 길가로 서너 걸음 옮김스롱 붙들고 있든 핫바지 말기를 놔부렀어. 핫바지가 발목꺼정 소리도 읎이 흘러내렸고 눈 깜짝헐 새에 고것에서 발목을 빼냈단 마시. 그런디 두 놈은 즈그덜끼리 군시렁거림성 오줌을 깔기는 눈치등만. 워메, 고렁크름 존 기회가 워디 또 있겄어. 죽기 아니면 살기가 고런 때럴 두고 허는 말이여. 그대로 두 놈헌티로 돌진헌 거여! 무신 정신이 있어! 치고 박고 물어뜯고, 깜깜한 어둠 속에서 셋이서 헝클어졌응께. 엎어지고 뒤집어지고 허다 본께 손에 잽히는 것이 있드란 마시. 먼지 아능가! 창이여, 창! 고것으로 막 쑤신 것이여. 한참을 쑤시다 본께로 잠잠허지 않트라고? 두 놈 다 뒈진 것이여. 정신이 퍼뜩 들데. 집으로 가먼 안 된다는 생각만

험스로 워디가 워딘지 몰르고 도망을 치기 시작헌겨. 뛰다 본께로 나도 모르게 산을 타고 있등마. 세 개째 산등성을 넘고 나니께 인자 살았다 싶드란 마시. 한숨을 돌리고 본께로 한 손에는 창이 들렸고, 가슴팍하고 허벅다리가 씀벅씀벅 아프드라니께. 별 생각 읎이 가슴이고 허벅다리럴 씩씩 문댔는디, 워메 소리 빠락 지르게 아픈 거여. 조심혀서 다시 만져보니께 멋이 끈적끈적혀. 피었든 것이여. 을매 안 있어 날이 번허게 티여왔는디, 보니께 가슴이랑 허벅다리에 창을 맞은 상채기가 한 뼘썩이나 되게 났는디, 속살이 뒤집어져 나온 고 상채기서 밤새 흘른 피로 온몸이 피범벅이드랑께. 고 상채기 땀새 을매나 고상을 혔는지, 아녀, 그 이약은 쪼깐 있다 허기로 허고 우선 흉터부텀 귀경허드라고."

영감은 윗옷 단추를 따더니 티셔츠를 거침없이 걷어 올렸다. 정말 오른쪽 가슴에는 한 뼘 가량의 흉터가 섬뜩하게 그어져 있었다. 영감은 여기서 그치지 않았다. 벌떡 일어나더니 혁대를 풀고 바지를 아래로 내렸다. 영감은 나이에 걸맞지 않게 삼각 팬티를 입고 있었는데, 왼쪽 허벅지에 가슴의 것보다 더 험하게 부르튼 흉터가 금방 무슨 소리라도 지를 것처럼 험상궂었다.

"그날서부텀 징헌 놈덜이 도망질헐 때꺼정, 삼복 더우 석 달 간을 죽었다 살아난 거여. 아이고매, 그때 그 고상을 무신 말로 다 헐 것잉가? 지끔 생각혀도 치가 떨리고, 이가 뿌득뿌득 갈린다니께. 생각덜 혀보드라고, 가슴패기허고 허벅다리서는 피 질질 흘르제, 온 몸땡이는 피범벅인다다가, 도망질허니라고 긁히고 찢기고 난장판이제, 온 시상천지가 그 놈덜 판굿인디 몸을 피헐 디는 읎제, 고렇크름 막막허고 기가 찰 일이 워디 또 있겄드랑가. 그려도 나는 믿은 거여. 신령님이 날 구해주실 것이라고 믿은 거여. 동네로 기어드는 것은 사자밥 되자는 것이었응께, 나는 죽기 살기로 산을 탔구만. 삼봉산 뒤에 산속 산막을 찾아가잔 것이었어. 거그 산막에는 약초를 캐고, 목기를 깎아 사는 영감이 살고 있었응께. 그 영감은 귀헌 약초를 우리 문중에 대든 사람인디, 맘씨가 비단결 같은 영감이었단 마시. 통 말이 읎는다다가 욕심도 읎는 사람이었응께. 아무리 귀헌 약초라도 쌀 한 말 이상은 받은 일이 읎었단 말이시. 그려서 우리 문중서는 그 영감을 신선이라고 불렀다니께. 그 영감을 찾아가면 상채기도 고치고 살아날 것 같등만. 하룻낮, 하룻밤이 꼬박 걸려 산막을 찾아갔는디, 그때는 거지반 다 죽어가는 꼴이었어. 생각혔든 대로 영감은 친자석 돌보디끼 혔어. 근디, 영감의 정성도 다 허사여. 날이 갈수록 상채기가 덧나기 시작혔어. 워낙이 심허게 다친다다가, 영감의 약초는 낄에(끓여) 묵는 것이지 볼르는(바르는) 것이 아니었응께. 곪지 말라고 약을 낄에 묶기도 혔지만, 날이 더운디다가 직효 약을 못 쓰니께 당헐 재주가 있어야제. 영감이 약을 구해오겄담시로 약초허고 목기를 한 짐 지고 읍내로 떠났구만. 영감이 구해온 약이 다 이아찡 가리허고 아까징끼여. 약초를 낄에묶음시로 아까징끼 보르고, 다이아찡 가리 뿌리고, 학질 앓는 것맹키로 으실으실 춥게 열이 올르고, 그럼시롱 시나부로 시나부로 상채기가 아물어 붙어간 것이여. 사람 목심이 고렇크름 찔긴 삼 줄 겉은 줄은 첨 알았구만. 한 달 보름이 넘어 상채기가 다 아물었는디, 그새에 동네서는 생난리가 벌어지고 있었당께. 방가, 배가 두 놈이 인민군허고 작당혀서 우리 문중 사람덜 얼 개 잡듯 쥑이고 있다는 것이여. 그때 발써 내 마누래는 나 땀새 끌려가 반 죽게 맞고 와서 끙끙 앓고 있을 때란 말이시. 영감이 그 말꺼정은 안 혀서 나중에사 안 일이구만. 근디 말이여, 고런 천벌을 받아 꼬드라질 놈덜이 있능가! 우리 문중 사람덜을 쥑이는디, 우리 신씨 문중을 대대로 지켜온 삼봉산 중테기서 쥑인다는 것이여. 구뎅이럴 파서 혈을 끊어뿔고, 그 구뎅이다가 문중 사람덜 시체를 파묻는다는 것이랑께. 고런 악독헌 짓거리를 생각해 낸 놈이 누구냐! 고게 바로 대장쟁이 점수놈이었다 이것이여!"

영감은 술기운만이 아닌 벌겋게 달아오른 얼굴로 두 주먹을 쥐며 부르르 떨었다. 그 증오는 세월의 흐름과는 아무 상관없이 펄펄 끓어오르는 열기를 느끼게 했다.

"영감님, 한잔하시고 숨 좀 돌리시지요."

주임이 술을 권했다.

"그려, 그려. 술 묵어야 맘 가라앉제. 아, 자네덜언 통 안 묵는겨?"

"아닙니다, 함께 드시죠."

주임이 잔을 들었고, 형민도 따라서 얼른 잔을 들었다. 형민은 낮에 눈길을 끌었던 세 봉우리의 산이 바로 삼봉산일 거라고 생각했고, 풍수지리설과 신씨 문중, 천민인 대장장이와 삼봉산의 함수 관계를 빠르게 정리했다.

"인생살이 일장춘몽이라 허는 소리도 있긴 있는디, 고건 한(恨) 읎는 인생살이럴 두고 허는 말이제. 세월도 흘를 만큼은 흘렀는디도 그때 적 원한은 안직도 시퍼렇게 살아 있당게. 나도 몰를 일이여."

영감은 술잔을 내려놓으며 괴로운 표정을 지었다. 이야기에 열을 올릴 때와는 달리 늙음이 두드러져 보였다. 한이라는 것—그것은 무엇일까. 마음의 깊은 상처라고만은 할 수 없는 것, 거기에 무언가가 더 보태져야 될 것 같은 그것, 형민은 알 듯 말 듯한 감정으로 한이라는 것을 생각하고 있었다.

"영감님, 잠시 실례하겠습니다."

주임이 엉거주춤 일어섰다. 그러면서 형민에게 눈으로 묻고 있었다. 형민도 자리에서 일어섰다.

"그 영감 기운 한번 좋네. 꼭 어제 일처럼 그렇게 흥분을 하니 원."

주임은 화장실에서 나오며 좀 피곤한 듯한 어조로 말했다. 형민은 시계를 보았다. 9시 45분이었다.

"피곤하실 텐데 그만 돌아가 쉬시죠."

형민이 말했고,

"아닙니다. 저도 이런 기회가 아니면 언제 그렇게 자세히 듣겠습니까. 그런데 교수님, 너무 자기 얘기만 하는데 어떻게, 도움은 되시는지요."

"예, 다 처음 듣는 얘기들이니까요. 다 듣고 나서 필요한 것은 다시 묻도록 하면 보충이 될 겁니다."

형민은 고기와 술을 더 가져오게 이르고 자리로 돌아왔다. 자리에 앉자마자 영감은 어험, 험, 목청을 다듬으며 이야기 시작할 준비를 했다.

"멋이냐…… 그랑께 고 악독헌 생각을 접수놈이 꾸며냈다는디, 믿을 수가 있드라고? 그래서 가보기로 헌 것이여. 성허지도 못헌 몸으로 워디럴 가느냐고 영감은 생야단이었지만 워찌 자빠져 있을 수 있겄어. 삼봉산 혈이 끊기고, 문중 사람덜이 그 구뎅이서 죽어가는디, 내가 뻣대고 나서니께 영감도 마지못혀 따라나서등만. 그래 갖고 고 끔찍헌 꼴을 내 두 눈으로 똑똑히 봐부렀단 말이시. 자기덜이 파는 구뎅이가 문중을 지켜온 삼봉산 혈을 끊는 것이고, 자기덜이 묻힐 묫등인 줄 뻔히 알 것인디, 그 사람덜언 꾸역꾸역 구뎅이를 파드랑께. 그라고는 말이시, 그라고는 그 구뎅이를 등지고 서서 창에 맞어 죽어간 것이여. 배점수나 그 쫄개놈덜언 백정놈이 칼질허디끼 창으로 우리 문중 사람덜얼 푹푹 쑤셔 쥑인겨. 즈그 놈덜이 누구 덕에 입에 풀칠허고 산 목심들이라고, 은공을 웬수로 갚은 것이여. 나뭇가지 새로 고 찢어 쥑일 놈덜이 저질르는 악독헌 짓거리 내 눈으로 똑똑허니 봄스롱 나는 하늘에 맹서헌 기여, 저것들 웬수를 내 손으로 기엉코 갚겄다고 조상님덜헌티 맹서헌 기여."

영감의 음성은 갑자기 껄껄한 느낌으로 쉰 것처럼 들렸다. 영감의 눈에는 번들번들 눈물이 번져 있었고, 감정이 격해지면서 목이 메었던 모양이었다.

"나는 두 번 다시 삼봉산으로 가볼 심을 잃어뿌렀고, 밤마다 숭악 헌 꿈에 홀태질을 당혔어. 분은 치솟제, 고 쥑일 놈덜얼 워찌헐 수는 읎제, 사람 딱 미치게 생겼드랑께. 나는 죄 읎는 영감만 볶아쳤어. 시상 돌아가는 소식 알아갖고 오라고 사흘이 멀다고 영감을 읍내로 내몰았응께. 근디 사람 미치고 환장헐 일이, 우리 편은 멀 허고 자빠졌는지 깜깜 무

소식이고, 빨갱이놈덜언 갈수록 득세럴 힘시로 사람을 쥑여 댄다는 소식뿐이여. 밥맛이 있능가, 묵는 것이 살로 가능가. 날이면 날마다 몸은 뽀짝뽀짝 말라가지, 이러다가 우리 시 상못 보고 보타져 죽겄다 싶등만. 고런 환장헐 날들이 을매 나 지냈는지, 읍내 댕겨온 영감이, 빨갱이놈덜이 야밤 도주 했단 소식을 가져오지 않았등가벼. 위메, 위메, 나는 미친놈 맹키로 풀쩍풀쩍 뜀스롱 울다가 웃다가 정신이 하낫도 읎었 구만. 그러다가 정신이 빠딱 든 것이여. 그러고 있을 때가 아니었든 것잉께. 그 질로 산을 넘어 동네로 들이닥쳤지. 내 가 헐 웬수 갚음이 한창이등만. 점수놈 마누래가 당산나무 밑에서 몰매 맞어 죽고, 미처 못 내뺀 삼중이놈, 민구 겉은 놈덜이 핵교 운동장에서 맞어 죽은 담이었어. 고것으로 일 이 다 끝난 것은 아니었응께. 내가 헐 일은 을매든지 남었든 것이여. 내 원한이 을매나 큰디 말여."

영감은 양쪽 입 꼬리에 엉겨붙은 침 찌꺼기를 혀끝으로 닦아내고는 손바닥으로 야무지게 입을 훔쳤다. 배다른 어머 니는 맞아 죽었구나…… 형민은 담배를 깊이 빨아들이며, 얼굴도 모르는 한 여인의 절박한 비명 소리가 들리는 것 같 은 환청에 싸이고 있었다.

"영감님, 그래 문중 사람들은 얼마나 화를 당했던가요?"

형민은 고개를 번쩍 들었다. 자신이 묻고 싶었지만 차마 입을 뗄 수 없었던 것을 주임이 묻고 있었다.

"그 말 안 혔등가? 말도 마소, 서른야답(여덟)이나 시상을 뜬겨. 말이 서른야답이지, 그것이 개돼지가 아니라 사람이란 말이시. 고 징헌 놈덜, 아녀, 아녀, 방가놈 배가놈 그 두 놈이 고렇크름 많은 생목심을 쥑인겨. 방가놈도 악혔지만 더 악독헌 것은 배가놈이었당께. 그놈이 진 죄가 육시를 혀도 모지랜디도 그놈의 아들놈을 지끔꺼정 살려서 멕이는 것은 순전히 우리 문중서 베풀은 은덕이여."

형민은 소스라쳐 놀랐다. 배다른 형제가 살아 있다는 말이 아닌가. 형민은 말을 하기 전에 크게 숨을 들이켰다.

"영감님, 배점수라는 사람 자식이 살아 있단 말입니까?"

"글타니께. 빙신 팔푼이라서 그렇제만 지끔 나이기 서른 셋인가 넷인가 그럴껴."

"병신이라니요?"

"긍께 고것이 미친 것도 아니겄고, 멋이라드냐, 너무 놀래서 정신이 삐딱해져 뿌렀다등만. 그것도 찔긴 목심인디, 즈그 아부지가 이 시상에서 짓고 간 죄럴 그 자석이 홈빡 뒤집어쓴 것일 꺼여. 그 자석이 즈그 엄니가 당산나무 밑에서 몰매 맞아 죽을 때 워찌 밟혀 죽지 않고 용케 살아나긴 혔는디, 고것이 즈그 엄니 맞어 죽는 꼴 봄스롱 놀래기는 엄청 놀랬등갑드만. 몇 날 며칠 경기를 일으키고 허등만 어찌어

인간의 문 185

찌 살아나기는 혔는디, 그 질로 빙신이 되야분 것이여. 그 빙신을 내쫓지도 않고 이날 이때꺼정 밥 믹이고, 옷 입히고 살렸으니 우리 문중 은덕이 아니고 멋이겄어?"

형민은 신음을 씹었다. 그러면서 회색빛의 엷은 분노를 느꼈다. 그건 아버지에 대해서였다. 아버지는 이 사실을 알고 있을까, 모를까. 거의 완전한 변신을 꾀하면서 고향에는 한 번도 들른 일이 없었을까. 계속 쫓기는 몸이었다 해도 버려두고 떠난 아내나 자식의 안부 때문에 한 번쯤은 꼭 고향에 발길을 해야 했을 것이다. 그것은 위험을 무릅쓰는 본능이 아닌가. 그런데 아버지는 자신의 안전을 위해 그 본능마저 묵살해 버린 것일까. 만약 그렇다면…… 아니, 한 번쯤 찾아왔다가 이미 아내는 죽고, 아들은 정신이 모자라는 병신인 것을 알고 그대로 버려버린 것일까. 만약 그렇다면…… 형민은 서두르지 말자고 스스로를 타이르면서도 새로운 괴로움이 고개를 드는 것을 어쩔 수 없었다.

"그 바보가 바로 배점수놈 아들이었구만요?"

김 주임이 알은체하며 고개를 끄덕였다.

"그 사람말고도 부모 잃어 불쌍하게 된 사람들이 많겠군요."

형민은 굳이 할 필요 없다고 생각하면서도 이 말을 했다.

"여부가 있간디. 너덧 살에 애비 잃어뿐 아덜부텀 유복자꺼정 있는 판잉께. 즈그 아부지 얼굴도 모름시롱 젯상에 절험스로 커난 고것들이 젤 불쌍허지. 근디 고것들이 발써 서른 고개를 넘었네 그랴. 늙어가는 목심들헌티는 세월이 무상허고, 커나는 목심들헌티는 세월은 유상헌 거여. 워째, 교수님은 심에 차셨능가?"

"아 네, 아주 만족합니다. 너무 수고하셨어요."

"벌써 12시가 다 됐군요."

주임이 일어섰다.

"자네 고단허겠네 웨."

영감이 술잔을 홀짝 비우고는 일어서며 기지개 켜듯 하는 음성으로 말했다.

"영감님, 저어……."

형민은 머뭇거렸고,

"멋이여, 더 헐말 있능가?"

영감이 턱으로 말을 재촉했다.

"다름이 아니라, 내일 아침나절에 그때의 장소들을 몇 군데 안내 해 주실 수 있으신지……."

"하면, 하면. 연구허는 일인디 을매든지 안내헐 것잉만."

영감은 흔쾌하게 승낙했다.

4

　―당신은 최소한 당신 아버지의 진실을 알아야 할 필요가 있소.

　전화 속의 사나이는 결코 많은 말을 한 것이 아니었다. 그런데 많은 말을 들은 것 같은 느낌은 순전히 형민 자신의 착각이었다. 아버지의 본명, 고향, 부역한 사실, 살해한 사람의 수, 그리고 사진을 보낸 것. 이것이 전화 속의 사나이가 했던 언행의 전부였다. 나머지 말은 자신이 횡설수설 물었기 때문에 그쪽에선 전혀 낭비 없는 대답을 했던 것뿐이다. 그리고 자신은 너무 당황하고 놀란 나머지 짧은 시간 동안에, 할 수 있는 모든 능력을 동원해서 추리하고 상상하고 예측하고 했는데, 그런 모든 것을 전화에서 들은 말로 착각하고 있었다.

전화 속의 사나이는 어쩌면 뱀의 피보다 더 차가운 이성을 가진 사람이 아닐까 하는 뒤늦은 깨달음이 왔다. 그 사람은 형민 자신이 여기 와서 알게 된 사실 이외에도 더 많은 것을 샅샅이 알고 있을 텐데도 그 몇 가지 사실 외에는 말하지 않은 것이다. 형민은 자신이 그 사람의 입장이었을 경우 과연 그렇게 냉정할 수 있었을까를 생각하는 것이다.

그 사람은 몇 살 때 아버지를 잃은 것일까. 그도 아버지의 얼굴을 모른 채 제삿상에 절을 하며 자란 것은 아닐까. 그가 가지고 있는 아버지의 그 사진은 어떻게 된 것일까. 그러나 형민은, 지금까지 그랬던 것처럼 그가 앞으로 어떻게 행동할 것인가에 대한 생각은 의식적으로 외면했다.

아버지가 꼭 그렇게 많은 목숨을 죽여야 했을까. 불행하게도 아버지는 천민의 서러움과 공산 혁명과를 구분하지 못한 것은 너무나 빤한 사실이다. 천민으로서 대장장이 일밖에 없었던 아버지의 서러움은 그렇게도 큰 것이었을까.

이복형의 존재는 어떻게 된 것일까. 아버지는 그가 바보로 살아 있다는 것을 전혀 모르고 있을까. 그렇다면 아버지는 자신만의 안전을 위하여, 자신이 죄를 저질러 지극히 위험하게 된 땅에 처자를 버려두고 달아나서 다시는 찾지 않았다는 결론이 된다. 이건 사람이 할 짓이 못 된다. 아니면, 언젠가 한 번쯤 찾아왔다가 아내의 죽음을 확인하고, 자식은 정신이 모자라는 병신인 것을 알고는 그대로 버려버린 것인지도 모른다. 이것도 사람이 할 짓이 못 된다. 그런데 형민은 이 두 가지 이외의 경우를 아무리 생각해 보아도 버려진 이복형의 존재에 대하여 납득할 만한 이유를 찾아낼 수가 없었다.

형민은 새벽녘에 겨우 서너 시간 눈을 붙였다. 그것도 어지러운 꿈의 연속이었을 뿐 깊은 잠은 잘 수가 없었다. 며칠째 계속된 피곤의 누적으로 형민은 전신에 무슨 찌꺼기가 가득 찬 것 같은 찌뿌드드한 무게를 느꼈다. 느린 동작으로 화장실을 다녀오고, 세수를 하고 했지만 7시가 되었을 뿐이다. 방에 더 앉아 있을 수가 없어 여관을 나왔다. 천천히 큰길을 걸었다. 거의 인적이 없는 길에는 시골 특유의 싱싱한 고요가 자욱이 깔려 있었다. 피곤의 즙(汁)만이 늘적거리는 것 같은 도시의 회색빛 아스팔트 위에서 만나는 아침과는 너무나 다른 모습이었다.

경성식당도 다른 상점들과 마찬가지로 깊은 잠에 빠져 있었다. 형민은 길을 따라 계속 걸었다. 이상하리만큼 아무 생각도 떠오르지 않았다. 그렇다고 머릿속이 맑은 것이 아니었다. 머릿속은 공허할 만큼 텅 비어 있었다.

아우성치는 것처럼 요란한 클랙슨 소리에 놀라며 형민은 길을 비켜섰다. '광주 직행'을 빨간 글씨로 표시한 버스가 빠르게 옆을 지나쳐서는 가을을 헤치며 멀리로 사라져가고 있었다. 형민은 문득, 내가 괜한 소리를 한 것이 아닐까 하는 생각을 했다. 오늘 아침나절에 사건 현장 몇 군데를 보고자 했던 어젯밤의 제의는 순전히 즉흥적인 것이었다. 전혀 예상하지 않았던 이복형의 생존 사실이 형민에겐 적잖은 충격이었고, 그를 만나봐야 될 것 같은 생각 때문에 불쑥 그런 제의를 했던 것이다. 그런데 버스를 보는 순간 이곳을 탈출하고 싶은 충동이 일어났다. 그러나 형민은 이내 쓰게 웃었다. 그런 자신의 순간적 감정 변화가 무척 어줍잖고 비열하게 느껴졌던 것이다.

 사라져가는 버스 꽁무니를 망연하게 바라보고 있던 형민은 한곳에 시선을 모았다. 무슨 긴 사연처럼 아슴하게 뻗어나가던 길이 끝나는 거기에 세 봉우리의 산은 솟아 있었다. 그 세 봉우리는 어제와 똑같은 모습을 하고 있었지만 형민의 눈에는 전혀 다르게 보였다. 혈을 끊겨버린 산…… 형민은 한사코 눈을 크게 뜨려 하고 있었다. 그 산중턱 어딘가에 구덩이를 팠던 자리가 벌겋게 드러나 보일 것만 같았던 것이다. 구덩이를 팠던 자리에는 그동안 풀도 나무도 자라지 못하고, 경성식당 주인의 가슴과 허벅지에 남아 있는 흉터처럼 벌건 흙이 그대로 드러나 있을 것만 같았다. 그 구덩이는 두 개의 원한을 한꺼번에 품은 기구한 운명의 항아리였다. 천민의 원한 풀이와 양반의 원한 맺힘이 동시에 엉켜든 것이다. 서른여덟 개의 구덩이를 파게 하고, 서른여덟 사람을 죽이면서 아버지의 원한은 다 풀린 것일까. 형민은 언뜻 어제 처음에 찾아갔던 신장문 노인을 생각했다.

형민은 잠시 혼란을 일으켰다. 그들 두 사람의 삶은 동질성이 있는 것 같으면서도 전혀 별개의 것이었다. 공산주의 운동에 가담했다는 점이 동질성 같았지만 엄밀히 따지고 보면 그것도 성질이 판이했다. 아버지가 무비판적 감정으로 시작한 일이라면, 신 노인은 그 나름의 비판적 이성으로 시작했을 것이다. 그 나머지는 모두가 정반대의 삶이었다. 아버지가 도주를 했는데, 그는 체포가 되었다. 아버지가 변신을 했는데, 그는 법의 심판을 거쳤다. 아버지가 객관적 죄의식을 느끼지 않고 살았다면, 그는 문중의 줄기찬 손가락질 속에서 살았다. 그러나, 아버지가 계속 불안에 쫓기는 삶을 살아야 했을 때 그는 전혀 그런 불행은 느끼지 않았을 것이다.

형민은 삼봉산을 더 바라보지 못하고 돌아섰다. 그 세 봉우리가 어헝, 어헝 하는 큰 짐승의 울부짖음으로 우는 것 같았고, 그 빼곡한 숲에서는 계속 슬픈 비명 소리가 들려오는 것만 같았던 것이다.

  시계를 보았다. 8시가 되어가고 있었다. 형민은 왔던 길을 천천히 되짚어 걸었다.

  그 사람은 어젯밤에도 전화를 걸었을 것이다. 아버지에게도 걸었을 것이다. 아버지는 이 일을 어떻게 해결하려고 할까…… 형민은 머리를 흔들었다. 의식적으로 피해온 생각을 또 하고 싶지 않았다. 지금은 더욱 그랬다. 이곳에 와서 더 확실해진 사실이지만 이 일에 해결의 방법이란 없었다. 다만 앞으로 어떻게 일이 번져갈 것인가 만 남아 있었는데, 그건 전적으로 그쪽 의사(意思)에 따라 좌우될 문제였다.

  경성식당의 문은 열려 있었고, 주인 영감은 별로 쓸 것도 없는 가게 앞길을 쓸고 있었다. 대빗자루가 일으키는 바람에 철 이른 낙엽 몇 잎이 쓸리고 있을 뿐이었다.

  "워따, 교수님 일찍 일어나부렀네. 글안해도 기둘리고 있는 참이구만."

  영감은 간밤의 피로 같은 것은 전혀 느낄 수 없도록 건강한 모습이었다. 형민은 인사를 하고 식당으로 따라 들어갔다.

  "아칙에는 설렁탕뿐인디, 워쩔까?"

  "네, 좋습니다. 영감님도 함께 드시죠, 제가 대접하겠어요."

  "워디가, 엊저녁에도 과용했을 것인디."

  영감은 사양은 하면서도 흡족한 얼굴이었다. 그건 밥 한 그릇이 아니라 나이 대접을 받는 데 대한 촌로다운 소박한 만족감의 표시일 것이었다.

형민은 몇 숟가락도 제대로 뜨지 못하고 말았다. 주인 영감의 불필요한 신경 씀을 피하기 위해서도 많이 먹으려 했지만 속에서 받지를 않았다.

"워디를 볼라고 허는디?"

영감은 밥을 우물거리며 물었다.

"네에, 그 배가라는 사람이 했던 대장간, 그 사람 아들을 좀…… 머 그런 정도지요."

형민은 자신도 모르게 가라앉는 어조를 빨리 수습했다.

"삼봉산도 가시겠제?"

영감은 '물론'이란 의미가 강하게 느껴지는 어조로 물었다. 형민이 영감의 심중을 금방 깨달았다.

"시간이 있으면 그래야죠."

형민은 이렇게 대답했지만, 이미 그곳에는 가지 않기로 작정한 뒤였다. 아까 삼봉산을 바라보며 결정한 것이었다. 그곳에 가면 서른여덟의 망령이 그대로 살아 있을 것만 같았다. 아니 서른여덟 개의 구덩이가 파였던 자리에는 틀림없이 나무도 풀도 자라지 않고 벌건 흙이 드러나 있을 것만 같았다.

"갈 길이 먼디 후딱후딱 보드라고."

영감은 숟가락을 놓기가 바쁘게 일어섰다.

"혹시 영감님께선 그 방가나 배가의 내력에 대해 알고 계신지요."

형민은 경중경중 뛰듯 걷는 영감의 걸음걸이에 보조를 맞추며 물었다.

"하면 알제. 선상질허던 방가는 타지에서 흘러든 인물잉께 배가맹키로 휜허게 알던 못허지만, 고것도 일정(日政) 때 덕으로 글줄이나 배운 재수 잘 타고난 상것이었등만. 고것도 지 근본 못 감추니라고 빨갱이 된 것이제. 고 주먹댕이만헌 물건만 읎었드라도 우리 동네 것들이 고렇크름 징헌 빨갱이는 안 되얐을 것인디. 배가라는 놈을 베래분 것도 순전히 그 방가놈이었응께. 본시 성깔머리가 지랄인디다가 기운이 장사인 배가놈 붙들고 노동자 농민이 어쩌고, 양반 지주가 어쩌고 험시로 설탕물을 믹였으니, 고것이 바로 종기 긁은 것이고, 불에 휘발유 찌끌은(끼얹은) 것이 아닌감. 배가놈 집안은 대대로 우리 문중 소작을 부치고 살었는디, 워쳤게 혀서 점수 그놈이 대장쟁이가 되얐는지 모르겄단 말이여. 워쨌거나 소작농이나 대장쟁이나 상것이긴 매일반인디, 점수 그놈이 즈그 아부지 안 타게서(닮아서) 그 성질이 고약허기로 멩이 났응께. 그놈헌티서 딱 한 가지 쓸 만했던 것은 대장 솜씨뿐이었구만. 고 솜씨 잘 풀어감서 죽은 디끼 살았음사 처자식허고 배 뜨뜻혔을 것이고, 대장쟁이로 기술자로 떵떵거리는 시상 만내 지 팔짜 늘어졌을 것인디. 넘 못헐 일 시키고 지 놈 명대로 못살고, 지 권속들꺼정 잡아묵은 몹쓸 놈이여."

형민은 묵묵히 얼마를 걸었다.

"쩌그, 저것이 대장깐 아닌가."

"……!"

영감이 가리킨 곳에는 네모난 대장간의 투박한 흙굴뚝이 그을음을 쓴 채 아침 햇살 속에 그 모습을 드러내고 있었다. 지붕은 초록빛 계통의 칠이 바랜 슬레이트로 덮여 있었고, 벽은 블록이 그대로 드러나 있었다. 그때의 세월이 전혀 느껴지지 않는 모습이었다.

"저게 그때 그대로의 것은 아니죠?"

"하먼. 그때 배가놈 일당이 도망허고, 그놈 여팬네를 동네 사람들이 잡아감스로 불을 질러뿌렀제. 근디, 대장깐은 도살장맹키로 허든 자리서 혀야 헌다고 새사람이 그 자리에 저걸 진 것이구만."

형민은 돌아섰다.

"워찌, 가찹게 안 가바도 되능가?"

"네, 됐습니다."

형민은 앞서 걷기 시작했다.

"담배 가지신 것 있능가?"

형민은 걸음을 멈추고 영감이 가까이 오기를 기다렸다. 담배를 건네고 라이터를 켰다.

"배가 아들은 어디 사나요?"

"어디 살기는, 집도 절도 읎는 놈이 지 한 몸 눕는 디가 즈그 집이제."

"그럼, 그 사람 만나기가 어렵겠군요."

"워디가, 날만 샜다 허먼 큰길 암디나 쏘다댕기니께 금세 눈에 띨 것잉만."

"그 사람, 어느 정도 머리가 모자란가요? 그때 일을 기억해요?"

"아녀, 하낫도 몰라. 돈이 먼지도 모르고, 그냥 묵고 싸는 것밖에는 모르는…… 그렇께 멋이냐, 맞어, 백치여 백치."

"그럼 그동안 괄시 많이 받았겠군요."

"워디가, 고것이 머리는 모지래도 심성은 착혀서 시키는 일은 꼬박꼬박 헌단 말이시. 즈그 아부지 썽깔 타겠다가는 여적지 살아 있지도 못혔을 것인디, 고것이 그래도 지 한목심 지키니라고 심성은 착허게 타고난 거여."

형민은 차라리 그 사람을 보지 말까 생각했다. 그 가엾고 비참하고 남루한 생명을 눈 바로 뜨고 보아낼 것 같지가 않았다.

"근디 말이시, 한 가지 요상헌 일이 있긴 혀. 그 모지래는 것도 여름은 용허게 알아본당께. 여름이 되고, 즈그 엄니가 맞어 죽은 임시가 되면 꼭 병을 앓는단 말이시. 몸이 펄펄 끓고, 헛소리럴 허고 허는디, 사람덜언 즈그 엄니 귀신이 제 삿밥 내노라고 졸르는 것이라고 허는디, 고것이 참말로 그렇겄능가?"

"……!"

형민은 가슴이 찡 울리는 아픔을 느꼈다. 귀신이 어디 있을까. 그는 줄기차게도 그때의 상처를 병으로 앓아온 것이었으리라. 사람들이 동네에서 강제로 쫓아냈다 해도 그는 다시 돌아왔을 것이다. 맞아 죽는 한이 있더라도 그는 열번이고 백번이고 되돌아왔을 것이다. 백치가 되어버린 그의 의식 저편에 흐리게나마 찍혀 있을 단 하나의 기억. 어쩌면 그것은 그의 유일한 생존의 빛이었는지도 모른다. 형민은 가슴 저 밑바닥에서부터 솟아오르는 깊은 한숨을 길게 내쉬고 있었다.

"저짝 길로 돌아가드라고. 그래야 당산나무가 나옹께."

형민은 터덕터덕 영감의 뒤를 따라 걸었다. 무슨 끈적이는 액체처럼 피곤이 전신을 적셔내리고 있는 것을 느꼈다.

"쩌그 저것이 그 당산나무구만."

커다란 공지에 자리잡고 서 있는 당산나무는 우람했다.

금속적 질감을 느끼게 하는 아름드리 줄기와 그 위에 반원을 이루고 있는 무성한 잎새들은 그 나무가 거쳐온 세월을 말해 주고 있었다. 아침 햇살 속에 전신을 목욕시키며 묵묵히 서 있는 그 우람한 나무는 그 어떤 신성한 괴기(怪氣)를 풍기는 것 같았다. 형민은 아까 삼봉산을 바라보던 때와 흡사한 감정으로 당산나무를 멍하니 쳐다보고 있었다.

"저 나무 몇 살이나 됐나요?"

"하매 3백 년이 넘었을 꺼구만."

"이 동네의 산 역사겠군요."

"하면, 존 일 궂은 일 다 당혔지. 그럼시로도 통 말이 읎응께."

"여기서는 배가 아내만 그 일을 당했나요?"

"워디가, 군인이나 경찰말고 우리 손에 잽힌 것들은 다 여그서 저 시상으로 갔구만."

"왜 하필 여기서……."

"이 당산나무는 삼봉산허고 함께 우리 문중을 지켜온 근본잉께. 우리 선조 할아부지께서 현몽허시고, 삼봉산의 혈을 받은 이 땅에 터를 잡음스롱 그 표시로 심근 나무가 바로 이 당산나무여."

그러고 보니 당산나무는 삼봉산의 세 봉우리 중, 가운데 봉우리와 맞바라보고 서 있었다. 형민은 가늘게 한숨을 쉬며, 보일 듯 말 듯 고개를 저었다. 천민인 아버지는 삼봉산 중턱에 구덩이를 파고 신씨네 사람들을 죽임으로써 일거양득을 꾀했고, 신씨네 사람들은 또 방자한 상민이나 그 가족들을 이 당산나무 아래로 끌어다 죽임으로써 그 앙갚음을 한 것이었다.

"그만 가시죠."

형민은 돌아섰다. 아까보다 더 진한 피곤이 몰려왔다.

"고 방가허고 배가 두 놈을 잡어다가 저 당산나무에 친친 묶었어야 혔는디. 지끔 생각혀도 그놈덜 못 잡은 것은 돌로 발등을 찍을 만치 원통헌 일이여."

영감은 주먹으로 허공을 쳐대고 있었다. 형민은 코스모스가 피어 있는 길만을 멀리로 바라보며 걸었다.

다시 상가들이 있는 길로 들어섰다.

"여그 어디에 그 자석이 있을 것잉만."

영감은 두리번거리며 그 정신이 모자란다는 사내, 자신의 이복형을 찾기 시작했다. 형민은 가슴이 두근거림을 느꼈다.

— 당신, 정말 아무도 살아 있지 않은 거죠?

어머니는 이 말을 형민이 중학교를 졸업할 때까지 기회만 있으면 아버지에게 묻고는 했다. 그럴 때마다 아버지는 한결같이 '그렇다니까'로 응수하곤 했다. 어머니는 통일을 전제로 해놓고, 혹시 이북에 아버지의 처자식이 살아 있으면 어떻게 하나 하는 불안을 늘상 떼치지 못하고 있었다. 그래서 어머니는 자신의 말이 얼마나 혹독하고 잔인한 것인지를 전혀 의식하지 못하는 것 같았다. 어머니는 자신의 안정된 위치를 고수하기 위해서 아버지의 전처나 그 자식들이 깨끗이 죽었기를 바라는 잔인한 몰염치를 계속 내보였던 것이다.

"그 자석 쩌그 있구만."

영감이 경중거리는 걸음을 빨리 했다. 형민은 멈칫 서며 그쪽을 보았다. 어떤 가게 앞에 한 사내가 엉거주춤하게 서 있었다. 키가 크다는 느낌뿐 거리가 멀어서 얼굴의 윤곽은 드러나지 않았다. 영감에게 끌리듯 형민은 그저 발걸음을 떼어놓고 있었다.

"칠성이 아칙 묵었냐?"

영감이 다가서며 큰소리로 물었다. 그러자 엉성하게 서 있던 사내가 몸을 추스르며 이쪽으로 고개를 돌렸다. 그 순간 형민은 숨이 딱 멎었다. 아버지의 사진을 보았을 때와 똑같이 한눈에 그 사내가 아버지의 아들이고, 자신의 이복형이라는 것을 느낄 수 있었다.

"아, 안녕하싯시요, 아자찌."

그 사내는 혀가 잘 돌아가지 않는 것 같은 어조로 영감에게 인사를 했다.

"배불렀어?"

영감은 계속 큰소리로 말했다. 아마 귀도 성하지를 못한 모양이었다.

"야아, 아자찌."

그 사내는 입을 헤벌리며 하늘을 보듯 하며 웃었다.

그 사내는 큰 키에 몸은 말짱했다. 그런데 얼굴에는 아무런 표정이 없었고, 특히 눈은 뿌옇게 안개가 낀 것처럼 흐려 보였다. 금방 백치를 느끼게 하는 얼굴이고, 눈이었다.

형민은 그 사내를 바라보며 가슴이 터질 것처럼 슬픔의 덩어리가 부풀어오르고 있음을 느꼈다.

그에게 무슨 죄가 있는가……

형민은 스물일곱 살의 나이에 대학의 전임 강사가 되어 있는 자신을 생각했다. 주변의 누구나가 부러워할 정도로 순탄하고 빠르게 잡은 기반이었다. 그 위치에 이르기까지 단 한 번의 배고픔도 느끼지 않았고, 단 한 가지의 아픈 기억도 겪지 않았다.

"아 멋을 뻔히 보고만 있댜? 훌륭한 선상님인디, 얼렁 인사디려!"

영감이 형민을 가리키며 큰소리로 말했고, 그 사내는 겁먹은 얼굴로 뒤로 비척비척 물러서고 있었다.

형민은 돌아섰다. 그리고 빨리 걷기 시작했다.

그에게 무슨 죄가 있는가……

형민은 같은 생각을 되풀이하며, 무게를 알 수 없는 죄의식에 압박당하고 있었다.

"워쳤게, 인자 삼봉산을 가보실랑가?"

영감이 뒤따라오며 다급하게 물었다.

"그랬으면 좋겠는데 시간이 없군요. 딴 지방도 서너 군데 들러야 합니다. 아침에 멀리서나마 봤습니다."

"그렸어? 바쁘면 별수 읎지."

영감은 약간 서운해 하는 기색이었다.

"영감님, 참 수고 많으셨습니다. 감사합니다. 저는 가는 길에 김 주임을 찾아보고 가겠습니다."

형민은 신중걸 영감과 작별했다. 그리고 지서에 들러 김 주임을 잠깐 찾아보았다.

형민은 광주까지 나오는 동안 줄곧 칠성이라는 이름의 이복형의 생각에만 매달려 있었다. 무슨 진전이 있는 생각이 아니었고, 그의 백치스런 모습에 형민의 의식이 묶여 있었다고 해야 옳았다. 아무것도 모른 채 서른서너 살을 먹은 그의 존재 앞에서 죄의식을 느끼는 것조차도 사치스런 감정이 아닐까 하는 생각이 들었고, 그 생각에 다시 죄스러움을 느꼈다. 형민은 막연하게나마 그 사람을 위해서 무언가를 해야 하리라고 생각했다.

서울행 고속 버스에 자리를 잡은 형민은 끝없이 밀려오는 허탈감에 빠져들고 있었다.

―당신은 최소한 당신 아버지의 진실을 알아야 할 필요가 있소.

어제 이곳에 도착할 때까지만 해도 불안과 긴장과 초조가 있었다. 그런데 이제 마음은 끝이 없는 허탈의 안개밭일 뿐이었다. 그건 어쩌면 의식의 완전한 무방비 상태를 뜻하는지도 모를 일이었다.

고속 도로로 접어든 차는 차츰 속력을 내며 달리기 시작했다. 형민은 창 밖을 망연히 바라보며, 이제 서울로 돌아가면 생활 궤도가 전과는 많이 달라지게 될지도 모른다는 막연한 예감을 느끼고 있었다. 그리고 다시 전화가 걸려오게 되면 전과 같은 두려움을 느끼지 않고 이야기하게 되리라는 생각을 하며, 시름시름 잠 속으로 빠져들고 있었다.

형민은 눈을 떴다. 차는 계속 달리고 있었다. 잠결이 아닌데도 차가 어디쯤을 달리고 있는지 알 수가 없었다. 형민은 멍하니 창 밖을 내다보았다.

서울 12킬로미터―이정표가 쑥 다가들었다가 스쳐 지나갔다. 형민은 그때서야 꼬박 네 시간 정도를 꿈도 꾸지 않고 잤다는 사실을 깨달았다.

형민은 담배를 깊게 피웠다. 담배를 빨수록 정신이 아슴 아슴 풀려가고 있었다. 그건 담배 연기가 만들어주는 지극히 짧고도 작은 평안이었다. 형민은 그 평안을 소중하게 음미했다. 지금의 나이가 될 때까지 누려왔던 모든 조건들이 불시에 파괴될지도 모른다고 생각하면서.

아파트 현관 앞에서 택시를 내렸다. 아내가 친정에서 돌아와 있었으면 싶었다. 피곤했다. 엘리베이터를 내린 형민은 초인종을 누르려다가 멈칫 섰다.

—아버님 입원 ××병원 705호 희경.

문에 붙은 종이쪽에 적힌 글이었다.

형민은 종이쪽을 와드득 잡아뜯었다. 그리고 미친 것처럼 계단을 뛰어내리기 시작했다.

인간의 계단

1

 어머니는 자정을 가까스로 넘기고 숨을 거두었다.
 자정을 가까스로 넘겼다는 느낌은 찬규의 가슴에 안개빛의 설움을 자욱한 분말로 뿌리고 있었다. 그건 어쩌면 어머니가 살아온 나날들을 에워쌌던 한숨의 습한 그림자이거나, 어머니가 스스로의 감정에 인고의 찬물을 뿌려온 식은 체온의 가루일 것이었다.
 찬규는 알고 있었다. 어머니는 아들인 자신을 기다리며 그동안 죽음을 거부해 오고 있었다는 것을. 만약 자신이 하루 먼저 도착했더라면 어머니는 어제 자정을 넘겨 눈을 감았을 것이다. 그리고 만약 자신이 하루 늦게 도착했더라면 어머니는 내일 자정을 지나 이승을 떠났을 것이다. 물론 어머니가, 좋고 싫은 손님을 가려 만나고 안 만나고 하는 식으로 목전에 닥친 죽음을 마음대로 할 수 있는 신통력을 가진 것은 아니었다. 그러나, 어머니가 치명적인 교통 사고 같은 것을 당해 갑자기 세상을 떠나는 것도 아니고 신병이 악화된 경우 그 임종이 하루 이틀 늦거나 빨라질 수 있는 것은 얼마든지 가능한 일이었다. 어머니는 그럴 수 있는 분이었고, 찬규는 그럴 수 있는 어머니의 의지력을 아무런 의심 없이 믿었다. 어머니는 평생을 걸쳐 찰고무보다 더 질기고 강철보다 더 강한 의지의 지팡이를 스스로 만들어 짚고 살아왔던 것이다.

어머니의 죽음에 대한 그런 느낌은 찬규 혼자만의 것은 아니었다.

"니가 오기만을 기다린 기여……."

절망처럼 적막한 어머니의 임종을 지켜보며 이모가 오열에 섞어 한 말이었다. 니가 오기만을 기다린 기여…… 그 다음에 생략된 말이 바로 이모의 느낌이었다. ……니를 보고는 포도시 눈을 감은 기여.

그런데 어머니는 끔찍하다고 할 수밖에 없는, 찬규로서는 도저히 상상도 못했던 유언을 준비하고 있었던 것이다.

그런 살기가 퍼렇게 돋아나는 유언을 가슴 깊이 감추고

있지 않았더라도 어머니는 아들의 얼굴을 대면하지 않고는 결코 눈을 감지 못 했을 것이다. 어머니는 스물셋에 과부가 되었고, 유복자 하나를 혼자의 힘으로 20년이 넘도록 키워 온 것이었다.

"요 사진 똑똑허니 봐."

어머니는 머리맡 요 밑에서 꺼낸 사진을 찬규에게 내밀며 몸이 성할 때의 목소리와 거의 흡사한 음성으로 말했다. 어머니는 말을 분명히 하기 위해서 전신의 힘을 입으로 모으고 있다는 것을 찬규는 알았다. 떨리고 있는 어머니의 손에서 사진을 받았다.

사진을 들여다본 찬규는 멈칫했다. 그때였다.

"그놈이 바로 느그 아부지 죽인 웬수여!"

어머니의 울부짖듯 하는 음성이 방 안을 가득 채웠다.

"⋯⋯!"

찬규는 아랫입술을 사정없이 깨문 채 천장을 응시하고 있었다. 핏기 하나 없는 뼈만 남은 얼굴에는 죽음의 그림자가 완연했다. 그런데 어디서 그렇게 크고 질긴 음성이 터져 나오는지 모를 일이었고, 싸늘한 냉기로 덮여 있는 죽음에 임박한 얼굴 속에서 두 눈이 뿜어내고 있는 야릇한 광채는 또 어떻게 된 것인지 알 수가 없었다.

"아부지 웬수를 꼭 갚아야 혀. 그놈은 필경 살아 있응께."

어머니는 아까보다 한결 침착하게 한마디, 한마디에 힘을 넣어 말했다. 찬규는 너무 느닷없는 말이어서 아무것도 종잡을 수가 없었다. 어머니는 눈을 감았다. 눈 언저리에 잔물결 같은 경련이 일고 있었다.

"그라고…… 그라고……."

어머니의 팔이 들리는가 싶더니 무슨 무거운 물건이 떨어져 내리듯 그대로 요 위에 부려졌다.

"어머니!"

찬규는 순간적으로 어머니에게 달려들었고, 옆에 그림자처럼 조용히 앉아만 있던 이모도 '언니이'를 울음 덩이로 쏟으며 달려들었다.

"찬규야아…… 그놈 이름이 배점수여……."

어머니의 목소리는 수증기처럼 입 밖으로 나오면서 자취를 감추고 있었다.

"어머니, 정신 차리세요!"

찬규는 어둠 같은 절망감에 빠지며 어머니의 어깨를 붙안았다.

"아녀, 아녀…… 헐말이 더 있응께……."

더 멀어진 느낌의 어머니 음성은 말이 아니라 고통스런 신음이었다.

어머니의 빈약한 가슴에서 아직 맥박은 가늘게 뛰고 있었고, 코끝에서 흩어지는 가녀린 숨결에서는 냉기만이 진하게 묻어났다.

"이러기를 수십 차례여."

이모는 그나마 안도하는 빛으로 허리를 펴며 말했다. 곧 정신을 되찾게 될 테니까 걱정하지 말라는 위로의 뜻일 것이었다. 찬규는 간사하게도 와르르 무너져 내렸던 마음의 층계들을 다시 맞추는 여유를 찾았고, 그때서야 어머니 이마에 잘게 맺힌 땀방울을 발견했다. 수건을 집어 들었다. 그러나 찬규는 수건을 놓고 손바닥을 어머니 이마로 가져갔다. 그 땀방울을 수건이 아닌 손바닥으로 닦아내고 싶은 생각이 불현듯 일어난 것이다. 손바닥을 조심스럽게 어머니 이마에 댔다. 순간 찬규는 섬뜩함을 느꼈다. 이마는 차갑게 느껴질 만큼 식어 있었고 손바닥에 닿은 찬 기운은 그대로 죽음의 피부였다. 찬규는 재빨리 어머니 가슴을 더듬었다. 맥박은 먼 바람 소리처럼 아슴하게 살아 있었다. 두어 시간 전, 집에 도착하자마자 짚어본 어머니의 이마는 그래도 안온함을 느끼게 하는 온기를 지니고 있었던 것이다.

찬규는 방바닥에 떨어져 있는 사진을 집어 들었다.

사진은 손바닥만 한 크기였는데, 한눈에 오랜 세월이 지난 것임을 알 수 있었다. 찬규는 감정을 한곳으로 모으며 사진 속의 사나이를 응시했다. 그러나 감정의 실오라기에 불이 붙지를 않았다. 그 사나이가 아버지를 죽인 원수라는, 그래서 원수를 갚아야 한다는 실감이 전혀 오지 않았다. 이런 불효스러움을 깨닫기 전에 찬규는 그 사진 자체에 엉뚱한 흥미를 느끼고 있었다. 사진은 실히 몇십 년의 나이를 먹었음이 분명한데, 그 연륜에 어울리지 않게 현대적 감각을 풍기고 있었다. 그 시절의 사진들이란 하나같이 검은 바탕인 사진첩 속에서 누르끄름하게 변색되어 있게 마련이었다. 그리고 그 사진 속의 사람들은 약속이나 한 듯이 모두 정물(靜物)이었다. 딱할 지경으로 뻣뻣하게 굳어져 있는가 하면, 터무니없이 근엄하게 굳어져 있기가 일쑤였다.

그런데 이 사진 속의 사나이는 그런 시대적 특성을 외면한 채 정물이기를 거부하고 있었다.

사나이는 여실하게 살아 움직이고 있었다. 그는 대장장이였는데, 위에는 알몸을 드러낸 채 허공에 높이 들어 올린 커다란 쇠망치를 막 내리치려는 몸짓을 하고 있었다. 쇠망치의 무게 때문에 가느다란 자루는 활시위처럼 휘어져 있었고, 그 자루를 허공에 받쳐 잡고 있는 두 팔의 근육은 꿈틀꿈틀 움직이고 있었다. 바위 덩어리의 견고함을 지닌 넓은 가슴팍, 땀이 번들거리는 얼굴, 쇠망치가 적중시켜야 하는 목적물을 노려보고 있는 번뜩이는 눈, 힘을 한곳으로 모으느라 약간 비틀려 돌아간 다부진 입술, 그 모든 것은 펄펄 뛰는 싱싱한 힘을 뿜어내고 있었다. 빈혈증을 앓는 것처럼 누르끄름하게 변한 인화지 색깔 때문에 오히려 그 사나이의 생명감은 더 강렬해지는 것 같았다.

이 사진을 찍은 사람은 누굴까.

찬규는 불현듯 그가 누구인지를 알고 싶었다. 이런 포즈를 취한 대장장이보다 이런 사진을 찍을 수 있었던 사람이 훨씬 더 값지게 느껴졌던 것이다.

쇠를 다루는 대장장이의 망치질은 무의식적으로 되풀이되는 행위일 뿐인데, 그 행위의 찰나를 사진으로 찍을 수 있었던 그 누군가의 안목— 그 사람이 누구인지를 알고 싶었다. 그러나 어머니는 지금 깊이를 알 수 없는 혼수 상태에 빠져 있다.

그리고 어떻게 해서 어머니가 이 사진을 가지고 있을까 하는 의문이 일어났다. 원수의 모습을 아들에게 알리기 위해서 어디선가 구한 것일까. 어디서 구했을까. 대장장이의 집에서? 찬규는 생각이 헝클어짐을 느꼈다. 그 옛날에 대장장이가 손바닥만 한 크기의 사진을 찍어 가질 능력이 있었을까. 그 시절에 사진을 찍을 수 있는 사람들은 그렇게 흔하지 않았다. 그리고 대장장이가 자랑할 만한 직업이 못 되고, 알몸을 드러낸 상체에 쇠망치를 치켜든 모습은 어쨌든 상스럽고 부끄러운 모습이면 모습이었지 당당하거나 자랑스러운 모습은 못 될 것이었다. 칼로 소를 잡는 자신의 모습을 사진으로 찍어 남기기를 원하는 백정이 어디 있을 것인가.

이런 의문을 담은 채 찬규는 혼수 상태를 지키고 있었다. 그런데 어머니는 더는 깨어나지 못하고 혼수 상태를 그대로 죽음으로 연결시키고 말았다. 한지(韓紙)에 물이 서서히 번져들듯 죽음은 어머니의 혼수 상태를 서서히 점령하고 만 것이다.

어머니…….

찬규는 주검으로 변한 어머니의 모습을 넋 놓고 바라보고 있었다. 어머니의 주검은 이 세상에서 마흔네 해를 머물다 간 여인의 모습이라고 하기에는 너무나 늙고 상해 있었다. 어느 자식에게 있어서나 부모는 늙은 존재로 비칠 뿐이겠지만, 찬규는 어머니의 주검에서 어머니가 실제로 살아낸 세월보다 훨씬 긴 세월이 어머니를 괴롭혀왔음을 발견하는 것이다. 사실 어머니의 몸은 마흔네 해라는 세월의 마디를 살아온 것인지 모르지만 어머니의 마음은 그 갑절인 여든여덟 해를 살아낸 것이나 다름이 없었을 것이었다. 그래서 한창의 나이에 세상을 떠나는데도 그 나이가 그렇게 억울하거나, 어머니를 데려가는 죽음이 그렇게 야속하지만은 않은 것인지도 모른다. 아니, 어쩌면 어머니의 죽음은 아주 오랜 날로부터 예고되어 왔고, 찬규는 그 죽음의 예행 연습을 수시로 해왔는지도 모른다. 찬규가 어렸을 때부터 어머니는 항시 쓰러질 듯하는 위태로운 몸으로 혼자 농사일을 해냈고, 그러다가 못 견디겠다는 듯 어느 날 갑자기 가슴앓이를 시작하는 것이었다. 가슴앓이는 한번 시작되기만 하면 어머니를 못쓰게 두들겨 패듯 해놓고는 떠나가곤 했다.

어머니는 가슴앓이가 도지기만 하면 넓적하고 큰 차돌을 불에 달구어 가슴에 올려놓고는 이빨을 뿌득뿌득 갈며 몸부림쳤다. 그러다가도 견딜 수가 없으면 찬규를 가슴으로 올라서게 했다. 찬규는 그때처럼 무서운 때가 없었다. 찬바람에 휩쓸려 어디론지 모를 곳으로 마구 날아가는 가랑잎을 보고 꼭 어머니 같다고 생각하는 찬규로서는 도저히 어머니 가슴에 올라설 수가 없었다. 올라서면 뼈만 앙상한 어머니 가슴이 그만 우지직 깨질 것만 같았다. 그러나 눈이 허옇게 뒤집히고 입가에 침 찌꺼기가 말라붙은 어머니의 울부짖는 명령을 거역할 수도 없었다. 발바닥에 몸무게가 실리지 않도록 조심조심, 어머니의 가슴이 우지직 깨질까 봐 바들바들 떨면서 어머니의 가슴에 올라서는 것이다. 어머니의 가슴에 올라서 있는 동안은 아무 소리도 들리지 않고, 아무 생각도 떠오르지 않고, 숨 쉬는 것조차 멎어버리는 것 같았다. 어머니 가슴에서 내려오면 언제나 전신에 땀이 쭉 흘러 있곤 했다. 이마의 땀을 주먹으로 밀어내며, 어머니는 저 병으로 죽게 될지도 모른다는 두려움으로 가슴이 벌떡벌떡 뛰고는 했다. 어머니가 죽게 될지 모른다는 그 막막하고 소름 끼치는 생각을 하지 않으려고 애썼지만 어머니가 가슴앓이를 시작하면 어김없이 불쑥 솟는 그 불길한 생각을 찬규는 어찌할 방법이 없었다. 어머니의 그 지독한 가슴앓이는 세월이 갈수록 심해져갔다. 언제부턴지 모르게 찬규는 어머니 가슴에 올라서지 않고 두 팔에 무게를 실어 손바닥으로 가슴을 질기게 눌렀다.

국민학교에서 중학교에 이르기까지 찬규의 장래 희망은 의사였다. 아무 때나 어머니를 못살게 괴롭히고, 자칫 잘못하다간 어머니를 영영 데려가버릴지도 모를 그 흉악하고 도둑놈 같은 가슴앓이를 의사가 되어 말끔하게 낫게 해드릴 작정이었다. 언젠가 찬규는 이모와 나란히 앉아 콩을 까면서 조금은 쑥스럽고 그러나 자신감 있게 그 계획을 털어놓았다. 이야기를 다 듣고 난 이모는, 고맙기도 혀라 우리 찬규 하며 꼭꼭 누르는 느낌으로 머리를 쓰다듬어주었다. 그리고 한숨을 길게 내쉬며 이모는, 헌디 고놈에 병이 의사가 못 고치는 병이라서 섭섭혀서 워쩌끄나 하는 것이었다. 이모, 그게 무신 말이다요? 찬규는 다급하게 물었다. 으응, 니가 말을 알아들을지 모르겠는디, 그 병은 한(恨)이 서리서리 엉켜 생긴 병잉께, 팔다리에 난 종기맹키로 보이지도 잽히지도 않는다 이것이여. 그렁께 의사가 고칠 병이 아니라는 말이제. 이모의 말은 전혀 알아들을 수가 없었다. 그라믄 그 병은 누가 고친다요? 마음이 고쳐야지, 자기 마음으로. 더욱 모를 말이었다. 이모, 아까 말한 한이란 것이 뭐랑가요? 금메, 고것을 멋이라고 말혀야 헐까. 한이라는 거, 한이라는 거…… 한은 그냥 한이여. 니가 담에 크면 말로 허지 않아도 지절로 마음으로 알게 될 것이여. 고등학생이 되어서야 한의 모습을 어렴풋이나마 짐작하게 되었고, 찬규는 의사가 되고자 했던 어린 날의 꿈을 자기도 모르는 사이에 마음에서 떠나보냈던 것이다.

―아녀, 아녀…… 헐말이 더 있응께…….

더해야 했던 어머니의 말은 어떤 것이었을까.

아버지를 죽인 원수라는 배점수라는 사람에 대해서였을까. 아니면 또 다른 어떤 이야기가 있었던 것일까. 그러니 죽음과 맞선 어머니의 의지는 그 마지막 말을 미처 끝내지 못하고 허물어진 것이다.

찬규는 차가운 어머니의 주검을 응시한 채 평생 어머니를 괴롭혀왔던 가슴앓이, 어머니의 목숨을 조금씩 조금씩 갉아먹어온 그 가슴앓이를 만들어낸 한의 정체를 비로소 선명하게 보고 있었다. 남편을 죽인 원수의 사진을 간직한 채 복수의 원한을 가슴속으로 끓이며 어머니는 20년의 세월을 살아온 것이었다. 그 원한이 가슴앓이를 일으키는 병균이었고, 어머니는 그 병균을 키워가며 가슴앓이의 고통에 시달리고 촛불이 제 몸을 태우듯 스스로의 목숨을 조금씩 조금씩 죽여가고 있었던 셈이었다. 한이 서리서리 엉켜 생긴 병이니까, 의사가 고칠 병이 아니라 마음으로 고쳐야 하는 병이라는 이모의 옛말이 지금 옆에서 하고 있는 것처럼 확실하게 들려왔다.

 찬규는 아버지가 6·25라는 전쟁 중에 돌아가신 걸로 알아왔을 뿐이다. 전쟁이라는 것은 사람 목숨 빼앗는 놀이고, 전쟁은 으레 많은 사람들을 잡아가게 마련이었으므로 찬규는 아버지의 죽음도 그런 평범한 불행으로 받아들였다. 자신이 유복자라는 사실이 남다른 비감을 자아내지 않는 것도 아니었지만, 그건 어디까지나 어머니나 주변 사람들이 느끼는 축축한 감정이었다. 찬규로서는 아예 아버지의 얼굴을 모른다는 사실이 오히려 덜 괴롭다는 것을 나이 들어가며 깨달았다. 어렴풋하게나마 아버지의 기억을 가지고 있는 몇 살씩 더 먹은 축들은 그들 나름의 기억들을 그들 나름의 아픔으로 앓거나, 상처로 바꿔가지고들 있었다. 누구는 막연한 아버지의 생존을 기대하고 있기도 했고, 누구는 아버지만 살아 계셨다면 하는 부질없는 안타까움에 시달리기도 했다. 그러나 찬규는 그런 감정의 아픈 굴절은 겪지 않아도 되었던 것이다.

 국민학교 때까지는 아버지가 전쟁에 나가 용감하게 싸우다가 죽은 줄 알았고, 중학생이 되어서는 그게 아니라 동네에서 빨갱이들 손에 잡혀 죽었다는 사실을 알았고, 고등학생이 되고 나서는 아버지의 죽음이 전쟁과는 참 묘한 관계를 맺고 있음을 깨달았다. 그런 변화는 어머니에 의해서 얻어진 것이 아니었다. 소문이라는 것, 그것도 아니었다. 누구로부턴가 듣긴 들었는데 그 사람이 누구인지 확실하지 않고, 어쩌면 꿈결에서 들은 것 같기도 하고, 그러면서도 그 사실은 거짓이 아니었던 것이다.

 찬규가 이런 변화를 겪는 동안에도 어머니는 줄기차게 가슴앓이를 앓았는데, 그 어느 때 한번 아버지의 죽음에 대해서 입을 연 일이 없었다. 물론, 아버지가 어떻게 해서 돌아가신 거냐고 찬규는 수시로 물었다. 그때마다 어머니는 꺼질 듯 한숨을 내쉬며, 웬수놈에 난리 때문이었지를 되풀이했을 뿐이었다. 이 지리한 대꾸에 지쳐 언제부터인지 모르게 그 말을 묻지 않게 되고 말았다.

 찬규는 더 이상 어머니의 죽음이 만들어낸 무색의 침묵 속에 잠겨 있을 수가 없게 되었다. 이모의 연락을 받고 문중 사람들이 자정을 넘은 어둠도 아랑곳없이 달려왔던 것이다.

찬규는 금방 사람들에게 에워싸이게 되면서 미세한 슬픈 감정 같은 것은 일단 접어야 했고, 집안 전체를 덮고 있던 죽음의 그림자도 사람들이 만들어내는 부산스러움에 떠밀려 자취를 감춰가고 있었다.

찬규는 문중 어른들의 의견을 따라 장지와 일정 같은 것을 정했다. 전혀 경험이 없는 일이기도 해서였지만, 한편으로는 사후(死後)의 그 어떠한 정성스런 행위도 사자(死者)에게는 아무런 의미가 될 수 없다는 허무감이 크게 작용한 때문이었다.

"10년은 더 사셨어야 허는디, 마흔다섯을 못 채우고 기엉코 가셨구만."

"누가 아니란가요. 헌디, 그냥 나이만 따지자면 애석허기도 허지만 가슴에 맺힌 한으로 보자면 독허게 오래 잘 견디신 거구만요."

"허긴 그렇기도 허네. 독헌 맘 묵었응께 고런 험한 꼴 당험스롱도 유복자 낳아 요렇크름 장성하게 키운 것이제."

"그러믄요. 당숙모님이나 되시니께 그 모진 고상 참아내며 대쪽 겉이 사신 거지요. 기맥히게 산 일생 아닙니까요."

어머니의 44년 생애는 다른 사람들에게도 결코 짧게 느껴지지 않고 있었다. 이건 어머니가 살아낸 삶이 얼마나 기구하고, 그 세월이 얼마나 고달팠나를 입증하는 것이기도 했다.

"사람 팔자라는 것이 먼지, 그 엄전하신 분이 평생을 응달에 핀 꽃맨치로 사셨으니……."

"팔자라고 헐 것도 읎구만요. 그 빌어묵을 놈에 난리 땜새 저질러진 가당찮은 일잉께요."

"하먼이라, 난리만 읎었다면 을매나 복되게 오래오래 사셨겄소."

"고 징헌 놈에 난리, 생각만 혀도 치가 떨려."

"고 육시헐 놈덜, 고것들이 저지른 죄가 지금꺼정 요롷게 가슴 아프게 남었으니, 참말로 징허구만요."

"더 말허지 말소. 말혀 봤자 다 지내간 일이고, 목에서 천불만 올라오네."

둘러앉은 그들의 얼굴에는 각기 다른 표정들이 엇갈리고 있었다. 분노와 증오와 괴로움과…… 그 표정들의 공통점은 20년이 넘은 일을 지금 일어나고 있는 것처럼 여실하게 상기하는 것이었고, 그때의 행위를 결코 용서하고 있지 않다는 점이었다. 찬규는 무슨 말인가를 묻고 싶기도 했지만 입을 열지 않았다. 배점수가 어떤 인물인가를 알고 싶으면서도 반면에 그에 대해서 자세히 알게 된다는 것이 어쩐지 두렵기도 했던 것이다. 찬규는 이모를 생각했다. 그들이 알고 있는 이야기라면 이모가 모를 리가 없을 것이었다. 이모와 단둘이 있는 자리에서 이야기를 듣고 싶었다. 그렇게 하는 것이 어머니의 유언이 담고 있는 불투명한 면을 최소한 밝힐 수 있는 방법일 것 같았다.

찬규는 어머니의 유언에서 너무나 음침하고 습한 비밀의 호흡을 듣고 있었다. 남편을 죽였다는 이유 하나만으로, 그것도 사람들이 수없이 상하고 죽어간 전쟁 때의 일인데, 20년이 넘어 세상을 떠나며 아들에게 그 원수를 갚으라는 말을 유언으로 남긴다는 것은 거의 납득이 안 되는 일이었다. 그자가 이 세상에 틀림없이 살아 있다는 사실을 강조함으로써 어머니는 원수 갚는 방법을 밝힌 셈이었다. 그리고 사진까지 남겨주는 것으로 반드시 원수를 갚으라고 명령하고 있었다. 만약 그자를 찾아내서 원수를 갚게 된다면 유복자로 키운 하나뿐인 아들이 어떤 신세가 되리라는 것을 상상하지 못했을까. 어머니는 그렇게 무지몽매(無知蒙昧)한 분이 아니었다. 장례 준비의 분주 속에서 찬규는 어머니가 미처 다하지 못하고 눈을 감아버린 그 말이 무엇이었을까 하는 생각이 언뜻언뜻 떠오르곤 했다.

3일장을 지냈다.

죽음을 새삼스럽게 강조하는 까만색의 관이 내려지고, 그 까만색의 냉정함에 전신이 얼어붙는 외로움에 떨며 찬규는 삽을 들었다. 어머니의 고적했던 삶의 모습들이 설움의 덩어리로 복받쳐 올랐다.

"어여 작별 인사 디려."

누군가가 나직하나 진득한 음성으로 말했다.

찬규는 꿈을 꾸듯 어머니의 체취가 진득진득 묻어나는 생전의 모습들 속에 의식을 빼앗긴 채 삽으로 흙을 떴다. 그리고 삽을 기울였다.

우두둥퉁…….

흙덩이와 조그만 돌들이 관에 부딪히는 소리가 그대로 가슴을 때려왔다. 찬규는 순간적으로 숨을 멈추고 눈을 감았다. 형용할 수 없는 외로움 위로 설움이 비로 쏟아져 내리고 있었다. 숨이 멎어버렸던 순간에도, 조그만 몸이 관으로 들어가던 순간에도, 관에 못질을 하던 순간에도 느낄 수 없었던 진한 농도의 외로움이고 설움이었다.

"이 사람 일 나겠네. 얼렁 붙들어."

한 사람이 찬규를 부축하며 말했다. 찬규는 두 사람에게 양쪽 팔을 붙들려 잔디밭에 앉혀졌다. 볼을 타고 내린 눈물은 턱을 지나 목줄기를 흐르고 있었다. 찬규는 자꾸만 흩어지려는 의식을 간추리려고 애쓰며 어머니께 죄스러움을 느끼고 있었다. 아직까지도 어머니의 유언을 지킬 결심이 서 있지 않았기 때문이다. 아니, 오히려 비판적인 쪽으로 생각은 기울어져 있는 편이었다. 요즘 세상이 조선 시대도 아닌

데…… 찬규의 생각은 이런 의문 앞에 머물러 있었다.

　이제 가면 언제 오나
　무상토다 우리 인생
　어어헝, 어허 달공

　묘를 다지는 선소리가 구성진 가락으로 퍼져나가고 있었다. 그 소리는 기묘한 마력으로 산을 다스리고 나무들을 떨게 하고 조그만 풀잎 하나까지도 숨을 죽이게 하는 것 같았다.

　삼수갑산 넘고 나면
　영영 못 올 이승길을
　어어헝, 어허 달공

　찬규는 끝없이 이어지는 선소리에 온몸을 적시며 학골댁을 생각했다. 학골댁은 어머니와 함께 열녀로 소문이 나 있었다. 그 여자는 어머니와 생활 여건이 너무나 비슷한 데가 많았다. 나이가 그랬고, 전쟁 중에 남편을 잃은 것이 그랬고, 억척스레 혼자의 손으로 자식을 키운 것이 그랬고, 재가(再嫁) 같은 것은 생각지도 않고 줄기차게 남편을 기다린 것이 그랬다. 약간 다른 점이 있다면 학골댁의 남편은 전쟁터에 나가 돌아오지 않은 것이었다.

학골댁이 남편을 기다리는 정성은 실로 끔찍하고도 눈물겨운 것이었다. 그 여자는 몸이 아무리 고단해도 자정이 되기 전에 잠든 일이 없었고, 잠자리에 들기 전에 꼭꼭 마루에 불을 밝혔다. 남편의 이부자리도 밤마다 아랫목에 깔았다. 새벽에는 첫 샘물을 떠다가 장독대에 정화수로 올렸다. 저녁에는 하루도 빠뜨리지 않고 남편의 밥까지 지었다. 남편의 생일을 꼬박꼬박 차렸고, 명절이면 남편의 바지저고리를 말끔하게 손질했다. 그러기를 20년 동안이나 계속해 온 것이었다.

학골댁은 해가 바뀔 때마다 점쟁이를 찾아갔다. 점괘는 언제나 남편이 살아 있는 것으로 나왔다. 해마다 점을 치러 가는 학골댁도 줄기찼지만, 매해 똑같은 점괘를 풀어먹는 점쟁이도 어지간한 사람이었다.

그런데, 학골댁은 건강하게 살아 있는데 어머니는 먼저 눈을 감았다. 왜 그랬을까 하는 의문이 생김과 거의 동시에 그 답이 떠올랐다. 점쟁이 때문이었다. 학골댁은 끝없는 기다림의 세월을 살아온 것이고, 어머니는 한 맺힌 분노의 세월을 살아온 것이었다. 찬찬히 따지고 보면 그건 엄청난 차이를 가지고 있었다. 학골댁이 희망에 매달려 살았다면 어머니는 절망에 묶여 산 것이었다. 학골댁에게 밝은 내일이 있었다면 어머니에겐 어두운 어제가 있을 뿐이었다. 만약 점쟁이가 학골댁에게 그녀의 남편이 죽어버렸다는 점괘를 내놓게 되면 어떻게 될까. 어쩌면 학골댁은 그 자리에서 숨이 넘어갈지도 모를 일이었다.

  어머니는 학골댁이 남편을 기다리며 했던 그런 여러 가지 행위 중 그 어떤 것도 하지 않았다. 그 대신 소리 내어 웃는 일이 단 한 번도 없었고, 그렇다고 소리 내어 우는 일도 없었다. 언제나 차가운 느낌의, 수심만이 무표정한 얼굴의 배경처럼 짙게 깔려 있었다. 그리고 거의 말을 하지 않았다. 하루에 네댓 마디를 하면 그날은 아주 말을 많이 한 편에 속했다. 그러면서 어머니는 발작을 일으키는 것처럼 수시로 가슴앓이를 앓고는 했다. 어머니가 결코 오래 사시리라고 생각하지는 않았지만 그렇다고 이처럼 빨리 돌아가실 줄도 몰랐던 것이다. 어머니의 평생을 괴롭혀왔고 끝내는 저 세상에까지 이끌어간 한이라는 것. 그것은 도무지 무엇이었을까. 모양이 있을까. 형체가 있을까. 부피가 있을까. 그것은 원한이 뭉쳐서 만들어지는 것일까. 아니, 원한만이 뭉쳐서 되는 것은 아닐 것이다. 학골댁의 가슴에도 한이 뱀처럼 똬리를 틀고 있다고들 했다. 그럼 남편을 억울하게 잃은 여자들의 가슴에만 한은 맺히는 것일까. 그러나 그것도 아니다. 세 아들을 전쟁터에 내보내고 모두 다 소식이 없어 10년을 넘게 울다가 울다가 지쳐 죽어간 점촌댁 할머니도 절구통만 한 크고 무거운 한을 품었다고 했다. 한, 그것은 억울하고 분하고 사무치고 서럽고 그립고 안타까운 감정들이 모아져서 생기는 마음의 혹일 것이었다. 그것은 아마도 백설 위에나 옥양목 위에 떨어진 몇 방울의 피처럼 처연한 빛깔을 띠고 있을지도 모를 일이었다.

"찬규, 고만 내려가드라고."

찬규는 멀리 뻗어나가고 있는 산줄기를 바라보며 그대로 앉아 있었다. 산은 산을 업고, 그 산은 또 산을 업고 이어지다간 아슴한 그 끝을 하늘로 빨려들이고 있었다. 핏빛의 한을 안은 어머니의 혼백은 이제 외롭게 꺼이꺼이 울며 저 산줄기를 타고 넘어 하늘로 올라가는 것일까. 거기 하늘의 입구에서 남편을 만나고, 당신의 원수는 찬규에게 갚으라고 유언했다고 말할 것인가.

"날이 저물었는디 그만 가자니께."

그래도 찬규는 일어설 수가 없었다. 둥글게 솟아올랐을 봉분을 차마 똑바로 볼 용기가 나지 않았다.

─니가 금세 대학상이 되얐구나…… 그려, 세월은 무심치 않은 것잉께. 아부지가 저 세상에서 고개 끄덕임스로 웃을껴. 하면 웃을껴.

그런데 어머니는 울었다. 눈에서는 주체할 수 없는 눈물이 흐르고 있었고, 자꾸만 씰룩이는 입술을 어머니는 한사코 깨물었다. 어머니가 아버지를 입에 올린 것도 처음 있는 일이었고, 그렇게 많은 눈물을 보인 것도 처음 있는 일이었다. 찬규는 그런 어머니에게 아무런 말도 할 수가 없었다. 무지개 색깔과는 정반대 색깔로 채색되고, 그리고 무지개보다는 몇 갑절 더 많은 층을 이루고 있을 어머니의 심정을 너무나 잘 알 것 같았기 때문이다.

 그렇게 헤어져서 9개월, 아니 여름 방학 한 달을 빼면 8개월 만에 어머니는 세상을 떠난 것이다. 다 큰 자식을 보고 긴장이 풀린 탓이었을까. 아니면, 도저히 더 지탱할 수 없도록 기력이 증발해 버린 것이었을까. 찬규는 어렵게 공부를 하면서도 무엇이 되고자 하는 생각은 단 한 번도 한 적이 없었다. 이상하게도 목숨이라는 것, 인생이라는 것, 산다는 것 따위가 그저 바람처럼만 여겨지고, 근원을 찾아낼 수 없는 허망과 공허가 항시 안개처럼 자욱하게 가슴을 뒤덮고 있었다. 그러면서도 어머니에 대한 소망만은 마음 한구석에 정결한 자리를 잡고 가꾸어져 있었다. 자리를 잡아 편히 모실 때까지 제발 건강하게 사시라는 것이었다. 그런데 어머니는 이 평범하지만 간절한 소망을 뿌리치고 한 줄기 허허한 바람처럼 떠나고 말았다.

 어머니의 흔적은 크고 큰 공간으로만 남았다. 집에 돌아오니 그 공간은 한층 더 커졌다. 집 전체가 그대로 공간이었고, 어둠이었고, 침묵이었다. 그 속에서 찬규는 자신이 영영 버려진 존재라는 적막감에 에워싸였다.

"고단헐 건디 어여 그만 자그라."

이모가 아직도 우는 것 같은 모습으로 말했다.

"이모님, 일 대충 끝내시고 좀 들어오세요."

"잠이나 자제 머헐라고?"

무슨 말을 하려는지 다 안다는 듯 이모는 손을 내저었다.

"잠이 아무 때나 오나요. 어서 좀 들어오세요."

"알았어, 금방 들올란다."

이모는 나가더니 소반에 식혜를 받쳐 들고 들어왔다.

"고단헌 거 풀리게 요것 좀 마시그라."

"예, 앉으세요."

찬규는 식혜를 마시는 시늉만으로 입술을 축였다. 그리고 장롱 밑에서 사진을 꺼냈다.

"학교 때문에 곧 서울로 올라가야 하고, 어차피 알아야 될 문제니까 뒤로 미룰 필요가 없어요. 고름이 살 되는 법 없으니까요. 이 배점수란 사람, 이모도 잘 아시죠?"

"그러제, 알제."

이모는 어느새 차갑게 긴장해 있었다.

"이 사람에 대해 좀 자세히 말씀해 주세요."

"이 징헌 이약 시시콜콜이 허먼 머헐 꺼냐. 그놈은 느그 아부지 쥑인 웬수고, 느그 엄니 명꺼지 짤라묵은 웬수여. 그렇게 니는 느그 엄니 아부지 웬수만 갚으면 되는겨."

"이모, 답답한 말씀 그만 하세요. 아버지 죽인 원수를 평생 찾아다니다가 끝끝내 원수를 갚으면 효자로 떠받들어지던 옛날과 지금은 너무 달라요. 요즘 세상에 그런 일을 저지르면 효자가 아니라 바보나 미치광이가 되고, 살인자가 됩니다."

"그려서, 웬수를 못 갚겄다 그것이냐?"

이모는 표독스럽게 느껴질 만큼 노기를 드러내며 언성을 높였다.

"그런 뜻이 아니구요. 우선 그 사람이 저지른 일을 자세히 알고 나서 어떻게 해야 될 건지 방법을 생각해 볼 작정인 거지요. 벌써 20년이 넘은 일인데다가, 그때는 전쟁 중이었거든요. 그럴 리는 없겠지만 만약 아버지가 잘못을 저질러 그 사람이 그런 행동을 했다면 원수를 못 갚을 수도……."

"시끄러! 지멋대로 뚫린 주딩이라고 무신 말이고 다 혀면 말인 줄 아나!"

이모는 악을 쓰며 부르르 떨었다. 찬규는 금방 후회했다. 어머니에게도 그랬겠지만 이모한테서도 이성적 판단을 기대한다는 것은 무리였던 것이다.

"이모님, 진정하세요. 제가 말을 잘못했군요."

"아녀, 아녀. 한 발 건너 두 발인 법잉께. 부부 정이 다르고, 부모 자석 정이 다른 법인디, 자석이 부모 생각허는 정이 오직허겄냐."

이모의 말은 엉뚱한 방향으로 비약하고 있었다.

"이모, 그런 뜻이 아니라니까요."

찬규는 짜증스럽게 언성을 약간 높였다.

"니가 워쳐케 생각허거나 니 생각허기 달렸응께 워쩔 수가 읎는 일이고, 나가 허는 말 한 가지만은 명심혀얄 것이여. 엄니가 헐라다가 다 못헌 말이 니는 무신 말인지나 알겄냐?"

이모는 원망스러운 눈으로 찬규를 뚫어지게 쳐다보았다. 찬규는 그 눈길을 맞받아내고 있었다.

"고 징헌 놈이 말이여, 느그 아부지만 쥑인 것이 아니고 느그 엄니 몸꺼정 더럽힌 놈이여."

"예에……?"

"그때 니는 느그 엄니 뱃속에 들었을 때란 말이여. 엄니는 이 말꺼정은 차마 못허고 눈을 감은 것이었단 말이다."

"……"

"아부지 제삿날마다 니나 엄니가 옛날부텀 지금꺼정 소금물로 머릴 감았지야? 고것이 무신 뜻인지나 아냐? 그냥 깨끗허게 하자고 그런 줄 알았지야? 그런 것이 아녀. 느그 아부지헌테 지은 죄 씻어내자는 것이였어."

"……."

어머니의 한, 어머니의 가슴앓이, 어머니의 눈물, 어머니의 유언…… 찬규는 사진 속의 대장장이가 점점 크게 확대되면서 자신을 향해 달려드는 착각을 느꼈다. 찬규는 순간적으로 긴장했다.

2

그녀는 언제나 남편 병모가 어려웠다.

시아버지보다도 오히려 남편 대하기가 조심스럽고 신경이 쓰일 지경이었다. 살림을 따로 나서 살기 때문에 시아버지는 어쩌다 대했고, 그것도 긴 시간이 아니어서 의례적인 예의를 갖추는 것으로 며느리 노릇은 충분했다. 그런데 남편은 한 지붕 밑에 살아야 하는 어쩔 수 없는 처지였고, 아내와 남편이라는 그 관계의 미묘함이 시아버지를 대하는 식의 의례적인 예의로 되는 것이 아니었다.

한 방에 앉아 있으면서도 남편은 항상 저만치 떨어져 있는 것 같은 거리감을 느끼게 했다. 그 간격 사이에는 냉랭한 바람이 서려 있었다. 그 바람은 남편이 만들어내는 것이었는데, 그녀로서는 도저히 헤쳐낼 수도, 걷어낼 수도 없는 것이었다.

이따금 갖는 잠자리에서마저 그 냉랭한 바람은 걷혀지지 않았다. 살에 살이 섞이고, 전혀 틈새가 없이 알몸이 맞붙어 있는데도 어떻게 해서 그 냉랭한 바람은 두 사람 사이를 비집고 드는지 모를 일이었다. 제발 그때만이라도 그런 생각을 떼쳐버리려고 그녀는 애썼지만 아무 소용이 없었다. 여전히 바람은 남편이 만들어내는 것이었고, 남편은 그때만이라도 그 바람을 없애려는 노력을 하지 않은 것이었다.

"동상은 무신 재미로 사는지 모르겄네. 대덕골 미륵불허고 사는 신세니. 가만있어 보세. 대덕골 미륵불이야 아들 점지허는 영험은 안 있으시등가. 헌디, 서방님은 고것도 아니잖는게벼. 워째, 내 말이 틀렸능감?"

손위 동서는 그녀의 눈을 빤히 들여다보며 은밀하게 묻고는 했다.

"워메, 성님도 참……."

그녀는 홍당무가 되어 자리를 피하거나 말머리를 다른 데로 돌리려고 부산을 떨고는 했다. 그러면서 그녀는 덧없는 외로움과 슬픔을 느꼈다. 그녀는 손위 동서가 킬킬 웃어대며 말하는 그 느적는적한 느낌의 '여자 세상 사는 재미'라는 것에 조금이나마 마음 꿈틀거린 적은 없었다. 자신을 차가운 돌덩이로 만들어버린 남편을 섭섭하게 생각한 적도 없었다. 다만 한 가지 안타까운 것이 있다면 첫딸 경자를 잃어버린 후로 애가 들어서지 않는 것이었다. 애라도 하나 생겨준다면 한결 숨통이 트일 것 같은 기분이었다. 그런데 잠자리에까지 따라 들어오는 그 냉랭한 바람 탓인지 애는 영 소식이 없었다.

남편은 시아주버니와는 정반대의 성격이었다. 시아주버니는 활달하고, 술 잘하고, 항시 웃는 모습이었다. 그런데 남편은 사람을 꺼렸고, 술을 마셔도 혼자 마셨고, 언제나 근심 많은 사람처럼 무슨 깊은 생각에 빠져 있었다.

"서방님이 옛적부터 성님하고는 다르기는 혔는디, 그렇다고 워디 요새 같았드라고. 학병인가 뭔가 댕겨온 담부터 영판 딴사람이 되야부렀단 말이시."

동서의 이 지적은 정확한 것이었다. 결혼을 해서 한 달을 미처 살지 못하고 남편은 학병으로 끌려갔지만, 그때의 남편은 지금과는 사뭇 달랐었다.

소리 없이 웃기도 곧잘 했고, 특히 냉랭한 바람으로 울타리를 치지 않았었다. 잠자리에서도 새댁인 그녀가 민망하도록 뜨겁기도 했었다.

서두른 결혼이었다. 학병 징집은 피할 수가 없었고, 시아버지는 아들이 학병을 나가기 전에 짝을 맞춰주려고 한 것이었다. 물론 당사자는 반대였지만 부모들은 우격다짐으로 결혼 준비를 서둘렀다.

그녀로서도 전혀 마음이 내키지 않았다. 뼈대 있는 가문, 대학생, 훤한 인물, 이런 넘치는 조건들에 앞서는 결정적 결함이 있었다. 다름 아닌 학병을 나가야 된다는 점이었다. 그러나 그녀는 말 한마디 내비치지 못하고 가마를 타야 했다.

"동상은 얼굴값 허능겨. 얼굴이 고렇게 반지르르해 놓께 삼신할매가 투기혀서 여자 사는 재미를 못 보게 헌겨."

동서는 야비할 정도로 능청스럽게 말하는 것이었다. 삼신할매는 바로 동서 자신이었다. 동서는 그녀의 생김에 대해 필요 이상으로 과민해 있었고, 그녀의 안온하지 못한 결혼생활을 오히려 고소해 하고 있는 편이었다. 동서의 이런 저주에 가까운 말을 들으며 그녀는 전신에 소름이 끼쳐오고, 견디기 어려운 분노를 느꼈다. 그러나 일절 감정을 드러내지 않았다. 어설프게 입을 열었다가 더 깊게 마음을 다치고 싶지 않았고, 무엇보다도 남편이 여자들의 입질에 올라 남루해지는 것을 원하지 않았다.

그녀는 어렴풋하게나마 남편의 사랑을 믿고 있었다. 남편을 에워싸고 있는 그 냉랭한 바람은 결코 자신 때문에 생긴 것이 아님을 그녀는 알고 있었다. 막연하긴 했지만, 남편은 학병을 나갔다가 무슨 큰 충격을 받은 모양이었고, 학병에서 돌아와서는 세상 돌아가는 일에 대해서 남다른 근심과 걱정을 하고 있는 것 같았다. 헤아리기 어려운 남편의 마음 그 어딘가에는 자신을 받아들이는 자리가 있음을 그녀는 믿었다.

"건강하게 지내도록 해요. 부모님 말고도 당신 때문에라도 꼭 살아서 돌아올 테니까."

학병을 떠나기 전날 밤 그녀를 안고 남편이 했던 말이었다. 사투리를 쓰지 않는 나직하면서도 굵은 목소리에 젖으며 그녀는 관능의 꿈틀거림을 느꼈고 다음 순간, 그 감정을 들키기라도 한 것처럼 전신이 바르르 떨리는 부끄러움에 싸였다. 사실 그녀는 한 달도 못 되는 신혼 생활을 거치는 동안 시집오기 전에 가졌던 께름칙한 기분을 말끔히 씻어내게 되었다. 남편은 이미 그녀의 가슴에 하늘의 넓이로 자리 잡고 있었고 남편이 학병을 나가야 된다는 사실은 그녀 자신도 극복해야 될 문제로 받아들이고 있었던 것이다.

남편이 떠나고 두어 달이 지나면서 태기가 완연해졌다. 시부모의 배려로 친정살이를 할 수가 있었다. 한 해를 넘겨 2월에 해산을 했고, 8월의 해방과 함께 시집은 수난을 겪어야 했다. 시아버지가 친일파로 몰려 집안이 어지러운 속에 딸 경자는 홍역을 앓기 시작했다. 그녀는 몸부림을 쳤지만 어린 딸은 끝내 홍역을 이겨내지 못했다. 딸의 죽음도, 그녀의 슬픔도 집안의 어수선한 기운에 휘말리고 말았다.

남편은 온 집안에 혹시나 하는 불길한 예감을 만발하게 해놓고는 돌아올 줄을 몰랐다. 그 누구도 방정맞은 입을 놀리는 사람은 없었지만 그런 불길한 기운은 온 집안을 뒤덮고 있었다. 그런 속에서 시어머니는 부산하게 용한 점쟁이를 찾아다녔다.

그해가 다 저물어가는 눈이 몹시 내리던 어느 날 남편은 그림자처럼 불쑥 집 안으로 들어섰던 것이다. 무표정하게 굳어진 수척한 얼굴, 집안 식구들은 제각기 감정의 수문(水門)을 활짝 열어젖히고 감격해 마지않다가 남편의 전혀 변화가 없는 무표정을 뒤늦게 깨닫고는 모두 당황하고 머뭇거릴 수밖에 없었다.

다급하게 마련한 밥상을 받은 남편은 전혀 식욕이 없는 것처럼 느리게 숟가락을 놀렸다. 그러면서 이것저것 물을 때마다, 차츰 얘기하죠, 글쎄요, 예 하는 식의 대답이 고작이었다. 묻는 쪽이 민망할 지경으로 말하기를 거부하고 있었다. 묻기에 지쳐버린 듯 시어머니는 그동안 일어났던 집안의 큰일들을 골라 이야기하기 시작했다. 시아버지가 친일파로 몰려 곤경에 빠졌던 일이 맨 처음 나왔다.

그런데 이게 어떻게 된 일인가. 남편은 숙이고 있던 고개를 약간 들어 시아버지를 흘끗 보는 것 같더니 이내 고개를 숙였다. 그리고 고개를 보일 듯 말 듯 끄덕이는가 싶더니 그만이었다. 그 다음에 나온 것이 딸 경자의 태어남과 죽음에 대해서였다.

남편은 아까보다는 강한 느낌으로 고개를 들었다.

두 눈에 반짝 빛이 모이는 것 같았다. 그러나 그뿐이었다. 시어머니는 아무 눈치도 없이 또 다른 이야기들을 질질 흘리고 있었는데, 남편은 전혀 듣는 것 같지가 않았다.

"그만 좀 쉬어야겠어요. 이야기는 담에 또 듣도록 하죠."

남편은 찬바람을 획 뿌리듯 하는 냉정한 어조로 말하고는 일어섰다.

남편의 둘레에는 그날부터 그 냉랭한 바람이 울타리를 쳐서 그 후 4년이 되도록 풀릴 줄을 모르고 있었다.

"당신, 고생이 많았겠구려. 마음 아프셨지만 먼저 떠나간 자식 생각일랑 빨리 잊도록 하시오. 험한 시기에 그놈만 죽은 게 아니니까."

자기네들 방으로 건너온 남편은 그녀를 쳐다보지도 않고 이렇게 말했다. 그녀로서는 그런 남편이 첫날밤 대했을 때와 마찬가지로 두렵고 생소하게 느껴졌다. 그녀가 몸을 씻고 들어왔을 때 남편은 구석지에 잔뜩 웅크린 채 잠이 들어 있었다.

남편은 겨우 국물이나 마시는 시늉을 하면서 꼬박 사흘 동안을 잠에 빠져 있었다. 깊은 잠의 수렁에 빠져 있는 수척한 남편의 모습을 바라보며 그녀는 근원을 알 수 없는 슬픔에 싸였다. 어느 싸움터에서 얼마나 고생을 했으면 저렇게나 기운을 차리지 못할까 하는 안쓰러운 생각으로 괴롭기도 했다.

남편은 긴 잠에서 깨어나서도 방 안에만 붙박여 있었다. 집안 식구들과 마주 앉는 것도 꺼려 했다.

물론 그녀가 남편한테 하는 말이란, 세수하세요, 진지 잡수세요, 같은 것이 고작이었다. 방 안에서 남편이 하는 일은 아무것도 없었다. 그저 아무것도 보는 것 같지 않은 눈길로 허공을 멍하니 바라본 채 앉아 있기만 했다. 며칠을 그렇게 앉아 있던 남편은 선잠에 취한 사람이 찬물로 세수라도 한 뒤처럼 태도를 돌변시켰다. 책상을 펴놓고 공부를 하기 시작한 것이다. 남편의 그런 변화를 가장 기뻐한 것은 시아버지였다. 시아버지는, 인자 되얐다, 인자 되얐어 하는 영문 모를 말을 되풀이하며 기뻐했는데, 그 태도로 보아 그동안 무척 신경을 쓰고 걱정을 한 모양이었다.

그녀는 시아버지의, 그런 마음을 어렴풋이나마 헤아릴 수 있을 것 같았다. 남편이 없는 동안 시어머니와 손위 동서를 통해서 들은 남편에 관한 이야기 때문이었다. 그 이야기를 간추려보면 남편은 남달리 머리가 좋은 대신 엉뚱한 데가 있고, 고집이 세고, 신경이 예민한 사람이었다.

"말도 마라, 갸가 동경으로 떡허니 건네가서는 환쟁이 공부를 혀야겠다고 핀지를 안 보내왔드라냐. 중핵교 댕길 때 환칠을 잘혀서 상도 타오고 허긴 혔지만서도, 정작 대학에 가서 환쟁이 공부럴 발 벗고 시작헐 줄은 누가 꿈이나 꿨더라냐. 워메, 그때 집안 뒤집히고 속 썩은 걸 워찌 말로 다 헐 것이냐."

시어머니는 바로 엊그제 일처럼 진하게 그 일을 상기시켰다.

그녀는 한동안 어리둥절해 있었다. 환쟁이와 남편, 전혀 실감이 오지 않았다. 환쟁이 남편과 자기, 더욱 실감이 되지 않았다.

남편은 밤낮없이 책상에 붙어 앉아 있었다. 그녀와는 거의 나누는 이야기가 없었다. 그녀로서는 남편이 어느 전쟁터에서 얼마만한 고생을 겪으며 살았는지, 전쟁은 어떻게 하는 것이며 얼마나 무서운 것인지, 아무것도 아는 것이 없었다. 그저 한 방에서 잠만을 같이 잔다는 것뿐 부부로서의 내밀한 감정의 교류라든가, 남모르는 어떤 은밀한 얽힘 같은 것이 없었다. 남편이 없는 동안 시달렸던 불안과 초조의 압박감보다도 더 견디기 어려운 것 같은 긴장과 주저의 부담감으로 그녀의 나날은 힘겨웠다.

남편이 산보를 나가는 틈을 타서 그녀는 가끔 남편이 써 놓은 글이나 공부하는 책을 정신 똑바로 차리고 들여다보곤 했다. 그러나 그녀로서는 전혀 이해할 수 없는 것들뿐이었다. 그녀는 국민학교밖에 나오지 못한 자신의 무지를 그때처럼 야속한 슬픔으로 느낀 적은 없었다. 중학교까지만 나왔더라도…… 그녀는 돌이킬 수 없는 안타까움을 앓으며 끝없는 외로움에 싸이곤 했다.

남편은 공부에 묻혀 거의 1년 세월을 다 보냈다. 무슨 공부가 그렇게 많은지 모를 일이었고, 1년을 하루같이 책상머리에서 보낸 남편의 그 지칠 줄 모르는 끈기에 그녀는 그저 기가 꺾일 뿐이었다.

남편은 해가 바뀌면서 읍내 농업학교의 선생이 되었다. 남편은 역사 과목을 가르친다고 했다. 그녀는 더욱 주눅이 들었다. 남편이 예사 무게를 지닌 사람이 아니라는 것을 여러 가지 느낌으로 충분히 알고는 있었지만 그렇듯 하루아침에 선생이 되어버릴 줄은 상상도 못했던 일이었다. 선생의 아내— 그녀는 가슴 답답한 두려움을 느낌과 동시에 남편과의 사이에 또 다른 막이 쳐지는 거리감을 느꼈다.

처음에 남편은 선생 자리를 거절했다. 선생이라는 것이 싫어서가 아니라 아는 것이 아무것도 없는 처지에 어떻게 학생들을 가르치느냐는 것이 그 이유였다. 그 자리를 마련하느라고 애쓴 시아버지는 몸이 달아 안절부절못했고, 학교 측에서는 오히려 더 적극성을 띠게 되었다. 남편의 그런 태도는 겸손이 아니라 진정인 것 같았다. 남편은 못다 한 대학 공부를 마저 끝내기를 원하고 있었다. 그러나 일본인 선생들이 떠나버린 학교의 입장은 급하고, 뒤숭숭한 세상에 대학 공부를 계속한다는 것도 뜻대로 되는 일은 아닌 모양이었다.

"우리 병모 장허다. 선상님이 되얐으니 그 지체가 을매냐. 자고로 군사부일체(君師父一體)고, 선상님 것이면 그림자도 안 밟는 것 아니드라고. 참말로 장허다. 첨에 맘 잘못 묵었드라면 환쟁이 아니었을끄나. 환쟁이 되얐드라면 워쩔 뻔했을 것이냐와."

시어머니는 덩실덩실 춤이라도 출 듯이 흥에 넘치고 기뻐했다. 집안에 새로운 해가 하나 더 뜬 것처럼 밝은 기운이 넘쳐흘렀다.

그러나 이런 복된 기운도 그다지 오래가지는 않았다. 이남과 이북이 서로 엇갈린 주장으로 맞서며 세상은 출렁대고 있었고, 학교라는 곳에도 세상의 어지러움이 스며드는 모양이었다. 그런데 남편이 가르치는 역사라는 과목이 그 세상의 움직임과 무관하지는 않다는 것이었다. 남편은 학생들

사이에서 실력 있는 선생으로 평판이 나 있기는 했지만, 날이 갈수록 곤궁한 입장에 빠지고 있는 모양이었다.

이북의 주장을 따르는 학생들이 자꾸만 늘어나면서 남편의 가르침을 반대하고 나선다고 했다. 남편은 학생들에게 공부만 열심히 하라고 타이르고, 무조건 이북의 주장을 따르는 것이 왜 나쁜지를 가르치지만 남편이 그럴수록 학생들의 반발은 심해지는 모양이었다.

이런 이야기들을 그녀는 동서를 통해서 들었다.

남편은 학교에서 일어나는 일에 대해서는 전혀 입을 열지 않았을 뿐만 아니라, 그녀로서는 감히 물어볼 엄두도 내지 않았다. 남편에 관한 일을 타인이나 다름없는 동서의 입을 통해서 알게 된다는 것은 그녀를 더없이 비참하고 불행하게 만들었다.

신병모는 친일파의 자식이다. 양반 계급인 신병모는 우리의 적이다. 신병모의 사상은 용서 못할 반동이다, 몰아내자. 이북의 주장을 따르는 학생들은 이런 글귀를 학교 여기저기에 써 붙이기도 하고, 남편의 뒤에서 외쳐대기도 한다는 것이었다.

그녀는 남편의 신변에 무슨 불상사라도 일어날지 모를 불안감으로 나날을 보냈다.

그러던 어느 날 학생들끼리 피를 흘리는 패싸움을 벌인

사건이 터졌다. 이북 주장을 따르는 학생들과 이남 주장을 따르는 학생들 사이에서 일어난 충돌이었다. 양쪽 학생들이 다치고, 싸움을 말리려고 경찰까지 동원되었다. 읍내가 발칵 뒤집히는 것 같은 소란이었다.

그녀는 밖으로 뛰쳐나가 보지도 못하고 종종걸음을 쳤다. 필경 남편이 무슨 변을 당했을 것만 같은 불안한 예감에서 놓여날 수가 없었다.

"동상, 참말로 지성이네. 열녀가 어디 따로 있겠는가. 자기 몰라라 허는 남편인디도 고렇크름 살뜰허게 맘 쓰는 자네가 바로 열녀지."

동서의 말에 그녀는 얼굴을 들 수 없을 정도로 당황했다. 동서의 말이 비웃는 것이고, 비꼬는 것임을 너무나 잘 알고 있었지만 탓할 계제가 아니었다. 그녀는 스스로의 마음속에 자리 잡고 있는 남편을 향한 자신이 애정을 새심스럽게 발견하고 있었고, 남편의 무사를 비는 마음이 겉으로 드러났다 해서 조금도 부끄럽거나 창피하지 않았다.

남편은 밤이 늦어서야 돌아왔는데, 다치거나 상한 데 없이 무사했다. 그녀는 남편을 보는 순간 끌어안고 울어버리고 깊은 충동을 처음으로 느꼈다.

"몸조심허시씨요."

그녀는 밥상을 갖다 놓고는 간신히 이 말을 했다.

"왜, 무슨 말 들었소?"

남편은 그녀에게 눈길을 주며 물었다.

"소문으로 듣고 있구만요."

"조심하고 있으니 너무 걱정 마시오. 소문이란 대개가 사실보다 커지게 마련이니까 그걸 다 믿지는 말구려."

"알겠구만이라."

그녀는 빠른 심장의 고동 소리를 들으며, 밝은 햇살과 만발한 꽃밭을 보고 있었다. 남편의 가슴 그 어느 한구석에 자신이 설 자리가 마련되어 있음을 그녀는 육감으로 발견했다. 그리고 그녀는 여태껏 남편의 옆에서 그림자처럼 조용히 살아왔던 방법이 옳았음을 동시에 깨달았다.

세상의 뒤숭숭한 바람은 날이 갈수록 심해지고 있었다. 공산당 하는 학생들의 기세는 갈수록 기승을 부리는 모양이었고, 선생들까지도 표나게 두 쪽으로 갈라진다고 했다. 도무지 그것이 무엇을 얻자는 싸움인지 알아보려고 그녀는 여러모로 애를 썼다. 그녀가 여기저기서 귀동냥한 것으로는 쌀알 보리알 가리듯 모든 것이 확실해지지는 않았다. 그러나 윤곽만은 대충 알 수 있었다. 역시, 아는 것은 병인지도 모른다. 어설프게 아는 것은 더 큰 병인지도 모른다. 그녀는 밤낮없이 불안에 쫓기고 있었다. 금방 남편이 무슨 변을 당할 것만 같은 불길한 생각은 가슴에 답답한 멍울을 만들어놓고 있었다. 그녀는 막연하게나마 이 세상에는 가난하고 천대받고 살아온 사람들의 숫자가 훨씬 더 많다는 계산을 했고, 그 계산에 따라 남편이 처한 입장이 얼마나 위험한지를 그녀는 절박하게 느끼고 있었다.

 방정맞을 정도로 그녀의 염려는 적중하고 말았다.

 해가 바뀌고, 신학기가 시작될 무렵이었다. 남편은 피투성이가 되어 동네 사람들에게 업혀왔다. 어두운 길목에서 서너 명의 사내들에게 몰매를 맞은 것이었다. 며칠을 앓아 누워 있으면서도 남편은 어른들의 묻는 말에 일절 대답을 하지 않았다. 천장만 바라보고 누워 있는 남편의 얼굴에는 전에 볼 수 없었던 노기(怒氣)가 서려 있었다. 집안 식구들은 말 없는 속에서, 그런 짓을 한 것은 학생들일 거라고 단정했다. 그리고 그녀가 느끼기에는, 남편은 그 학생들이 누구인지를 알고 있는 것 같았다.

 몸을 추슬러 일어난 남편은 표나게 달라져 있었다. 딱히 꼬집어 말할 수는 없었지만, 전에 없이 강하고 무섭게 변한 것이었다. 눈빛이 섬뜩한 느낌이 들도록 차가워져 있었고, 잔뜩 힘이 들어간 입술은 절대 열리지 않을 것처럼 굳게 다물어져 있었다. 남편의 그런 변모는 집안 식구들에게 새로운 불안을 느끼게 했다.

 "임시로 핵교 쉬도록 혀."

시아버지가 말했다.

"……."

방바닥만 내려다보고 있는 남편의 옆 볼에는 이뿌리의 근육이 불끈불끈 드러났다. 어금니를 힘껏 힘껏 맞무는 모양이었다.

"동상, 아부님 말씸대로 해야 되겄어. 나라에서도 그놈들 색출에 본격적으로 나선 판잉께 큰 불 끄는 동안만 잠시 쉬는 게 좋을꺼."

시아주버니가 말했다.

"……."

남편은 역시 어금니만 물고 있었다.

"아, 싸게 대답혀."

시아버지가 다그쳤다.

"구더기 무서워 장 못 담글 수는 없습니다."

남편은 퉁명스럽게 말하고는 자리를 차고 일어섰다.

누구도 남편이 다시 학교에 나가는 것을 막을 수는 없었다. 들리는 말로는, 학교에서의 남편은 무섭게 변했다고 했다. 갑자기 훈육부로 부서를 옮겼는가 하면, 검도를 다시 시작했다는 것이다. 그녀는 뒤늦게 알고 놀랐지만, 동서의 말에 의하면 남편은 검도 실력이 대단하다는 것이었다.

남편은 힘에는 힘으로 맞서야 된다고 생각한 모양이었지

만, 그녀로서는 그런 남편의 행동이 꼭 솜뭉치 젊어지고 불 속으로 뛰어드는 것처럼 숨이 막혔다.

그런데 그녀의 숨길을 틔워주는 일이 생기기 시작했다. 나라에서 본격적으로 공산당 하는 사람들을 색출해 내기 시작한 것이다. 경찰서가 비좁을 지경으로 사람들이 잡혀 들어간다고 했다. 몸 빠른 사람들은 산으로 도망질을 한다는 것이었다. 학생들도 무더기로 도망을 가는 모양이었다.

이런 와중에서 남편은 거의 매일같이 경찰서를 드나드느라고 더 정신이 없는 것 같았다. 경찰서에 붙들려간 학생들을 하나라도 더 빼내려는 노력이라고 했다. 남편의 그런 노력은 상당한 효과를 나타내는 듯했다. 감사를 표하는 학부형이 집으로 찾아왔고, 사람들은 남편의 그런 마음씀에 고마움의 입을 모으는 모양이었다. 그러나 그녀가 무엇보다 기뻐한 것은, 남편의 신변에서 위험이 걷힌 것이었고, 남편의 얼굴에서 차츰 그 서늘한 독기가 가셔지고 있다는 것이었다.

공산당 하던 세력은 깊은 산중으로 내쫓기거나, 남의 눈에 띄지 않게 비밀리에 행해지고 있다고 했다. 세상은 그런대로 잠잠해진 것 같았다. 남편은 예전과 다름없이 무슨 깊은 근심을 가진 것처럼 표정이 무거웠고, 그녀를 대하는 데도 냉랭한 바람을 그대로 지니고 있었다. 그녀는 몇 번인가를 망설이다가 어느 날 밤 입을 열었다.

"공산당 허든 사람덜 다 읎어졌는디 안직도 무신 걱정꺼리가 있는가요?"

남편은 그녀를 쳐다보았다. 그 눈빛이 시려 그녀는 고개를 떨구었다.

"왜, 보기에 답답하오?"

"……."

그녀는 분명 크게 대답하고 있었지만 소리는 밖으로 나가지 않았다.

"자세한 얘긴 할 수 없지만, 공산당이 다 없어진 게 아니오. 다 지하로 숨어버렸으니 표가 안 나는 것뿐이오. 표가 날 때보다 표가 안 나는 것, 그것이 앞으로 더 큰일인 게요."

가도 가도 산이었다. 그럼 그걸 어떻게 할 것이며, 당신은 언제까지 그렇게 살 작정이냐고, 그녀는 너무나 많은 할말을 그대로 가슴에 묻는 수밖에 없었다.

별다른 일 없이 학교는 공부를 해나가고 있는 것 같았다. 산으로 도망쳤던 학생이 삐쩍 말라서 되돌아오는 경우도 있었고, 갑자기 자취를 감춰버리는 경우도 한둘은 있는 모양이었다. 그리고 전혀 예기치 못했던 사람이 공산당을 하다가 들통이 나서 붙들리는 일도 더러 있었다. 주위 사람들은 설마가 사람 잡는다는 말을 되풀이하며 어리둥절하기가 일쑤였다. 그러면서 다시 한 해가 저물어갔다.

　새해가 되면서 그녀는 남모르게 초조했다. 어느덧 결혼 7년째로 접어들고 있었다. 남편이 돌아온 지도 만 4년이 지나갔다. 그런데 아무 소식이 없는 것이다. 시부모에게 면목이 안 서고, 주위 사람들에게 떳떳하지 못했다. 그러나 당사자인 남편은 아이에 대해서는 전혀 관심이 없는 것 같았다.

　그녀로서는 견딜 수 없이 안타까운 일이었다.

　이러다가 영영 애를 못 낳게 되면…… 그녀는 남편한테 상의할 수도 없는 그 문제로 혼자 괴로워하고 있었다. 그나마 다행인 것은 시부모가 내색을 하지 않는 점이었다. 남편이 차남인 탓도 있었겠지만, 그들은 아마도 아들의 석연찮은 부부 관계를 알고 있는 것 같은 눈치였다.

　그녀는 4월 들어 꽃이 비치지 않는 변화를 무심히 지나치지 않았다. 그러나 임신이라고 성급하게 판단할 수는 없었다. 언젠가는 3개월이나 꽃이 비치지 않고 입덧까지 여실하게 했다. 틀림없이 임신인 줄 알았다. 집안 식구들에게 다 알려졌다. 그런데 다음달에 예비도 없는 상태에서 꽃이 내비쳐 칠칠찮은 여자로 망신만 호되게 당했었다.

　"동상, 에지간히 애 낳고 싶었구만. 맘이 애 배먼 무신 소양이당가, 몸이 애 배야지."

　손위 동서의 비양거림 앞에서 그녀는 차라리 죽고 싶었

었다.

  다음달에도 꽃은 비치지 않았다. 그녀는 전혀 내색을 하지 않은 채 밤낮으로 간절하게 빌었다.

  남편을 닮고 자신을 닮은 애를 하나 낳게 해달라고.

  6월이 되었고, 분명 꽃이 비치지 않는 걸 확인하고 며칠이 지나서였다. 난리가 터졌다고 했다.

  세상이 다시 뒤숭숭해지고 어수선해졌다. 남편은 세상의 술렁거림에 비해 몇 갑절 더 놀라고 허둥거리는 것 같았다. 그렇게 긴장하고 당황하는 남편의 모습을 보기는 처음이었다. 거의 밥을 먹지 않았고 잠도 자지 않았다. 남편은 불안한 밤을 보내고는 아침 일찍 서둘러 학교로 나가고는 했다.

  밤이면 큰집에 모여 늦게까지 이야기들을 했다.

  그 누구도 난리가 앞으로 어떻게 되어갈 것인지는 모르는 모양이었다. 모두 불안한 속에서도 난리가 곧 평정되리라는 쪽으로 생각들을 돌리고 있었다. 그러면서 며칠이 지나갔다.

  "……"

  그녀는 소스라쳐 일어났다. 문 밖에 인기척이 분명했고, 남편은 이미 일어나 앉아 있었다. 남편이 그녀의 손을 잡았다. 그녀는 섬뜩하게 놀랐다. 남편의 손은 너무나 차가웠고, 심하게 떨리고 있었다.

그때 마루를 걷는 인기척이 들려왔다. 그녀는 전신에 소름이 쭉 끼치는 것을 느꼈다. 그리고 두런거리는 말소리가 들려왔다. 그녀는 그만 아악 소리를 칠 것만 같은 공포감에 휩싸였다. 다음 순간 문이 거칠게 흔들렸다. 그녀는 남편의 손을 맞잡았다. 남편의 손은 더 심하게 떨리고 있었다. 그녀는 순간적으로 죽음을 느꼈고, 남편에게 자신이 임신인 걸 알려야 한다는 절박한 생각이 그녀를 사로잡고 있었다.

"신병모, 문 때래뿌시기 전에 싸게 나와. 반항혀도 소양읎어!"

이 말과 동시에 창호지가 북 찢어지며 방 안으로 내닫는 물건이 있었다. 그녀는 그만 숨이 멎어버렸다. 어렴풋한 어둠 속에 드러난 것은 길고 긴 쇠창이었다. 그 살기 앞에서 그녀는 파르르 죽어가고 있었다.

"신병모, 싸게 나와!"

남편은 일이있다. 그녀는 남편의 팔을 붙들었다. 남편이 뿌리쳤다. 그녀는 다시 붙들었다. 남편은 더 세게 뿌리쳤다. 그리고 남편은 문고리를 벗겼다. 벌컥 문이 열리고, 세 개의 그림자가 세 개의 쇠창을 남편의 가슴에 들이댔다.

"신병모, 나가 누군지 아시겠능가?"

그림자 하나가 말했다.

"……"

"나 배점수여, 배점수."

"……."

"섭섭허게 배점수럴 모를갑만. 그라면 대장쟁이는 아시겄능가?"

"아니……."

"머를 놀래고 지랄이여! 인자 시상 쥔이 바뀌었어!"

대장쟁이 — 그녀의 뇌리에서 한 장의 사진이 스쳐갔다.

"싸게 허리끈 풀고, 끌어내!"

대장장이의 명령에 다른 두 그림자가 달려들어 남편을 끌어냈다. 그녀는 벌떡 일어서다가 그대로 굳어졌다. 바로 코앞에 쇠창이 겨누어져 있었던 것이다.

"그대로 자빠져 있어. 소리 질르거나 밖으로 나오면 니나 느그 남편이나 이 자리서 팍팍 쑤셔 쥑이고 말 팅께."

"……."

그녀는 그대로 허물어지고 말았다.

거칠게 문이 닫혔다.

그녀는 이불 위에 얼굴을 박고 엎드려 푸들푸들 떨면서 제대로 울지도 못하고 있었다. 여보…… 여보…… 여보…… 남편의 검은 등이 보였던 절망감만이 그녀의 정지된 사고(思考)를 점령하고 있었다.

덜컥 문이 열렸다. 그녀는 소스라쳐 몸을 일으켰다. 검은 그림자가 문을 가득 채우고 있었다.

그녀는 자기도 모르게 두 팔로 가슴을 싸안으며 주춤 물러나 앉았다. 본능적으로 느낀 위험이었다.

"살아날라면 찍소리 말어."

그림자가 방으로 성큼 들어서며 내쏘았다. 그녀는 뒤로 물러나 앉으며 다급하게 생각했다. 임신, 남편, 죽음……이 위기를 모면할 방법이 없었다.

탕, 문이 닫혔다.

그녀는 더 물러나 앉을 수가 없었다. 벽이 그녀를 차단하고 있었다.

"싸게 뉘!"

그림자가 윗옷을 벗어젖히며 쏘아댔다. 그녀는 차라리 죽자는 생각을 되풀이하며 한사코 벽을 떠밀어대고 있었다.

"싸게 누랑께!"

바지를 벗어 던진 그림자가 왈칵 달려들며 쏟아놓았다. 그녀는 입술을 앙다물며 달려드는 그림자를 떠다밀었다. 그러나 그녀의 팔은 그림자의 손아귀에 잡혔고, 그녀의 몸은 허깨비처럼 이불 위로 나뒹굴어졌다.

"존 말로 헐 때 들어. 쓰잘데 읎이 나대다가는 귀헌 목심꺼정 잃을 것잉께."

그림자는 그녀의 허벅지를 타고 앉아 여유 있게 말하고

있었다.

"고 이쁜 얼굴 잘사는 신가놈만 품으란 법 워딨냐. 나 곁은 대장쟁이도 남자니께 맘 동허기는 매일반잉겨."

대장장이는 그녀의 속곳과 적삼을 낚아챘다. 그녀는 몸을 바짝 웅크리며 몸서리를 쳤다. 대장장이는 그대로 그녀를 덮쳐눌렀다. 그녀는 다리를 꼬며 대장장이를 떠밀어냈다.

"워째 이 지랄이여, 지랄이."

대장장이는 버럭 역정을 내더니 그녀의 두 팔을 걷어내 머리 위에 뻗치게 하더니 한 손으로 그녀의 두 팔목을 잡아 방바닥에 눌러 붙였다. 그리고 그녀의 꼬인 허벅지 사이에다 무릎을 사정없이 찍어 박았다. 그녀는 가느다란 신음을 토하며 몸을 부려버렸다. 도저히 그 힘을 당해낼 도리가 없었다.

"으음, 음……."

그녀는 아래가 찢어지는 것 같은 통증과 함께 신음을 물었다. 임신, 임신, 임신…… 그녀는 차라리 죽어야 된다고 생각했다. 짐승의 냄새, 짐승의 숨소리, 짐승의 포악함, 짐승의 더러움…… 고통의 물결에 떠밀리며 이미 더럽혀진 한 생명의 비명 소리를 듣고 있었다. 차라리 죽어야 했다.

그녀는 눈을 뜬 채로, 소리를 죽인 채로 눈물을 쏟고 있었다.

"쥔이 달라진 시상이 됐응께 억울해 말드라고."

대장장이는 거친 숨을 몰아쉬며 말했다. 그리고 주섬주섬 옷을 입기 시작했다.

그녀는 겨우 옆으로 돌아누우며 흑 울음을 터뜨렸다.

"내 아들이나 하나 나소. 그라먼 후실로 들어앉혀 줄 팅께."

대장장이는 흐흐거리는 웃음을 남기고 밖으로 뛰쳐나갔다.

그녀는 마구 흐느껴 울며 끌려간 남편을 간절하게 부르고 있었다.

3

 도저히 상상할 수 없도록 세상은 돌변하고 말았다. 그 돌변을 두 눈으로 똑똑히 보면서도 믿을 수가 없었다. 남사당 패거리가 탈바가지를 쓰면 갑자기 어리둥절해지고, 한참 탈굿을 보고 있다가 탈바가지를 벗어버리면 또 갑자기 어리둥절해지는 그런 엇갈림이었다.

 그녀는 남편이 끌려간 것이나 자신이 욕을 당한 일로 슬퍼하거나 괴로워할 겨를이 없었다. 날이 밝기도 전에 그녀 앞에 내던져진 현실은 그런 감정을 용납하지 않았다.

 밤사이에 큰집도 쑥밭이 되어 있었다. 시아버지와 시아주버니가 끌려갔고, 어찌된 영문인지 손위 동서까지 끌려간 것이었다. 시어머니는 넋이 거의 다 빠져나가고 없었다. 그녀는 시어머니 병수발부터 해야 했다. 시어머니는 열에 들떠 끝없이 헛소리를 했다.

"안 되야, 안 되야, 요런 천벌받을 놈들아. 영감, 영감, 병철아, 병철아, 안 된다니께, 안 되야. 병모야, 우리 병모 워찌됐을 꺼나, 영감, 영감……."

그녀는 시어머니 이마에 냉수 찜질을 하며 남편의 말을 계속 되씹고 있었다. 공산당 하는 사람들이 표가 날 때보다 숨어서 표가 나지 않는 것이 앞으로 더 큰일이라고 했었다. 역시 남편은 생각이 깊고, 먼 앞을 내다볼 줄 아는 사람이었다.

대장장이 — 동네의 끝, 읍내 시장으로 이어지는 길가의 다 헐어빠진 대장간에서 쇠나 다루어먹던 그런 사람이 공산당을 했으리라고 누가 짐작이나 했을 것인가.

"……."

그녀의 눈앞에 번쩍 스치는 것이 있었다. 남편의 가슴을 겨누고, 자신의 코앞에서 섬뜩하게 빛나던 쇠창. 그녀는 부르르 몸서리를 쳤다. 그건 틀림없이 그 대장장이가 만든 것이었을 것이다. 한두 개도 아닌 그것을…… 그녀는 견딜 수 없는 공포감에 휩싸였다. 겉으로는 태연하게 굽실거리고 웃어대고 하며 괭이고 삽이고 낫을 만들어내고, 아무도 안 보는 틈에는 그 소름 끼치는 창을 만들어냈을 대장장이. 그런

인간의 계단 261

일을 감쪽같이 해치울 정도라면 하룻밤 사이에 어지간한 사람들을 다 잡아간 것쯤 능히 해낼 수 있는 일이었다.

그녀는 분노를 느꼈다. 그동안 나라에서는 무엇을 했으며, 경찰에서는 또 무슨 일들을 하고 있었는가. 그러나 이런 원망스러움도 이내 낙담과 절망으로 바뀌어버렸다.

집안 남자들이 어디로 잡혀갔는지 알아보러 나섰던 그녀는 그만 파랗게 질려버렸다. 잡혀간 모든 사람들이 경찰서에 갇혀 있다는 말을 듣고 처음에는 무슨 뜻인지를 몰랐다. 설명을 듣고 보니, 어제 오후에 경찰관 대부분이 도청으로 이동하고 몇 명만 남았었는데, 어젯밤에 빨갱이들에게 경찰서를 빼앗겼다는 것이었다. 남은 경찰들은 다 창을 맞아 죽었다고 했다.

그녀는 그 사실을 알기 전까지만 해도 형편이 그 지경이 되었으리라고는 상상도 못했다. 그들이 어젯밤 들이닥쳤을 때는 이미 경찰서를 뺏은 다음이었다는 사실을 뒤늦게 깨달았다. 주인 바뀐 세상이 되었다는 대장장이의 말이 새삼스럽게 기막히게 들렸다.

그녀가 한 가닥 기대를 걸었던 것은 도청으로 이동해 간 경찰이 어서 다시 돌아와 그놈들을 몰아내는 것이었다. 그러나 그녀의 기대는 산산조각이 나고 말했다. 며칠 후에 읍내에 나타난 것은 경찰관이 아니라 인민군이었던 것이다.

그리고 그사이에 대장장이는 나흘 밤을 내리 그녀의 방문을 박차고 들었다. 그녀는 그때마다 치를 떨며 죽음을 만났고, 그러나 날이 밝고 나면 몸져누운 시어머니부터 돌보아야 했다.

햇볕과 무더위와 모기와 습기의 계절 여름은 또 하나의 엄청난 흉계를 꾸미며 시작되고 있었다. 여름까지도 인민군의 편이었고, 그들에게 맞설 수 있는 힘은 아무것도 없었다.

신씨 문중을 지키고 번성하게 하는 혈이 흐른다는 삼봉산 중턱에서 사람 죽어가는 비명 소리가 터지기 시작한 것은 인민군이 들이닥친 다음날부터였다. 그들은 신씨네 남자들을 삼봉산으로 끌고 올라가 중턱에 구덩이를 파게 하고, 창으로 찔러 죽여 그 구덩이에 묻는다는 것이었다. 그건 신씨 문중에 가해지는 이중의 앙갚음이었다. 세 동네에 널리 퍼져 뿌리를 내리고 있던 신씨 문중은 하루아침에 그 뿌리가 뒤집혀지고 있었다. 그 누구도 막아낼 수 없는 참담한 수난이었다.

그녀는 안절부절못하면서도 시어머니를 위로하기에 진땀을 빼고 있었다. 남편이 잡혀간 충격으로 앓아누웠던 시어머니는 겨우 기운을 차리는가 싶더니, 삼봉산에서 사람이 죽어간다는 풍문을 듣고는 다시 식은땀을 흘리며 부들부들 떨기 시작했다. 그런데 사흘째 되는 날 오후에 기어이 시아버지가 살해되었다는 소식이 날아들었다.

"안 되야! 안 되야!"

시어머니는 벌떡 일어서며 울부짖고는 그대로 대청 바닥에 넘어졌다.

"어무니이—."

그녀는 시어머니를 덮쳐 안았다. 그러나 시어머니는 이미 죽어 있었다. 눈은 허옇게 뜬 채였다.

그녀는 아무런 무섬증도 없이 큰집 조카 셋을 데리고 시어머니 시신을 지키며 밤을 새웠다. 벌써 초상집이 한둘이 아니었던 것이다.

그녀는 점심때가 조금 지나 남편이 죽었다는 소식을 들었다. 그녀는 기둥을 움켜잡고 앉아 아무런 반응이 없었다. 다만 두 눈에서 눈물만 주르륵 흘러내리고 있었다.

갑자기 캄캄해졌던 눈앞의 어둠이 차츰차츰 걷히고, 아물아물해졌던 정신도 조금씩 가깝게 다가들고 있었다. 그녀는 마구 엇갈리는 남편의 수십 개의 모습을 보며 이대로 죽어서는 안 된다는 생각을 잘근잘근 씹고 있었다. 무슨 이유에서인지는 모르지만 이대로 죽어서는 안 된다는 한 가닥 생각이 그녀의 가슴을 예리하게 관통하고 있었다.

그녀는 아무 절차도 격식도 차리지 못하고 시어머니 장례를 치렀다. 시아버지의 시신도, 남편의 시신도 찾지 못한 형편에 시어머니는 겨우 거적쌈을 면할 수밖에 없었다.

그들은 잡아간 사람들을 거의 매일 죽이는 것으로 끝나지 않았다. 여자와 아이들만이 슬픔에 사무치거나 공포에 질려 있는 집들을 샅샅이 뒤졌다.

패물이나 곡식은 말할 것도 없었고, 쓸 만한 세간살이까지 압수라는 말로 빼앗아갔다. 붉은 완장을 찬 기세 등등한 그들은 어제까지도 이웃이었던 얼굴이었고, 좋으나 싫으나 신씨네 논밭 곡식을 나눠 먹던 사람들이었다.

그들이 그녀가 지키고 있는 큰집에 들이닥친 것은 아침 일찍이었다. 아침밥을 짓고 있던 그녀는 별다른 두려움 없이 그들을 맞았다. 이미 죽음을 치르고 난 다음에 오는 체념이었다.

"인민의 이름으로 당신네 재산을 접수하겠소."

다섯 명의 일행 중 몸집이 가냘픈 듯하면서도 눈빛이 예리한 사내가 말했다. 그녀는 부엌을 나오면서 그들 중에 대장장이가 끼어 있지 않은 것에 그나마 안도하고 있었다. 대장장이 배점수는 인민위원회 부위원장이고, 사람들을 도맡아 죽이고 있는 독한 인종이라는 것을 그녀는 이미 들어 알고 있었다.

"광문 싸게 열어!"

한 사내가 소리 질렀다. 바로 그때였다.

"선생니임—."

큰조카 동명이가 마루를 뛰어내리며 외쳤다. 국민학교 5학년인 동명이는 거침없이 그 눈빛이 예리한 사내에게 안기는 것이었다. 아니, 분명히 말해서 그 사내는 그대로 서 있었고, 동명이가 그 사내의 허리를 양팔을 있는 대로 벌려 안은 것이다.

"아니, 너 동명이 아니냐?"

허리를 안기고 선 사내는 완연히 당황한 기색이었다.

"선생님, 이거 우리 집인디요."

"그래……?"

그녀는 갑작스러운 혼란에 빠지고 있었다. 선생이 무슨 이유로 빨갱이짓을 하는 것일까. 겉으로는 애들을 가르치면서 속으로는…… 대장장이의 겉 다르고 속 다른 모습을 깨달았을 때보다 몇 갑절 큰 충격이었다.

"위원장 동무, 워쳤게 헐께라?"

한 사내의 물음에 대답을 한 것은 바로 그 선생이었다.

"빨리 시행해!"

선생은 위원장이었고, 그의 명령은 위원장답게 냉정했다.

"선생님, 우리 아부지 엄니 좀 살려주시씨요. 우리 아부지 엄니는 워쳤게 됐나요?"

동명이는 위원장을 올려다보며 애걸하고 있었다.

그때까지 시아주버니와 동서는 변을 면하고 있었던 것이다.

"그래 알았으니 넌 공부나 하고 있거라."

위원장은 괴로운 표시인지 싫은 표시인지 분간이 안 되게 미간을 찡그리며 동명이를 떼치려고 했다.

"선생님, 공부는 열심히 헐 것잉게 우리 아부지 엄니 살려준다고 약속허세요, 약속허세요."

동명이는 이제 위원장에게 매달리며 애걸하고 있었다.

"이놈, 여기 놔라. 알았다고 하지 않느냐."

위원장은 동명이의 팔을 떼쳐냈다. 그의 돌아서는 뒷모습에서 그녀는 섬뜩함을 느꼈다.

"빨리 마치고 돌아오도록!"

위원장은 부하들에게 지시하고는 뒤도 돌아보지 않고 집을 나갔다. 처음부터 그러기로 되어 있었는지, 아니면 입장이 난치해서 먼저 자리를 피하는 것인지 알 수가 없었다. 동명이는 멀어져가는 선생의 뒷모습을 바라본 채 소리 없이 울고 있었다.

끼니를 끓일 수가 없도록 곡식을 긁어가고 말았다. 텃밭 상치만을 뜯어다가 된장에 찍어 점심 한끼를 때우기도 했고, 곯아 떨어진 풋감을 뜨신 물에 우려 끼니를 대신하기도 했다. 무덥고 지리하고, 암담하고 공포스러운 여름이 계속

되고 있었다.

풍성한 것이라곤 햇빛뿐이었다. 하얀 햇빛만이 매일 지글지글 타고 있었다.

이대로 죽을 수는 없다고 작정한 날부터 그녀는 남모르는 일을 하고 있었다. 날마다 아침이면 그곳을 소금물로 씻기 시작한 것이다. 그러지 않고서는 더럽고 불결해서 도저히 견딜 수가 없었다. 그 짐승 같은 놈의 더러움이 전신으로 퍼져 있는 것 같은 스멀거림, 아무것도 모르고 있을 깨끗한 생명에 대한 죄의식, 이미 저 세상 사람이 되어버린 남편에 대한 불경함, 그녀는 견딜 수가 없었다. 그리고 그녀는 조마조마한 걱정거리로 시달리고 있었다. 대장장이가 자신을 범했다고 자랑삼아 떠벌릴까 봐서였다. 만약 그 소문이 퍼지게 되면 앞으로 태어날 아이는 영락없이 그놈의 자식이 되는 것이었다. 물론 개월수의 차이가 엄연한 것이겠지만, 그 사실도 소문의 힘을 이겨낼 수는 없을 것이었다.

더구나 남편과의 사이에서는 애 낳기가 어려운 것처럼 아는 사람들이 적잖았던 것이다.

삼봉산의 처형도 뜸해져 가는 모양이었는데 시아주버니와 동서의 소식은 막연하기만 했다. 그녀는 손이 닿는 데까지 수소문해 보았지만 어디에 있는지 알아낼 수 없었다. 그들은 물론 누군가를 죽이고는 유가족에게 정식으로 통고한 일은 없었다.

그러나 이야기를 퍼뜨려 당일로 유가족이 알게 하는 이상한 방법을 썼다. 그녀는 불안하고 초조한 속에서도 시아주버니 내외가 어딘가에 아직 살아 있을 것이라는 데 거미줄 같은 기대를 걸고 있었다.

물론 동명이의 선생인 위원장은 그 후로 코빼기도 비치지 않았다. 어린 동명이는 부모의 소식을 알아내려고 거의 매일 불볕 속을 쏘다니다가 파김치가 되어 돌아오곤 했다.

그녀는 죽이라도 끓이려고 새벽녘에 일어나 겉보리를 찧고 있었다. 서산으로 기울고 있는 그믐달의 모양이 소복한 여인처럼 희고도 차다고 생각하며 그녀는 하염없이 절구질을 하고 있었다. 하늘 색깔도 그대로고, 별들의 반짝임도 그대로고, 나무도 풀도 다 그대로인데 달라진 것은 사람들뿐이었다.

언제까지 이 지경으로 살아야 될 것인가를 생각하며 그녀는 긴 한숨을 탄식으로 뿜어냈다. 하루에도 수십 번, 이미 버릇이 되어버린 한숨이었다.

어느덧 7월 한 달이 다 가고 8월로 접어들고 있었다. 여름이니까 애호박이나 호박순 따 넣고 보리죽이나마 끓일 수 있으나 앞으로 닥쳐올 겨울을 생각하면 막막하기 이를 데 없었다. 농사 전부가 인민위원회로 넘어가버린 이런 형편으로 간다면 황량한 겨울 논밭에 내던져진 토끼꼴을 면할 수 없을 것이었다.

모든 것이 시름겹고 기가 막혀 그녀는 또 한숨을 내쉬며 힘겹게 절구를 들어 올렸다. 그때 인기척이 났다.

"성님, 일찍 일어나셨구만요."

사촌 동서가 좀 다급한 걸음으로 들어섰다. 그녀는 직감적으로 무슨 일이 있다는 것을 느꼈고, 동시에 가슴에서 쿵 돌덩어리 떨어지는 소리가 났다.

"성님, 시아주버님 소식 아셨소?"

사촌 동서가 빠르게 주변을 살피며 속삭였다.

"자네, 알았능가? 워찌돼 있능가?"

그녀는 동서의 손을 덥석 잡으며 허둥대고 있었다. 가슴은 걷잡을 수 없이 벌떡이고 있었다.

"고정허씨요, 성님."

"알었네. 얼렁 말이나 허소. 워찌됐능가?"

"금메 어지께 밤에 돌아가셨당마요."

"멋이여……?"

그녀의 가슴에서는 쿵쿵쿵 연거푸 돌덩이가 떨어져 내리고 있었다.

"큰성님도 함께 가셨당마요."

그녀는 비척비척 평상을 붙들고 앉았다. 행여나 했던 기대마저 무너져나가는 순간이었다. 이제 더 죽을 사람도, 기다릴 사람도 없었다.

"성님, 그런디 시아주버님허고 큰성님을 해꼬지헌 것이 누군지 아시오? 순월이였당께요, 순월이."

"순월이……?"

그녀는 모르는 이름이었다.

"대장쟁이놈 알제라? 부위원장 허는……."

"그놈 여편넨가?"

"여편네가 아니라 동상이구만요."

"그놈 동상이 왜……."

"그렇께 귀신 곡헐 노릇이제라."

그녀는 그제야 머리를 번뜩 스치는 것이 있었다.

"그라면 그년이 이적지 두 양반을 맡고 있었드란 말인가?"

"그렇당께요."

푸들푸들 떨리는 입술을 한사코 이빨로 물며 그녀는 눈을 감았다. 두 사람의 행방을 알 수 없었던 것이 이제야 분명해졌다.

"그년이 무신 철천지웬수를 졌길래 두 양반을 그리도 모질게 해꼬지혔을꺼라?"

"워쨌는디……?"

인간의 계단 271

그녀는 더디게 눈을 뜨며 헛소리처럼 묻고 있었다.

"금메 말이요. 삼봉산 골짝에다 굴을 파고 두 양반을 가두고는, 하루에 한두 번썩, 온몸에 쪼끔썩 쪼끔썩 칼질해 감스로, 하루 한끼만 먹임스로, 시나부로 시나부로 죽게……."

"그만 허소, 그만. 어서 가소, 가!"

그녀는 눈을 질끈 내려 감은 채 몸서리를 쳤다.

온몸을 날마다 조금씩 난도질당하며 하루 한끼를 얻어먹고, 또 난도질당하고 하며 어떻게 한 달을 견딜 수 있었을까. 그런 험한 꼴을 당하면서도 살아날 수 있다고 믿은 것일까. 그분들은 그 여자에게 무슨 원수를 진 것일까. 차라리 스스로 죽어버리지 않고 어떻게 한 달을 견딜 수 있었을까.

그녀는 전신이 갈기갈기 찢기는 아픔을 느끼며 사무쳐 울었다.

그런데 더 끔찍한 일은 오후에 벌어졌다.

그녀는 동명이나 다른 두 조카가 그 일을 알게 될까 봐 급한 대로 문 밖 출입을 하지 못하도록 단단히 일렀다. 궁색한 이유이긴 했지만 동명이에겐 공부를 하라고 했고, 두 계집아이들에게는 더위먹기 때문이라 했다. 동명이는 대뜸, 난 빨갱이 공부 안 해요 하는 것이었다. 그녀는 눈까지 부라리며 자못 엄하게 꾸짖었다.

그러나 동명이는 눈을 피해 밖으로 나갔고, 그리고 이미 소문으로 퍼져 있는 제 부모의 죽음에 대한 이야기를 듣고 만 것이었다. 그런데 동명이는 어린애답지 않게 원수를 갚겠다고 여맹으로 순월이를 찾아간 것이었다. 동명이는 감추고 갔던 부엌칼을 순월이에게 들이댔고, 결국 그 자리에서 붙들려 사살되고 말았다.

그녀는 인민위원회로 잡혀갔다.

"저년이 시킨겨. 저년도 쥑여야 혀!"

순월이라는 여자는 그녀를 보자마자 곧 달려들어 쥐어뜯을 것처럼 날뛰었다.

"배순월 동무! 조용하지 못하겠소?"

위원장이 소리쳤다. 그의 얼굴은 일그러져 있었고, 눈초리는 매서웠다.

"간단히 대답하시오. 당신이 동명이에게 그 일을 시켰소?"

그녀는 무릎을 꿇고 앉은 채 위원장의 눈을 똑바로 쳐다보고 있었다. 그녀는 이 짧은 시간 동안에 자신의 생사가 결정될 것임을 알고 있었고, 이대로 죽어서는 안 된다는 생각만이 그녀를 지배하고 있었다.

"아닙니다. 어린것헌티 그런 일 시킬 맘 있었으면 지가 손수 허고 말었을 것이구만요."

그녀는 또박또박 말했다.

인간의 계단 273

"멋이 워쩌고 워쩌?"

순월이가 다시 소리를 질렀다.

"순월 동무, 조용하라니까!"

위원장이 책상을 내리쳤다.

"니 참말로 미친겨? 주딩이 닫고 가만 자빠져 있어!"

부위원장인 대장장이가 거칠게 쏴댔다. 그녀는 의식적으로 그를 외면하고 있었던 것이다.

"그럼, 동명이가 가졌던 칼은 어떻게 된 거요?"

"그 칼은 우리 집 것이 아니구만요."

"어디서 훔쳤단 말인가?"

"그런 상싶구만요."

사무실에서 잠시 침묵이 흘렀다. 그녀는 고개를 떨구었다. 그러면서 이대로 죽어서는 안 된다고 생각했다.

"됐소, 그만 돌아가시오!"

위원장의 목소리였다. 그녀는 자신도 모르게 어머니……를 불렀다.

"위원장 동무, 요런 판결이 워딨소. 저년이 날 쥑이라고 시킨 것인디, 워찌 위원장 동무는 저런 년 편역을 든당가요?"

순월이는 소리소리 지르며 날뛰고 있었다.

"배순월 동무! 정신 똑바로 차리고 내 말 들어요. 무조건 사람을 죽이는 것만이 우리의 과업이 아니란 말요. 순월 동무의 그 무책임한 행동은 자칫 잘못하다간 우리의 과업을 그르치는 반동이 될 수 있다는 걸 명심하시오. 앞으로 정신 똑바로 차리고 행동하시오. 지난번 같은 일 한 번만 더 저지르면 그때는 절대 용서하지 않을 것이오. 반동이 따로 있는 줄 아시오?"

그녀는 인민위원회에서 풀려나오며 지난번 같은 일이 무엇일까를 되짚어 생각하고 있었다. 그녀의 생각은 아무런 근거도 없는 채로, 시아주버니와 동서를 그토록 잔인하게 죽인 사실을 가리키는 것이라는 짐작이 들었다.

그녀는 이제 지칠 대로 지쳐 있었다. 사람이 죽고 산다는 것이 날파리 하나 죽고 사는 것과 다를 바 없다는 허망함 앞에서 그녀는 슬픔도 절망도 잃어버렸다. 너무 짧은 기간 동안에 너무나 많은 친족의 죽음을 목격하며 그녀의 얼이 다 빠지고 말았다.

허망한 것이 목숨이면서 또한 끈질긴 것이 목숨인지도 모를 일이었다. 그런 험한 꼴 당하면서 입덧도 잊고 지냈고, 가슴에서 돌덩어리 굴러 떨어지는 충격을 계속 받으며 변변히 먹지도 못하고 사는데도 아랫배는 완연하게 불러오고 있었다.

하늘이 높아짐에 따라 구름도 희게 흩어지고, 한나절 햇살도 옆으로 비껴 눕고 있었다. 그녀는 둘만 남은 조카애들에게 무엇으로든 끼니를 챙겨주며 겨울을 살아낼 막막한 시름에 차 있었다.

그러던 어느 날, 그녀가 잠을 깨고 보니 세상이 뒤바뀌어 있었다. 밤사이에 빨갱이들이 자취를 감춘 것이었다. 처음에 그랬던 것처럼 그들은 밤을 이용해 감쪽같이 도망을 가고 말았다.

읍내고 동네가 발칵 뒤집혔다. 미처 도망가지 못한 자들이 잡혀 나왔고, 도망간 자들의 가족들이 붙들렸다. 그 기세는 걷잡을 수 없이 뜨겁고 거칠었다.

대장장이의 마누라가 잡혀 당산나무에서 몰매 죽음을 당한다는 말을 듣고 그녀는 집을 뛰어나갔다. 그녀가 당산나무에 이르렀을 때는 대장장이의 마누라는 이미 온몸이 피투성이가 되어 숨이 끊어진 뒤였다.

"안 되야, 안 되야, 마누래가 무신 죄가 있다고. 환장들 혔구만……"

그녀는 질정 없이 중얼거리며 집으로 돌아오고 있었다. 그런 그녀는 아랫배를 감싸 잡고 있었다. 충격을 받을 때마다 아랫배를 찌르고 지나가는 통증이 다시 일어나는 것이었다.

순월이가 다른 사람들과 함께 읍내를 짐승처럼 끌려 다니며 몰매를 맞아 죽었다는 말은 다음날 들었다. 그녀는 순월이가 죽었다는 말을 듣고는 대장장이의 마누라가 죽은 것을 보았을 때와는 정반대의 감정을 느꼈다.

그 보복의 노기는 몇 날 며칠을 계속되었다. 군인이 거쳐가고 경찰이 다시 자리를 잡고서야 그 열기는 서서히 가라앉아갔다.

그녀는 새로운 슬픔에 사무쳤다. 무겁게 느껴지기 시작한 몸을 이끌고 삼봉산 중턱을 며칠을 오르내렸다. 구덩이를 파헤칠 때마다 여자들의 곡성이 스산한 가을 바람을 타고 삼봉산 골짜기로 퍼져서 긴 메아리가 되었다. 시체는 이미 는적는적 썩어 누가 누군지 식별할 수가 없었다. 시체를 찾아가지도 못하게 했던 그들의 잔인에 대해 여자들은 치를 떨며 저주를 퍼부었다. 그녀도 끝내 시아버지와 남편, 시아주버니와 동서의 시체를 찾는 데 실패하고 말았다. 여자로서 죽은 건 농서만이 아니었다.

그들의 손에 목숨을 잃은 건 서른여덟 사람이었고, 거의가 다 신씨 문중 사람들이었다. 문중 회의를 열어, 그저 마음에 짚이는 시신들을 모셔다가 장례를 치르기로 했다. 한 집안이니 어느 집에서 모신들 나쁠 게 없으며, 이런 기막힌 형편을 고인들도 다 헤아리리라는 결론이었다. 다른 방법이 없는 일이었다.

장례를 치르고 난 그녀는 며칠을 앓아누웠다. 열에 시달리면서도 그녀는 스스로도 이상할 지경으로 뱃속의 목숨에 대해 집착하는 자신을 발견했다. 그건 어쩌면 그녀가 마지막 붙들고 있는 생존의 근거였는지도 모른다. 물론 그녀의 옆에는 새로 태어날 아기 말고도 두 조카가 있었다. 그러나 그들에게서는 양육의 의무감만 느낄 뿐 피의 유대감을 느낄 수는 없었다. 뱃속의 아기는 남편이 남겨놓고 간 유일한 흔적, 아니 바로 남편의 환생이었던 것이다.

겨울이 짙어지면서 그녀는 두 조카를 이웃 친척 집에 맡기고 친정으로 떠났다. 몸을 풀기 위해서였다. 그녀는 바람 찬 들녘길을 걸으며 대장장이 배점수를 생각했다. 그 짐승 같은 위인이 그래도 발설은 하지 않고 떠나간 것이다. 하루도 거르지 않고 소금물을 풀어 뒷물을 하면서 몸서리쳤던 그 더러움을 그녀는 다시 마음에 새기고 있었다.

친정에서 열흘쯤 머무른 후에 그녀는 몸을 풀었다. 아들이었다.

"워쩔끄나, 꼬치다 와!"

친정어머니의 눈물 섞인 탄성을 듣는 순간 그녀는 남편을 부르며 온갖 슬픔과 억울함이 한꺼번에 솟구치는 것을 느꼈다.

"니 남은 평생 하늘이 돌보신 기여."

친정어머니의 이 말은 그녀의 가슴에 이상한 힘을 심어주었다. 그녀는 견뎌낼 수 없이 긴긴 잠 속으로 빠져들며 앞으로 독하게 독하게 살아가야 된다고 스스로에게 다짐하고 있었다.

그녀가 잠에서 깨어났을 때 아기는 목욕을 마치고 곤히 잠들어 있었다. 그녀가 믿었던 대로 아기는 정녕 남편의 환생이었다. 이마며 코며 턱이 남편 모습 그대로였다.

그녀는 아기를 물끄러미 내려다보며 목이 메고 있었다. 얼마나 어렵게 지켜진 생명인가. 얼마나 가엾게 생겨난 생명인가. 얼마나 슬프게 태어난 생명인가.

평생 아버지를 모르고 살아야 될 그 슬픔을 아기에게 주어야 한다는 것이 그녀의 가슴을 찢었다. 자기는 아기가 태어남으로 해서 새로운 기운을 얻고 있지만 아기가 커가면서 아버지 없는 슬픔을 느낄 때 그 자리를 무엇으로 채워줄 것인가. 그녀는 운명이라는 것이 어떤 것인지를 비로소 알 듯싶었다. 그건 사람의 힘으로는 어찌할 수 없는, 오로지 하늘이 하는 일인 것만 같았다.

그녀는 친정에서 겨울을 나야 했다. 한 달을 지내고 그녀는 돌아가려 했지만 친정어머니는 막무가내였다. 시집에 어른이 계신 것도 아니고 추운 날씨에 먹는 것도 마땅찮을 텐데 안 된다는 것이었다. 두 조카가 마음에 걸렸지만 어차피 친부모 밑이 아니기는 매일반이니 그애들이 겨울 동안 먹을 양식이나 보내자는 것이 친정의 의견이었다. 사실 그녀는 그때까지도 심신이 지쳐 있어서 그 의견을 따르기로 했다. 햇살이 풀리기 시작한 3월에 그녀는 시집으로 돌아왔다. 친정에서는 시집의 살림을 정리해서 가까이 이사 오기를 원했지만 그녀는 그것만은 완강히 거절했다. 시집의 재산을 마음대로 처분할 권한이 자신에게는 없었고, 더구나 남편의 뼈가 묻힌 땅을 결코 떠날 수는 없었다.

먼 곳에서 전쟁은 아직 계속되고 있었다. 그녀는 조카들을 데려오고, 폐가(廢家)나 다름없이 된 두 집을 차근차근 정리해 나갔다. 앞으로 세 자식을 키워나가야 할 짐이 그녀에게 지워져 있었다.

그녀는 남편의 책들을 정리하다가 사진첩을 발견했다. 사진첩을 보는 순간 전신이 파르르 떨리는 전율을 느꼈다. 그녀는 빠르게 사진첩을 넘겼다. 그 사진은 중간쯤에 붙어 있었다. 웃통을 벗어젖힌 대장장이의 사진이었다. 물씬 짐승의 냄새가 풍기고, 며칠 밤을 당했던 끔찍한 기억이 지금 당하고 있는 것처럼 여실하게 끼쳐왔다.

그녀는 그 사진을 조심스럽게 사진첩에서 뜯어냈다. 사진을 잡고 있는 손가락 끝에 더러움과 징그러움이 꼬물꼬물 살아 움직이고 있었다.

학병을 떠나기 전에 남편은 사진첩을 차근차근 보여준 일이 있었다. 사진은 거의가 사각모를 쓰고 찍은 것들이었다. 그런 사진들이 계속되는 속에서 느닷없이 대장장이의 사진이 튀어나왔던 것이다. 남편은 그 사진을 설명하지 않고 그대로 넘기려 했다.

"이것은……."

그녀의 거의 입 속으로 묻고 있었다. 언뜻 물으려고 하다 보니까 웃통을 벗어젖힌 모습이 너무 상스러워 말을 되삼키는 참이었다.

"이거? 내 슬픈 과거지."

남편은 피식 웃으며 혼잣말처럼 했다. 그녀로서는 알아들을 수 없는 말이었다.

"간단히 말해서 빗나간 내 꿈을 위로했던 장난의 결과인 셈이오. 그래도 이 사진이 전시회에서 1등상을 받았소. 그쯤 알아두시오."

남편은 더 말하지 않고 다음 장을 넘겨버렸다.

그녀는 궁금해서 손위 동서에게, 남편이 사진사 노릇을 한 일이 있느냐고 살며시 물었다. 동서는 과장된 몸짓으로 펄쩍 뛰는 시늉을 했다.

"거 무신 무식헌 소리여? 예술가보고 사진사라니 그런 벼락 맞을 소리가 워딨당가?"

그녀는 어리둥절했고, 동서는 재미있다는 듯 킥킥대고 웃었다.

동서가 유식한 체해 가며 한 말은 그녀에게 전혀 모를 남편의 일면을 비춰주었다. 남편은 화가가 되려던 꿈을 시아버지의 강력한 반대로 버리지 않을 수 없었다. 시아버지가 일본까지 건너가는 소동이 일어나고 나서 남편은 역사를 공부하게 되었다. 그러나 그림을 그리려고 했던 꿈을 버리지 못하고 그 대신 사진기를 장만했다. 그것도 적잖은 돈이었지만 그림을 못 그리게 하기 위해서 시아버지는 사진기를 사줄 수밖에 없었다. 그런데 남편은 그 사진기로 집안 식구들 사진은 단 한 장도 찍어주지 않았다. 예술이기 때문에 아무나 찍는 것이 아니라는 것이었다. 방학 중에 남편이 사진기를 가지고 와 있는데도, 집안의 잔치가 있어 사진을 찍게 되면 읍내의 사진사를 불러와야 할 형편이었다. 그런 남편의 고집을 꺾을 사람은 아무도 없었다. 그런데 남편이 찍은 사진이라는 것은 희한하게도, 똥장군을 짊어지고 가는 농군이거나, 나무 그늘에서 긴 담뱃대 물고 침 질질 흘리며 자고 있는 영감이거나, 깃털 세우고 덕석 가에서 쌈질하고 있는 장닭이거나, 해질녘 철길 따라 소 몰고 가는 아이들을 찍어대는 것이 고작이었다. 대장장이를 찍은 것도 그런 사진들 중의 하나였다. 그런 상스런 놈의 사진이 사진 시합에 나가

1등상을 탔다니, 사진을 찍은 사람이나 상을 주는 사람이나 모두 눈이 비틀어진 것이라고 동서는 열을 올렸던 것이다.

그녀는 사진첩에서 뜯어낸 대장장이의 사진을 흰 종이에 쌌다. 그리고 반닫이를 열어 옷을 헤집고는 맨 밑에 깊이 넣었다.

그녀는 몸을 사리지 않고 농사일을 익혔다. 네 입이 굶지 않기 위해서는 그녀가 믿을 것은 땅밖에 없었다. 다른 재산은 그들의 손에 넘어가서 자취를 감추어버렸지만 땅만은 고스란히 되돌아온 것이다. 포악했던 그들도 땅만은 어쩌지 못했던 것이다.

어차피 논농사는 남의 손을 빌려야 했지만 그녀는 농사에 관한 지식이면 무엇이든지 확실하게 알아두려고 노력했다. 사람을 부리더라도 알고 부려야만 일하는 사람의 수고도 알 것이고, 또 속지도 않으리라 싶었던 것이다.

그녀는 어지간한 밭일 같은 것은 손수 다 해냈다. 사람을 사는 비용도 아까웠고, 혼자 있는 시간을 피할 수도 있었기 때문이다. 그녀는 별일이 없이 혼자 멍하니 있게 되는 시간을 무엇보다도 두려워했다. 그런 시간에는 영락없이 그 흉악한 기억들에 사로잡히고 마는 것이었다. 일을 별로 하지 않고 잠자리에 드는 날 밤에는 또 험악한 꿈에 시달리기가 일쑤였다.

그녀는 일 속에 자신을 던짐으로써 스스로를 구하는 길을 찾으려 했다. 불볕과 싸웠고 흙과 씨름했다. 자식을 돌보듯 곡식에 정성을 쏟았고, 스스로의 운명과 맞서듯 농사일에 전력을 다했다. 그녀의 곱던 얼굴에는 들녘의 햇볕과 바람이 남긴 흠집이 생기기 시작했고, 손발은 흙에서 입은 생채기로 보기 흉할 지경으로 거칠어져 갔다.

 그런 그녀의 억척스러움은 주위 사람들을 놀라게 했다. 사람들은 그녀가 얼마 못 가 지칠 것이라고 했고, 누군가는 그녀가 일을 하는 것이 아니라 한(恨)풀이를 하는 것이라고도 했다. 그녀는 지치지 않고 끈질기게 견뎌 추수를 끝냈다. 긴 겨울 밤이 깊도록 그녀는 베틀에서 내려올 줄을 몰랐다. 한 올, 한 올이 가로세로 엮이져 한 필의 베로 짜여지는 것을 보며 그녀는 세상 사는 이치를 깨닫고 있었다. 하루하루를 힘들여 사는 것, 그것은 바로 한 필의 베가 짜여지는 보람과 같은 것이리라 싶었다. 자신의 힘들인 하루하루는 먼 훗날 아들 찬규의 성공으로 나타날 것이고, 가엾은 두 조카의 성장으로 보여질 것이라는 믿음을 그녀는 굳게 가졌다.

 "언니, 요꼴이 멋이당가. 나이 스물넷에 할망구가 돼부렀네."

 다니러 온 여동생이 그녀를 보자마자 울상이 되어 말했다.

 "별소리 다 헌다. 할망구 안 되믄 무신 다른 벼슬헐 꺼라냐?"

"그런 것이 아니라 좀 편케 살으란 말이시. 여자꼴이 이래 갖고 워디다 쓰겄능가."

"정신 나간 소리 허덜 마라. 나가 워디 여자냐? 나는 인자 자석이 셋이나 딸린 가장이여."

"그래도 쪼깐 편케 살 수 있잖여. 사람들 부려감스로 말이시."

"편케 사는 거 다시는 안 바래. 요번 난리 통에 당헌 사람들이 다 누군지 아냐? 편케 산 사람들이여. 사람 부리라고? 즈그 묵을 것 다 받아감스로 일혔던 놈들이 바로 품삯 못 받은 것맹키로 창 들고 뎀빈겨. 천벌을 받을 놈들, 워쳤게 좀 잘사는 사람들은 다 즈그덜 웬수였드라냐."

"언니, 그만 허소. 내가 말 잘못혔는갑네, 그만 허소."

동생은 그녀를 잡아 흔들었다. 사실 그녀는 얼굴이 하얗게 질리도록 흥분돼 있었다. 그녀는 숨까지 가빠져 있었다. 그자들의 이야기만 나왔다 하면 가슴이 벌렁거리고 숨이 차오는 것이었다. 그러지 않으려고 자제를 하는 것이었지만 뜻대로 되는 일이 아니었다. 마음 따로 몸 따로 움직이는 것이 바로 그 일이었다.

아들 찬규는 무병하게 자라 돌을 맞이했다. 그녀는 가을부터 미리 마련해 두었던 곡식을 꺼내 떡을 푸짐하게 해서 널리 돌렸다. 너나없이 쌀이 모자라는 시국인 줄 알면서도 그녀는 그럴 수밖에 없었다. 그건 그녀가 아들을 위해 할 수 있는 유일한 일이었고, 그렇게 해야만 아이의 앞길이 탄탄하게 닦일 것만 같은 생각을 떼치지 못했던 것이다.

봄이 되면서 그녀의 농사일은 다시 시작되었다. 그런데 그녀는 몸에 이상한 변화를 느끼고 있었다. 일에 열중해 있다가도 불현듯 그때의 일이 한 가닥 떠오르고, 그렇게 되면 줄줄이 기억이 이어지면서 가슴이 벌렁벌렁 뛰기 시작했다. 한번 그 증세가 일어나면 숨이 턱에 차오르면서 가슴은 터질 것처럼 답답해지는 것이었다. 한차례씩 그러고 나면 전신에 땀이 쭉 흐르면서 맥이 빠지곤 했다. 그녀는 마음이 병이라는 말을 떠올리며 그때의 일을 생각하지 말자고 스스로를 타이르곤 했다. 그러나 생각은 번번이 마음을 배반하고 있었다.

그녀는 남편의 두 번째 제사에 아들의 머리를 소금물로 감기고 절을 시켰다. 물론 첫 번째 제사에도 소금물로 아들의 머리를 감기고는 제사상 앞에 그녀가 안고 앉아 있었던 것이다. 제삿날이면 그녀도 소금물로 머리를 감았다. 그때의 더러움과 죄를 씻고 남편을 만나려는 것이었다.

"자아 찬규야, 아부지헌티 절 올리자."

그녀는 엉기적거리고 걷는 아들을 붙들고 두 번의 절을

시키며 가슴에 홍수가 지도록 울고 있었다. 아들 찬규는 엄마는 부를 줄 알지만 아빠라는 말은 아예 모르고 있었다.

여보, 당신 아들이 벌써 절을 허능구만요. 절 받으시씨요. 당신 보시기에는 어떠시요. 꼭 당신을 닮았제라? 내 몸 으스러지는 한이 있어도 장허게 키울 것잉께 염려 마시씨요…… 그녀는 한정도 없는 말을 남편에게 하고 있었다. 살아 있을 때는 그렇게도 어렵던 남편이었지만 저세상으로 가고 나니 오히려 수월한 느낌이 들었다. 어쩌면 아예 대답을 기다리지 않는 말이기 때문인지도 모른다.

가을이 오면서 다시 한 해가 저물기 시작할 무렵이었다. 여동생의 혼담이 바로 옆동네로 오가게 되었다. 이건 결코 우연한 일만은 아니었다. 친정아버지가 그녀를 염두에 두고 시작한 일이었다. 한 달 남짓 이야기가 오간 끝에 혼인이 결정되었다.

"서로 의지해 감스로 살도록 혀. 방아 찧는디 옆에서 그냥 허리만 끄덕거려줘도 핸결 낫다는 옛말도 있응께."

사돈 될 집을 다녀가는 길에 들른 친정아버지가 한 말이었다. 그녀는 머리에 썼던 삼베 수건으로 거칠어진 손을 가리며 그저 눈물을 머금었을 뿐이다.

여동생은 늦가을에 시집을 왔다.

그녀는 베틀 위에 앉았다가도 가슴을 움켜잡으며 신음을

했다. 숨이 가빠지고 가슴이 터질 것 같은 증상은 날이 갈수록 낫기는커녕 심해지고 있었다.

"언니, 언제부텀 그런 병 생겼디야?"

놀러 왔다가 그녀가 신음하는 걸 본 동생은 눈이 휘둥그레졌다.

"병은 무신 병……."

그녀는 숨이 가빠 말도 제대로 할 수가 없었다.

"참말로 큰일났네. 그것이 바로 험한 꼴 많이 당허고, 분허고, 원통한 일 많이 당헌 사람들이 앓는 가슴앓이라는 병이여. 병 중에서도 제일 지랄 겉은 병이 그것이여. 넘들 눈에 띄기를 허나, 약으로 고쳐지길 허나, 천상 맘으로 고쳐야 헐 병잉께, 다 잊어뿌러야 혀, 다 잊어뿔고 새 맘 묵고 살아야 날 병이란 말이시."

동생의 말은 열번 맞는 말이었다. 그러나 마음이라는 것이, 몸 그 어디에 있는지도 모를 그 마음이라는 것이 어찌 마음대로 되는 것이던가. 잡히지도 헤아려지지도 않는 그 마음이라는 것은 언제나 제멋대로 움직이고, 제 뜻대로 변하는 것이 아니던가.

해가 바뀌고 다시 여름이 오면서 전쟁은 끝이 났다. 그녀는 아무런 느낌 없이 그 소식을 들었다. 날로 가슴앓이만 깊어지고 있는 그녀에게 그 소식은 아무런 기쁨도 즐거움도 될 수가 없었다.

며칠 후 그녀는 남편의 세 번째 제사 준비를 했고, 아들과 자신의 머리를 소금물로 감았다.

그녀는 조카들의 운동회 준비를 해주려고 읍내 시장을 오랜만에 나갔다. 전쟁이 끝났다는 기분은 시장에서 완연하게 느낄 수 있었다. 장사들의 모습도 활기차 보였고, 사람들의 얼굴에도 어딘가 생기가 있어 보였다.

그녀는 대충 살 것을 사가지고 시장을 나오는 참이었다.

"언니, 저기 서 있는 거렁뱅이 누군지 아능가?"

동생이 손가락질하는 곳으로 눈길을 돌렸다. 그곳에는 남루한 누더기를 걸친 사내애가 오징어 다리 비슷한 것을 입으로 뜯고 있었다. 얼핏 보기에도 애는 어딘가 모자라는 것 같은 느낌을 주었다.

"누군지 알겠능가?"

동생은 재차 묻고 있었다.

"……"

그녀는 고개를 저으면서, 저애가 자신과 무슨 연관이 있으리라는 것을 직감적으로 깨달았다. 그렇지 않다면 굳이 동생이 걸음을 멈추고 아느냐고 묻지를 않았을 것이다. 그런데 그 직감은 이내 불길한 쪽으로 치달았고, 금방 가슴이 벌렁거리기 시작했다.

"놀래지 말어, 저것이 대장쟁이 아들이여."
"머여……!"
그녀는 손으로 이마를 받치며 비틀거렸다.
"언니, 정신 채려."
그녀는 정신을 가다듬으며 다시 그 사내애를 보았다.
"무신 죄졌다고 그리 놀래능가? 만일에 대장쟁이가 살아서 나타났다 허먼 웬수를 갚기 전에 언니가 먼저 숨넘어가고 말겄네웨. 근디, 저것이 암것도 모르는 바보라드마."
"저것이 워찌 살아남았을꼬……"
그녀는 멍한 눈길로 사내애를 바라본 채 중얼거렸다.
"가세, 감스로 이야기허세."
그녀는 동생이 끄는 대로 걸음을 옮겨놓고 있었다.
"저것이 즈그 엄니가 몰매 맞어 죽을 때 당산나무 밑에 함께 있었드랑마. 근디 워찌 용케 살아나기는 혔는디, 즈그 엄니 맞어 죽는 꼴 보고는 놀래서 경기를 일으킨 담부터 암것도 모르는 바보가 되야부렀다네."
"그때 몇 살이었는디?"
"다섯 살이었다 허등가?"
다섯 살…… 그녀는 마른침을 삼켰다.
"근디 니는 워쳤게 그리 잘 아냐?"
"모르는 사람 읎이 다 아는 일인디 언니만 모르고 살았구만. 집 아니면 농사에만 파묻혀 있응께 코밑에서 일어나는 일도 워찌 알겄능가? 좀 나댕기기도 험시로 사소."

그녀는 몹시 마음이 언짢았다. 그 어린것이 무신 죄가 있다고…… 그녀는 피투성이가 된 채 당산나무에 묶여 죽은 대장장이 마누라의 모습을 떼치려고 몇 번이고 고개를 저었다.

혹시 대장쟁이가…….

그녀는 말을 하려다가 그만 입을 다물어버렸다. 대장장이 배점수가 혹시 자기 아들이 살아 있다는 것을 알고 있을지도 모른다는 생각이 퍼뜩 머리를 스쳐갔다. 그들은 밤새 도망을 간 후로도 야음을 틈타 몇 차례인가 동네를 다녀간 흔적을 남기고는 했다.

그녀는 어쩌다가 읍내를 나가는 경우에도 의식적으로 대장장이 아들을 보지 않으려고 피했다. 그 아이를 가엾게 여기는 미음과는 또 다르게 이글거리는 마음의 불덩이 때문이었다.

그녀의 가슴앓이는 더위가 시작되는 것과 함께 부쩍 심해지고는 했다. 그러다가 찬바람이 일어나기 시작하면서 차츰 잦아드는 것이었다. 그것은 마치 여름 종기가 더위 속에서 극성을 부리다가 찬바람을 타면서 아물어드는 것과 흡사했다.

남편의 여섯 번째 제사를 보내고 서너 달이 지났다. 동생은 너무나 뜻밖이고, 도저히 믿어지지 않는 소식을 그녀 앞에 쿵 소리가 나도록 내던졌다.
"언니, 절대 놀래면 안 되야. 안 놀랜다고 약속허소."
동생은 미리부터 다짐하고 있었다. 그녀의 허약하기 이를 데 없는 심장을 동생은 믿지 않기 때문이었다.
"알았응께 얼렁 말이나 혀."
그녀는 이렇게 말하면서도 미리 가슴은 벌떡이기 시작하고 있었다. 동생의 긴장한 얼굴이나 미리 다짐부터 하는 것으로 예삿일이 아님을 직감했고, 그 불길함만으로도 감정은 벌써 흔들리고 있었다.
"언니가 꼭 알고 있어야 헐 일이라서 허는 말잉께……."
"참말로 뜸 들이다가 숨넘어가겄다."
그녀는 그만 짜증을 부렸다.
"알겄네, 인자 말허께. 딴것이 아니라, 대장쟁이가 살아있다는 것이네."
동생은 한달음에 말해 버렸고,
"머여……?"
그녀는 짧게 소리쳤다. 그러면서 정신이 아뜩해지고, 숨이 컥 막혀버리는 충격에 부딪혔다.
"언니, 정신 채리소. 그래 내가 머라등가, 놀래지 말라고 고렇크름 신신당부헌께로."

동생은 한 손으로 그녀의 어깨를 붙들고, 다른 손으로는 그녀의 등을 쓸어내리며 울상이었다.

"그놈이 워디 살어……? 얼렁 말혀. 워디 살어?"

그녀는 숨을 몰아쉬고 있었다.

"아, 워디 사는지는 모르겄고, 얼마 전에 덕송이 술집에 나타났드란 것이여. 그 술집 주인은 타지 사람이라 그놈이 누군지 알 턱이 읎었고, 동네 어떤 사람이 그놈인 줄 알아봤다등만."

"그 사람이 누구여? 알아보고는 워쨌어?"

"근디, 고것이 참말로 묘허게 돼부렀단 말이시. 다 그놈이 변장을 혔기 땜새 일이 꼬인 것인디, 그놈이 금메 양복을 떡 허니 빼입고 안경을 썼드라는 것이여. 그것꺼정만 달라졌어도 금방 알아봤을 것인디, 왼쪽 눈 밑에 붙어 있어야 될 콩알만 헌 혹이 읎어서 긴가민가 허고 그 술집을 나왔다네. 집으로 감스로 생각혀 보고 또 생각혀 바도 대장쟁이 배가놈이다 싶은 쪽으로만 맘이 쏠리드랑마. 그려서 실수혈 때 허드라도 잡고 보자 싶어 술집으로 되짚어 갔드라네."

"그려서!"

그녀는 희게 질려서 떨고 있었다.

"금메, 술집에 들이닥쳐 봉께 그새 워디로 가고 읎드라네."

인간의 계단 293

"워디로 갔는디?"

"금메, 술집 쥔헌티 아무리 캐물어도 그냥 나갔응께 자기도 모른다고 혀서, 그 길로 쫓아나가 사방을 찾아보긴 혔는디, 날도 어둡고 혀서 놓치고 말았드라대."

"그런 똑떡헌 귀신만도 못헌 인종, 그 인종이 대체 누군기여?"

그녀는 충혈된 눈을 험하게 뜨며 갑자기 언성을 높였다.

"하도 여러 다리를 거친 말이라…… 나도 그 사람이 누군지는 잘 모르……."

동생은 주춤거리던 말을 미처 끝내지도 못했다.

"아닐꺼! 잘못 봤을꺼! 그놈은 진작 뒈졌을꺼! 뒈졌을꺼!"

그녀는 부들부들 떨며 부르짖었다.

그런 그녀를 동생은 두려움과 의혹에 찬 눈으로 쳐다보았다. 언니가 대장장이가 진작 죽었기를 바라는 것인지, 아니면 살아 있어서 손수 원수를 갚기를 바라는 것인지 알 수가 없었다. 동생은 다음 말을 할까말까 잠시 망설이다가 기왕 내친걸음이니 해버리기로 했다.

"그놈이 살아 있는 것은 틀림읎는 일이구만."

동생은 못 박듯이 다부지게 말했다.

"무신 소리여……?"

그녀는 흥분의 물결이 잦아들었는지 허탈한 표정으로 물

었다.

"그놈이 술집에서 난리 끝난 담 일을 꼬치꼬치 물은 것 말고도, 장터서 얻어묵고 사는 그 팔푼이 그놈 아들이 밤새 새 신을 신었드랑 것이여. 아무도 그 팔푼이헌티 새 신을 사 신긴 일이 읎다는디, 배가 그놈이 한 짓이 아니면 누가 혔겄어."

"그것은 또 무신 귀신 씨나락 까묵는 소리여? 그놈이 틀림읎다면 워찌 지 새끼럴 신만 사 신기고 안 데꼬 갔을 거냐?"

그녀는 어이없다는 듯 입술에 비웃음까지 물며 고개를 저었다.

"언니, 그렁께 배가놈이여!"

동생이 정신 차리라는 듯 쨍 하니 언성을 높였다.

"……?"

"들어보소. 즈그 새끼럴 만나본께 암것도 모르는 팔푼이여. 즈그 엄니 일도 모르고, 아부지 얼굴도 몰라보는 팔푼이였단 말이시. 고것을 데꼬 가서 사람 맨들기 틀렸다 싶은께 신 한짝 사 신겨놓고 그냥 떠나분 것이란 말이시."

"행여 그럴 리가……."

"행여가 사람 잡는단 말 못 들었능가? 그놈 독헌 맘보로 그까진 일 열 번은 못헐 성싶은가?"

그녀는 갑자기 전신이 조여드는 긴장을 느꼈다. 배점수……
그는 여자가 아니라 남자였다. 남자 중에서도 피도 눈물도
없는 포악한 남자였다. 그런 남자라면 결코 못할 것도 없는
일이었다. 그를 보았다는 사람의 말을 전적으로 믿을 수는
없었다. 그렇다고 전면적으로 부인할 수도 없었다. 세상의
하고 많은 사람들 중에서 하필이면 대장장이 배점수를 떠올
린 그 사람의 예감에도 어떤 근거는 분명히 있을 것이었다.
그리고 하루 세 끼 밥도 제대로 얻어먹기 힘들 그 팔푼이가
밤새 바꿔 신었다는 새 신도 예사로운 것일 수는 없었다. 그
팔푼이가 몰래 훔쳐 신지 않았다면 새 신발을 선뜻 사줄 사
람은 거의 없을 것이었다. 여름이면 학교도 맨발로 다니기
가 예사인 아이들이 흔했고, 어른들도 밑창을 몇 번씩이고
고무풀로 때워서 신는 형편인 것이다.

그녀는 대장장이가 살아 있어서 자신의 손으로 원수를 갚
을 수 있기를 바랐다. 그러나 그건 어디까지나 원한에 사무
친 막연한 생각에 지나지 않았는지 모른다. 막상 살아 있을
지도 모른다는 사실 앞에서 그녀의 감정은 걷잡을 수 없이
어지럽게 헝클어지고 말았다. 이상하게도 두려움과 증오가
똑같은 무게로 가슴을 압박하기 시작했다. 그 두려움과 증
오는 살아서 꿈틀꿈틀 움직이며 그녀의 몸 속을 헤집고 다
니기도 했고, 느닷없이 그녀의 앞에 괴상한 생김을 하고 나

타나기도 했다.

  그녀는 전에 없이 자주 대장장이를 꿈에서 만나야 했다. 그러면서 차츰차츰 대장장이가 이 세상 어딘가에 살아 있다는 것을 굳게 믿게 되었다. 그리고 더욱 심하게 심하게 가슴앓이를 앓아가고 있었다.

4

 찬규는 대장장이 배점수를 찾아내기까지 꼬박 10년이 걸렸다. 좀더 정확하게 말하자면 어머니가 세상을 떠난 다음부터 9년 3개월이 지난 어느 날 배점수는 마치 기적처럼 찬규 앞에 모습을 드러낸 것이다.
 그날도 찬규는 새로 나온 월부책 카탈로그를 가지고 태양실업의 현관을 주춤주춤 들어서고 있었다.
 "어이, 신씨 빨리 이쪽으로 와!"
 수위가 먼저 알아보고 좀 다급한 느낌이 들게 말했다.
 "안녕하셨어요, 실장님 무슨 일 있나요?"
 찬규는 이미 몸의 일부처럼 되어버린 굽실거리는 몸놀림

과 감정 없는 웃음을 지어 보이며 빠르게 수위장 앞으로 걸어갔다.

"통행 금지야. 잠시 저기 들어가 있게."

수위장이 금테 두른 모자를 고쳐 쓰며 자못 엄하게 말했다. 특별한 직무 수행을 할 때 그가 보이는 거드름이었다.

"무슨 큰손님 오신 모양이죠?"

찬규는 수위장의 거드름에 더 풀기가 서도록 해주기 위해 전혀 내키지 않는 말을 물었다.

"암, 큰손님이시지. 어서 들어가 있게."

수위장은 찬규를 거들떠도 안 보며 말에 필요 이상의 힘을 넣고 있었다.

찬규는 서둘러 수위실로 들어갔다. 그러면서, 오늘도 담뱃값이나 찔러 넣어야 되겠구나 생각했다. 수위장을 굳이 '실장님'이라고 호칭하는 것은 찬규만의 발상이었다. 참 사람의 마음이란 간사하고도 얄팍한 것이어서 그 호칭에 놀랄 만큼 민감한 반응을 보이는 것이었다. 그것도 좀 천하게 느껴진다거나, 무시당하기 쉬운 직종에서 일하는 사람들일수록 그 정도가 심했다. 운전수가 기사로 바뀐 다음부터 운전수라는 호칭은 무시하는 말로 변했고, 차장이 안내양으로 바뀐 다음부터 차장이라는 호칭은 멸시하는 말로 둔갑했고, 식모가 가정부로 바뀐 다음부터 식모라는 호칭은 절대 써서는 안 되는 멸시의 언어가 되어버렸다.

 문지기라는 순 우리말 직종인 수위라는 것도 그다지 떳떳하거나 내세울 만한 직업은 아닌 듯싶었다. 본인들 스스로가 그런 직업에 매달려 있는 것을 창피스러워하고 불행하게 생각하고 있을 뿐만 아니라, 아무에게나 예사롭게 '수위 아저씨'나 그냥 '아저씨'로 호칭되는 것을 가정부가 '식모'로 호칭되는 것만큼이나 꺼려 하고 진저리치는 것이었다. 그래서 찬규는 재빨리 수위실의 장을 '실장님'으로 호칭하게 됐는데, 그 효과는 예상했던 것보다 훨씬 큰 것이었다.

 월부책 판매의 황금 어장은 뭐니뭐니 해도 역시 월급 많고 보너스 사정 잘 돌아가는 규모 큰 회사였다. 그런데 그런 황금 어장일수록 접근하기가 어렵게 마련이었다. 어느 곳을 막론하고 턱없이 거창하게 차려입은 수위라는 사람들이 아예 현관에서 내몰기 때문이었다. 황금 어장의 장악 여부는 바로 이 수위들을 내 사람으로 만드느냐 못 만드느냐의 성패에 달려 있었다. 얼굴을 익히고, 담배를 권하고, 신세타령을 함께하고, 짜장면을 슬쩍 사고, 소주를 한잔 꺾고, 여기까지 오면 인간적(?)으로 통하게 되고, 자식에게 꼭 필요한 전집을 공짜로 한 질 선사하고, 담뱃값 명목으로 돈을 쥐어 주고, 이쯤 되면 황금 어장은 수중에 들어오게 되는 것이다. 그러는 동안 수위장은 '실장님'으로 떠받들어 호칭하고, 나머지 수위들은 적당히 얼버무려 넘기다 보면 수위실이 기획실이나 관리실 정도로 격상된 착각에 빠질 지경이 되는 것이다.

이런 우호적 관계가 되기까지는 몇 개월이고 견뎌내는 인내가 필요했다. 그리고 관계가 맺어진 다음에도 주기적으로 담뱃값을 찔러 넣어주는 것을 잊어서는 안 된다. 그들 쪽에서 이쪽을 은근히 기다리게 만드는 작전인 것이다. 이렇게 되면 그들의 도움이 이만저만이 아닌 것이다. 다른 책장수는 절대 접근을 안 시킨다는 묵계가 이루어질 뿐만 아니라 가까운 여사원들에게는 넌지시 판촉까지 해주는 것이었다. 이런 식으로 네댓 개의 큰 회사나 큰 건물을 닦아놓게 되면 돈벌이는 땅 짚고 헤엄치기가 되는 것이다.

태양실업도 찬규가 그런 방법으로 개척해 놓은 판매 시장 중의 하나였다. 물론 그 방법은 누가 깨우쳐준 것이 아니었다. 원부책을 팔아먹으려고 허덕거리며 4년을 넘기면서부터 스스로 체득한 방법이었다.

"떴다!"

수위 하나가 전화기를 놓으며 짧게 말했고, 다른 수위가 모자를 집어 들고 후닥닥 밖으로 나갔다.

혀로 핥아도 먼지가 묻어나지 않을 만큼 번쩍번쩍 빛나고 있는 넓은 현관의 대리석 바닥 위에서 터무니없이 분주

한 몸짓들을 하고 있는 세 수위를 찬규는 물끄러미 바라보고 있었다. 번쩍거리는 대리석 바닥과 그들의 분주한 몸짓과…… 찬규는 불현듯 삶의 고달픈 그림자를 보고 있었다. 저 대리석 바닥은 저들의 몇 달치 월급일까. 저들을 저렇게 긴장시킬 수 있는 큰손님은 도대체 어떤 사람들일까. 찬규는 이런 생각을 망연히 하며 큰 건물을 드나들 때마다 느끼는 위압감과 소외감을 다시 느끼고 있었다.

수위장의 지시에 따라 두 명은 현관문을 양쪽에서 밖으로 활짝 열더니, 각각 그 문 끝에 부동 자세로 섰다. 수위장은 엘리베이터 앞에 부동 자세를 취했다. 꼭 군인들 같은 느낌이었다.

잠시 후 엘리베이터 문이 열렸고, 두 사람이 밖으로 나오자마자 수위장이 거수 경례를 붙이며 뭐라고 짧게 외쳤다. 두 사람은 그런 수위장을 거들떠보지도 않고 현관 중앙을 가로질러 걸어가다가 멈추어섰다. 그리고 웃어가며 무슨 이야기를 계속했다.

"아니……!"

무심코 두 사람을 바라보고 있던 찬규는 자신도 모르게 벌떡 일어섰다.

"저, 저건, 배, 배……."

찬규의 눈은 부릅뜨였고, 전신은 뻣뻣하게 굳어지고 있

었다.

늙었고, 안경을 끼었고, 왼쪽 눈 밑에 조그만 혹이 없었지만 그는 분명히 대장장이 배점수, 사진 속의 그놈이 틀림없었던 것이다.

두 사람은 현관문 앞에서 악수를 했다. 한 사람은 현관문을 나갔고, 다른 사람은 돌아섰다. 찬규는 두 사람의 움직임을 분명 보고 있으면서도 실제로는 아무것도 보지 못하고 있었다. 찬규의 시야에는 늙은 배점수의 얼굴만이 가득 차 있었을 뿐이다.

"아니, 자네 어디 아픈가?"

수위장이 모자를 벗으며 물었다.

"아닙니다, 그냥……."

찬규는 감정을 수습하느라고 안간힘을 쓰고 있었다.

"아닙니다가 아냐. 얼굴색이 허옇게 변한 게 혹시 급체한 건 아닐까?"

"아닙니다. 잠깐 어지러워서요. 자아, 담배 태세요."

찬규는 얼버무리며 빠르게 담뱃갑을 내밀었다.

"돈도 좋지만 쉬엄쉬엄 일하게. 돈도 다 몸 있고 나서야."

수위장은 담배를 빼 들며 어른답게 타이르는 조로 말했다.

"실장님 말씀이 백번 지당합니다. 돈도 다 살자고 버는 거니까요."

찬규는 감정을 감추려고 애써 맞장구를 쳤다.

"암, 암, 자넨 역시 나이 든 사람 말 금방금방 알아들어서 좋다니까."

수위장은 흡족한 웃음을 지으며 담배를 맛있게 빨았다. 찬규는 숨을 크게 들이쉬었다. 그리고 자리를 고쳐 앉았다.

"실장님, 아까 그 큰손님은 뭘 하는 사람인가요?"

"그 양반? 거 알아서 머하게? 다 돈이 산더미같이 많은, 우리들하고는 딴 세상에 사는 사람들인걸."

"그까짓 돈, 많기만 하면 뭘 합니까. 그 사람도 다 늙어 빠졌던걸요."

찬규는 마음이 더할 수 없이 급했지만 서두르지 않으려고 애썼다.

"그렇지, 우리 사장님이나 그 만물산업 황 사장이나 다 뜻대로 못하는 것이 있다면 늙어가는 것이지. 그것만은 돈으로도 어쩔 수 없는 게지. 이 세상에서 딱 한 가지 공평한 것이 있다면 바로 그거라니까."

찬규에게는 수위장의 허허로운 웃음 소리가 들리지 않았다. 만물산업, 황…… 찬규는 당황하고 있었다. 성이 배가가 아니라 황가인 것이다. 사람을 잘못 본 것일까, 찬규는 떠밀려오는 실망감을 강하게 뿌리쳤다.

"그 사람은 무슨 사업을 하길래 그렇게 돈이 많지요?"

"기계 설비 사업이라더만."

기계…… 찬규의 머릿속에서는 기계라는 말과 대장장이가 일직선으로 부딪치고 있었다.

"회사는 어디 있습니까?"

"왜, 그 회사도 길 닦아보려고?"

수위장이 눈을 흘기며 능청스럽게 웃고 있었다.

"그럼요, 할 수만 있다면 길 터야죠."

찬규도 능글맞은 웃음을 만들어 보였다.

"어디 그게 맨입으로 되겠어?"

"좋아요, 술값 내겠어요."

"내 괜한 소리야. 퇴계로 4간가 그렇다는군."

찬규는 그의 이름을 물어보려다가 그만두었다. 곧 밝혀질 것이기 때문이었다.

수위장에게 다른 때보다 많은 담뱃값을 찔러주고 태양실업을 나왔다. 그리고 그 길로 만물산업을 찾아갔다. 쉽게 찾아낸 건물 앞에서 세 시간을 기다려 퇴근하는 사장의 얼굴을 가까이에서 다시 볼 수 있었다. 그는 의심할 데 전혀 없는 대장장이 배점수였다.

찬규는 그날 밤 거의 잠을 자지 못했다. 10년 동안 줄기차게 찾아 헤맨 배점수를 바로 눈앞에 두고 감정은 이상하리만큼 복잡하게 헝클어지고 있었다. 그가 분명 살아 있으리라는 확신감으로 찾아 헤맸던 것과는 상반되게 그의 엄연한 생존을 앞에 놓고 실감이 오지 않는 것이었다. 그건 어쩌면 그의 현재가 상상할 수 없을 정도로 경제적 성공을 거두었다는 사실 때문인지도 몰랐다. 그건 실로 엄청난 당혹감이었다. 아직 피상적이나마 어마어마한 규모일 그의 재력에 대해 놀라거나 겁먹는 것이 아니었다. 그런 과거를 가진 사람이 어떻게 살아남을 수 있었으며, 또 어떻게 해서 그런 성공을 거둘 수 있었을까에 대한 당혹감, 다시 말해 그런 일을 해낼 수 있는 그 인간의 요령과 술수에 대해 서늘한 공포감까지 느끼는 것이었다. 그 공포감은 곧 그를 섣불리 대해서는 안 된다는 경계심의 자각을 불러일으켰다. 그에 따라 그를 어떻게 해야 할 것인가 하는 문제가 복잡하고도 막연하게 머리를 어지럽혔다. 물론 그동안 그를 찾아 헤매면서도 그를 다룰 어떤 구체적인 방법을 강구했던 것은 아니었다. 다만 한 가지 분명했던 것은, 찾아내기만 하면 어떤 방법으로든 그의 생존을 더 이상 용납하지 않겠다는 결의였다.

찬규는 아버지의 어이없는 죽음을, 어머니의 안쓰러운 기억들을, 자신이 살아온 10년 세월의 고달픔들을 뒤죽박죽 생각하며 밤을 밝혔다.

월부책 장사는 대학 시절부터 시작된 것이었다. 어머니는 까맣게 모르고 있었지만 찬규는 아예 야간 대학에 입학을 했었다. 어머니 혼자 힘으로 지어내는 얼마 안 되는 농사로는 대학을 다닐 수도 없었고, 산다는 것 자체에 뻥 구멍이 뚫린 공허감을 항시 느끼고 있었던 찬규로서는 대학을 다닌다는 것에도 별다른 의미를 느끼지 못하고 있었다. 처음부터 대학 공부라는 것이 어떤 것인가 정도를 알아보자고 생각했기 때문에 야간 대학에 원서를 내면서도 아무런 감정의 갈등을 느끼지 않았다. 그리고 낮에 시작한 아르바이트가 월부책 판매였다.

월부책 판매는 그런대로 괜찮은 수입원이 되어주었다. 어차피 돈 버는 일이란 오장육부 썩어 내리는 거니까 힘드는 것을 확대해서 볼 필요는 없었다. 그 수당이라는 것이 아주 짭짤해서 학비나 생활비를 벌기에는 부족함이 없었다. 그런데 어머니가 돌아가시고부터 그 아르바이트는 어이없게도 어머니의 유인을 실현시킬 수 있는 가장 좋은 방법으로 그 의미를 첨가하게 된 것이다. 월부책 장사만큼 폭넓게 사람을 대하는 직업이 또 어디 있을 것인가.

월부책 판매는 대학 졸업장을 받게 해주었고, 그동안 먹고 살게 해주었다. 찬규는 낮 시간 4년 동안 책을 팔아오면서 그 요령을 나름대로 터득한 구렁이가 되어 있었다. 졸업을 하자마자 찬규는 부산으로 자리를 옮겼다. 판매 팀을 따라서였다. 그동안 서울에서는 뒤질 만큼 뒤지고 다녔지만 배점수를 찾을 수 없었다. 물론 엇비슷한 사람을 잘못 보아 가슴 벌떡이는 경우는 수십 차례 당했다.

부산을 제일 먼저 택한 것은 제2의 도시기 때문이 아니었다. 범죄 심리를 이용하자는 것이었다. 그런 과거를 가지고 숨어 살 수밖에 없을 배점수가 고향인 전라도 땅 어딘가에 살 것 같지는 않았다. 정반대의 땅 경상도나 강원도 같은 데서 살지 않을까 싶었던 것이다. 부산과 그 언저리 도시를 뒤지며 6개월, 대구에서 6개월, 강원도의 강릉이나 속초 등지를 헤매며 6개월, 전라도 땅으로 내려가서 광주와 전주 등지를 거치며 1년, 충청남·북도를 돌며 1년을 보냈지만 배점수는 만날 수가 없었다.

4년 만에 다시 서울로 돌아왔다. 배점수를 찾아내지는 못했지만 수중에는 적잖은 돈이 모아져 있었다. 찬규는 줄곧 산다는 것에 가을 바람 같은 서늘한 추위를 느끼고 있었기 때문에 동료들처럼 술 마시는 걸직한 재미도 느끼지 못했고, 노름하는 열띤 재미도 느끼지 못했고, 여자를 사는 짜릿짜릿한 재미도 느끼지 못했다. 그러다 보니 일밖에 모르는 골샌님으로 한풀 접어 취급당하면서 수중에는 꽤 많은 돈이 모이게 된 것이다.

찬규는 다음날부터 집중적으로 만물산업 빌딩의 수위실을 공략하기 시작했다. 다른 때보다 몇 갑절 많은 돈을 뿌리는 것으로 그들을 수중에 넣는 시간을 최대한 단축시키기로 했다. 역시 돈은 사람의 위에 존재하는 것이라고 어느 순간 충분히 착각을 일으키게 할 정도로 수위들은 너무 쉽게 허물어져 내렸다. 열흘이 못 가 수위들과 얼크러졌고, 보름이 못 되어 찬규는 필요한 모든 것들을 샅샅이 알아낼 수 있었다.

현주소, 가족 관계, 사업 규모, 성격, 사장실의 분위기, 심지어 바람피우는 상대가 누구라는 것까지 밝혀냈다. 그러나 그들이 전혀 모르는 것이 한 가지 있었다. 배점수, 아니 황복만 사장의 과거였다. 그들이 알고 있는 바로는 황해도에서 6·25 때 단신 월남해서 자수성가한 뼈대 있는 가문의 자손으로, 이 세상에서 가장 훌륭한 분이라는 것이었다.

찬규가 떼어본 주민등록등본에도 본적이 황해도로 되어 있었다. 그의 왼쪽 눈 아래 붙어 있던 콩알만 한 혹이 자취도 없이 사라져버린 것처럼 그의 본명도 흔적을 찾을 수가 없었다. 변신치고는 너무나 완벽한 변신이었다.

찬규는 배점수의 철저한 완벽성을 발견하는 순간 소름처럼 끼쳐오는 당혹감과 두려움을 동시에 느꼈다. 배점수의 완벽성은 그가 저지른 살인의 잔인성과 맞통하는 것으로 여겨졌다. 그렇게 많은 사람들을 죽이고도 자신만은 살아남기 위해 그런 철저한 변신을 감행할 수 있는 인물. 자기 생존밖에 모르는 그런 인간이었기 때문에 그 많은 사람들을 죽일 수도 있었을 것이다.

찬규는 배점수를 어떻게 해야 될 것인지를 비로소 차근차근 생각하기 시작했다.

배점수는 부역을 했고, 서른여덟 사람을 죽였고, 신분을 위장해서 살고 있다. 이것이 그가 저지른 죄목이었다. 그러나 찬규는 그가 부역을 했다는 사실과 신분을 위장해서 살고 있는 것을 일단 접어두고 살인한 사실만을 가지고 따져 보았다. 역시 그는 너무나 오래 살았다는 결론밖에 나오지 않았다.

그는 서른여덟 사람을 죽이고도 30년 가까이 살아온 것이다. 서른여덟 사람들에게서 30년씩을 탈취해 버린 그는 결국 1,140년을 산 셈이었다. 아니, 평균적으로 따져 각기 20년씩만 잡더라도 그는 760년을 산 것이었다. 역시 그는 염치없고 뻔뻔스럽게도 너무나 오래 살아왔던 것이다. 그는 이제 그만 원한에 사무쳐 있는 서른여덟의 망령들 앞에 사죄하러 가도 그다지 억울하거나 섭섭할 것은 없을 것 같았다. 그는 그 망령들 앞에서 생존을 주장할 권리도 없었고, 이유도 없었다. 찬규는 하루라도 빨리 그를 망령들 앞으로 보내기로 작정했다. 그리고 자신도 그 무거운 짐에서 벗어나고 싶었다. 지금까지는 어쩌면 타인의 삶을 살아왔는지도 모른다는 생각이 들었다. 나이 30이 다 되도록 전쟁의 그늘 속을 헤매고 살아온 것이었다. 그 습하고 냉기 서린 그늘을 이제 그만 벗어나고 싶었다. 그리고 새로운 빛 아래서 살며 자신의 삶의 기억과 흔적들을 만들어가고 싶었다.

찬규는 절대로 그에게 접근하지 않은 상태에서 일을 처리하기로 했다. 섣불리 접근하거나 노출당했다가는 범죄자를 쫓다가 오히려 살해당하는 서투른 수사관꼴을 면하지 못할 위험 때문이었다.

배점수의 큰아들에 대해 필요한 것을 알아내는 것으로 모든 준비를 마쳤다. 배점수의 큰아들이 나이보다 빠르게 대학의 전임 강사가 되어 있는 사실을 알았을 때 찬규의 감정은 여러 가지 색깔로 미묘하게 얽혔다. 부역을 했던 대장장이와 대학 전임 강사인 아들, 부역자의 손에 죽은 학교 선생과 일부 책 장수인 아들…… 찬규는 쓰디쓰게 웃었다.

공산주의를 하는 이유가 배점수 식으로 부자나 관직에 있는 사람들을 무조건 죽이는 것이라면 이제 그 입장은 완전히 뒤바뀐 셈이었다. 어느 얼빠진 자들이 다시 그런 식으로 칼을 들고 덤빈다면 배점수는 뭐라고 대처할 수 있을 것인가. 본능적 욕구만 벌겋게 드러난 야만적이고 감정적인 행위에 그럴듯한 포장지를 씌운 게 배점수 식의 공산주의였다. 그런 단순성과 표피성은 얼마나 위험하고도 부끄러운

도식인가. 찬규는 배점수의 철저한 변신을 꾀한 뻔뻔스러운 생존을 미워했지만, 그가 이룩한 엄청난 경제적 성공은 결코 질투하지 않았다. 마찬가지로 그의 큰아들이 대학 전임 강사이고 자신은 월부책 장수라는 엄연한 현실의 차이 앞에서도 결코 적대감을 갖지 않았다. 물론 기묘한 감성의 꿈틀거림이 없지는 않았지만 그건 어디까지나 배점수와 자신의 선으로 국한될 성질의 것이었다. 그의 큰아들에게는 아무 책임도 잘못도 없는 일이었다. 굳이 큰아들과 찬규 자신을 직선으로 연결시켜 놓는다면 거기에는 운명이라는 불가항력적인 벽이 있을 뿐이었다. 타고난 운명만큼의 제 몫의 인생을 살아가는 것뿐일 것이었다.

물론 찬규는 자신이 배점수에게 가할 행위에 대해서도 여러 번 생각해 보았다. 그러나 별다른 죄의식 같은 건 느끼지 않았다. 그의 자식들에 대해서도 생각해 보았다. 세 자식들의 아비 잃음— 그러나 배점수가 죽인 서른여덟 사람들이 남긴 자식들의 수는 그 얼마나 많던가. 그리고 배점수의 세 자식들은 이미 다 성장했지만, 그때 죽은 사람들의 자식들은 거의가 소년들이었다. 모든 증거를 모아 법의 힘을 빌릴까도 생각했었다. 그러나 그건 새로운 전쟁의 시작이었다. 번거롭고 복잡한 것은 감수한다 하더라도, 배점수의 파멸에 이어 그 자식들은 어떻게 될 것인가. 낱낱이 파헤쳐진 아버지의 과거 앞에서 …… 찬규는 진정으로 그것을 원하지 않았다. 그건 어디까지나 전 시대에 일어난 일일 뿐이었다. 일을 저지른 당사자의 책임으로 끝나면 그만일 일이었다.

결국 찬규는 배점수만을 망령들 앞으로 보내기로 작정했다. 그리고 큰아들에게만은 모든 사실을 있는 그대로 알리기로 했다. 이미 배가가 아니라 황가가 되어 있긴 했지만 아버지에 관한 진실을 아는 건 큰아들로서의 의무라고 생각했기 때문이다.

찬규는 모든 일을 전화로 처리하기로 했다. 배점수에게 가까이 접근하지 않고 일을 처리하는 방법은 그것밖에 없었다. 만성 고혈압과 당뇨병까지 앓고 있다는 사실까지 알아낸 상태에서 그를 망령들의 앞으로 보내는 일은 전화만으로도 충분할 것 같았다.

그가 망령들 앞으로 떠날 때까지 매일 밤 전화를 걸어 차근차근 몰아갈 작정이었다. 부역, 살인, 변신, 이런 죄목을 앞에 놓고 그는 매일 밤 걸려오는 전화를 받지 않을 재간이 없을 것이다. 경찰을 불러? ……그건 휘발유통 지고 불 속으로 뛰어드는 것이 아닐 것인가. 집안 식구들의 도움? ……그것도 완전한 불가능일 것이다. 그는 외롭게 외롭게 싸움을 하지 않을 수가 없을 것이다. 이미 우리에 갇힌 호랑이…… 서두르지 말고 천천히 싸우자고 생각했다. 찾아내기까지 10년 세월이 걸린 것이다. 느긋하게 10개월만 잡고 싸워 쓰러뜨리자고 생각했다.

찬규는 배점수, 아니 만물산업 황복만 사장의 퇴근 시간에 임박해서 첫 번째 전화를 걸었다.

"배점수, 당신은 너무 오래 살았어."

찬규는 또박또박 다이얼을 돌리며 스스로의 전의(戰意)를 독려하기라도 하듯 소리 내어 말했다.

신호가 뿌우뿌우 전해져 가고, 준비했던 거짓말을 했고, 이내 황복만 사장의 걸쭉한 목소리가 왈칵 쏟아져 나왔다.

찬규는 빠르게 숨을 들이마셨다. 그리고 감정을 다잡으며 천천히 입을 열었다.

"배점수 씨, 안녕하십니까."

인간의 탑

1

 형민은 병원에 도착하자마자 응급실로 안내되었다.
 하얀 아크릴 바탕 위에 냉담하게 올라앉은 새빨간 입체 글씨인 '응급실'을 보는 순간 죽음의 냄새가 확 끼치는 것을 느꼈다. 그건 온갖 죽음을 기다리고 있는 관들을 층층이 쌓아 올린 장의사 앞을 지나며 섬뜩하게 느끼는 음산하고 칙칙한 기분보다 몇 갑절 강렬한 것이었다.
 형민은 아버지가 응급실의 환자가 되어 있다는 사실에는 놀라지 않았다. 그 정도는 이미 예상하고 있었던 것이다. 그런데, 아버지는 어쩌면 응급실을 벗어나지 못하고 영영 먼 길을 갈지도 모른다는 불길한 예감에 지배당하고 있었다.

아버지는 지금 심장에 관통상을 입은 한 마리 참새와 흡사한 것이었다. 그 치명상에서 소생할 수 있는 가능성을 형민은 실오라기만큼도 찾을 수가 없었다. 이건 의사의 의학적인 진단과는 별개의 것이었다. 의사는 나타난 증상만을 볼 것이고, 형민은 아버지의 마음을 보고 있었다. 아버지 앞에 터진 그 사건은 충격이라고 표현하기에는 너무 미약하고, 더 강조를 해서 충격이라는 말 앞에 '엄청난'이나 '어마어마한' 같은 단어를 덧붙인다 해도 적합하지 않을 것이었다. 그 사건은 한마디로 아버지의 심장을 꿰뚫은 탄환이었다. 아버지의 의지가 아무리 강하더라도 이 치명상 앞에서는 생명의 활시위를 더 당기지 못할 것만 같았다.

"너무 놀라진 마시오. 의식 불명 환자들은 으레 그런 모습이니까."

아버지 주치의인 전 박사가 응급실의 문을 열려고 하며 말했다. 형민은 눈으로 대답했다.

드넓은 응급실에는 푸른색 천으로 된 이동식 간이 칸막이가 어지러울 지경으로 위급 환자들의 침대를 가리고 있었고, 아버지는 번잡과는 멀리 떨어진 출입문 반대쪽의 구석에 누워 있었다.

"……."

형민은 아버지를 내려다보고만 있었다. 생존을 상실해 버린 것 같은 그 절망적인 모습 속에서 형민은 삶의 덧없음을 아픈 연민으로 느끼고 있었다.

아버지의 콧속에는 튜브가 틀어박혀 있고, 팔에는 주삿바늘이 완강하게 꽂혀 있었다. 거꾸로 매달린 두 개의 커다란 주사약병, 성인의 몸집만 한 크기의 산소통, 2~3일 사이에 몰라볼 정도로 허약하게 변해버린 모습 등이 아버지의 위급한 병세를 충분히 설명하고 있었다.

형민은 눈을 질끈 감았다 뜨고 다시 질끈 감았다 뜨고 했다. 침대 속으로 자꾸만 가라앉아가는 것만 같은 아버지의 몸이 그렇게 왜소하게 보인 적은 일찍이 없었다. 의식 불명 상태에서 몸이 완전히 풀려버렸기 때문이라 하더라도 그건 전혀 믿을 수가 없는 일이었다. 아버지는 자신이 어렸을 때부터 며칠 전까지만 해도 힘의 상징이었고 박력의 표본이었다.

아버지는 이대로 영영 먼 길을 가버릴지도 모른다…… 형민은 다시 불길한 생각에 사로잡혔다.

"그만 나갑시다."

전 박사가 형민을 일깨웠다.

서른여덟의 원한에 사무친 망령…… 그 망령들이 아버지의 영혼을 지금 저 세상으로 끌어가고 있는 것이 아닐까…… 형민은 전신에 소름이 돋는 서늘한 두려움을 느꼈다.

아무리 피가 뜨겁던 과거에 저지른 일이라 하더라도 죽음의 진한 그림자에 갇혀 있는 지금의 아버지와 서른여덟의 목숨을 살해했다는 사실과는 전혀 연결이 되지 않았다. 그러나 그 사실은 현실이었다. 의식 불명 상태에 빠져 있는 아버지의 참담한 모습이 그것을 증거하고 있었다.

"자아, 그만 나갑시다."

전 박사가 형민의 팔을 이끌었다. 형민은 눈을 내려 감았다. 그리고 돌아서며 가슴에 가득 찼던 숨을 길게 내쉬었다. 그런데 그 숨결은 토막이 나는 것처럼 몇 굽이의 파장을 일구었다. 그건 숨을 내쉬는 것이 아니라 서러움의 즙을 토해 내는 흐느낌이었다.

"너무 상심 말아요."

전 박사가 눈치 빠르게 위로의 말을 마련하고 있었다. 그러나 형민에게 그 말은 공허한 소리일 뿐이었다. 아버지는 몸을 상하기 전에 이미 마음을 상해버린 것이었다. 전 박사가 그것을 모르는 한 아버지의 치료는 성공하지 못할 것이다. 아니 전 박사가 그것을 안다고 해도 그가 할 수 있는 일이 무엇인가. 그는 사람의 몸을 치료하는 의사일 뿐이었지 어느 한 사람의 과거의 죄까지 없앨 수 있는 권능인이 아니었다. 전 박사는 아버지의 발병을 잠재되어 오던 병증의 확대쯤으로 간단하게 생각하고 있을 것이다. 아버지의 발병

원인이, 30여 년 전 부역과 동시에 서른여덟 사람을 살해했고, 이름과 고향까지 바꾸는 변신을 꾀해 오늘에 이르렀고, 그런 비밀을 샅샅이 알고 있는 사람의 느닷없는 출현 때문에 비롯된 것이라는 사실을 만약 전 박사가 알게 된다면 그는 그때도 너무 상심하지 말라는 위로의 말을 느긋하게 할 수 있을 것인가. 어쩌면 그는 몸을 치료하는 그의 직능마저 지레 포기해 버릴지도 모를 일이었다.

"재차 엑스레이를 찍었으니까 결과가 나올 때까지 조금만 기다립시다. 기초 건강이 좋으시고 워낙 정신력이 강인한 분이니까 너무 염려하지 말아요."

형민은 의식적으로 병세를 묻지 않고 있었고, 전 박사는 그 당연한 물음을 기다리다가 지쳤다는 듯 복도를 걸어가며 먼저 입을 연 것이다.

"……"

전 박사는 의사의 사무적인 입장이 아닌 인간적인 호의를 보이고 있었고, 형민은 그런 성의에 버금할 수 있는 무슨 말인가를 해야 된다고 생각하면서도 막상 입을 열 수가 없었다. 자신은 이미 의사의 능력을 절대 권능으로 믿고 매달리는 순수하고 절박한 연고자가 못 되었다. 어쩌면 아버지는 삶을 지탱해 나가야 할 의지의 동아줄을 놓아버린 것이 아닐까, 그리고 이대로 영영 먼 길을 떠나버리는 것이 아닐까 하는 강박감에 줄곧 사로잡혀 있었다. 그래서 전 박사의 호의마저도 고마움이 될 수 없었고, 더구나 의사에게 전적으로 매달리는 순수성도 상실하고 있었다.

"요즘 며칠 동안 아버지께서 무슨 심적 고통을 당하시는 것 같던 데, 혹시 그 이유를 알고 있소?"

형민은 거의 반사적으로 전 박사의 눈에 강한 시선을 꽂듯이 했다. 그러면서 심한 진동을 받아 균열을 일으킨 의식을 빠르게 간추렸다. 형민의 의식은 전반부의 말을 듣는 순간 쨍 소리를 내며 산산조각으로 금이 갔다. 어떻게 그 일을 알았을까 하는 생각이 번갯불처럼 스치면서. 그런데 혹시 그 이유를 아느냐는 후반부의 말이 마치 기적같이 형민을 구제했다.

"그때 강제로 입원을 시켰더라면 이렇게까지 심해지진 않았을 텐데…… 내가 그분 고집을 꺾지 못한 게 가족들한테 면목이 없소."

전 박사는 10년이 넘는 주치의로서 괴로워하는 것이었다. 그 책임감이 미덥고 마음씀이 고마웠다.

"면목이 없긴요……."

형민은 비로소 한마디를 했다. 말을 하면서 긴 한숨을 내쉬었다. 조금 전의 긴장으로 가슴이 먹먹했던 것이다.

그 사건이 외부에 노출되는 것에 대해서 곤충의 더듬이만큼 예민하게 반응하고 있는 자기 자신에게 형민은 새삼스럽게 놀랐다. 그건 이성과는 별개의 방어 본능이었다. 형민은 자기 자신이 의식하고 있었던 것보다 훨씬 심하게 두려움에 쫓기고 있다는 사실을 깨달았다.

사실 모든 것이 힘에 벅차게 두려웠다. 아버지의 과거를 손바닥 들여다보듯 환하게 알면서 어디선가 이쪽의 일거일동을 감시하고 있을, 그 정체를 알 수 없는 사나이의 존재가 두려웠다. 사흘 동안 계속 밤늦게 전화를 걸어 끝내 아버지를 쓰러뜨려 혼수 상태에 빠뜨리고 자신에게는 아버지의 고향으로 가지 않을 수 없게 몰아붙여 그 옛날 아버지가 저지른 죄를 샅샅이 알게 한 사나이가 앞으로는 또 어떤 행동을 감행하게 될 것인지 두려웠다. 어김없이 밤은 올 것이고, 또 어김없이 밤늦게 걸려올 그 사나이의 전화가 두려웠다. 아버지의 건강 상태가 어떻게 진전될지 그 결과가 두려웠다. 아버지의 여러 가지 죄가 세상에 알려지게 되었을 경우 집안은 어떤 형편에 처하게 될 것인지가 두려웠다.

"니가 보기에는 좀 어떻더냐?"

응급 환자 가족 대기실에 들어서자마자 어머니가 구원이라도 청하듯 황급하게 물었다.

"……"

형민은 어머니의 눈만을 물끄러미 들여다보았다. 눈물이

그렁그렁 고인 그 눈에는 불안감과 괴로움이 회색빛 안개처럼 자욱했다. 그건 생명의 위기에 처한 남편을 스스로의 능력으로 어찌할 수 없는 한 여인의 절박한 고독이었다. 어머니의 그 아픔과 슬픔이 그대로 형민의 가슴에 와 박혔다. 형민은 아무 말도 할 수가 없었다. 어쩌면 어머니도 꼭 무슨 대답을 듣자고 한 말은 아니었을지도 모른다.

"애비야, 넌 모르고 있겠지만 아부지를 저렇게 만든 놈이 있다. 밤마다 전화를 걸던 그놈이 누군지 꼭 알아내야 한다."

어머니의 눈에서는 금방 증오가 타올랐다.

"지금 그게 문제가 아닙니다. 아부지 건강이 더 급해요."

형민은 어머니의 말을 막듯이 말했다. 어머니는 그동안 일어났던 일들에 대해서 장남에게 모조리 털어놓고 싶은 욕구를 여실히 드러냈다. 따로 나가 살기 때문에 아무것도 모르고 있는 아들에게 우선 아버지가 쓰러지게 된 동기를 알리고 싶을 것이고, 그렇게 함으로써 혼자 감당해 온 두려움과 고통을 나누어 가지고자 하는 보상 심리가 작용하고 있을 것이었다.

그러나 오히려 아무것도 모르고 있는 것은 어머니였다. 어머니가 아무리 알고 있는 것 전부를 털어놓는다 하더라도 밤마다 어느 누군가가 전화를 걸어 아버지를 괴롭혔다는 것뿐일 것이었다. 그것이 무엇 때문이며, 그가 누군지는 전혀 모르고 있을 것이다. 그리고 아버지에게 전화가 걸려온 밤마다 형민 자신에게도 전화가 왔었다는 사실을 어머니는 더구나 모르고 있을 것이다.

"아니다, 애비야. 그놈이 밤마다 니 아부지한테 무슨 공갈 협박을 했다. 내 눈치가 틀림없다. 그놈을 당장 찾아내서 공갈 협박죄로 경찰에 넘겨야 된다."

어머니의 감정은 엉뚱하게도 보복 쪽으로 불을 당기고 있었다. 경찰은 이미 우리 집안의 편이 아니라고 형민은 생각했다.

"글쎄 이러지 마세요. 지금 누군지도 모를 그 사람을 찾는 일이 중합니까, 아부지 병간호가 중합니까. 어머니는 어느 쪽인 거예요."

형민은 어머니의 심정을 이해하는 마음과는 달리 냉혹하리만큼 단호하게 잘라 말했다.

"아이고, 이 일을 어쩜 좋으니 그래."

어머니는 울음을 터뜨리듯 절망적으로 말하며 의자에 털퍽 주저앉았다. 그런 어머니의 모습이 갑자기 후줄근하게 변하면서 초라하게 보였다. 침대 속으로 자꾸만 꺼져 들어가는 것만 같던 아버지의 모습과 더불어 어머니의 그런 초라한 모습도 전에 볼 수 없었던 것이었다. 불치의 병균이 서서히 몸을 잠식해 들어오듯 그 정체를 알 수 없는 사나이의

인간의 탑

의도는 이렇게 자신의 집안에 뿌리를 내려 균열을 일으켜가고 있었다. 시간이 갈수록 그 균열은 심해질 것이고, 끝내는 붕괴되고 말 것이었다. 차츰차츰 금이 가고, 조금씩 조금씩 무너지는 것을 보면서도 속수무책인 이 저항할 수 없는 싸움 앞에서 형민은 참담한 좌절과 허탈을 거듭거듭 느끼고 있었다.

형민은 백지 상태의 텅 빈 의식 속에서 한 시간 남짓을 보냈다. 전 박사가 부른다는 간호사의 전갈을 받고서야 정신을 수습했다.

"어떻게 됐대요?"

어머니가 새로운 긴장과 두려움이 엇갈리는 얼굴로 간호사에게 다급하게 물었다.

"전 잘 모르겠어요."

간호사가 앞서 문을 나가며 건조하게 대꾸했다. 어머니의 시선이 옆얼굴에 와 닿는 것을 느꼈지만 형민은 그대로 문을 나섰다.

"뇌에는 별 이상이 없습니다!"

전 박사는 금방 악수라도 청할 것 같은 밝은 어조로 말했다.

"하느님!"

어머니가 감격적인 탄성을 토하며 두 손을 가슴에 모아

잡았다.

"처음엔 엑스레이가 잘못된 줄 알았었지요. 그런데 재차 촬영에서도 같은 결과가 나왔습니다. 혼수 상태는 쇼크에 의한 일시적인 현상 같아요. 일단 안심하셔도 좋을 것 같습니다."

전 박사는 자신감에 넘쳐 말했고,

"고맙습니다, 박사님. 고맙습니다, 박사님."

두 손을 모아 잡은 어머니는 마치 부처님 앞에서 하듯 그저 몇 번이고 허리를 굽혔다.

"아이구 사모님, 왜 이러십니까. 이건 제 힘이 아니라 순전히 사장님께서 얻으신 행운입니다."

말은 이렇게 하면서도 전 박사는 의사가 환자의 보호자 앞에서 누릴 수 있는 능력자로서의 만족을 충분히 즐기는 표정이었다.

형민은 묵묵히 서 있기만 했다. 아버지가 의사의 예상대로 쉽게 회복될 수 있을까 하는 회의를 떼쳐낼 수가 없었고, 만약 정상 회복을 한다고 하더라도 아버지는 또 졸도와 함께 혼수 상태에 빠지는 곤욕을 벗어날 수 없으리라는 생각 때문에 아무도 모르는 신음을 씹고 있었다. 그 사나이는 다시 밤마다 전화를 걸어댈 것이고, 아버지는 보이지 않는 올가미에 목이 조이다 못해 또 졸도를 할 것이다.

─당신 아버지는 너무나 오래 살았다고 생각하지 않소?

 자신의 행동 목적을 밝히듯이 그 사나이가 형민에게 한 말이었다. 그 느릿느릿하고, 한 음 한 음이 똑똑 끊어지는 것 같은 무색무취한 음성은 끊으려야 끊을 수 없는 쇠사슬 올가미가 되어 아버지의 목을 감고 있는 것이었다. 그 사나이가 올가미를 풀어주지 않는 한 아버지의 병세가 의외로 호전된다 해도 아무런 소용이 없는 일이었다. 그런데 그 사나이가 올가미를 스스로 풀기를 기대한다는 것은 해가 쨍쨍한 하늘에서 소낙비 쏟아지기를 바라는 것이나 다를 것이 없었다. 그 사나이의 명령을 따르듯 아버지의 숨겨진 고향엘 찾아가면서는 막연하게나마 그 일을 거액의 돈으로 해결할 수 있지 않을까 하는 즉물적인 기대를 가졌었다. 그러나 아버지가 저지른 일을 전부 알아보고 집으로 돌아오면서는 돈으로는 도저히 해결될 수 없는 성질의 문제라는 것을 절실하게 깨닫게 된 것이다.

 "몸이 낫게 되면 무슨 수를 써서라도 회장 자리로 물러나 앉게 해야 되겠어요."

 어머니는 성급하게도 감격해 마지않아 울먹거리는 음성으로 퇴원 후의 계획까지 세우고 있었다.

 "물론 그러셔야지요. 사업이 다 무슨 소용입니까, 건강이 제일이죠. 사업도 돈도 다 살자고 필요한 것 아니겠습니까."

담뱃진이 누렇게 밴 이빨을 드러내고 복덕방 영감들이나 할 법한 소리를 전 박사는 무신경하게 해대며 어머니에게 동조하고 있었다.

"얘 애비야, 그러고 섰지만 말고 박사님한테 무슨 말 좀 해라."

어머니는 두려움과 괴로움에 짓눌려 후줄근하게 처졌던 만큼의 생기를 되찾은 것 같은 모습으로 형민에게 말했다. 결례를 범하고 있는 아들을 챙길 만큼 어머니는 여유를 갖게 된 것이었다.

"아 별말씀을…… 황 교수, 이리 와 앉아요. 크게 걱정하지 않아도 될 것 같으니까."

전 박사는 응급실로 함께 들어갈 때와는 전혀 다른 태평한 얼굴이었다.

"아, 네…… 저 잠깐 바람 좀 쐬고 오겠습니다."

형민은 전 박사의 방을 쫓기듯 나왔다. 사태를 전혀 모르고 있는 그들과 함께 앉아 고역스러운 시간을 보낼 기력이 없었다.

형민은 복도를 걸었다. 곧 응급실 앞에 이르렀다. 좌우를 살폈다. 아무도 없었다. 그런데 형민은 심장이 두근거리는 것을 느꼈다. 자기 자신도 모르게 혹시 수상한 자가 없는지를 확인한 것이었다. 전화 속에만 숨어 있는 그 사나이를 의식한 무의식적인 행동이었다.

형민은 다시 복도를 걸어 대기실로 들어갔다.

"아버님 좀 어떠시대요?"

이번에는 아내가 달려들듯 하며 물었다. 아내는 그동안 시어머니를 의식해서였는지 침묵 속에 잠겨 있었던 것이다.

"으응, 뇌에는 별 이상이 없고, 혼수 상태는 쇼크에 의한 일시적 현상이래."

형민은 억지로 웃음을 만들며 말했고,

"어머 여보, 정말 다행이에요. 정말 다행이에요."

아내는 팔딱 뛰듯이 하며 형민의 팔에 매달렸다. 긴장으로 굳어져 있던 얼굴에 거짓말처럼 꽃밭 같은 웃음이 넘쳐흐르고 있었다.

아내의 환희와는 정반대로 형민은 비애를 느꼈다. 지금 아버지가 누리고 있는 행복의 조건들은 거의 완벽하다. 튼튼한 재력이 그렇고, 건실한 사업이 그렇고, 헌신적인 아내가 그렇고, 제 몫을 착실히 해나가는 세 자식이 그렇고, 병세가 경미하다는 소식을 듣고 이렇듯 기뻐하는 며느리까지 둔 것이다. 그런데 아버지는 이 모든 것을 잃어버릴지도 모를 위기에 처해서 혼수 상태 속을 헤매고 있는 것이다.

"당신도 좀 웃어요. 시골 다녀오느라 피곤해서 그래요?"

아내의 관심은 빠르게 회전해서 이제 형민 자신에게로 향하고 있었다. 형민은 여기도 있을 곳이 못 된다는 것을 느꼈다.

"아직 웃을 만큼 아버님 병세가 호전된 건 아냐. 다만 엑스레이 촬영 결과가 예상했던 것보다 낫다는 것뿐이지. 난 의사는 아니지만, 엑스레이가 모든 병의 증상을 밝혀낼 만큼 사람의 몸이 간단하고 단순하지 않다는 사실을 잊지 말아야 해."

형민은 풀어지려는 아내의 마음을 동여매듯 무표정하게 말했다.

"아니, 무슨 말씀이세요?"

아내는 민감하게 반응해 왔다. 다시 긴장을 보이는 마음의 표시일 뿐인 아내의 말에 대답은 필요 없었다. 아내는 예상했던 대로 우울한 침묵 속으로 잠겨들었고, 형민은 계속되는 압박감에 눌리며 텅 빈 의식을 담배 연기로 채워나가고 있었다.

뇌에는 별다른 이상이 없다는 엑스레이 촬영 결과는 일단 큰 효과를 발휘해 주었다. 날이 어두워지고 어머니와 두 동생 그리고 아내를 별 어려움 없이 집으로 돌아가게 한 것이 그것이었다. 만약 엑스레이가 위험 신호를 표시했더라면 아버지의 건강은 말할 것도 없고 그들은 대기실에서 밤샘을 강행했을 것이다. 그렇게 되면 여태껏 숨겨왔던 그 사건을 더 이상 비밀에 부쳐둘 수 없는 위기에 처하게 되는 것이었다. 그 사나이는 자기가 일방적으로 정한 밤늦은 시간에 어김없이 대기실로 전화를 걸어올 것이었다. 아무리 위장을 한다고 해도 신경이 곤두서 있을 네 사람을 속여넘긴다는 것은 거의 불가능한 일일 것이다. 더구나 어머니는 밤늦게 걸려오는 전화 때문에 아버지가 저렇게 되었다는 사실까지는 이미 알고 있는 것이었다.

너무 수월하게 식구들이 병원을 떠나간 다음 형민은 허물어지듯 대기실 의자에 몸을 부렸다. 몸이 땅속으로 꺼져 들어가는 것 같은 피로감이 전신에 무겁게 퍼져나갔다.

그 사건을 언제까지 비밀에 부쳐둘 수 있을 것인가. 식구들 앞에 그것이 폭음을 일으켰을 때 어머니는…… 두 동생은…… 아내는…….

형민은 의자 뒤로 고개를 넘긴 채 눈을 질끈 감고는 신음을 씹었다.

깜빡 잠이 들었던 모양이다.

"황형민 씨 계시면 전화 받으세요오."

형민은 소스라쳐 일어났고, 전화기 옆에 엉거주춤 서 있는 40대의 남자한테서 송수화기를 빠르게 옮겨 받았다. 그러면서 형민은 가슴이 거칠게 뛰는 것을 느꼈고, 자신도 모르게 마른침을 삼켰다.

"여보세요, 전화 바꿨습니다. 황형민입니다."

"안녕하시오, 배형민 교수님."

그 느릿느릿하고 차가운 음성이 목을 감아오는 것 같은 섬뜩함에 형민은 진저리를 쳤다. 그는 '황'을 '배'로 정정해 부름으로써 형민을 범죄 의식 속에 구속하려는 것 같았다.

"예에……."

형민은 또 마른침을 삼키며 빠르게 주위 사람들을 훑어보았다.

"부친 배점수 씨께서 입원을 하셨다고요?"

"예에……."

"전화 겨우 네 번 받고 졸도 입원이라니, 왕년에 서른여덟 씩이나 해치운 배점수 씨답지 않게 말이오. 안 그렇소?"

"……."

형민은 이빨을 앙다물었다. 끓어오르는 분노로 가슴이 터질 것만 같았다. 그자는 전화 속에서 여유만만한 회롱을 즐기고 있었다. 그는 잔인하고 악랄하고 교활한 한 마리 고양이였다. 일격으로 급소를 물어뜯은 쥐를 넓은 마당 한가운데다 끌어다 놓고 햇끔햇끔 몸짓하며 시뻘건 피를 쏟고 있는 쥐를 구경하는 고양이. 숨을 할딱거리던 쥐는 온 힘을 한순간에 모아 도망을 시도한다. 피를 쏟으며 절름거리며 쥐는 사력을 다한 탈주를 계속하고, 고양이는 그 굼벵이 같은 쥐의 동작을 앞다리 쭉 뻗고 등이 동그랗게 굽을 정도로 기지개 켜며 구경을 한다. 쥐가 사생결단 마당 가까지 이르면 고양이는 쏜살같이 달려가 앞발을 휘두른다. 쥐는 날카로운 발톱에 걸려 공중에 붕 떴다가 내동댕이쳐진다. 쥐는 죽어 버린 것처럼 한동안 꼼짝을 못하다가 다시 기운을 모아 탈주를 시도한다. 그러나 결과는 마찬가지다. 이러기를 서너 번 하다가 고양이는 그만 싫증이 난다. 그러면 쥐를 덥석 물고 으슥한 곳으로 사라진다.

"어차피 그렇게 되지 않을 수 없었겠지만, 너무 빨라서 실망했소. 그리되면 싸움이 너무 싱겁잖소. 안 그렇소?"

"여보세요, 저어……."

"아니오, 먼저 무슨 말 하려고는 하지 마시오."

형민은 무릎이 휘청 꺾이는 것을 느꼈다. 말 한마디도 자의로 할 자격이 없는 죄인 취급이었다.

"당신 아버지 고향에 다녀온 건 알고 있소."

"……."

"서른여덟이란 숫자를 확인했소?"

"예에……."

"됐소. 그 다음에 확인한 사실들은 뭐가 있었소?"

그는 형민에게 말을 강요하고 있었다. 그것은 어쩌면 자신의 입으로 아버지의 죄를 증언하게 하고 확인시키려는 의도 같았다.

"……"

 형민은 차마 무슨 말부터 해야 좋을지를 몰랐다. 지금까지의 평생을 통해서 이처럼 처절한 굴욕을 느낀 적은 없었다. 아버지의 잘못을 자신의 입으로 하나하나 지적해 나간다는 것은 도둑질을 해서 뭇 사람들 앞에 내세워진 아버지에게 매질을 하도록 강요당하는 아들의 입장이나 마찬가지일 것이다.

"뭘 하는 거요. 어서 말하시오."

 마디마디가 끊기는 것 같은, 표정도 감정도 담기지 않은 그 느릿느릿한 음성이 형민을 구석으로 몰고 있었다.

"선생이 말한 것 전부를 확인했어요."

 형민은 차라리 삶을 내던져버리고 싶은 절망감을 느끼며 대꾸했다.

"배형민 교수, 그렇게 얼렁뚱땅 넘기려 하지 마시오. 당신의 괴로운 심정, 나 다 알아요. 그러나 내가 세상에 태어나서 지금까지 당해온 고통에 비하면 아무것도 아니라는 사실을 생각해 본 일이 있소? 당신은 날 기만하려고 하지 마시오. 당신 아버지의 문제를 놓고 감정적인 보복을 하려고 들었다면 이렇게 전화나 해대는 방법을 택하진 않았을 것이오. 더 적극적이고 신속한 방법이 얼마든지 있어요. 이것도 공갈이나 협박이 아니란 걸 아시오. 나는 감정에 휘말리지 않으려고 노력하고 있소. 당신도 그 정도는 이해할 수 있는 이성적인 상대라고 생각했는데, 어찌 내 생각이 잘못됐소?"

"죄송합니다……."

얼결에 튀어나온 대꾸였다. 그의 느릿느릿한 말을 들으면서 형민은 그 의미를 충분히 생각할 수 있었고, 불현듯 그에게 죄스럽고 면목 없음을 느꼈던 것이다.

그의 말은 틀리는 데가 하나도 없었다. 그의 아버지를 살해한 것은 바로 형민 자신의 아버지였다. 그 사실 하나만으로도 그는 이성적일 수가 없어야 하는 게 당연한 것인지도 모른다. 그런데 그는 아버지 없는 세월을 30년 가까이 살아왔고, 홀어머니마저 한을 남기고 세상을 버렸다고 했다. 지금 형민 자신이 당하고 있는 정도의 괴로움이 어찌 그가 겪어낸 고통과 비교될 수 있을 것인가. 그리고 그가 만약 아버지에 대해 감정적인 보복을 감행하기로 했더라면 지금쯤 집안은 쑥밭이 되어버렸을 것이다. 부역과 살인에 대한 죗값을 법으로 따지기 이전에 그 피해 당사자들의 손에 의해 집안은 충분히 무너지게 되어 있었다. 그의 지시에 따라 찾아간 아버지의 고향에서 바로 어젯밤에 형민 자신이 듣고 목격하고 느낀 그들의 증오와 분노는 불길처럼 뜨거웠던 것이다. 세월도 흐를 만큼은 흘렀는디도 그때 적 원한은 안직도 시퍼렇게 살아 있당께. 나도 몰를 일이여. 아버지의 피해에서 구사일생으로 살아났다는 신중걸 영감이 아버지의 죄상을 낱낱이 파헤치고 나서 결론처럼 한 말이었다. 그 영감은 아버지가 이미 이 세상 사람이 아니라고 믿고 있으면서도 원한을 시퍼렇게 품고 있었다. 아버지에 대해서 그런 마음을 가지고 있는 사람이 어디 신중걸 영감뿐일 것인가. 그리고 피해를 입은 문중 사람들의 그런 감정을 그가 모를 리가 없었을 것이다. 그런데도 그는 아버지에 대해서 문중 쪽에 일절 발설을 하지 않은 것이다. 만약 그가 한마디만 했었다면 신중걸 영감을 위시한 신씨 문중 사람들에 의해 집안은 진작 쑥밭이 되고 말았을 것이다. 그의 말대로 그는 역시 감정에 휘말리지 않으려고 노력하고 있는 것이 틀림없는 사실이었고, 그의 말은 분명히 공감이나 협박이 아니라 사실 그대로일 뿐이었다. 지금까지의 그의 이런 이성적 행동에 형민은 어쩌면 감사를 느껴야 하는지도 모를 일이었다.

"식당을 하는 신중걸 씨로부터 저의 아버지가 저지른 잘못을 빠짐없이 들었습니다. 사람들을 그냥 해친 것이 아니라 신씨 문중을 지키는 삼봉산 중턱에 구덩이를 파서 살해했다는 것을……."

"그게 무슨 뜻인지 알았소?"

그는 말허리를 자르며 다잡듯 물었다.

"예에…… 삼봉산 혈을 끊고, 무덤을 만들고 하자는 두 가지……."

형민은 더 말을 이을 수가 없었다.

"그 담은."

"저의 아버지가 대장간에서 쇠창을 만들었다는……."

"그 담은."

"신중걸 씨가 당한……."

"그 담은."

형민은 땀을 삐질삐질 흘리고 있었다. '그 담은, 그 담은' 하는 말이 차츰차츰 목을 조여오는 것만 같았던 것이다.

"제 큰어머니(前母)의 죽음이었습니다."

"어디서?"

"저어…… 당산나무 아래서……."

"어떻게?"

"몰매를 맞고……."

"됐소. 그 담은."

"이복형이 살아 있다는 사실을 알았습니다."

"어떻게?"

"백치가 되어서……."

"그 사실만 알고 말았다는 게요?"

전화 속의 음성은 약간 뜨거운 느낌을 풍기는 것 같았다.

그건 실로 최초로 내비쳐진 감정이었다.

"아닙니다, 만나보았습니다."

"잘했소. 역시 당신은 교수다운 데가 있군. 그때 기분이 어땠소?"

"……"

입을 헤 벌리며 하늘을 보듯 하며 웃던 모습. 큰 키에 몸은 멀쩡했지만 얼굴에는 아무런 표정이 없고, 특히 눈은 뿌옇게 안개가 낀 것처럼 흐려 금방 백치를 느끼게 하던 이복형의 모습이 떠오르며 가슴에 찡한 아픔이 파문을 일구었다. 그리고 그때 느꼈던 죄의식이 다시 되살아났다.

"솔직하게 말하시오. 그때 기분 어땠는지."

"그에게 무슨 죄가 있는가 하는 죄의식을 느꼈습니다."

"그 말 믿어도 좋겠소?"

"글쎄요. 뭐라고 대답을 해야 하나요?"

"됐어요. 그 사람을 보고, 당신 아버지와 그 아들의 생존과의 관계를 생각해 보았소?"

형민은 순간적으로 말문이 막히는 걸 느꼈다.

아버지가 밤사이에 마을에서 자취를 감춘 다음날로 큰어머니는 당산나무에 묶여 몰매를 맞아 죽고, 현장에 있었던 다섯 살 난 이복형은 그 충격으로 백치가 되어 지금껏 살아있다는 말을 신중걸 영감으로부터 들었을 때 형민은 얼마나 당혹했는지 모른다. 그리고 여관으로 돌아와서 여러 생각으로 잠자리를 뒤척였는데, 이복형의 문제도 그중의 하나였다. 그때 첫 번째로 생각했던 것은, 아버지가 백치로 생존해 있는 이복형의 존재를 전혀 모르고 있으리라는 것이었다. 그렇다면 아버지는 자신만의 안전을 위하여 자신이 죄를 저질러 지극히 위험하게 된 땅에 처자를 버려두고 달아나서 다시는 찾지 않았다는 결론이었다. 이건 사람으로서 할 짓이 못 된다 싶었다. 두 번째로 생각했던 것은, 언젠가 한 번쯤 찾아왔다가 아내의 죽음을 확인하고, 자식은 정신이 모자라는 병신인 것을 알고는 그대로 버려버린 것인지도 모른다는 것이었다. 이것은 더욱 사람이 할 짓이 못 된다 싶었다. 그런데 형민으로서는 이 두 가지 경우 이외에는 아무리 생각해 보아도 버려둔 이복형의 존재에 대하여 납득할 만한 이유를 찾지 못했던 것이다. 그런데 전화에서는 바로 그 점을 묻고 있었다.

"왜 아무 대답이 없소."

전화 속에서는 싸늘하게 대답을 추궁하고 있었다.

"네…… 저도 생각을 해보긴 했지만 의문이 풀리지 않은 상태입니다."

형민은 조금 더듬거리듯 느리게 말했다.

"생각했다면…… 어떻게 말이오?"

"저의 아버지가 전혀 모르고 있는 경우와 알고도 불구라서 모른 체해 버린 경우였지요."

형민은 차마 '백치'나 '바보'라는 말을 할 수가 없어서 '불구'라고 했고, '버렸다'는 말 대신 '모른 체'했다는 말을 썼다.

"그럼, 그 두 경우 중 어떤 것이라 생각하오?"

형민은 감정이 차갑게 경직되는 것을 느꼈다. 무엇 때문인지는 전혀 알 수가 없지만 예감은 나쁜 쪽으로 급회전하는 것이었다. 그렇다고 자신의 입으로 아버지가 이복형을 버렸을 것이라고 말할 수는 없었다.

"선생은 그걸 알고 계시는군요?"

형민이 고통스럽게 한 말이었다.

"역시 둔하지 않아 좋소. 당신 아버지는 핏줄을 버렸소!"

"……"

형민은 한숨을 질기게 내쉬며 보일 듯 말 듯 고개를 젓고 있었다.

"몸도 성하지 못한 백치를 말이오."

그때 아버지는 이복형이 백치였기 때문에 버려야 했는지 모르지만 지금에 와서는 절대 보호가 필요한 백치가 된 핏줄마저 버린 몹쓸 인간으로 취급되고 있었다. 그리고 그런 인간이었기 때문에 부역을 하면서 서른여덟씩이나 살해할 수 있었다는 당위성이 역작용을 일으키는 것이었다.

"배형민 교수!"

형민은 섬뜩하니 긴장했다. 전화 속의 목소리는 무슨 다른 말을 하려는 듯 지금까지와는 전혀 다른 분위기를 띠고 있었다.

"당신은 당신 아버지가 이 상태에서 그대로 죽기를 바라오, 아니면 소생하기를 바라오?"

형민은 부르르 떨었다. 그 떨림은 그에 대한 증오도 그 일에 대한 두려움 때문도 아니었다. 그가 던진 막다른 물음 앞에서 형민은 순간적으로 목숨의 구차함에 대해 심한 혐오감을 느낀 것이었다.

"꼭 대답을 할 필요는 없소. 당신은 배점수의 아들이니까. 그러나…… 서두르거나 흥분하지 말고 침착하게 생각해 보면 어느 쪽이 현명한 방안인지는 곧 깨닫게 될 게요."

"……"

그건 아버지를 끝끝내 살려둘 수는 없다는 결의를 전하는 것이었다.

"그 담에 알아낸 사실은 또 없소?"

전화 속의 목소리는 다시 분위기를 바꾸고 있었다.

"예에…… 별로……"

형민의 감정은 기진맥진해 있었다.

"그 정도면 알 만한 건 다 안 셈이오. 그런데, 한 가지 남은 게 있소."

말이 뚝 끊겼다. 형민은 반사적으로 긴장했다.

"당신은…… 나에 대해선 아는 것이 아무것도 없소."

"……."

사실이었다. 그는 전화 저쪽에 숨어 있었고, 그가 밝힌 것은 서른여덟 피해자 중의 한 사람 자식이라는 것뿐이었다.

"당신 아버지는 내 아버지를 죽였을 뿐만 아니라……."

말이 끊겼다. 형민은 뜨거운 기운이 머리로 솟는 것을 여실히 느꼈다.

"내 어머니를 강간했소. 그때 난 어머니 뱃속에 있었소."

형민은 눈앞의 의자며 사람들이 빙그르르 도는 것을 느꼈다. 자신도 모르게 책상 모서리를 붙들었다.

"늦었소. 오늘은 이만 합시다."

찰칵, 전화가 끊겼다.

2

 형민은 새벽같이 병원으로 달려온 아내와 교대를 했다.
 "어머, 당신 어젯밤 꼬박 새셨군요?"
 아내는 형민을 보자마자 필요 이상으로 놀라움을 표시했다.
 "응, 좀 피곤하군."
 형민은 아내와의 시간을 가능한 한 짧게 하려고 생각하며 서둘러 대기실을 나섰다.
 "그러게 뭐랬어요. 제가 남겠다고 했잖아요. 어서 가서 쉬세요. 학교는 그냥 쉬도록 하세요. 그러다간 당신까지……."
 아내는 뒤따라 나오며 숨도 쉬지 않는 것처럼 쏟아놓고

있었다.

형민은 빠른 걸음으로 복도를 걸어 응급실로 갔다. 야간 근무를 한 간호사가 시든 꽃 같은 모습으로 형민을 멍하니 바라보았다.

"황복만 씨가 아버집니다. 잠깐……."

간호사는 턱으로 저쪽을 가리키는 듯싶더니 이내 외면을 해버렸다.

아버지는 어제와 조금도 달라진 것 같지가 않았다. 죽음과 맞닿아 있는 혼수 상태의 연속일 뿐이었다. 무슨 원한이 그리도 많았길래…… 형민은 노인의 기색이 완연한 아버지를 물끄러미 내려다보며 생각하고 있었다.

―당신은 당신 아버지가 이 상태에서 그대로 죽기를 바라오, 아니면 소생하기를 바라오?

그는 물었고, 결코 대답을 원하지는 않았다. 그는 확실히 뱀의 피처럼 차가운 이성과 자제력을 가진 사람이었다.

형민은 침대에서 돌아섰다. 그러면서, 그의 올가미에 조여 다시 쓰러지는 한이 있더라도 아버지는 깨어나야 한다고 생각했다. 아버지는 너무나 많은 의문과 문제를 숨기고 있는 것이었다.

―평생을 한이 맺혀 살다 간 내 어머니도 눈을 감으면서 당신 아버지를 용서하지 않았소. 내 어머니는 서른아홉 번

째의 망령이 된 것이오.

형민은 택시를 타고 집으로 가면서도 이 말에 묶여 있었다. 지난밤 내내 머리를 어지럽히던 말이기도 했다.

그가 이 말을 처음 했을 때는 별다른 신경을 쓰지 않고 넘겼었다. 남편을 죽인 원한 때문에 평생 아버지에게 한을 품고 살았고, 죽으면서도 용서하지 않았으리라고만 생각했었다. 그런데 이 말은 어젯밤부터 갑자기 새로운 생명을 얻어 꿈틀거리기 시작했다.

형민은 어젯밤 이후로 더 진한 절망을 느꼈다. 아버지는 죽음의 늪 속으로 더 깊이 빠져들고 있었다. 그때 난 어머니 뱃속에 있었소. 그 말 앞에서 아버지의 생존권은 불길 속에 던져진 한 장의 종이쪽에 지나지 않는다는 암담한 절망감을 느꼈다.

그는 태아로 아버지를 잃은 충격을 받고, 어머니가 강간을 당하는 수난을 겪으며 태어난 것이다. 신중걸 영감이 말한, 유복자로 태어나 아버지 얼굴도 모르면서 제사를 지낸 아이도 있었다는 것은 바로 그를 두고 한 말은 아니었을까. 그는 아버지 없이 자랐고, 언젠가 한을 품은 어머니를 잃었고, 이제 장년의 남자로 아버지를 죽이고 어머니를 강간한 원수 앞에 나타난 것이다.

그런 그에게 배점수라는 한 인간의 목숨의 값이 얼마일

것인가. 그에게 아버지의 목숨을 구걸할 수 있는 감정적 여백이 단 한치도 남아 있지 않음을 형민은 절실하게 느끼고 있었다.

형민은 간단하게 몸을 씻고 우유를 한잔 마셨다. 다리가 헛놓일 정도로 피곤하고 어지러웠다. 학교에 나갈 시간에 늦지 않기 위해 소파에 기대앉아 잠을 청했다.

동굴 속처럼 생긴 곳이었다. 그러나 그곳은 동굴처럼 휑하거나 싸늘하지 않고 아늑하고도 따뜻했다. 그런데 그곳에 갑자기 진동이 일어나며 갑갑해지기 시작했다. 그 진동과 갑갑함은 시간이 갈수록 심해졌다. 무언가가 입구 저쪽에서부터 밀려들고 있었다. 그것이 밀려드는 만큼 뒤로 뒤로 물러났다. 그러나 얼마 못 가 더는 물러날 수가 없게 되었다. 숨이 막혀 견딜 수가 없게 되고, 그래도 그 물건은 자꾸 밀려 들어오고 있었다. 더 이상 견딜 수가 없어서 마구 소리를 질렀다. 안 돼, 안 돼…….

형민은 소스라쳐 잠을 깼다. 꿈이었다. 형민은 신경질적으로 서너 번 낯을 훔치며 신음했다. 참으로 기이하고도 엉뚱한 꿈이었다. 소리를 지르는 것은 태아의 모습을 한, 얼굴도 모르는 그가 분명했고, 안으로 밀려드는 것은 다름 아닌 아버지의 성기였다.

형민은 몸도 마음도 도저히 출근할 상태가 못 되었다. 그러나 아버지의 고향엘 다녀오느라고 이틀이나 결강을 했기 때문에 더 어쩔 수가 없었다.

시간마다 무성의하게 흩어지는 강의였다. 똑같은 강의실, 똑같은 학생들인데도 이틀 만에 전혀 다른 것 같은 생소함과 거리감을 느꼈다. 내가 과연 이 자리에 설 자격이 있는가, 천민의 피라는 것은 따로 있는 것인가, 만약 아버지가 이대로 세상을 떠나게 된다면 그 사건은 어떤 방향으로 전개될 것인가, 나의 할아버지와 그 위의 할아버지는 무엇을 하던 사람들이었을까, 만약 6·25가 없었더라면 아버지의 운명은 어떻게 되었을까…… 이런 생각들이 강의를 하는 도중에 불쑥불쑥 얼굴을 내밀었고, 그때마다 강의는 뒤엉키고 흔들렸다.

가까스로 오전 강의를 다 마치고 연구실로 돌아오니 책상 위에 메모가 놓여 있었다.

─부친 의식 회복했다고 함.

메모를 보는 순간 기쁨과 두려움이 동시에 교차했다. 형민은 의자에 털썩 주저앉았다. 아버지의 회복이 곧 새로운 고통의 시작으로 연결되어 버리는 암담한 상황을 형민은 감당할 수가 없었던 것이다. 병원으로 달려가고 싶은 충동마저 싸늘하게 식어가는 것을 형민은 비참한 심정으로 느끼고 있었다.

형민은 전 박사에게 전화부터 걸기로 했다.

"아, 황 교수시군. 소식은 들었나요?"

"네, 정말 고맙습니다. 너무 수고하셨어요."

형민의 목소리는 자신도 모르게 기쁨만으로 넘치고 있었다. 의사와의 대화이기 때문일 것이었다.

"그런데…… 아직 그렇게 치하만 듣기에는 면목 없는 부분이 있어요."

전 박사가 사무적인 느낌이 담긴 신중한 어조로 말했다. 의식은 찾았지만 어딘가 이상이 생겼음을 형민은 직감적으로 느꼈다.

"그게 말이에요. 원인이 어디에 있는지 확실치 않은데…… 의식은 회복됐는데 실어증(失語症)이 나타나고 전신 마비 현상이 보이거든요."

"실어증이……."

형민은 중얼거리듯 하며 '식물 인간'이란 말을 퍼뜩 떠올렸다.

"너무 걱정하진 말아요. 의식을 회복한 지 몇 시간 안 되었으니까 좀더 기다려보면 따라서 좋아지게 될 거요."

형민은 실어증과 전신 마비 현상이 뇌의 이상 때문에 생기는 게 아니냐고 물으려다가 그만두었다. 더 중요한 문제가 생각났기 때문이다.

"실어증은 말만 못하고 들을 수는 있는 겁니까?"

"그게 일종의 뇌질환이니까 말을 못하는 만큼 말을 들어 이해하는 데도 장애를 받게 되는 거지요."

"전화벨 소리 같은 건 어떻습니까?"

"그런 단순음이야 금방 이해가 되지요."

"아버님은 지금 어디 계십니까?"

"의식이 회복되고 나서 곧 입원실로 옮겼지요."

"그 방에 전화가 있습니까?"

"물론 있지요. 특실이니까요."

"그 전화를 철거해 주시면 좋겠습니다."

"아니, 왜요? 보호자들이 불편하실 텐데요?"

"아버님은 평소부터 몸이 불편하실 때는 시계 소리나 전화벨 소리 같은 걸 무척 싫어하셨습니다."

형민은 거침없이 말해 버렸다.

"알겠어요. 그건 내가 미처 모르고 있던 사실이군요. 참 좋은 생각입니다."

진 박사는 아무런 의심 없이 동의를 해주었다.

형민은 전화를 끊고 한참 동안을 멍하니 앉아 있었다. 텅 빈 의식 속에서 삶이라는 것이 이렇게 고달플 수 있는 것인가 하는 한 가닥 생각만이 남루하게 떠올라 있었다.

아버지는 일단 위기를 넘긴 셈이었다. 그러나 식물 인간으로 몇 년씩 연명하는 경우가 숱하다고 했다. 실어증과 마비 현상이 완치되지 않는다면 아버지도 식물 인간의 신세를 면하지 못하게 될 것이다. 그건 반사(半死) 상태를 의미하는 것이었다. 그렇게 되었을 때 그는 어떤 반응을 보일 것인가. 자기의 목적이 반쯤 이루어졌다고 만족해 할 것인가, 아니면 나머지 반을 마저 달성하기 위해서 무슨 다른 방법을 강구할 것인가.

형민은 마지막 남은 강의를 위해서 무겁게 몸을 일으켰다.

의식을 찾았다고는 하지만 아버지의 건강은 전혀 좋아진 것 같지가 않았다. 코에 튜브는 그대로 박혀 있었고, 팔에도 주삿바늘은 여전히 꽂혀 있었다. 달라진 것이 있다면 감겼던 눈이 떠진 것이었는데, 그 눈은 무엇을 보는 것 같지가 않았다. 감정이 담기지 않은 눈은 안개가 낀 것처럼 흐려 보였고, 눈동자는 기능을 상실해 버린 듯이 자유롭게 움직일 줄을 몰랐다. 아버지의 눈을 보는 순간 이복형의 눈이 떠올랐다. 그 서로 닮은 눈을 의식하며 형민은 무슨 운명의 저주를 받은 것 같은 서늘한 느낌에 부딪혔다.

"그러고 섰지만 말고 알은체를 좀 해봐라."

어머니가 형민의 소매를 잡아끌듯이 하며 안타깝게 말했다. 형민은 아버지 가까이 다가갔다.

"아부지, 저 알아보시겠어요? 저 형민입니다, 형민이!"

형민은 아버지 눈 가까이 얼굴을 디밀며 자신도 모르게 목청을 돋우었다. 그러나 아버지는 아무런 반응이 없었다. 눈동자는 무표정하게 고정되어 있었다.

"더 크게, 또박또박 말해라."

어머니는 이미 경험한 사람답게 요령을 가르쳐주었다.

"아·부·지, 저·형·민·입·니·다, 형·민·이."

아버지의 눈 가장자리가 파르르 경련을 일으켰고, 눈동자가 약간 흔들리는 것 같았다. 그리고 스르르 눈이 감겼다. 형민은 아버지가 자신을 알아보았는지 어쩐지 알 수가 없었다. 그런데 감겨진 아버지의 눈, 그 눈 꼬리에서 눈물이 번져 나오고 있었다.

"……!"

형민은 그 습기처럼 번지고 있는 소량의 눈물을 보는 순간 가슴이 미어지는 것 같은 슬픔과 연민에 휩싸였다.

"아부지가 널 알아보셨구나, 알아보셨어."

어머니는 감격으로 목이 메고 있었다.

아버지의 눈물, 그건 실로 난생 처음 보는 것이었다. 아버지는 남자가 우는 것을 어느 경우도 용납하지 않았었다. 형민 자신도 동생도 네다섯 살 때부터 '남자'여야 했기 때문에 다쳐도, 넘어져도, 분해도, 슬퍼도 눈물을 흘릴 수가 없었다. 심지어 아버지는 당신 손으로 종아리를 때리면서도 절대로 눈물을 흘리지 못하게 다루었던 것이다. 그런 아버지가 보인 눈물의 의미는 무엇일까…… 형민은 남자로서의 아버지가 와해되어 가고 있음을 느꼈다. 그것은 늙은 탓일까, 아니면 그 사건을 불가항력적인 것으로 체념해 버렸기 때문일까.

"애비야, 왜 전화를 떼라고 했니? 공중 전화는 저 아래층 현관에밖에 없는데. 올 전화두 그렇구."

어머니가 무신경하게 전화 타령을 하고 있었다.

"아부지 병이 예사 병인 줄 아세요. 앞으로 식구들도 어머니와 저 빼놓고는 출입 금집니다. 절대 안정하지 않으면 자칫 큰일납니다. 아시겠어요?"

형민은 한마디 말로 어머니를 굴복시킬 필요를 느꼈다. 그래서 말도 심각하다 못해 살벌하게, 표정도 냉정하다 못해 진인히게 과장했다.

"……"

어머니는 금방 얼굴이 하얗게 변하며 제대로 말을 못하고 입술만 씰룩거렸다. 아버지에게 그랬던 것처럼 어머니에게 있어서도 장남이며 대학 전임 강사인 자신의 존재가 얼마만한 비중을 차지하고 있는지 형민은 잘 알고 있었다. 자신의 강력한 그 말은 어머니에게 상상할 수 없는 충격이 되었을 것이다.

"명심하세요, 식구도 출입 금집니다."

형민은 못 박듯 다시 말했고, 어머니는 놀란 표정의 조각처럼 굳어진 얼굴로 고개만 끄덕였다.

"오늘 밤은 어머니가 간호를 하세요."

입원실에서 전화를 철거해 버렸으니 자신은 집에서 그의 전화를 기다릴 작정이었다. 아버지의 병세를 철저하게 보안 조처할까도 생각했지만 오히려 그의 감정을 건드리고, 전 박사에게도 이상하게 여겨질 것 같아서 그만두었다. 아내는 시집에서 자게 하는 것으로 따돌릴 수 있는 것이다. 시부모가 없는 시집을 지킨다는 것은 맏며느리에 어울리는 명분이었다. 자신이 집에 혼자 남는다는 것은 급한 논문을 써야 한다는 당연한 이유가 이미 만들어져 있었다. 아버지의 고향을 찾아 내려갈 때 아내는 그 일이 논문 자료 수집 때문인 것으로 알고 있었던 것이다.

황복만 사장의 의식은 짙은 안개밭 속을 헤매고 있었다. 아무리 소리소리 질러도 말이 전해지지 않고, 그 어떤 것이든 형체가 뿌옇게 흐려져 흔들리는 안개밭, 끝도 없는 안개밭이 펼쳐져 있었다.

여기가 도대체 어딘가. 내가 왜 이런 곳에 와 있는가. 어서 여기를 빠져나가야지. 황 사장은 어릿어릿 이런 생각을 하며 안개를 헤치고 또 헤쳤지만 안개는 끝이 없이 몰려들었다. 아무리 버둥거려도 도로 그 자리일 뿐이었고, 살려달라고 살려달라고 소리쳐도 겹겹이 싸인 안개는 그 소리를 차단시켜 버렸다. 꿈을 꾸고 있는 것인지 생시인지 그 구분도 되어지지 않는 것이었다.

문득 안개 저편에서 희끗희끗한 것들이 나타났다. 그것들은 경중경중 옮겨 뛰듯이 하며 이쪽으로 가까워지고 있었다. 그런데 그것들이 움직일 때마다 쉬쉬쉬 하는 소리를 내며 바람이 불어왔고, 그 소리를 듣는 순간 황 사장은 전신에 소름이 끼치는 무섬증에 휩싸였다. 도망을 치려고 했지만 발이 꼼짝을 하지 않았다. 몸부림을 치다가 보니 그 괴기스런 바람이 자신을 에워싸고 소용돌이치듯 돌고 있음을 발견했다. 네 이놈, 배점수 듣거라! 난데없는 소리가 귀청을 찢었다. 소스라쳐 소리 나는 쪽으로 고개를 돌렸다. 황 사장은 질겁을 했다. 그 희끗희끗하던 것들이 어느새 가까이 다가와 있었는데, 그 완연해진 모습들은 바로 자신이 죽인 신씨 네 사람들이었다. 그들은 하나같이 죽을 때의 모습을 그대로 하고 있었다. 머리가 헝클어지고, 상처가 나고, 피가 흘러내리고…… 그들은 차츰차츰 간격을 좁혀오며 다가들고 있었다. 네 이놈, 너무 오래 기다렸다. 이제 그만 가자. 그래, 네 놈 몸뚱어리를 서른여덟 토막으로 잘라야겠다. 이놈, 니가 변신을 하고 살면 언제까지 살겠다고 잔꾀를 부려. 그들은 제각기 한마디씩 하며 포위를 좁혀왔다. 황 사장은 와들와들 떨며 꼼짝을 못하고 있었다. 이놈아, 이리 오너라. 누군가가 버럭 소리를 지르며 목덜미를 덥석 잡았다. 얼음장처럼 차가운 감촉이었다. 그 차가운 손이 어느새 목을 감아 차츰차츰 조여오고 있었다. 숨이 막혀오고, 발버둥을 쳤지만 아무 소용이 없었다.

황 사장은 이런 환상에 쫓기며 실제로 가물가물 혼수 상태로 빠져들고 있었다. 그러나 소리를 지른다거나 몸부림을 친다거나 하는 외부적 표현이 없었기 때문에 간호하는 사람은 전혀 그런 변화를 깨닫지 못하고 있었다. 눈이 감겨지면 잠이 들었나 보다 했고, 눈을 뜨면 잠이 깼나 보다 생각하는 것이었다.

황 사장은 이렇듯 불투명한 의식과 혼수 상태 사이를 오락가락하며 단편적인 기억들을 만나기도 했고 험악한 환상에 쫓기기도 했다.

자신의 생각에다 차근차근 빨강물을 들이고, 그 생각이 무쇠처럼 단단하게 되도록 만들어주었던 인민위원장 방 선생의 그 허망한 죽음은 점수에게 있어서는 하늘이 무너진 절망이었다. 밤과 낮을 바꿔 살며 산에서 산으로 도망을 계속하는 고생을 이겨낼 수 있었던 것은 옛날처럼 네 활개 펴는 날이 다시 오리라는 믿음 때문만이 아니라 옆에 방 선생이 있었기 때문이다. 방 선생의 눈치가 너무 이상하긴 했지만 하룻밤 사이에 그렇게 자살을 해버릴 줄은 꿈에도 생각하지 못했던 것이다. 방 선생은 앞으로 가망이 없으니 산 생활을 청산하라는 지극히 위험한 말을 유언처럼 남긴 것이고, 결국 점수는 그 말을 따르기로 마음을 정하고 말았다. 양식을 구하러 나선 야행(夜行) 중에 도주를 감행했다. 한사코 고향과는 반대쪽 방향을 어림잡아 어둠을 헤쳐가며 점수는 그동안 자신이 저지른 잘못이 얼마나 큰 것이었는지 새삼스럽게 깨닫고 있었다. 고향은 이제 살아 생전에는 다시는 돌아갈 수 없는 땅이었다. 그 땅에 남겨진 어린 핏줄이 가슴을 저미는 아픔을 만들었다. 그동안 무슨 변을 당했을지도 모를 어린 칠성이의 모습이 자꾸만 눈앞에 밟혔다. 점수는 사흘 밤낮을 도망했다. 그 누구의 눈에도 띄지 않게 몸을 놀렸다. 이제 자신은 이쪽에도 저쪽에도 죄인인 것이었다.

나흘 만에 찾아든 조그만 읍내에서 처음 느낀 것은 말이 달라진 것이었다. 경상도였던 것이다. 고향과는 정반대 방향에 와 있다는 사실이 우선 안도감을 갖게 했다. 눈치 살펴가며 세 끼 밥을 얻어먹을 수 있는 일이면 무엇이고 닥치는 대로 했다. 될 수 있는 대로 말을 하지 않으려고 했고, 약간쯤 모자라는 것처럼 보이려고 애썼다. 모자라는 사람한테

인심 야박한 세상 없는 법이었고, 모자라는 인간의 과거에 관심을 쓰는 성한 사람 없는 법이었다. 그 판단은 적중했다. 그 누구도 자신을 의심하거나 이상하게 보지 않았다. 난리 통인지도 모르고 아무 데나 떠도는 기운 좋은 팔푼이 쯤으로 취급해 주었다.

점수는 날이 갈수록 산 생활을 했던 것이 얼마나 어리석은 일이었는지를 깨달아갔다. 상대가 안 될 만큼 저쪽이 몰리는 싸움이었다. 그런데 군관은 매일 인민 해방의 날을 외치고 있을 것이고, 그 말만을 믿고 계속 쫓기며 밤이면 양식을 구하느라 목숨을 내걸고 있을 그들이 더없이 딱하게 여겨졌다. 그러면서 점수는 마음 깊이 죄의식을 느끼고 있었다. 그렇게 많은 사람들을 죽인 것이 못 견디게 후회스러웠고, 밤마다 죽어간 그들을 꿈에서 만나야 하는 것이 괴로웠다. 그들 중에서 점수를 제일 많이 괴롭히는 것이 여동생 순월이에게 죽어간 신병철 내외였다.

병철이 내외는 순월이 손에 전신을 갈기갈기 찢기듯 해서 시나브로 시나브로 죽어갔다. 그들 내외는 동굴 속에 따로 갇혀 매일 순월이에게 앙갚음을 당했다. 그들은 하루에 한 끼의 보리밥을 얻어먹으며 그 밥의 열 배로나 만들어질 수 있는 피를 흘리며 조금씩 죽어가고 있었다. 순월이는 매일 동굴로 찾아가 발가벗겨져 묶여 있는 그들 내외의 몸에 칼집을 내며 미쳐 돌아가곤 했다. 이놈아, 니 놈이 내 철천지 웬수여. 니 놈 땜새 내 신세가 시집에서 내쫓기는 쪽박 신세가 된겨. 내 신세 망쳐놓고 니 놈만 새끼 쏙쏙 뽑아냄서 천년만년 살 줄 알았지야? 안 되야, 안 되야, 글케는 안 되야. 이때쯤이면 이미 순월이는 신들린 무당으로 변해 있었다. 눈에 광기를 품고 고래고래 소리를 지르면서 칼로 신병철의 몸을 북 긁어대다가 그의 아내의 몸을 긁어대다가 하는 것이었다. 신음과 비명이 동굴 속에 진동하고, 칼날이 지나간 상처에서는 피가 솟아 전날 흘러내리다 검붉게 엉킨 핏자국 위로 흘러내렸다. 영험하신 신령님네가 느그덜 편인 줄 알았지야? 어림읎다, 요런 잡것들아. 신령님은 공평하시니께 양지 음지를 바꾸시는 거여. 인자 내가 양진디, 고걸 아는겨? 요 웬수들아, 고걸 아는겨? 다시 그들의 몸에 칼날이 스치고 지나갔다. 이런 순월이의 행동을 아무도 말릴 수가 없었다. 점수도 몇 차례 애를 쓰다가 포기하고 말았다. 니가 애 못 낳고 소박당헌 것허고 그때 적 일이 무신 상관이냔 말여. 오빠, 그 무신 사람 복장 터지는 소리 헌당가? 다 아는 오빠가 고런 애맨 소리 허먼 나는 워쩌란 말인가. 니 애 못 낳는 것을 거그다 갖다 붙이는 것은 순전히 억지여. 애 못 낳는 것은 니 팔자 소관이여, 팔자 소관. 오빠, 참말로 저것들 역성들 것인가? 정 그렇다면 이 칼로 가슴팍 쑤셔 죽어뿔고 말 팅께! 순월이는 들고 있던 칼을 제 가슴팍에다 들이댔는데 그 뒤집힌 눈이 금방 일을 저지를 것만 같았다. 아녀, 아녀, 그냥 해본 소리여. 점수는 물러서고 말았다.

자신을 대장장이가 되게 했던 그 사건―병철이와 하 서방네 아들 구천이가 순월이를 잡아 눕혀놓고 나무 꼬챙이로 순월이의 거기를 찔러댔던 까마득한 일로 병철이 내외는 그렇게 참혹하게 죽어가고 있었다. 순월이는 스무 살에 시집을 갔고, 5년을 살다가 쫓겨오는 신세가 되었다. 애를 낳지 못했기 때문이다. 친정으로 돌아온 순월이는 보기에 측은할 지경으로 기가 꺾여 있었다. 아버지도 점수도 뭐라고 할말이 없었다. 순월이는 살맛을 잃어버린 것처럼 기가 꺾여서도 손에 잡히는 대로 억척스럽게 일을 해댔다. 아마도 마음고생을 잊으려고 일부러 그러는 것 같았다. 사람들과 어울리는 일도 없었고, 어느 때 한번 웃는 일도 없었다. 바람결에 남편이 새 장가를 들었다는 소문이 실려왔을 때도 순월이는 전혀 내색을 하지 않았다. 그리고 1년이 거의 지날 무렵 아들을 얻었다는 풍문이 들려왔다. 그때 순월이는 사흘 동안 식음을 전폐했다. 그때 죽어버릴지도 모른다 싶어 얼마나 몸이 달았는지 모른다. 다시 몸을 일으킨 순월이는 전보다 더 일에만 매달렸다. 그런 딸을 먼발치에서 바라보는 아버지는 언제나 깊은 한숨을 토하곤 했다. 순월이는 나이에 걸맞지 않게 늙어 보였다. 그만큼 마음 고생을 심하게 겪고 있다는 증거였다. 그런 암담한 세월을 6년째 보내고 있는데 세상이 뒤집힌 것이다. 그 변화를 점수보다 몇 배 환영한 것이 순월이었다. 순월이는 믿어지지 않을 만큼 돌변했다. 오빠, 신병철이 그놈 내외간을 나헌티 맽겨주소. 처음 이렇게 말했을 때 점수는 무슨 영문인지를 모른 채 그러라고 해버렸다. 순월이는 자신이 애를 못 낳는 것은 그때 신병철이에게 그 짓을 당했기 때문이라고 굳게 믿고 있었던 것이다. 어린 병철이가 찔러댄 나무 꼬챙이가 정말 순월이의 거기를 애를 낳을 수 없도록 망쳤는지 어쨌는지는 알 수 없는 일이었다. 그것이 아무 근거 없는 우연의 일치라고 하더라도 순월이의 생각을 돌릴 수 있는 사람은 이 세상에 아무도 없었다.

울부짖고 애걸하고 몸부림치고 하며 병철이 내외는 끈질기게 버티다가 한 달 가까이 되어 참혹한 꼴로 숨을 거두었다. 느그 년놈들을…… 내가 귀신이 되어 평생 따라댕김서 원수를 갚을…… 병철은 이런 원한을 남기고 눈을 감았다. 이 일이 있고 나서부터 점수는 순월이에게서 정나미가 떨어지고 말았다. 여자의 악담은 오뉴월에도 서릿발이 친다는 말이 있기는 해도 어쩌면 여자라는 것이 그렇게 독하고 무서울까 싶었던 것이다. 여자라는 것은 그저 애

낳고 살림하고 예쁜 짓 하는 것으로만 여겨왔을 뿐이다. 그런데 역시 여자라는 것은 엉뚱하게 무서운 짐승이라는 사실을 방 선생 애인 천 선생을 보고 다시 확실히 했던 것이다. 그 여자는 총상을 입어 가망이 없는 방 선생을 목 졸라 죽여주고 나서 자기는 임신한 몸으로 나무에 목매달아 죽어버린 것이었다.

그때의 꿈을 꾸게 되면 으레 신병철 내외가 그 처참한 모습을 하고 나타났다. 어쩌면 마지막 남긴 말대로 그들은 귀신이 되어 계속 쫓아다니고 있는지도 모를 일이었다.

달이라도 찢어지게 밝은 밤이면 점수는 넋 놓고 앉아서 잠을 잊어버리곤 했다. 돌이킬 수 없는 온갖 일들이 회한에 싸여 마음을 어지럽히는 것이었다. 사람 한평생 살아가는 것은 눈 깜짝할 사이라고 했다. 그러나 사람마다 다 그런 것 같지는 않았다. 배불리 질사는 사람들한테는 수월하게 쉬이 가는 세월일 것이고, 염불이나 외며 남들이 주는 쌀로 힘들이지 않고 배 채우는 스님네들한테는 인생 만사가 뜬구름 같은 것일지 몰랐다. 그러나 푸성귀도 제대로 먹을 수 없는 배고픔에 시달려 살아야 하는 사람들에게는 하루하루가 질기고 질긴 삼줄 늘이기였다.

―니 한이 크다 헌들 이 애비 것만 허겄냐. 애비 맘 아리고 쓰린 것 참아감서 대장깐에 보낸 것은 니 놈 가심에 한

맺히지 않게 헐란 것이었어. 그란디, 니가 워쩐 일이여. 니 놈보담 몇십 곱절 큰 한을 안고도 나는 참고 살고, 나보담도 몇백 곱절 큰 한을 안고도 느그 할아부지는 참고 사셨는디, 니 놈이 이게 워쩐 일이여. 애비 쥑인 웬수도 아니겄고, 있는 사람 읎는 사람끼리 살다 보니 생긴 앙심만으로 사람을 고렇크름 상허는 행투 니 워디서 배웠드라냐. 대장쟁이 솜씨로 농기구 실허게 맹글라 그랬제 사람 찔러 쥑이는 창을 맹근 요런 숭악헌 놈아. 니 놈이 미쳐 돌아가니께 순월이년꺼정 항께 미치는 거여. 이눔아, 안 되는 법이여, 안 되야. 넘 목심 개 잡듯 허고 니 놈 두 다리 뻗고 자는 법 읎는거.

앓아누운 아버지는 힘없이 방바닥을 치며 숨 가쁘게 말했었다. 그러나 독 오른 가을 뱀처럼 온몸에 열이 뻗치고 있던 전수는 그 말을 노망든 노인네의 시장스런 소리로만 묵살해 버렸다.

한세상 산다는 것은 무엇인가. 누구는 양반 부잣집 자식으로 태어나고, 누구는 상것 농군의 자식으로 태어나는 것인가. 한 번 태어났다가 한 번 죽기는 매일반인데 왜 사는 한평생은 그리도 달라야 하는 것인가. 그래도 많이 좋아진 세상이라고 아버지는 입버릇처럼 말하고는 했다. 부자놈들 발 밑에 깔려 평생을 피 뽈리고 사는 요런 놈에 시상보다 더

인간의 탑 363

못헌 시상이 워디 또 있다고 아부지는 고런 말씀이다요? 이 눔아, 모르는 소리는 하덜 말어. 느그 할아부지 적만 혀도 종문서가 있었던 시상이여. 종문서 잽히고 한평생 사는 목심이 워떤지 니 놈이 그 한을 알기나 혀? 지기미, 춘향이사 이 도령 올 것 믿고 헝클 쓰고 살았겄지만 상것들 위해 천지 개벽시켜 줄 하느님 읎는 바에야 염병헌다고 종문서 짊어지고 목매달린 개새끼맹키로 살아라? 이리 사나 저리 사나 한평생인디 한바탕 엎어뿔고 말지라우. 이눔아, 주딩이는 가죽이 모질래서 뚫어논 구녕이 아녀. 막 뚫린 구녕이라고 뱉으먼 다 말이 아닌 법잉께. 니 놈 한평생 편헐라먼 고 맘 얼렁 고쳐묵고 착실허니 망치질이나 부지런히 혀. 대장쟁이 노릇 맘묵고 허면 농사짓는 것보담은 배부르고 등 뜨시게 살 것잉께. 시장스럽구만요, 요놈에 대장쟁이 팔짜도. 이눔아, 주딩이 까불대지 말어, 요만한 복도 과만혀서 그러는 겨? 아버지는 마침내 벌컥 화를 내는 것이었다. 그러고는 이내 잔잔해지면서 말했다. 그려, 시상은 공평헌 것 같기도 허고 아닌 것 같기도 혀. 고게 시상살이 거여. 밤에 하늘을 잠 올려다부아. 별들이 지천으로 뿌려져 있잖은감? 그 별들이 다 지자리서 반짝이는디, 찬찬히 보면 그 크기가 다 다르단 말이여. 그럼스롱도 서로 다투는 일이 읎는겨. 이 시상 사는 이치도 그것허고 같은겨. 큰 놈은 큰 놈대로, 작은 놈은 작은 놈대로 지 빛으로 반짝임스로 한평생 살아내는 것이여. 젊은 기분으로 무담시 있는 사람들헌티 앙심 품으면 지 신상이 해로운 법잉께, 니 헐 일이나 착실히 혀. 고것이 질잉께. 알아듣는 기여?

마지못해 대답을 하곤 했듯 결국 아버지의 말을 거역하고 말았던 것이다. 엎질러진 물이 되고 만 이제 와서 아버지의 말은 저 어두운 하늘에서 빛나는 별들처럼 가슴속에서 되살아나고 있었다.

아버지는 할아버지고, 그 위의 할아버지고 제사를 지내는 일이 없었다. 고작 한다는 것이 추석날 한꺼번에 상을 차려놓고 두 번 절을 하면 그만이었다. 가난해서 제사상을 따로 차릴 수가 없어서 그런가 했다. 그러나 더 가난한 집에서도 제사를 지내는 것이었고, 그런 다음날이면 아이들은 인절미는 아니더라도 호박부침개는 가지고 나와 자랑을 하곤 했다. 아무래도 이상한 일이었다. 생각다 못해 어느 날 어머니에게 물었다. 금메 말이여, 느그 할아부지들은 요상시런 사람들이었는갑드라. 제삿날을 알아야 제상을 채리든 말든 허제. 어머니는 푹 한숨을 쉬었다. 아부지는 멍청이당가요? 즈그 아부지 제삿날도 몰르게. 느그 아부지가 멍청이가 아니라 느그 할아부지란 사람덜이 하도 요상시러바서 느그 아부지가 멍청이 노릇 허는 것이여. 고개 무신 소리다요? 니는

인간의 탑 365

안즉 어려서 말혀도 못 알아들어. 엄니, 나도 남잔디……
점수는 불만스럽게 말했고, 어머니는 쓸쓸하게 웃으며 한참 동안이나 점수를 쳐다보고 있었다. 그려, 니도 남자 꼭지는 꼭진게 언제라도 알긴 알아야 헐 일이제.

 증조할아버지는 열렬한 동학교도였다. 그들이 난리를 일으키면서 증조할아버지가 가담한 것은 말할 것도 없었다. 증조할아버지는 혼자만 가담한 것이 아니라 아들까지 데리고 간 것이었다. 날이 갈수록 동학도의 힘이 기울어지다가 마침내는 쫓기는 판국이 되었다. 수십 명, 수백 명씩 몰살을 당하는 일이 벌어졌다. 증조할아버지도 어느 고개에서 싸우다가 죽었다는 소식이 집에 전해졌다. 그곳에 가보았지만 시체를 찾을 수가 없었다. 증조할머니와 할머니는 집으로 돌아가는 중간에서 도망치는 신세가 되었다. 난리에 가담한 집안의 식구들까지도 잡아다가 족친다는 소식을 들었기 때문이다. 그 길로 2백 리 길을 걸어 타향살이를 시작했다. 난리가 끝나고 3년인가 지난 어느 날 밤 죽은 줄만 알고 있었던 할아버지가 불쑥 나타났다. 그런데 할아버지는 예전 사람이 아니었다. 다리를 절름거리는 불구가 되어 있었고, 정신도 약간 이상해져 있었다. 할아버지는 나흘 만에 훌쩍 떠났는데, 남사당 패거리의 징잡이였다. 할아버지는 몇 년에 한 번씩 바람처럼 왔다가 바람처럼 사라지고는 했다. 할아버지는 자기 아버지가 죽는 것을 보고 정신이 이상해졌고, 부상을 입은 할아버지를 살려낸 게 남사당 패거리라는 것이었다. 할아버지는 몇 번인가 그렇게 다녀가고 나서는 영영 소식이 끊기고 말았다. 보나마나 객지 죽음을 한 것이었다. 못자리를 잘 써야 자손이 번성허고 잘산다는디 느그 할애비들은 고롷크름 숭허게 객지 귀신들이 되야부렀시니 우리 집 구석이 잘될 리가 있겄냐? 제사럴 지내고 잡아도 원제 이 시상을 뜬지 알아야 제사럴 지내제. 어머니는 꺼지라고 한숨을 쉬었다. 그라고 말이여, 이 이약 주딩이 바깥에 내면 그날이 니 뼈 추리는 날이여, 느그 아부지가 질 허기 싫어하는 이약이 바로 요것잉께. 알아듣겄어? 어머니는 눈을 부라리며 다짐했다. 점수는 듣지 않음만 못한 이야기라고 생각하며 연상 고개를 끄덕였다. 아부지는 니가 제사 못 지내고 살게 맹글지는 않을 사람잉께…… 어머니는 혼잣말처럼 중얼거렸다.

어머니의 말마따나 아버지는 신씨 문중의 소작을 부치며 평생을 참고 견디면서 살아냈다. 그리고 제사를 지낼 수 있게 안방에서 돌아가셨다. 그런데 정작 묘를 돌보고 제사를 지내야 할 자신은 죄를 지어 될 수 있으면 고향과 멀리 떨어지려 하고 있었다.

증조할아버지나 할아버지도 점수 자기가 그랬던 것처럼

자신이 바라는 대로 세상이 바뀌게 될 것을 틀림없이 믿었을 것이다. 증조할아버지는 관군에게 쫓기다가 죽어가며 무슨 생각을 했을까. 할아버지는 불구의 몸을 이끌고 남사당 패거리를 따라 바람처럼 세상을 떠돌면서 무슨 생각을 하다가 객사를 했을까. 점수는 밤이 깊어가는 줄도 모르고 망연히 앉아 있고는 했다.

겨울이 깊었다.

점수는 주막집 방에다 군불을 지피고 있었다. 늦가을부터 과부 주인의 부탁으로 겨울 날 나무를 해다 주었다. 서른서넛 된 과부는 그런대로 마음결이 고왔다. 밥도 푸지게 담아주었고 술도 넘치게 따라주곤 했다. 나무를 뒤란에 가득 쌓아 올렸을 때는 겨울 채비 옷이나 장만하라며 돈을 쥐어주기도 했다.

활활 타오르는 불빛을 하염없이 바라보고 있던 점수는 그 불빛 속에서 문득 아들 칠성이의 모습을 보았다. 그것이 여태껏 살아 있을까, 살아 있다면 이 겨울을 어떻게 살아낼까…… 점수의 마음은 금방 고향 마을로 치닫고 있었다. 내가 미친놈이지, 환장을 했던 거지, 그 어린것이 무신 죄가 있다고…… 점수는 가슴이 터질 것 같은 핏줄로 끌리는 아픔에 신음했다.

"보래, 점수야. 날 추분데 술 한잔 안 할라나?"

과부 주인이 술청에서 소리쳤다. 점수는 튕기듯 일어섰다. 이런 기막힌 기분일 때는 말술도 취하지 않을 것이었다.

"아짐씨, 고맙구만이라."

점수는 안으로 들어서며 바보처럼 헤벌쭉 웃어 보였다.

"어이 앉거라. 내사 마 좀 모지래는 니가 맘 편코 좋구마는."

과부 여자는 사발에 술을 가득 따르며 웃었다. 그 볼이 뽀송하고 젖가슴이 불룩해 보였다. 점수는 얼른 눈길을 돌려 버렸다.

"어이 묵어라, 머하노."

점수는 술을 단숨에 들이켰다.

"술도 참말로 복시럽게도 마시네. 한잔 더 할라나?"

"야."

점수는 대답하며 무김치를 손가락으로 집어 와사 깨물었다.

"그 인물에 그 장골이 아깝다 아이가. 우짜다가 정신이 팔푼이가 됐노 말이다. 홍역을 잘몬 앓았나 염병을 잘몬 앓았나."

과부 여자는 술을 따르며 푸념처럼 중얼거리고 있었다. 점수는 속으로 쓰게 웃으며 술잔을 들어 또 단숨에 비웠다.

"오늘은 우짠 일고? 니도 술 잘 받는 날이 따로 있는 모양이제? 한잔 더 할라나?"

"야."

"이 문딩아, 아무리 팔푼이락 해도 야, 야 대답만 말고 앞사람한테 한잔 권할 줄도 알아보래이."

점수는 언뜻 이 여자가…… 하는 생각을 했지만 얼른 헤벌쭉하게 웃어 보였다.

"아짐씨도 술 마실랑가요?"

"그렇다 카이. 뼈떡 한잔 따라라 그만."

점수는 사발을 건네고 술을 부었다.

그렇게 해서 술이 두어 순배 돌았다. 점수는 얼큰한 주기가 몸에 퍼지는 걸 느꼈고, 과부 여자는 아른아른한 눈길로 점수를 건너다보며 말했다.

"참 아깝다 아이가. 저 장골에 팔푼이라니. 저리 장골인데도 정신이 팔푼이면 그것도 팔푼이까 모리겠네."

점수가 못 알아듣는 줄 아는 모양이었다. 그 말을 듣는 순간 점수는 불두덩에 찌르르 전기가 통하는 걸 느꼈고, 그 기운은 아래로 뻗치더니 그것의 끝으로 쏠리며 확 불꽃을 일구었다. 참으로 오랫동안 느껴보지 못했던 여자에 대한 충동이었다.

"보래, 술 한잔 묵은 김에 속 씨원케 알아보고 말자 그만."

과부 여자는 벌떡 일어나더니 점수의 옆으로 와 앉았다.

그리고 점수의 팔을 나긋하게 끼었다. 여자의 불룩한 젖가슴의 감촉이 물큰하게 팔에 감겨왔다.

"보래, 니도 남정네꼴 했으믄 지발 그것도 남정네 구실 좀 해도고, 내사 마 목타 죽겠는 기라."

여자는 뜨겁게 중얼거리며 한 손을 점수의 가랑이 사이로 슬슬 옮기고 있었다.

"요게 머꼬! 요게 우짠 일고!"

손이 사타구니에 닿자마자 여자는 놀라서 그러는 것인지 기뻐서 그러는 것인지 모를 소리를 내질렀다.

"장골은 못 속이는 기라. 안 그렇나? 니는 쓸 만한 팔푼이네. 내사 와 진작 검사를 몬해 봤는지 모르겠네."

과부 여자는 점수를 안고 바르르바르르 떨며 숨 가빠하고 있었다.

"점수야, 어이 방으로 들자. 어이 일나그라."

여자는 점수의 팔을 끌었고, 점수는 마지못한 듯 일어나며 바보 웃음을 헤벌쭉 웃어 보였다.

여자는 불붙은 옷 벗어 던지듯 다급하게 알몸이 되었고, 어이없이 서 있는 점수의 옷을 벗기기 시작했다.

"내사 마 목타 몬살겠는 기라. 씨원케 좀 풀어도고."

여자는 점수를 안고 나뒹굴었다.

"은냐, 으냐…… 니는, 니는…… 밥 열 그럭썩 묵어라. 으

인간의 탑 371

은냐…… 술도 다 묵어라…… 다 묵어라."

여자는 뜨겁게 타올랐고, 점수는 실로 몇 달 만에 여자의 속살에 자기를 쏟아 붓고 있었다.

한번 터진 물꼬였다. 과부 여자는 침식을 주막에서 하도록 붙들었다. 끼니때마다 반찬이 걸었고, 아무 때나 마시고 싶으면 술을 마셨다. 하는 일이라곤 아무것도 없었다.

그날 밤도 흥건하게 일을 치르고 잠이 들었다. 얼핏 잠결에 무슨 소리가 들리는 것 같았다. 그건 바람 소리가 아니라 사람의 목소리 같았다. 얼른 옆자리를 더듬어보았다. 주인 여자가 없었다. 정신이 번쩍 들었다.

"니 저놈마하고 붙어묵는 거 아이가?"

굵은 남자의 음성이었다.

"그 무신 문딩이 겉은 소린교? 저거는 몸도 맘도 팔푼인 기라요. 내 혼자 있시니 동네 남정네들이 좀 얄궂게 구는지 당신 와 모르능교. 그래 저 빙신이라도 옆에 두면 심이 되겠길래 갖다 논 거 아입니꺼."

"참말이제?"

"와 거짓말해예. 저거 일나라 캐서 물어볼까예?"

"니 미쳤나?"

잠시 말이 끊겼다.

"거그 행팬은 어떻능교?"

"엉망진창 아이가."

"그라믄 우짤란기요?"

"우짜긴. 인민 군대가 곧 대반격을 할 거라 카이 더 버티는 수밖에."

"그 말 한두 번인기요? 그만 맘 돌려묵는 기 우짠기요."

"치아라 마. 전번 일렀든 거 다 준비됐나?"

"야아……."

"니 저놈마하고는 아무 일 읎제?"

"참말로 이상타 아임니꺼. 당장 깨바서 알아보라 안 캅니꺼."

"알았다이, 혹시 무슨 일 있다 카먼 두 년놈 다 한 방에 쏴 쥑이고 말 테니께네."

"하늘 무너질까나 걱정하소. 날 곧 밝을 낀데 뻐떡 한바탕 하고 떠나소."

"그래, 벗고 누버라."

 점수는 요란하게 엉키는 뜨거운 소리를 들으며 오금이 점점 더 조여드는 걸 느꼈다. 그 여자는 과부가 아니었고, 남편은 산사람인 것이었다. 주인 여자가 눈치채지 않게 내일 중으로 이 읍내를 완전히 떠나기로 점수는 마음먹었다. 이 주막은 위험천만이었고, 주막에 있지 않으려면 읍내를 떠나지 않을 수 없었다. 거처를 읍내로 옮긴다는 것은 그들의 비밀을 알았다는 표현이 될 것이고, 그렇게 되면 목숨은 이미 그들의 손에 넘겨준 것이나 다를 게 없었다.

3

찌르르릉.

전화벨이 울리자마자 형민은 재빨리 수화기를 집어 들었다. 두세 번씩 울린 때까지 기다릴 수가 없도록 형민의 신경은 벨 소리에 과민해져 있었다.

"여보세요……."

형민은 그의 느리고도 무색무취한 음성에 시달릴 긴장을 하며 첫마디를 어물거리듯 했다.

"……."

침묵이었다. 그건 말을 하지 않는 시간적 공백이 아니라 일부러 만들어내고 있는 침묵이었다. 그러므로 그건 일종의 말이었다.

"여보세요!"

형민의 음성은 당황했다.

"……."

침묵일 뿐이었다. 그건 공포스런 말이었다. 그가 그동안 했던 어떤 말보다도 강렬하게 형민의 가슴에다 공포의 말을 쏟아놓고 있었다.

"여보세요, 황형민입니다."

"배형민 교수, 결국 내 부탁을 보기 좋게 묵살하셨군."

전화 속의 음성은 어느 때 없이 싸늘했다. 그 싸늘한 기운 속에서 형민은 섬뜩한 폭력을 느꼈다.

"무슨 부탁을……."

"서두르거나 흥분하지 말고 침착하라고 했었소. 바로 어젯밤에."

형민은 그 말뜻을 금방 알아차렸다. 그는 병실의 전화를 철거해 버린 형민의 행동에 대해 감정이 상한 모양이었다. 그러나 형민은 병실의 전화를 철거하기로 결정하면서 조금도 서두르거나 흥분한 것이 아니었다. 침착하게, 냉정하게 취한 행동이었다. 그것이 그가 달성시키고자 하는 목적을 정면에서 방해하는 행위라는 것을 분명 의식했었다. 형민은 그와 정면으로 맞서기로 한 것이었다. 의식을 회복했다지만 실어증과 전신 마비 현상을 보이고 있는 아버지의 건강 상태가 어떨지는 더 말할 필요가 없는 것이다. 그런 아버지가 길고 복잡한 말의 의미는 깨닫지 못하지만 전화벨 소리 같은 단순음은 이해한다는 것이 아닌가. 형민 자신이 이미 전화벨 소리에 노이로제가 될 지경인데 아버지의 경우는 어떠할 것인가. 아버지의 병실에서 전화벨이 울리게 하는 것은 그대로 아버지를 죽게 하는 것이었다. 지금 아버지를 지탱하고 있는 의식이라는 것은 로프도 없이 절벽에 매달려 있는 주인의 체중을 감당해 내야 하는 열 개의 손가락과 같을 것이다. 아버지의 병실에서 전화벨이 울리게 방치하는 것은 형민 자신이 아버지를 살해하는 것이나 마찬가지였다. 그와의 대결에서 얼마나 오래 버틸 수 있을지 그건 문제가 아니었다. 우선 전화를 철거하는 것이 급선무였다. 아버지가 저지른 잘못 같은 것은 더구나 문제가 될 수 없었다. 전화를 철거하는 것만이 자식으로서 자신이 취할 수 있는 최선의 방법이었다.

"왜 아무 말이 없소?"

그는 형민의 침묵을 용납하려 하지 않았다. 심문하는 검사처럼.

"……"

형민의 입술은 경련이 일어나듯 잠시 씰룩거리다가 닫혀

졌다. 그의 감정을 건드리지 않고 어떻게 해서든 이 위기를 모면해야 된다고 생각하면서도 막상 그럴 만한 말을 찾아내지 못한 것이다.

"이제부터 침묵을 무기로 삼기로 했다면, 좋소. 나도 더 이상 전화로는 하지 않겠소."

"아닙니다. 여보세요, 그게 아닙니다."

형민은 엉겁결에 두 손으로 수화기를 싸잡으며 다급하게 쏟아놓고 있었다.

"……"

"여보세요, 여보세요."

"말하시오."

"선생께서도 알고 계시겠지만 제 아버지가 깨어나긴 했어도 아직…… 이런 경우 자식인 제가 어떻게 해야 되겠습니까?"

형민은 이런 반문을 하고 있는 자신이 허수아비보다 더 허약하게 느껴졌다. 그러나 솔직하고 싶었고, 그것만이 그와 맞설 수 있는 유일한 무기가 될 수 있을 것 같은 생각이 들었던 것이다.

"병실의 전화를 끊는 것으로 자식 된 도리를 하겠다는 데는 나로선 할말이 없소. 그러나……"

말이 끊겼다. 형민은 숨을 들이켰다. 그가 할말이 인쇄된

활자처럼 뚜렷하게 의식 속에 박혀오는 것을 느꼈다.

"당신의 행위가 내가 하는 일을 정면에서 방해하고 있다는 것쯤 미리 생각하지 못한 건 아니시겠지."

"……"

그의 말은 과녁을 명중하는 화살처럼 예상에서 한치도 벗어나지 않았고, 형민은 대꾸할 말을 잃어버렸다.

"대답이 없는 걸 보니 내 말을 수긍하시는 모양이군. 그럼 한 가지 더 분명히 해둘 게 있소. 당신이 내 일을 방해하고 나선 것은 방해로 끝나는 것이 아니라 그것이 곧 당신 아버지를 대신해서 나와 싸우겠다는 뜻이 되는데…… 어떻게, 각오는 단단히 됐겠지요?"

형민은 전신이 무너져 내리는 소리를 눈 질끈 감은 채 참담하게 듣고 있었다. 그와의 대결은 미처 5분을 끌지 못하고 끝나고 있었다. 그의 어조는 전혀 변화가 없이 느리고 무표정했지만 감정이 상했다는 것은 여실하게 전해져 왔고, 전의(戰意)를 운운하기 전에 벌써 형민은 그 점을 두려워하고 있었다.

"아닙니다. 그런 뜻은 전혀 없었습니다. 다만 순수하게……"

형민의 자존은 더 이상 말을 잇지 못하게 했다. 그와의 싸움이란 애당초부터 성립이 될 수 없는, 쥐와 고양이, 비둘기와 독수리 같은 천적(天敵)이나 먹이 사슬의 숙명 속에 얽힌 것이었다.

"다만 순수하게 어쨌다는 거요?"

그는 이미 알고 있는 말을 다시 형민의 입으로 되씹게 하려는 잔인을 보이고 있었다. 형민은 꿇은 무릎을 다시 밟히는 것 같은 굴욕을 느꼈다.

"다만 순수하게 어쨌다는 거요?"

"아버지를 보호하고 싶었던 겁니다."

"보호? 보호…… 그 다음에 어쩌려고 했는지를 듣자는 거요."

형민은 다시 말문이 막히고 말았다. 사실 어쩌자는 구체적인 생각이 있었던 게 아니었다.

"여보시오, 배형민 교수. 당신이 자식 된 도리를 하려고 취한 행동이 오히려 당신 아버지를 더 괴롭게 만드는 결과가 된다는 건 생각하지 않았소?"

예리한 무엇으로 머리 좌우를 맞뚫리는 것 같은 찡한 현기증과 함께 형민은 그 말뜻을 알아차렸다.

"좋소, 프로 복싱에 무제한 다운제(制)라는 게 있소. 두 번, 세 번, 네 번 다운당한 선수가 이기는 기적이란 없는 법이오. 그 룰을 적용하고 싶다면 그렇게 합시다."

그는 그야말로 일격에 상대방을 때려눕힌 프로 복서처럼, 아니 적당히 힘을 안배하여 상대방을 몇 번이고 다운시켜

가며 승리의 쾌감을 만끽하고 있는 무적의 프로 복서처럼 여유만만하게 야유하듯 앞으로의 자신의 작전을 밝히고 있었다. 그는 세 번이고 네 번이고 계속해서 아버지를 죽음의 벼랑으로 몰아붙일 심산인 것이었다.

"여보세요, 제발 좀 만납시다. 만나서 얘기합시다. 만나보면……."

"배형민 교수, 교수답게 좀 냉정할 줄 알아보시오."

형민은 여지없이 따귀를 얻어맞은 기분이었다.

"당신은 처음부터 나더러 만나자고 했소. 만나서 어쩌자는 게요. 이건 당신과 내가 해결할 수 있는 성질의 문제가 아니라는 걸 아시오. 당신의 아버지와 내 아버지를 비롯한 서른일곱 사람, 우리들 윗대들이 해결해야 할 문제요. 그럼 왜 너는 나서서 설치느냐고 묻는 어리석음은 설마 범하지 않으리라고 믿소. 나는 그 한 많은 망령들의 대행자로 뽑힌 불행에 처한 사람이오. 다시 말해 나한테는 그 망령들의 귀신이 씌인 것이오. 나는 어서 그 짐을 벗고 싶을 뿐이오."

형민은 언뜻 이상한 느낌을 받았다. 확실하지는 않지만, 그가 해야 될 일이란 아버지를 이 세상에 더 살지 못하게 하는 것이 전부이고 그 외의 다른 목적은 전혀 없다는 의미 같았다. 그러나 형민은 그 생각에 머물러 있을 여유가 없었다.

"선생의 심정 충분히 압니다. 그러나 그때가……."

"잠깐, 나를 설득할 수 있다고 생각진 마시오. 그건 어리석은 착각이오. 당신 한(恨)이라는 게 뭔지 아오? 그 차돌멩이 같은 응어리 속에는 어설픈 감상 따위는 없소."

"그럼 선생께서는……."

"자아, 배형민 교수, 오늘의 결론을 내립시다."

"……."

형민은 자신도 모르게 숨을 들이켰다.

"내일 당장 병실에 통화가 되도록 전화를 복구시키시오!"

그는 차갑고 단호하게 말했다.

"제 아버지는 아직 전화를 받을 상태가 못 됩니다."

"옮기시오. 말은 할 수 없어도 전화벨 소리는 들을 수 있소."

형민은 암담한 좌절에 부딪혔다. 어떤 저항을 해야 된다고 생각하면서도 입을 열 수가 없었다.

"당신 아버지 한 사람을 버릴 것인지, 아니면 당신 아버지는 물론이고 나머지 모든 것을 망가뜨릴 것인지 알아서 하시오."

전화가 끊겼다. 형민은 수화기를 든 채 넋이 다 증발해 버린 것처럼 멍하니 앉아 있었다. 그런 형민의 머릿속은 뒤죽박죽이 되고 있었다.

찌르릉, 찌르르릉…….

끝없는 안개밭이 지척을 분간할 수 없도록 펼쳐져 있었다. 그 어느 곳에선가 전화벨 소리는 쉴새없이 울려댔다. 좌측으로 돌아서면 우측에서 울리고 있었고, 뒤로 돌아서면 앞에서 울려댔다. 황 사장은 끝없이 울려대는 그 소리에 진저리치며 전화를 찾아 이리저리 허우적거렸지만 아무 소용이 없었다. 그런데 전화벨 소리가 뚝 그치더니 느닷없는 소리가 터져 나왔다. 배점수 씨, 당신 너무 오래 살았다고 생각하지 않소? 그리고 어디선지 습하고 음산한 바람이 쉬쉬쉬 소리 내며 불어왔다. 황 사장은 전신에 소름이 끼쳐오는 무서움에 몰리며 뒷걸음질을 쳤다. 그런데 무언가가 등뒤에서 콱 막혔다. 소스라치며 뒤를 돌아보려는 순간 차가운 무엇이 섬뜩하게 목을 감아왔다. 황 사장은 질겁을 하며 그것을 떼치려 했다. 그러나 소용이 없었다. 몸부림을 치면 칠수록 그 차가운 것은 점점 더 목을 주여왔다. 숨이 막혀오는 걸 견뎌내려고 한사코 고개를 뒤로 뻗쳐대던 황 사장은 그만 하얗게 죽어버렸다. 자신의 목을 조르고 있는 건 신병모의 마누라였다. 그 여자의 몸집은 보통 사람의 네댓 배는 되도록 거인이었는데 옷을 하나도 걸치지 않은 알몸을 하고 있었다. 그리고 자신의 목을 감고 있는 것은 그 여자의 엄지와 검지손가락이었다. 그 여자는 팔을 번쩍 치켜들었다. 황 사장은 목이 감긴 채 허공에 대롱대롱 매달렸다. 곧 숨이 넘어갈 것 같아 목을 감고 있는 손가락을 풀어내려고 발버둥을 쳤지만 꼼짝도 하지 않았다. 그런데 그 여자가 갑자기 소리쳤다. 이눔아, 니 놈이 감히 내 몸을 더럽히다니, 요런 짐승만도 못헌 놈아, 한 번도 아니고 네 번씩이나. 그려 고것이 인자 생각허니 잘된 일이었어. 니 놈이 뿌린 씨헌티 니 놈이 진 죄 갚음을 당허게 된겨. 니 놈이 아무리 지랄쳐 봤자 니 놈 아들 손에 죽게 될 운명이여. 이눔아, 니 놈이 더럽혀논 내 몸이 워떤지 한번 구경해 볼껴? 니 놈이 꼭 봐야 써. 그 여자는 갑자기 손가락을 풀어버렸다. 황 사장은 허공에서 그대로 땅바닥으로 곤두박였다. 정신을 가다듬은 황 사장은 바로 눈앞에서 벌어지고 있는 현상에 너무나 놀랐다. 소의 그것보다 몇 배는 큰 그 여자의 헤벌어진 음부에서는 피가 질질 흘러내리고 있었다. 그 피는 언제부터 흘러내렸는지 곧 자신의 발을 저실 만큼 번져나 있었다. 황 사장은 주춤 뒤로 물러섰다. 그런데 피는 뛰듯이 빠르게 번져왔다. 황 사장은 좀더 큰 폭으로 뒤로 물러났다. 그러자 피는 더 빠르게 번져왔다. 황 사장은 덜컥 겁이 났고, 뒤로 돌아서서 뛰기 시작했다. 그러나 몇 발짝이나 뛰었는지 모른다. 황 사장의 몸은 허공으로 붕 떠오르고 말았다. 니 놈이 가면 워딜 갈 것이여. 니 놈은 니 놈이 짐승맹키로 좋아허든 거기에 갇혀 죽어야 써. 그 여자의 말을 듣고 황 사장은 발버둥을 쳤다. 그러나 그의 몸은 어느새 피를 질질 흘리고 있는 그 큰 음부 앞으로 옮겨졌고, 그 음부는 두 쪽의 대문이 열리듯 차츰차츰 커졌다. 황 사장은 미친 듯이 몸부림을 쳤지만 그 큰 손아귀를 빠져나갈 수가 없었다. 마침내 머리가 음부에 닿았다. 그리고 감당할 수 없는 힘에 떠밀리며 머리통이 그 속으로 빠져 들어갔다. 갑자기 먹물 같은 어둠과 함께 컥 숨이 막혀왔다. 사람 살리라고 소리소리 질렀지만 몸은 한사코 그 어둡고 답답한 곳으로 떠밀릴 뿐이었다.

황 사장은 호흡이 거칠어지며 아물아물 정신을 잃어가고 있었다. 그러나 침대를 지키고 앉은 그의 아내는 남편이 잠이 드는 것인 줄 알고 있었다.

신병철의 동생 신병모를 체포한 데는 그 누구보다 뚜렷한 이유가 있었다. 고등학교 선생인 그는 오래전부터 좌익을 철저하게 반대해 온 인물이었다. 그는 한마디로 용서할 수 없는 반동이었다. 신병모를 제일 먼저 체포하시오. 그자는 이론으로 무장된 아주 위험한 인물이오. 위원장 방 선생이 일부러 이런 지시까지 내렸던 것이다. 조금 긴장했던 것보다 수월하게 신병모를 체포했다. 혹시 반항을 할지도 모른다고 생각했었는데 그는 전혀 그런 기색 없이 순순히 방문을 열고 나왔던 것이다. 허리띠를 풀게 한 그를 앞세워 고샅을 나오다 생각하니 너무 싱거운 느낌이 들었다. 그러면서

방 안에 혼자 남아 있을 그의 마누라 생각이 언뜻 떠올랐다. 그 여자는 신씨 문중 며느리 중에서 제일 예쁘다는 소문이 나 있었다. 제일 예쁜 여자…… 갑자기 일어난 충동이었다. 다른 볼일이 있으니 잘 데리고 가라고 부하들에게 이르고 돌아섰다. 그 여자는 물론 순순히 몸을 내놓으려 하지 않았다. 신씨네의 며느리, 예쁜 인물, 그리고 연약한 반항이 오히려 점수의 남성을 뜨겁게 만들었다. 그 여자의 예쁜 얼굴만큼 남자를 받아들이는 그 여자의 몸은 예쁘지 않았다. 그 여자의 몸은 딱딱한 나무토막이거나 냉기를 품은 바위 덩어리 같았다. 물론 점수는 그 여자의 몸짓이 예쁘리라고 기대하지도 않았고, 바라지도 않았다. 다만 그 여자의 알몸에 자신의 알몸을 밀착시키고, 그 여자의 속살을 헤집을 수 있다는 사실만으로 배설의 쾌락보다 더 큰 쾌락을 맛보고 있었다. 두 번, 세 번, 네 번을 계속했지만 그 여자의 몸은 싸늘하게 식어 있었다. 점수는 슬그머니 화가 치미는 걸 느꼈다. 니까짓 게 속살 깊이 남자 살을 받아들이면서 언제까지 요 모양일 것이냐, 어디 니 몸이 언제까지 풀어지지 않나 두고 보자. 점수는 그 여자와 뜨겁게 어우러지는 관계가 되기를 욕심내고 있었다. 그러나 그 여자와의 관계는 네 번째로 끝나고 말았다. 먼저 보낸 부하 두 놈이 실수를 해서 체포해 가던 신중걸이를 놓치고 만 사건이 터진 것이었다. 신중걸

이를 놓친 것만이 아니라 두 놈은 창에 난도질을 당해 죽은 것이다. 창을 든 두 놈이 맨주먹인 한 놈에게 어쩌다가 그 꼴을 당했는지 도무지 알 수 없는 노릇이었다. 어쨌거나 그 사건은 자신의 무책임 때문에 벌어진 결과였다. 위원장에게 얼버무려 넘겼지만 그 후로 다시는 그 여자의 몸을 탐하고 싶은 생각이 나지 않았다.

 고향을 등지게 되고, 세월이 흘러가는 것과는 상관없이 그때의 기억들은 문득문득 험상궂은 얼굴로 나타나서 점수를 괴롭히고는 했다. 그 기억들을 떼쳐내려고, 그 기억들의 포위에서 벗어나려고 무진 애를 써보았다. 그러나 헛수고였다. 그 기억들은 어쩌면 영원히 핏속에 스며들어버린 것인지도 모를 일이었다. 그런데 그 숱한 기억들 속에 그 여자를 범한 일은 들어 있지 않았다. 아마 너무 큰 사건들 속에서 그 일은 사소한 것으로 묻혀지고 만 것이었으리라. 전화가 걸려오기 시작하고 사흘째 되던 날 전화 속의 사나이는 마침내 자신의 정체를 밝혔다. 신병모 씨는 내 아버지요. 이 말을 듣는 순간 황 사장은 머리가 펑 터지는 것 같은 충격에 부딪혔고, 자꾸만 가물거리는 의식을 붙들려고 안간힘 쓰며, 너는 내 새낄 것이여, 틀림없이 내 새낄 것이여 하는 절박한 생각에 몰렸다. 그리고 자기 핏줄에게 죄 갚음으로 목숨을 위협당해야 하는 기막힌 기구함에 절망하며 황 사장은 정신을 잃어버렸다.

 과부 아닌 과부네의 주막을 빠져나온 점수는 그 길로 몇 개월을 지냈던 읍내를 뒤로했다. 계속 반편이 노릇을 하며 낯선 고장을 더듬거렸다. 전쟁은 밀고 밀리고를 되풀이하는 모양이었고, 가난과 불안에 찌든 인심은 흉흉했다. 점수는 가능하면 산줄기와 멀리 떨어져 있는 고장으로 가려고 노력했다. 큰 산줄기와 이어져 있는 곳은 대개 산사람들의 출몰이 있고는 했다. 재수 없게 끌려갈지도 모를 위험이 있었고, 더구나 옛 동료들과 맞부딪치게 되는 경우도 없으리라는 법이 없었다. 큰 산줄기를 피하다 보니 자연히 도회지로 나가게 되었다. 도회지의 인심은 시골보다 한결 더 삭막했다. 반편이 노릇을 하며 끼니를 때울 만한 일거리가 마땅찮았다. 제일 손쉬운 일이 대장간을 찾아가는 것이었지만 그것만은 하고 싶지가 않았다. 금방 신분이 드러날 위험 때문이었다. 한번 망치를 잡았다 하면 있는 솜씨가 다 드러날 것이고, 반편이와 대장 기술과는 전혀 어울리지 않는 것이었다.
 거지꼴이 되어 마산이라는 도시에 이르렀다. 도시가 커갈수록 38선을 넘어온 피난민들이 득실거렸다. 그들은 하나같이 굶주림에 시달린 눈을 희번덕거리며 하루하루를 살아낼 구멍을 찾아 헤맸다. 점수는 그런 사람들 틈바구니에서 반편이 노릇을 하며 살아낼 수 없다는 것을 깨달았다. 그리고 마산은 산줄기와도 멀었고, 고향과는 까마득하게 멀다는 것을 알았다. 사람들은 제각기 살기에 바빠 다른 사람에게는 전혀 관심도 없었다. 시골과는 아주 다른 현상이었다. 점수는 반편이 노릇을 그만 하기로 작정했다. 지닌 기술을 가지고 밥벌이를 하기로 한 것이다. 본격적으로 대장간을 찾아나섰다. 마음을 그렇게 정하고 나니 자기 자신이 영 딴사람처럼 느껴졌고, 몸 마디마디에서 이상한 기운이 스멀스멀 솟는 것 같았다. 그동안 반편이 노릇을 하느라고 몸까지 후줄근하게 늘어져 있었다는 것을 뒤늦게 깨달았다.

"멋이라 캤노? 대장일을 시키돌라 캤나?"

주인은 거지나 다름없는 점수의 몰골을 훑으며 마뜩찮게 되물었다.

"야아, 그리 말씸디렸구만이라."

"보래, 보래, 인자부터 대장일을 갤차돌라 카는 기가, 아이문 대장일을 당장 할 기술이 있단 말이가. 어느 쪽이고?"

"당장 헐 수 있구만요."

"그으래?"

주인은 의외라는 듯 점수의 몰골을 다시 한 번 훑어 내렸다.

"한다문 을매나 하는공?"

주인은 아주 얕잡아보는 듯이 고개를 쑥 내빼며 물었다.

"지가 손수 대장깐을 혔었구만요."

"머라? 그기 정말이가?"

주인은 어느새 고개를 잡아들여 똑바른 자세를 하고 물었다.

"망치 잡아보면 금세 표가 날 일인디 머 묵자고 거짓말 허겄는게라."

점수는 양쪽 팔뚝에 간지럼이 스치는 것 같은 기운이 실리는 것을 느끼며 약간 도도한 기분으로 말을 받았다.

"말씨가 전라도 아이가. 전라도 대장쟁이라 카먼 전국 팔도 어디에 내놔도 서러블 솜씨가 아닐 낀데 요 꼬라지는 또 머꼬?"

주인은 도무지 알 수 없다는 표정이었다.

"줸장 말씸 알아듣겄구만이라. 빨갱이놈덜이 우리 아부지를 해꼬지했고, 나는 그 분을 못 참아 서너 놈을 쥑이고 고향을 도망 나왔지라우. 쬐 읎이 전라도 땅에서 도망댕기다가는 잽힐 것 같아서 산이 가로맥힌 경상도 땅으로 넘어왔구만요."

점수는 만일에 대비해서 미리 준비해 두었던 거짓말을 천연덕스럽게 해대고 있었다.

"그기 참말이가? 그라고 보니께 효자에 애국자 아이가? 요, 요리 퍼뜩 앉소. 내사 사람 잘못 봤다 아이가."

주인은 통나무 의자를 손바닥으로 쓸어대며 자리를 권했다.

"앉는 것이 급헌 게 아니라 일을 시킬란지 어쩐지부텀 알았으면 쓰겄구만이라."

점수는 이미 얻어진 일자리라는 걸 알면서도 확답을 듣고 싶었다.

"그기야 말해 머하겠노. 쓸 만한 기술자 난리 통에 죽고 군대에 끌리나가고 일손 아수분 판에 전라도 대장쟁이문 황감하다 아이가."

주인은 흔쾌하게 말했다.

보수를 정한 것도, 무슨 조건을 약속한 것도 아니었다. 세 끼 밥을 먹는 것만으로 점수는 일에 파묻혔다. 벌겋게 달궈진 쇠를 다루면서, 대망치를 힘껏 휘두르면서 점수는 진실로 소중한 것을 다시 찾은 것 같은 감동에 가슴이 저려오는 것을 느꼈다. 대장장이―그것은 대를 물리는 소작농이나 형틀처럼 벗어날 수 없는 백정과 마찬가지로 치욕스러운 이름일 뿐이었다. 그 업신여김받고 억울하게 살아온 세상을 엎으면 새 세상이 온다는 말을 믿고 벌인 난장판이었다. 이제 양쪽으로부터 쫓기는 신세가 되어 호구를 위해 다시 망치를 잡으면서 새로 태어난 것 같은 가슴 시큰거리는 느낌과 얼었던 몸을 따스한 아랫목에 누인 것 같은 포근함이 드는 것은 어쩐 일일까. 전에는 단 한 번도 느껴보지 못했던 이런 기분에 싸이면서 점수는 아픈 죄의식에 고통스러워했다.

설령 방 선생의 말대로 노동자 농민을 위한 천국이 되었다 해도 쇠 다루는 것밖에 모르는 자신이 무엇을 했을 것인가. 군수를 했을 것인가 면장을 했을 것인가. 아니, 면서기인들 제대로 해낼 수 있었을 것인가. 한글만을 가까스로 깨쳤을 뿐인 자신이 할 수 있는 것은 아무것도 없었다. 맘 놓고 자신 있게 할 수 있는 일은 결국 대장일뿐이었다. 세상이 제아무리 바뀐다 해도 대장장이가 군수나 경찰서장처럼 떠받들어지지는 않을 것이었다. 그러나 이런 차근차근한 생각이 그때는 떠오르지 않았다. 가슴속 깊이에 돌덩이처럼 뭉쳐두었던 한스런 감정들이 들쑤셔놓은 짚더미처럼 부풀어 올랐고, 한번 불이 붙기 시작하자 그 불길은 걷잡을 수 없이 타오른 것이었다. 이제 재만 남은 가슴에는 후회의 찬바람만 가득 차 있었다.

자신이 날뛰지 않았더라면 아버지도 그렇게 허망하게 세상을 뜨지 않았을 것이고, 그 양순하던 마누라가 몰매 죽음을 당하지도 않았을 것이고, 아들 칠성이도 생사를 알 수 없게 혼자 버려지지는 않았을 것이다.

이런 생각에 시달릴 때면 점수는 미친 것처럼 대망치를 휘둘러댔다.

"보소, 보소, 쉬엄쉬엄 하소. 대장(大匠)이 무신 아수분일 있다꼬 대망치를 잡노 말이다. 아덜언 됬다 약에 쓸라나. 치아라, 고만 치아라."

주인은 속도 모르고 점수가 대망치를 휘두를 때마다 만류하곤 했다.

이글이글 타오르는 석탄 불길 속에서 벌겋게 달구어지고 있는 쇳덩이를 멍하니 바라보며 점수는 한세상 산다는 것이 부질없다는 것을 느끼곤 했다. 자기 아버지가 주인 아들의 살인죄를 뒤집어쓰고 감옥에 들어가 죽은 한 때문에 선생이면서도 가슴에 그 무서운 불길을 감추고 있었던 방 선생도 한 방의 총을 맞고 가망 없이 된 목숨을 그렇게 허망한 자살로 끝내고 말았다. 그것이 무엇인가. 세상만사가 자기 한 목숨에 달렸을 뿐인 것이다. 살아 있는 동안 마음먹기에 따라서 세상은 좋게도 궂게도 보이는 것이라 싶었다. 방 선생도 그런 마음을 먹지 않았더라면 선생님 대접받으며 한평생이 얼마나 순탄했을 것인가. 그런데 마음을 달리 먹어 어디인지도 모를 산등성이에 그 젊은 목숨을 묻고 말았다. 자신도 마찬가지였다. 아버지 말을 곱게 들었더라면…… 그러나 이런 생각마저도 또한 부질없는 것이었다.

대장간 일은 손이 모자랄 만큼 바빴다. 시골에서와는 달리 농기구는 별로 만들지 않았다. 일거리의 거의가 부엌에서 써야 하는 생활 용품들이었다. 주인은 아주 짭짤하게 돈을 모으고 있었다. 헐값에 사들인 탄피(彈皮)로 만들어진 냄비며 그릇들은 몇 곱의 이익을 남겨주고 팔려나갔던 것이다. 탄피는 아주 질이 좋은 놋쇠였고, 전쟁 중이라서 흔해빠진 물건이었다.

1년 남짓 지내는 동안 전쟁은 시들시들해져 가고 있었다. 전선과 멀리 떨어진 도시라서 그런지 사람들은 별로 전쟁에 관심을 쓰는 것 같지도 않았다. 어쩌다가 전사 통지서를 받은 집안의 통곡을 듣고서야 문득 전쟁을 느끼고는 할 정도였다. 사람들은 가난한 생활을 살아내느라고 38선 근방에서 오래도록 밀고 밀치는 전쟁에 계속 관심을 쓰기에는 지쳤는지도 몰랐다.

점수는 말만 들어온 부산으로 거처를 옮기기로 했다. 무슨 특별한 계획이 있어서가 아니었다. 굳이 이유가 있다면 그곳이 마산보다 몇 배 큰 도시라는 것뿐이었다. 큰 도시로 마음이 끌리는 것은 점수가 어렸을 때부터 막연하게 가지고 있었던 욕구에 그 뿌리가 닿아 있었다. 점수는 어렸을 때부터 대처에 대한 동경이 남모르게 많았었다. 조그만 읍내, 다 아는 얼굴, 그래서 상하가 돌담을 치듯 분명해져 버린 곳에서 평생을 산다는 것이 진저리가 나게 싫었다. 모르는 사람이 많은 넓은 곳에서 사는 것이 꿈이었다.

"그 무신 시장시런 소리고? 내가 공치사허는 것겉이 낯간 지러바서 말 안 내고 있었다마는도, 니 몫으로 차곡차곡 계도 부어왔고, 내 속맘으론 갤혼도 뻐뜩 시키줄라꼬 색씨도 안 구하고 있나 말이다. 문딩이, 떠난닥 카는 소리 싹 치아뿌러라 고만. 내사 마 그 소리 듣고 시끕했다 아이가."

주인은 점수의 말을 처음부터 묵살하려고 했다. 점수는 물러나지 않았다.

"하, 요런 얄궂은 일도 다 있나. 그래, 떠난다 카문 그 이유가 있을 낀데, 그기 머꼬?"

점수는 한마디로 그 이유라는 것을 말할 수가 없었다. 아무리 설명을 해도 주인이 이해를 할 것 같지가 않았던 것이다.

"허긴 맘이 한분 떠났다 카문 어짤 수 읎는 기라. 그래, 부산 가문 머 해묵고 살 꺼고?"

"안죽 못 정했구만이라."

"정하고 말고가 머 있겠나? 하든 일 해야제. 그기 질 안전빵 아이가. 내 말 듣고 대장깐 채리거라. 그 솜씨 가지문 앞으로 점점 빛 볼 끼다."

주인은 생각지도 못했던 큰돈을 내주었다.

"그 돈에 쪼매만 더 벌어 보태문 아수분 대로 대장깐 하나 몬 차리겠나."

인간의 탑 395

부산은 정말 크고 시끌덤벙한 도시였다. 그 많은 사람들 중에 아는 얼굴이 하나도 없다는 것이 그렇게 좋을 수가 없었다. 점수는 돈을 더 벌어 보낼 생각은 하지 않았다. 바로 대장간을 차릴 작정이었다. 규모는 돈에 맞추면 그만이라 싶었다. 돈을 벌 욕심으로 남 밑에서 일을 할 만큼 점수는 삶의 의욕을 느끼지 못했다.

변두리에 조그만 대장간을 차렸다. 돈을 벌겠다는 욕심 없이 그저 세월을 죽여가는 심정으로 물건을 만드는 데 정성을 쏟았다. 그런데 이상한 일이었다. 날이 갈수록 주문이 밀렸고 돈이 불어났다. 물건이 실하고 쓰기 편하다는 게 도매상들의 말이었다. 그러나 점수는 신명이 나질 않았다. 언제나 마음은 텅 비어 있었고, 밤마다 악몽에 시달리면서 사는 자신이 한심스러울 뿐이었다.

머잖아 전쟁이 끝나게 될 것이라는 소문이 퍼지고 있을 무렵이었다. 점수는 한 도매상의 중매로 어거지 선을 보게 되었다. 막상 여자를 보고 나자 마음이 달라졌다. 뜻밖에도 가슴이 벌렁거리면서 몸 어디에선가 새순이 돋아나는 것 같은 풋풋한 기분을 느끼게 되었던 것이다. 전혀 예기치 못했던 변화였고, 아무리 생각해도 자신의 그런 마음을 스스로도 알 수가 없었다.

점수의 마음을 재빨리 눈치챈 중매쟁이는 결혼을 서둘러

댔다. 장사 수완이 능하기로 이름난 중매쟁이는 다름 아닌 여자의 외삼촌이었다. 그 사람은 일찍부터 점수를 조카사위로 마음 정해온 터였다.

점수는 며칠 밤을 고심했다. 결혼을 하면 혼인 신고를 해야 할 것이고, 그렇게 되면 고향엘 찾아가야 된다. 고향······ 점수는 방구석에 머리를 처박고 끙끙 앓았다. 그러던 어느 날 밤 번개같이 떠오른 생각이 있었다. 이북에서 피난 온 사람들을 위해서 가호적이라는 걸 받고 있었다. 가호적 신고를 하면 간단하게 해결될 문제였다.

그러나 그것이 간단하게 행동으로 옮길 수 있는 문제가 아니었다. 엄연한 고향을 두고 가짜 고향을 만들어 새 호적을 꾸민다는 것이 점수는 괴로웠다. 또 며칠을 고심했다. 중매쟁이는 아무 속도 모르고 매일같이 드나들며 성화였다.

어차피 돌아가지 못할 고향이었다. 그러니 세상을 살다 보면 호적이 필요할 때가 한두 번이 아닐 것이었다. 장가를 가는 일이 아니더라도 못 가는 고향에다 호적을 두고 평생 호적이 없는 신세로 살아갈 수는 없는 일이었다. 가호적 신고를 하기로 결심했다. 고향을 이북으로 바꿀 바에는······ 이름 석 자도 바꿔버리면 어떨까 하는 생각이 떠올랐다. 그러면 지난날 저지른 잘못은 묻히게 되는 게 아닌가. 그렇다. 배점수를 이 세상에서 영영 없애버리고 말자. 점수의 생각은 귀신의 유혹에 홀리듯 엉뚱한 방향으로 비약하기 시작했다. 눈 아래 콩만 한 혹을 수술하고 안경을 끼면, 그리고 사투리도 고치게 되면…… 점수는 새로 살아난 것 같은 기쁨에 떨며 스스로의 계획에 완전히 휘말려들고 말았다.

4

"아무래도 심상칠 않아요."

전 박사는 신중함을 잃지 않으면서도 결론부터 꺼내놓았다.

"……"

형민은 당혹감에 부딪혔지만 전 박사의 신중함 때문에 감정의 덜미를 붙잡을 수 있었다. 형민은 눈으로 다음 말을 재촉했다.

"원인 불명인 채 상태가 전혀 좋아지질 않고 있어요. 부친께서는 계속 정신적 압박을 받고 있는 것 같아요. 쉽게 말해서 악몽에 시달린다고 할까요. 그러면서 계속 의식을 잃었다 찾았다 합니다. 그때마다 혈압이 균형을 잃어요. 참 무책임하고 경솔한 얘기 같지만 그런 의식의 불안 상태는 의사인 나로서도 어쩔 도리가 없어요."

전 박사는 거의 무의식적인 행위처럼 천천히 고개를 젓고 있었다. 그러나 그 고갯짓은 형민에게 말보다 강한 의미로 받아들여지고 있었다. 계속 악몽에 시달리고, 의식을 잃었다 찾았다 되풀이하고, 그때마다 혈압이 멋대로 출렁거리고…… 그러다가 아버지는 끝내 운명을 하게 될 것이라는 진단이었다.

전 박사는 솔직한 명의(名醫)였던 것이다. 아버지가 의식의 불안 상태를 스스로 벗어나거나 해결하지 못하는 한 의사인 자기로서도 속수무책임을 확실히 했다. 그렇다면 아버지는 죽음의 덫을 벗어날 수는 없게 되어 있다. 아버지가 시달리고 있는 악몽이라는 것은 너무나 뻔한 것이었다. 그것들은 아버지가 배점수라는 이름을 황복만으로, 전라도인 고향을 황해도로, 눈 밑의 혹을 제거하고 안경을 끼고, 사투리를 표준말로 바꾸는 변신을 꾀하면서 아버지에게서 떠난 것이 아니었다. 그것들은 잠복기가 긴 병균들처럼 아버지의 피와 세포 속에 침투해 있다가 전화 속의 사나이가 출현함과 동시에 일제히 공격을 개시한 것이었다. 실어증에다가 전신 마비 현상까지 빚고 있는 아버지의 쇠잔한 의식 속에서 그것들을 몰아낼 수 있는 신묘한 능력을 가진 사람은 그 누구도 없었다. 유명한 의사도 소문난 무당도 아니었고 오로지 아버지 스스로가 할 수 있는 일일 뿐이었다.

"……."

형민은 입을 열려다가 멈칫 다물었다. 이 상태에서 충격을 받게 되면 어떻게 되겠느냐는 말이 혀끝까지 밀려 나왔던 것이다. 그런 어리석은 질문을 받고 의사가 할 수 있는 대답이란 경멸감을 감춘 '글쎄요'라는 말뿐일 것이다. 그 질문은 갓난아이를 발가벗겨 한여름의 햇볕 속에 내놓고 몇 시간이나 견딜 수 있을까를 묻거나, 80 노인을 꽁꽁 얼어붙은 강물에 밀어 넣고 얼마나 오래 살아 있을 수 있을까를 묻는 어리석음과 다를 게 없었다.

"어머니는 그런 사실을 알고 계십니까?"

"아직 모르십니다. 아미 아버지가 의식을 잃는 동안을 주무시는 것으로 알고 계시는 눈치였어요."

"어머니한테는 알리지 말아주십시오. 다른 식구들한테도요."

형민은 찬바람 같은 외로움에 에워싸이며 나직하게 말했다.

"당분간이라도 그게 환자에게 좋을 겝니다."

형민은 전 박사의 말에 의식이 새까맣게 변하는 현기증을 느꼈다. 그는 분명 '당분간'이라고 말하고 있었다. 처음에 했던 '심상치 않다'는 말은 어느새 당분간으로 변해 있었다. 당분간이라는 말은 결코 길 수 없는 시간을 의미하는 것이었고, 아버지의 생명은 주치의에 의해 '초읽기'에 들어갔다는 판정을 받은 것이 아닌가…….

형민은 그 말을 물어야 한다고 생각했다. 그건 자식으로서 자신의 의무고 책임일 것이었다. 그러나 차마 그 말을 입 밖으로 낼 수가 없었다. 부모…… 그 평범한 말, 그러나 자식에게 있어서는 오로지 하나일 수밖에 없는 존재. 그래서 소중하고 귀하고 절대적인 것이 아닌가. 생명을 나누어 받은 그 절대적인 존재가 영영 떠나게 될 시간에 이르고, 그 소중하고 귀한 존재를 잃어야 할 시간이 언제인지를 확인해야 하는 아픔, 그것은 생살을 찢기는 고통이었다. 형민은 피의 아픔을 사무치게 느끼며 신음했다.

"박사님, 아버님은 언제까지나……."

형민은 목이 메어 더 말을 잇지 못했다.

"아마…… 사흘이 어려울 것 같습니다."

"……."

형민은 빠드득 소리가 나도록 이빨을 맞물었다. 이 상태만으로라도…… 하는 생각이 불현듯 떠올랐지만 형민은 그 원색적 욕구를 차가운 마음으로 지웠다.

형민은 병실로 가야 되겠다고 생각하며 소파에서 일어섰다. 전 박사는 말없이 따라 일어나서 연구실 문을 열어 주었다.

 형민은 복도를 천천히 걸었다.

 사흘…… 기적이 없는 한 아버지의 소생은 불가능하다. 사흘, 그것은 너무나 긴 예측의 시간인지도 모른다. 의사가 직업인으로서 제일 기뻐하는 것이 환자의 회복이라면 제일 싫어하는 것은 환자의 최후 통첩을 보호자에게 전하는 일일 것이었다. 그 판단 앞에서 의사는 능력의 최선을 다할 것이고, 보호자에게 시한(時限)을 알릴 때에는 거의 본능적으로 자기 판단보다 더 긴 시간을 말하게 될 것이다. 그건 보호자를 위해서가 아니라 자기 보호 본능 때문이다. 이상하게도 모든 사람들은 좋은 일의 예감보다는 나쁜 일의 예감에 훨씬 더 민감하고 정확하다. 아마도 의사 중에서도 환자의 최후 통첩을 오판한 경우는 거의 없을 것이다. 사흘…… 그건 어쩌면 이틀이거나 하루 반, 아니면 하루의 시한이 늘어난 것인지도 모른다. 하루…… 형민은 신음을 한숨으로 토해 냈다.

 ─당신 아버지 한 사람을 버릴 것인지, 아니면 당신 아버지는 물론이고 나머지 모든 것을 망가뜨릴 것인지 알아서 하시오.

형민은 걸음을 멈추고 섰다. 어젯밤에도 몇 번이고 곱씹어 생각했던 말을 다시 따져보았다. 그의 말을 액면 그대로 받아들인다면 전혀 어렵거나 복잡한 의미가 아니었다. 그러나 일단 그를 의심하고 생각해 보면 지극히 위험하고 경계해야 할 말이었다.

형민은 담배에 불을 붙였다. 연기를 깊숙이 빨아들였다. 정신이 금방 알큰하면서도 아슴하게 흔들렸다. 아, 담배가 주는 이 최면의 안온한 평화―산다는 것의 욕망은 평생에 걸쳐 과연 담배 한 개비가 주는 이 짧고 순수한 안식 정도인들 제대로 줄 수 있는 것일까.

형민은 연거푸 담배를 깊이 들이마시며 복도를 천천히 걸었다.

"애비야, 니 들어오기 직전에 아부지가 약간 웃었다."

어머니는 형민을 보자마자 감격적인 어조로 말했다. 피곤한 기색이 완연한 어머니의 얼굴에는 아침의 기운 같은 해맑음이 순간적으로 떠올라 잠시 머무는 것을 형민은 보았다. 어머니가 소망하는 아침―그 눈부신 햇살은 다시는 어머니를 비추지 않게 될 것이다…….

"예…… 곧 회복되실 겁니다. 아부지는 워낙 건강하시니까요."

피 냄새처럼 진하디진하게 가슴 저 깊은 곳에서부터 올라오는 연민의 울음 덩이를 씹으며 형민은 웃음을 만들어 웃었다.

"애비야, 잠은 좀 잤니?"

어머니는 이 경황 속에서도 일일이 어머니 노릇을 잊지 않고 있었다. 자식이 부모를 잃는 슬픔이 생살을 찢기는 것이라면 부부가 짝을 잃는 슬픔은 어느 만큼의 아픔일까. 몸 반쪽을 잃는 아픔…… 자식의 아픔이 아무리 절실하고 깊다 한들 몸 반쪽을 잃어야 하는 부부 당사자들의 아픔과 비교할 수 있을까. 어머니는 머잖아 팔도 다리도 다 잘려야 하는 통렬한 아픔을 겪어야만 한다. 그걸 까맣게 모르고 있는 어머니는 다시 아버지와 함께 맞을 아침을 소망하며 아버지가 약간 웃었다고 기뻐하는 것이다. 그러나 그건 아침을 소망하는 어머니의 마음이 잘못 본 착각일 것이었다. 필경 아버지는 웃은 게 아니라 찡그렸을 것이다. 어머니가 싱싱할 수도 없는 과거의 악몽들에 시달리면서 찡그려진 얼굴을 어머니는 웃는 것으로 착각한 것이리라. 아버지가 잠시 의식을 잃는 것을 잠이 든 것으로 생각하는 것처럼.

형민은 아버지의 침대맡에 섰다. 의사의 말을 들어서가 아니라 아버지의 모습은 응급실에서보다 더 허약하게 상해 있었다. 전신 마비 현상과 실어증 그리고 불투명한 의식까지가 죽음이 점령하고 있는 영역이라는 사실이 무슨 확실한

인간의 탑 405

깨달음처럼 형민을 구속했다. 마지막 남은 교두보―그것마저 치열한 공략을 당하고 있는 중이었다. 아버지의 목숨이 죽음에 점령당하는 것은 그야말로 시간 문제일 뿐이었다.

―내일 당장 병실에 통화가 되도록 전화를 복구시키시오!

"……"

형민은 눈을 꼭 내려 감으면서 이빨을 있는 힘껏 맞물었다. 그런 형민의 코에서는 흐느낌 같은 한숨이 가늘면서도 진하게 흘러나왔다. 형민은 아버지의 손을 더듬어 잡았다. 그 많은 재산과는 어울리지 않게 투박한 손, 그 손에서는 전에 느껴지던 한결같은 따스함이 없었다. 석고를 만졌을 때와 흡사한 무표정의 물질감만이 남아 있었다. 아버지……형민은 마음이 냉정하게 자리 잡는 것을 느끼고 있었다.

"어머니, 갑갑하시죠? 전화를 다시 달게 할까요?"

형민은 그대로 선 채 말했다.

"그럴까? 그럼 행결 덜 답답하겠구나."

어머니는 즉각적인 반응을 보였다.

"알겠어요. 다시 달게 할 테니 조금만 기다리세요."

형민의 어조는 분명했지만 그의 꼭 내려 감긴 두 눈에서는 눈물이 흘러내리고 있었다.

발치를 분간하기 어려운 어둠이었다. 점수는 두 번째의

절을 하고는 일어서지 못하고 그대로 엎드려 있었다.

 아부지, 인자 생각헌께 지 놈이 미쳐도 열번 백번 미치고, 환장을 혀도 천번 만번 환장을 혔었구만이라. 아부지 말씸대로 세상살이허다 보니게 생긴 한이고, 한이란 것은 속으로 삭이고 또 삭여야 허는 것인디…… 지 놈이 진 죄가 태산이라 쫓겨댕기다 본께 아부지 못등이 쥔 잃은 집꼴이 되얐구만이라. 헌디 아부님, 요 일을 워째야 좋을께라. 칠성이놈 말인디요. 그놈이 워쩐 일로 애비 얼굴도 몰라보는 팔푼이가 되얐을께라. 지가 미쳐서 떠돌아댕긴 새에 무신 못된 병을 앓았길래 고런 빙신이 되얐을께라. 인자부터라도 애비 노릇 잠 해볼라고 찾아와 봉께로 고 모냥이 되얐구만요. 하다못해 다리 빙신이든지 팔빙신만 해도 을매나 좋았을께라. 워쩌다가 정신이 나가부러 애비를 영 몰라보니 워째야 쓸께라 다 지 놈 죗값이 칠성이헌티로 씨워진 모냥인디, 아부님…… 이 일을 워째야 좋을께라. 잘 믹이지도 입히지도 못헌 그것을 인자부텀 옆에 꼭 끼고 잘 키워볼라고 혔는디, 저리 빙신이 되얐으니 워째야 쓸께라, 아부님…….

 어둠 속에 엎드린 점수는 언제까지고 일어날 줄을 몰랐다.

 새 장가를 들기 전에 칠성이의 생사를 확인하는 게 급선무였다. 천행으로 지금껏 살아 있다면 의당 데려다가 가호적에 올려야 했다. 눈 밑의 혹을 떼내고 안경을 장만했다.

생전 처음으로 양복이라는 걸 사 입었다. 자신이 보아도 믿어지지 않을 만큼 아주 딴사람이 거울 속에 서 있었다. 그만한 변장이면 고향을 찾아가기에도 그렇게 두렵지는 않았다. 그러나 고향에 가까워질수록 오금이 달라붙는 긴장과 불안이 심해지기 시작했다. 결국 고향 20리 전에서 차를 내리고 말았다. 날이 어두워지기를 기다렸다. 상점들이 호롱불을 밝히기 시작할 즈음에 고향을 향해 걷기 시작했다. 긴장 속에 걷는 20리 길은 잠깐이었다. 고향이 가까워지면서 점수의 가슴속에는 형용할 수 없는 두려움과 공포의 파도가 일어나고 있었다. 누구의 눈에고 변장한 것이 발각되기만 하면 살아서 나갈 수 없는 땅에 스스로 걸어 들어온 것이었다.

 점수는 전신이 뻣뻣이 굳을 정도로 긴장을 하며 읍내를 걷고 있었다. 호롱불들은 겨우 서너 발짝 정도의 어둠을 밝히고 있을 뿐 거리는 어둠으로 차 있었다. 한약방, 포목점, 잡화상, 물감집 등등이 예전의 모습 그대로였다. 칠성이 소식을 어디서 수소문할 것인가…… 점수의 머릿속은 온통이 생각으로 뜨겁게 끓고 있었다. 칠성이 소식은 아무래도 읍내에서 수소문하는 게 안전할 것이었다. 회정리, 춘곡리, 동천리는 읍내에서 각기 5리 정도씩 떨어져 있었고, 곧바로 회정리로 들어간다는 것은 불구덩이로 뛰어드는 격이었다.

 어느 가게 앞을 지나치던 점수는 이상한 예감에 부딪히며 걸음을 멈추었다. 가게 앞 흐린 불빛 언저리에 한 아이가 쪼그리고 앉아 무언가를 먹고 있는 것을 무심코 지나 몇 걸음을 옮기는데 불현듯 그 아이에게로 신경이 뻗쳤던 것이다. 점수는 자신도 모르게 돌아섰다. 그리고 몇 걸음을 다급하게 옮겼다.

"치이, 칠……."

점수는 금방 소리치며 뛰어가려는 몸짓을 지은 채로 굳어지고 있었다. 가게 앞의 아이는 분명히 아들 칠성이었다. 주체할 수 없는 반가움과 감격과 그러나 당장 달려가 얼싸안을 수 없는 안타까움과 조바심이 뒤범벅된 점수의 마음은 울음으로 가득 차고 있었다. 저것이 살아 있다니, 저것이 무사했다니…… 신령님, 신령님…… 점수는 누구에겐지도 모를 고마움으로 벅차고 있었다. 저 가겟집에서 키워주는가, 저 사람은 누구일까, 칠성이를 키워준 사람이라면 만나도 괜찮은 사람이 아닐까? 그러나 점수는 불쑥 얼굴을 내밀 용기가 나지 않았다. 어둠 속에 몸을 감추고 얼마 동안 아들을 지켜보고 있었다.

가게에서 한 남자가 나왔다. 점수는 움찔 몸을 더 숨겼다.

"에라 요런 팔푼이 칠성이놈아, 얼렁 일나 잠자리 찾아가그라. 인자 문 닫아야 쓰겄다. 아 얼렁 일나, 팔푼아!"

남자는 소리를 지르듯 큰 소리로 말하며 쫓는 것처럼 팔을 휘저었다. 점수의 귀에 들린 말은 팔푼이, 칠성이 두 마디뿐이었다.

칠성이는 어물어물 일어나더니 어둠 속을 걷기 시작했다. 팔푼이, 칠성이…… 칠성이, 팔푼이…… 점수는 이 말을 무수히 되뇌며 아들의 뒤를 끌리듯 따라가고 있었다. 아들은 무섬증도 안 타는지 어둠 속을 길게 걸어 장터 거리로 들어섰다. 어둠만 가득한 장터를 가로지른 아들은 쇠전 옆 움막으로 들어가는 것이었다. 점수는 움막 앞에 한참을 서 있었다. 죄의식이 줄줄이 가슴을 타고 내렸다. 아들은 거렁뱅이였던 것이다.

"칠성아!"

점수는 짐승이 우는 것처럼 소리치며 움막으로 뛰어들었다.

그러나 아들은 아무것도 모르는 백치였다. 점수는 발버둥 치는 아들의 입을 틀어막고 결박하다시피 해서 읍내를 빠져나왔고, 날이 밝기를 기다려 얼굴을 열번이고 스무번이고 디밀며 내가 너의 아버지라고 애타게 되풀이했지만 아들은 초점이 안 잡히는 눈으로 허공만 두리번거리며 어무이, 어무이…… 혀 굳어진 소리만 내질렀다.

"다 이 애비 죄여. 가는겨, 인자부터 니헌티 진 죄 내 평생 씻음스로 살 것잉께. 애비허고 가는겨."

그러나 아들은 막무가내였다. 어무이, 어무이! 비통하게 소리치며 발버둥쳤다. 점수는 아무래도 이상한 생각이 들어 아들을 놓아주었다. 그랬더니 아들은 어무이, 어무이를 섧게 부르며 읍내 쪽 길을 잡아 사생결단 달려가는 것이었다. 점수는 그 슬픈 아들의 모습을 멍하니 바라보며 자신은 백치가 된 아들에게서도 버림받았다는 것을 뼈저리게 느끼고 있었다. 아들은 도저히 데려갈 수가 없게 되었다는 생각과 함께.

점수는 혼자 고향을 떠나면서 속울음을 목 놓아 울고 있었다.

점수는 꽤 긴 날을 어두운 감정의 늪에 빠져 있었다. 그러나 생활환경은 언제까지나 점수를 그런 상태로 방치해 두지를 않았다. 가호적을 만들었고 결혼을 했다.

전쟁이 끝나고 세상은 그 기운으로 술렁대고 있었다. 괜히들 기분 좋고, 무엇이든 다 이루어지는 것 같은 푸짐한 분위기였다. 점수의 대장간은 그사이 이름이 달라져 있었다. 대장간이 아니라 철공소였고, 점수는 대장간 주인이 아니라 철공소 사장님이었다.

생활이 안정을 찾게 되면서 살림살이 장만이 급증하고 있었고, 점수의 철공소도 날이 다르게 번창해 나갔다. 쇠붙이로 만드는 것이면 무엇이고 못 만드는 게 없을 정도였고, 점수는 망치를 든 사장이 아니라 사업이 무엇인지를 익혀가는 사업가로 변모해 있었다.

 점수는 남모르게 고심과 노력을 게을리 하지 않았다. 못 배운 만큼 몸으로, 무식한 만큼 마음으로 일에 부딪히고 해결을 꾀했다. 운이 닿고 능력이 뻗치는 데까지 돈을 벌리라고 점수는 작정하고 있었다. 그 지긋지긋하던 가난, 어쩌면 그동안 일어났던 끔찍한 일 모두가 가난으로부터 시작된 것이었는지도 모른다. 가난에 원수 갚기 위해서라도 돈을 벌리라 했다. 돈이 불어나는 것은 그만큼 생존의 쾌감을 주었고, 그건 곧 삶의 승리감으로 이어졌고, 그 승리감은 더 열심히 일할 수 있는 힘과 용기를 북돋웠고, 일에 몰두하다 보면 지난 기억들에서 한동안씩 해방될 수가 있었다.

 점수의 변모 뒤에는 그의 아내의 그림자가 꼭 붙어 다니는 것도 무시할 수가 없었다. 그의 새 아내는 야무지고 빈틈없는 여자였다. 돈 간수에 철저했고 돈을 벌 수 있는 요령과 판단력을 갖추고 있었다. 그 여자는 국민학교를 나왔을 뿐이었지만 천성적인 총명함으로 점수의 사업적 판단을 도왔다. 점수에게 주산 놓는 법, 장부 기록 같은 것을 남모르게 익히게 한 것이 바로 그 여자였다. 그 여자는 자기가 새로 배운 것이면 그것을 고스란히 남편에게 옮기는 희한한 재주를 가지고 있었다. 그러면서도 그 여자는 남편에게 절대 복종하는 아내의 태도를 어느 때 한번이고 흐트러뜨린 적이 없었다.

점수의 도시 지향성은 전쟁이 끝나고 6년쯤 지나서 발동했다. 보다 큰돈을 벌기 위해서는 큰물을 찾아 서울로 옮기려는 것이었다. 그때는 이미 철공소는 공장이 되어 있었고, 그 공장을 거느리는 회사가 따로 세워져 있었다.

서울로 옮기고 나서도 사업은 꾸준하게 번창했다. 하는 일마다 거의 실패가 없었다. 그러다가 점수의 회사가 급성장을 하게 된 것은 공업화의 물결을 타면서부터였다.

형민은 어스름이 깔리기 시작할 무렵 전화기 코드를 꽂았다. 그리고 어머니를 집에 가서 쉬도록 유도할까 하다가 그만두기로 했다. 아버지가 언제 운명하게 될지 모르는 상황에서 어머니를 아버지 옆에서 떼어놓는다는 것은 자신이 할 수 있는 일이 아니었다. 만약 어머니가 자리를 비운 동안에 아버지가 운명하게 되면 어머니 가슴에 맺힐 아픔을 무엇으로 감당할 것인가. 어머니가 병실에 함께 있을 경우 그에게서 걸려올 전화가 제일 문제였다. 그러나 중요한 내용들은 이미 다 오간 다음이니까 눈치껏 하면 어머니가 모르게 하기는 그다지 어려울 것 같지는 않았다.

"애비야, 아부지가 어떨 것 같으냐?"

어머니가 멍한 시선으로 허공을 바라본 채 물었다. 어머니가 견뎌내고 있을 불안의 짙은 농도를 형민은 찡한 아픔으로 느꼈다.

"곧 회복되실 겁니다. 걱정 마세요."

형민은 확신한다는 어조로 대답하면서도 '의사가 그러는데' 하는 흔한 말을 앞에 장식으로 쓸 수는 없었다.

"니는 아직도 사업할 생각은 없는 게냐?"

형민은 대답하지 않았다. 대학으로 자리를 정하려는 즈음에 논란이 많았던 문제였다. 형민은 자신의 체질이 사업과는 전혀 안 맞는다는 것을 너무나 잘 알고 있었고, 아버지 사업의 계승자는 자연스럽게 동생으로 묶게되어 있었다.

"니 아부지는 참 훌륭하신 분이다. 얼마나 열심히 일을 하셨는지…… 회사는 그냥 회사가 아니라 니 아부지 몸이야. 그걸 니가 지키면 얼마나 좋겠니."

"어머니, 회사가 아버지 몸이기 때문에 제가 하면 안 돼요. 금방 병들게 하고, 결국 망치게 되고 말아요."

형민은 언짢은 기분으로 말했고, 어머니는 긴 한숨을 쉬며 입을 다물었다.

어머니는 아버지의 회복을 전제로 해놓고 그 다음 계획에 골몰하고 있는 것이 분명했다. 어머니가 자신이 회사 책임자가 되기를 소원하는 것은 동생을 못 믿어서가 아니라 순전히 자신이 장남이라는 것 때문임을 형민은 알고 있었다. 더구나 동생에게 사업 수업도 시키지 못한 상태에서 이런 변을 당하고 보니 어머니의 소원은 더 절실할 것이었다. 회사를 아버지의 몸으로 생각하는 어머니의 애정 어린 집착과 경영은 별개의 것이라고 형민은 냉정하게 생각하는 터였다. 동생이 미처 준비를 못했으면 다른 능력 있는 경영인이 회사에는 수두룩했다.

전화는 다른 날과 다르게 한 시간쯤 빨리 걸려왔다.

찌르르릉…….

벨이 울리자마자 수화기를 들었다.

"여보세요……."

"배형민 교수, 전화를 그리 다급하게 받을 필요는 없잖겠소?"

한 음씩이 똑똑 끊기는 그 느리고 표정 없는 목소리가 형민의 의도를 벌써 알아차리고 있었다.

"당신 아버지 배점수 씨를 바꾸시오."

"어제와, 어제와 같은 상태입니다."

"믿어도 좋겠소?"

"뭐라고 대답해야 하겠습니까?"

"좋소. 그럼 다시 전화를 걸 테니 벨이 다섯 번 울릴 때까지 전화를 받지 마시오."

형민은 몸서리를 쳤다. 그는 최후의 일격을 가하겠다는 의도였다. 아니 그가 하고자 하는 행위는 확인 사살이었다. 형민은 그것만은 용납할 수도, 허용할 수도 없었다. 그가 전화를 다시 달게 했을 때 이미 이 계획은 짜여진 것인 모양이었다.

"여보세요, 당신의 생각 충분히 압니다. 그러나 그렇게까지 할 필요가 없게 되었습니다."

 형민은 어머니를 의식하면서 '의도'를 '생각'으로, '그렇게까지 잔인할'에서 '잔인'을 빼고 말했다.

"……"

 저쪽에서는 침묵했다. 그건 생각하는 시간의 배치였다.

"상태가 나빠졌다는 뜻인 모양인데, 어느 정도요?"

 그가 여섯 밤째 여섯 번의 전화를 걸어오는 동안 이쪽의 형편을 모르고 물은 최초의 물음이었다.

"그럴 필요가 없을 만큼입니다."

"배형민 교수, 지금 말장난하자는 게 아니오."

 그의 언성이 약간 흔들리는 것 같았다.

"그렇지 않습니다. 저는 지금 혼자가 아닙니다."

"……"

 그는 한동안 말이 없었다.

"배형민 교수, 당신 아버지는 서른여덟 사람들한테서 각기 30년씩을 뺏었으니 결국 1,140년을 산 셈이오. 아니, 20년씩으로 감해서 계산하더라도 760년을 살았소. 이만하면 충분하지 않겠소? 당신은 혹시 이 계산법이 틀렸다고 말하고 싶지는 않겠지요?"

"……."

"나는 당신 아버지를 용서하진 않지만 내 입장에서 미워하지도 않소. 왜냐하면 당신 아버지가 처했던 입장을 이해하기 때문이오. 이 말은 우리 신씨 문중이 저지른 횡포가 잘못되었음을 시인하는 것이오. 그러나 당신 아버지가 자행한 행위는 분명 옳지 않았고 용서될 수 없는 일이오. 당신 아버지의 논법대로 한다면, 어마어마한 재산을 가진 당신 아버지는 이제 누구의 손에 찔려 죽어야 되는지 알겠소? 바로 나처럼 가난한 사람들의 손이오. 이 얼마나 유치한 논법이오?"

"……."

"당신은 서너 번 나를 만나자고 했소. 그건 당신 아버지와 집안을 위기에서 구하고자 하는 흥분과 다급함 때문에 한 말이었소. 만나봤자 당신이 원하는 해결책은 있을 수가 없소. 내가 그 어떤 조건에도 응하지 않았을 테니까. 내 목적은 당신 아버지였소. 그것뿐이오. 당신 아버지가 이룩한 부(富)나 당신이 갖춘 조건 같은 것은 당신 아버지가 저지른 범죄와는 별개의 것이오. 그걸 파괴하거나 다치게 하는 것은 나의 범죄가 되는 것이오. 당신 아버지를 서른여덟의 망령들에게로 보내고 나도 그 짐을 벗고 싶을 뿐이오. 당신을 만나지 않은 또 다른 이유는, 이 일이 다시 당신과 나에게로 연장되는 것을 원치 않았기 때문이오. 당신 아버지가 망령들 앞으로 떠나가면 당신은 당신대로, 나는 나대로 살아가면 그뿐이오. 당신은 비로소 황형민으로 말이오."

"……."

"너무 말이 많았소. 그만 끊겠소."

형민은 전화를 끊고 멍하니 앉아 있었다. 그 얼굴을 알 수 없는 사나이의 음성이 신선한 바람처럼 가슴에 차 있었다. 그는 뱀처럼 차가운 이성을 가졌음을 형민은 또다시 느끼고 있었다.

"애비야, 형민아, 아부지가, 아부지가……."

어머니가 울부짖었고, 형민은 침대로 튕기듯 내달았다.

아버지는 소리를 지르는 듯 입을 있는껏 벌려대며 얼굴을 일그러뜨렸다. 그러나 입에서는 아무 소리도 나오지 않았다.

황 사장은 그리도 짙게 펼쳐졌던 안개밭이 순식간에 걷히면서 아내와 장남 형민의 얼굴을 분명히 보았다. 그런데 음산한 바람이 불어오면서 저쪽에서부터 짙은 안개가 다시 몰려오고 있었다. 황 사장은 온 힘을 다해 외치기 시작했다.

"전라도 땅 회정리에 가면 느그 할아부지 산소가 있응께 찾도록 혀. 그라고 니 이복형이 있는디 정신이 나간 빙신이여. 니 몸 돌보듯 혀야 써. 알겄냐, 형민아. 거그가 이 애비고, 고……"

"여보! 여보, 여보, 여보오오……"

어머니의 울부짖음이 병실을 쥐어뜯었다. 형민은 손을 뻗쳐 번히 뜨여 있는 아버지의 눈을 쓸어내렸다.

새벽 2시경이었다.

분분한 의견들을 물리치고 형민은 3일장에 가족장으로 치르기로 결정했다. 많은 사람들이 형민의 그런 결정을 납득하지 못하는 표정들이었지만 형민은 침묵으로 일관했다. 산소로 100평이니 150평이니 말들이 많았지만 평범한 기준인 30평으로 했다.

출상을 앞둔 제(祭)를 올리려고 준비를 서두르고 있을 때였다.

"예? 맏상주요? 누구신데요? 아니 지금 바쁘시니까 성함을 말씀해……"

형민은 빠르게 돌아섰다. 이상한 예감이 스쳤던 것이다.

"그 전화 이리 줘."

형민은 수화기를 낚아채듯 했다.

"여보세요, 전화 바꿨습니다."

"……."

말이 없었다. 형민은 저쪽이 누구인지를 직감했다.

"……."

"……."

저쪽에서는 계속 말이 없었고, 형민도 침묵을 지켰다.

저쪽에서 긴 숨소리가 들리는 것 같더니 전화가 끊겼다. 형민도 천천히 수화기를 내려놓았다.

〈1982년〉

| 작가 연보 |

1943년　전남 승주군 선암사에서 아버지 조종현과 어머니 박성순 사이의 4남 4녀 중 넷째(아들로는 차남)로 태어남. 아버지는 일제시대 종교의 황국화 정책에 의해 만들어진 시범적인 대처승이었음.

1948년　'여순반란사건'을 순천에서 겪음.

1949년　순천 남국민학교 입학.

1950년　충남 논산에서 6·25를 맞음.

1953년　작은아버지들이 살고 있던 벌교로 이사. 최초의 자작 문집을 만들었고, 글짓기에서 전교 1등상을 받음.

1956년　광주 서중학교 입학.

1958년　아버지가 서울 보성고등학교로 전근.

1959년　서울로 이사. 광주 서중학교 제34회 졸업. 보성고등학교 입학.

1962년　보성고등학교 제52회 졸업. 동국대학교 국문학과 입학.

1966년　대학 졸업과 동시에 육군 사병 입대.

1967년　시인 김초혜와 결혼.

1969년　육군 병장 제대.

1970년　《현대문학》 6월호에 「누명」이 첫회 추천됨. 12월호에 「선생님 기행」으로 추천 완료. 동구여상에서 교직 근무 시작.

1971년　중편 「20년을 비가 내리는 땅」《현대문학》, 단편 「빙판」《신동아》, 「어떤 전설」《현대문학》 발표. 「선생님 기행」이 일본어로 번역됨.

1972년　중편 「청산댁」《현대문학》, 단편 「이런 식이더이다」《월간문

　　　　　학》 발표. 부부 작품집 『어떤 전설』(범우사) 출간. 중경고등학교로 전근. 아들 도현을 낳음.

1973년　중편 「비탈진 음지」《현대문학》, 단편 「거부 반응」《현대문학》, 「타이거 메이저」《일본 한양》, 「상실기」를 「상실의 풍경」으로 개제 《월간문학》에 발표. 10월 유신으로 교직을 떠나게 됨.《월간문학》편집일을 시작. 「청산댁」이 일본에서 간행된 『한국전후대표작선집』에 번역 수록.

1974년　중편 「황토」 작품집 『황토』에 수록. 단편 「술 거절하는 사회」《월간문학》, 「빙하기」《현대문학》, 「동맥」《월간문학》 발표. 작품집 『황토』(현대문학사) 출간.

1975년　단편 「인형극」《현대문학》, 「이방 지대」《문학사상》, 「전염병」을 「살풀이굿」으로 개제《신동아》에 발표. 「발아설」을 「삶의 흠집」으로 개제《월간문학》에 발표. 「황토」가 영화화됨. 월간문학사 그만둠.

1976년　단편 「허깨비춤」《현대문학》, 「방황하는 얼굴」《한국문학》, 「검은 뿌리」《소설문예》, 「비틀거리는 혼」《월간문학》 발표. 장편 『대장경』을 민족문학 대계의 일환으로 집필 완성. 월간문예지《소설문예》인수, 10월호부터 발간.

1977년　중편 「진화론」《현대문학》, 「비둘기」《소설문예》, 단편 「한, 그 그늘의 자리」《문학사상》, 「신문을 사절함」《소설문예》, 「어떤 솔거의 죽음」《창작과비평》, 「변신의 굴레」《신동아》, 「우리들의 흔적」《소설문예》 발표. 작품집 『20년을 비가 내리는 땅』(범우사) 출간. 10월호를 끝으로《소설문예》의 경영권을 넘김.

1978년　중편 「미운 오리 새끼」《소설문예》, 단편 「마술의 손」《현대문학》, 「외면하는 벽」《주간조선》, 「살 만한 세상」《월간중앙》 발표. 작품집 『한, 그 그늘의 자리』(태창문화사) 출간. 도서출판 민예사 설립.

1979년　단편 「두 개의 얼굴」《문예중앙》, 「사약」《주간조선》, 「장님 외줄타기」《정경문화》 발표. 중편 「청산댁」이 KBS 〈TV문학관〉에 극화 방영.

1980년　단편 「모래탑」《현대문학》, 「자연 공부」《주간조선》 발표. 도서출판 민예사의 경영권을 넘기고 주간의 일을 봄. 장편 『대장경』(민예사) 출간. 문고본 『허망한 세상 이야기』(삼중당) 출간.

1981년　중편 「유형의 땅」《현대문학》, 「길이 다른 강」《월간조선》, 「사랑의 벼랑」《여성동아》, 단편 「껍질의 삶」《한국문학》 발표. 중편 「청산댁」이 프랑스어로 번역 출간.

1982년　중편 「인간 연습」《한국문학》, 「인간의 문」《현대문학》, 「인간의 계단」《소설문학》, 「인간의 탑」《현대문학》, 단편 「회색의 땅」《문학사상》, 「그림자 접목」《소설문학》 발표. 작품집 『유형의 땅』(문예출판사) 출간. 중편 「인간의 문」으로 대한민국문학상 수상. 중편 「유형의 땅」으로 현대문학상 수상. 중편 「유형의 땅」이 MBC TV 6·25 특집극으로 방영.

1983년　중편 「박토의 혼」《한국문학》, 단편 「움직이는 고향」《소설문학》 발표. 대하소설 『태백산맥』을 원고지 1만 5천 매 예정으로 《현대문학》 9월호부터 연재 시작. 연작 장편 『불놀이』(문예출판사) 출간. 『불놀이』가 MBC TV 6·25 특집극으로 방영.

1984년　중편 「운명의 빛」을 「길」로 개제 《한국문학》에 발표. 단편 「메아리 메아리」《소설문학》 발표. 장편 『불놀이』 영어로 번역. 중편 「박토의 혼」 독일어로 번역. 작품 「메아리 메아리」로 소설문학작품상 수상. 도서출판 민예사에서 《한국문학》을 인

	수하고, 주간을 맡아 12월호부터 발간.
1985년	중편「시간의 그늘」《한국문학》발표. 대하소설『태백산맥』연재 집필을 위해 매달 안양의 라자로마을에 10여 일씩 칩거.
1986년	『태백산맥』제1부 4천 8백 매 완결(《현대문학》9월호). 제1부를 3권의 단행본으로 출간(한길사).
1987년	『태백산맥』제2부를《한국문학》1월호부터 연재 시작하여 12월호까지 3천 2백 매 완결. 제2부를 2권의 단행본으로 출간.
1988년	『태백산맥』제3부를《한국문학》3월호부터 연재 시작하여 12월호까지 3천 2백 매 완결. 제3부를 2권의 단행본으로 출간. 작품집『어머니의 넋』(한국문학사) 출간. 신문사 문학 담당 기자와 문학평론가 39인이 뽑은 '80년대 최고의 작품' 1위『태백산맥』(《문예중앙》, 1988년 여름호). 성옥문화상 수상.
1989년	『태백산맥』제4부를《한국문학》1월호부터 연재 시작하여 11월호까지 4천 5백 매 완결. 제4부를 3권의 단행본으로 출간(전 10권 완간).『태백산맥』완결을 고대하며 투병하시던 아버지의 별세를 소설을 쓰다가 전화로 연락받음. 소설의 완결까지 연재 1회분 반을 남겨놓은 상태에서 아버지의 장례를 치름. 문학평론가 48인이 뽑은 '80년대 최대의 문제작' 1위『태백산맥』(『80년대 대표소설선』, 1989년, 현암사). 80년대의 '금단'을 깬 대표 소설『태백산맥』(《한겨레신문》, 1989. 12. 28).
1990년	새 대하소설『아리랑』의 집필을 위해 중국 만주, 동남아 일대, 미국 하와이, 일본, 러시아 연해주 등지를 취재 여행. 12월 11일부터《한국일보》에 2만 매로 예정된『아리랑』연재를 시작. 출판인 34인이 뽑은 '이 한 권의 책' 1위『태백산맥』(《경향신문》, 1990. 8. 11). 현역 작가와 평론가 50인이 뽑은 '한국

의 최고 소설'『태백산맥』(《시사저널》, 1990. 11. 22). 동국문학상 수상.

1991년 『아리랑』 연재 계속. 작품『태백산맥』으로 단재문학상 수상. 『태백산맥』으로 유주현문학상 수여가 결정되었지만 수상을 거부함. 이를 계기로 그 상이 폐지되었음.『태백산맥』연구서 『문학과 역사와 인간』(한길사) 출간. 전국 대학생 1,650명이 뽑은 '가장 감명 깊은 책' 1위『태백산맥』, '대학생 필독 도서' 1위『태백산맥』(《중앙일보》, 1991. 11. 26).

1992년 『아리랑』 연재 계속. 대검찰청에서『태백산맥』이 국가보안법 상의 이적 표현물과 적에 대한 고무 찬양에 저촉되는지를 내사한 결과 작가에 대한 의법 조치나 책의 판금을 문제 삼지 않기로 했다고 발표. '학생이나 노동자들이 읽으면 불온 서적 소지·탐독으로 의법 조치할 것이며, 일반 독자들이 교양으로 읽는 경우에는 무관하다'는 내용의 대검 발표는 모든 언론들의 비판과 조롱거리가 됨. 대검의 그런 공식적 태도는『태백산맥』1부가 단행본으로 발간되면서부터 작가에게 몇 년 동안에 걸쳐 줄기차게 가해져 온 모든 수사 기관들의 음성적 압력과 억압 그리고 협박이 대표적으로 표출된 것에 지나지 않음. 일본의 출판사 집영사와『태백산맥』전 10권 완역 출판 계약 체결, 일본에서 대하소설을 완역 계약한 것은 최초. 한국의 지성 49인이 뽑은 '미래를 위한 오늘의 고전 60선'에 『태백산맥』선정(《출판저널》, 1992. 2. 20). 서울리서치 조사 독자 500명이 뽑은 '가장 기억에 남는 작품' 1위『태백산맥』 (《조선일보》, 1992. 8. 25).

1993년 『아리랑』 연재 계속. 외아들 도현이 육군 사병 입대. 중편「유형의 땅」이 영어로 번역되어 현대한국소설집(제목 『유형의 땅』, 샤프 출판사) 출간.

1994년 6월 『아리랑』 제1부 「아, 한반도」를 3권의 단행본으로 출간(도서출판 해냄). 8월 제2부 「민족혼」을 3권의 단행본으로 출간. 10월 제3부 「어둠의 산하」 중 일부가 제7권으로 출간. 12월 제8권 출간. 신문 연재로는 원고량을 다 소화할 수가 없어서 《한국일보》 연재를 중단하고 후반부 집필에 전념. 4월에 8개의 반공 우익 단체들이 작품 『태백산맥』과 작가를, 역사를 왜곡하여 국가보안법을 위반한 불온 서적 및 사상 불온자로 몰아 검찰에 고발함. 거기에다 이승만의 양자에 의해 이승만의 명예훼손죄 고발도 첨가됨. 6월에 치안본부 대공수사실(속칭 남영동)에서 수사를 받았고, 그 후 몇 개월에 걸쳐 출두 요구와 거부를 반복하는 동안에 『아리랑』 집필에 치명적인 피해를 받음. 『태백산맥』 영화화(태흥영화사), 영화 개봉을 앞두고 작가를 고발했던 반공 우익 단체들이 영화를 상영하면 극장과 영화사를 폭파하고 불 지르겠다고 공공연한 공갈 협박을 자행하여 대대적인 사회의 물의를 일으킴. 전국 애장가 720명이 뽑은 '가장 아끼는 책' 1위 『태백산맥』(《한겨레신문》, 1994. 10. 5).

1995년 2월 『아리랑』 제3부 「어둠의 산하」 중 일부인 제9권 출간. 5월 제4부 「동트는 광야」 중 일부인 제10권 출간. 7월 25일 총 2만 매의 『아리랑』 집필 완료, 4년 8개월 만의 결실. 7월 제11권 출간. 8월 해방 50주년을 맞이하며 제12권 출간(전 12권). 『태백산맥』을 출판사를 옮겨서 출간(도서출판 해냄). 「조정래 특집」(《작가세계》 가을호). 서울대학교 신입생 218명이 뽑은 '가장 감명 깊게 읽은 책' 1위 『태백산맥』, '가장 읽고 싶은 책' 1위 『태백산맥』(《한겨레신문》, 1995. 3. 15). '우리 사회에 가장 영향력이 큰 책'《시사저널》조사 2위 『태백산맥』, 3위 『아리랑』(《시사저널》, 1995. 10. 26). 20대 남녀 독자 294명이 뽑은 '가장 읽고 싶은 책' 1위 『아리랑』(《도서신문》, 1995. 12. 30).《한겨레21》의 독자들이 뽑은 '1995년의 좋은 인물'에 선정(《한겨레21》, 1995. 12. 28). 사회 각 분야 전문가 47인이 뽑은 '올해의 좋은 책' 1위 『아리랑』(《출판문화》, 1995, 송년 특집호). 1천만 명 서명을 목표로 하는 '태백산맥·아리랑 작가 조정래 노벨문학상 추천 서명인 발대식'이 1995년 11월 28일 종로 탑골공원에서 시민 단체 자발로 이루어짐(《중앙일보》, 1995. 11. 30).

1996년 단일 주제 비평서인 『태백산맥』 연구서 『태백산맥 다시 읽기』 권영민 집필로 출간(도서출판 해냄). 『아리랑』 연구서 『아리랑 연구』 조남현 외 11인의 집필로 출간(도서출판 해냄). 세 번째 대하소설을 위해 독일, 프랑스, 미국 등 취재 여행. 중편 「유형의 땅」 이탈리아어로 번역. 프랑스 아르마땅 출판사와 『아리랑』 전 12권 완역 출판 계약 체결. 일본에서 『태백산맥』 완역과 마찬가지로 프랑스에서 한국의 대하소설을 완역 계약한 것은 최초의 일. 미혼 직장 여성 502명이 뽑은 '친구에게 가장 권하고 싶은 책' 1위 『태백산맥』, 3위 『아리랑』, '가장 감명 깊게 읽은 책' 1위 『태백산맥』, 4위 『아리랑』(《동아일보》《조선일보》, 1996. 1. 18). 전국 20세 이상 독자 1천 200명이 뽑은 '가장 기억에 남는 소설' 1위 『태백산맥』(《동아일보》, 1996. 4. 29). '우리 사회에 가장 영향력이 큰 책'《시사저널》조사 1위 『태백산맥』, 5위 『아리랑』(《시사저널》, 1996. 10. 24).

1997년　새 대하소설을 위해 베트남, 사우디아라비아 등 취재 여행. '『태백산맥』 100쇄 출간 기념연'을 3월 6일 프라자호텔에서 개최(도서출판 해냄 주최), 증정본 겸 기념본으로『태백산맥』양장본 100질을 제작. 대하소설로 100쇄 발간은 최초의 일이며, 450만 부 돌파는 한국 소설사 100년 동안의 최고 부수라고 각 언론이 보도. 3월부터 동국대학교 첫 번째 만해석좌교수가 됨. 장편『불놀이』 영역판(전경자 교수 번역)이 미국 코넬대학교 출판부에서 출간. 프랑스 유네스코에서『불놀이』 번역 시작. 각 대학 수석 합격자 40명이 뽑은 '후배들에게 가장 권하고 싶은 소설' 1위『태백산맥』, 5위『아리랑』(《중앙일보》, 1997. 2. 25). 전국 국문과 대학생 150명이 뽑은 '가장 좋은 소설' 1위『태백산맥』, 4위『아리랑』(《조선일보》, 1997. 5. 15). 서울대학생 1천 명이 뽑은 '가장 감명 깊게 읽은 소설' 1위『태백산맥』, 4위『아리랑』(《조선일보》, 1997. 7. 23). 1997년 서울 6개 대학 도서관의 문학 작품 대출 1위『태백산맥』(《동아일보》, 1997. 12. 28). 전남 보성군청에서 추진하던 '태백산맥 문학공원' 사업이 자유총연맹과 안기부의 개입·방해로 전면 좌초(《시사저널》, 1997. 9. 18).

1998년　『아리랑』 프랑스어판 제1부 3권이 4월 말에 출간(아르마땅 출판사). 문예진흥원 번역 지원으로 작품집『유형의 땅』 프랑스어로 번역 시작. 세 번째 대하소설『한강』을 《한겨레신문》 창간 10주년을 기념하여 5월 15일부터 연재 시작.『태백산맥』 사건은 이때까지도 미해결인 채 국가보안법 위반 혐의자로 검찰에 걸려 있었음. 20·30대 사무직 남·여 600명이 뽑은 '지금까지 살아오면서 가장 기억에 남는 책'(전 세계의 작품을 대상) 한국출판 연구소 조사 남자 국내 1위 『태백산맥』, 여자 국내 1위 『태백산맥』(《동아일보》, 1998. 4. 21). 서울대학 도서관 대출 1위 『아리랑』(《조선일보》, 1998. 7. 23). 제1회 노신(魯迅)문학상 수상.

1999년 《한국일보》 조사, 문인 100명이 뽑은 지난 100년 동안의 소설 중에서 '21세기에 남을 10대 작품'에 『태백산맥』 선정(《한국일보》, 1999. 1. 5).《출판저널》 특별 기획, 각 분야 지식인 100인이 선정한 '21세기에도 빛날 20세기 책들(국내 모든 저작물 대상)' 36종에 『태백산맥』 선정됨(《출판저널》 1999년 신년 특집 증면호).《한겨레21》 창간 5돌 특집, 전국 인문·사회계열 교수 129명이 뽑은 '20세기 한국의 지성 150인'에 선정됨(《한겨레21》, 1999. 3. 25). MBC TV 〈성공시대〉 70분 특집방영 '소설가 조정래'. 『조정래문학전집』 전 9권(도서출판 해냄) 출간. 『태백산맥』 일어판 1·2권(집영사) 출간. 장편 『불놀이』 프랑스 유네스코에서 프랑스어판(아르마땅 출판사) 출간. 소설집 『유형의 땅』이 문예진흥원 선정으로 프랑스어판(아르마땅 출판사) 출간. 출판인 50인이 뽑은 20세기 최고 작가 2위 《세계일보》, 1999. 12. 18).《중앙일보》 선정 '20세기 명저 국내 20선(국내 모든 분야 망라)'에 『태백산맥』 선정됨(《중앙일보》, 1999. 12. 23).《중앙일보》 선정 '20세기 한국의 베스트셀러'에 『태백산맥』 『아리랑』이 동시에 선정. 30개 중에서 한 작가의 두 작품이 동시에 선정된 것은 유일함(《중앙일보》, 1999. 12. 23).

2000년 『태백산맥』 일어판 10권 완간(집영사). 9월 29일, 『아리랑』의 발원지인 전북 김제시에서 시민의 이름으로 '조정래 대하소설 아리랑 문학비'를 벽골제 광장에 세우고, 제1호 명예시민

증 수여. 그날 10시 29분에 첫 손자 재면(在勉)이가 태어나 희한한 겹경사를 이룸.

2001년 「어떤 솔거의 죽음」이 그림을 곁들인 청소년 도서로 출간(다림출판사). 광주시 문화예술상 수상. 자랑스러운 보성(普成)인상 수상. 11월 『한강』 제1부 「격랑시대」를 3권의 단행본으로 출간(도서출판 해냄). 12월 제2부 「유형시대」를 3권의 단행본으로 출간.

2002년 1월 3일 총 1만 5천 매의 『한강』 집필 완료. 3년 8개월 만의 결실. 1월 『한강』 제3부 「불신시대」의 일부를 2권의 단행본으로 출간. 2월 「불신시대」의 나머지를 2권의 단행본으로 출간. 『한강』 전 10권 완간. 1월 17일 작품 집필 때문에 6개월 동안 미루어왔던 탈장 수술 받음. 12월 등단 33년 만에 첫 번째 산문집 『누구나 홀로 선 나무』 출간(문학동네).

2003년 중편 「안개의 열쇠」 《실천문학》, 단편 「수수께끼의 길」 《문학사상》 발표. 2월 'Yes24 회원 선정 2002년의 책'에서 『한강』이 남자 1위, 여자 2위. 3월 만해대상 수상. 4월 제1회 동리문학상 수상. 5월 프랑스 아르마땅 출판사에서 『아리랑』 전 12권 완역 출간. 유럽 지역에서 한국의 대하소설이 완간된 것은 최초의 일. 5월 16일 전북 김제시에서 건립한 '조정래 아리랑 문학관' 개관식 개최. 생존 작가의 문학관이 세워진 것은 처음 있는 일. 둘째 손자 재서(在緖) 태어남.

2004년 4월 30일 프랑스의 시인이며 극작가인 테르지앙(Terzian)이 『아리랑』을 희곡화하여, 『분노의 나날』로 출간(아르마땅 출판사). 7월 1일 희곡집 『분노의 나날』을 『분노의 세월』로 시인 성귀수 씨가 번역 출간(도서출판 해냄). 8월 20일 『태백산맥』

프랑스어판 제1권 출간(아르마땅 출판사). 9월 1일 중편 「유형의 땅」이 독어판으로 출간(독일 페페르코른 출판사). 12월 15일 만화 『태백산맥』 1권이 박산하 씨 그림으로 출간(더북컴퍼니 출판사). 12월 20일 『태백산맥』 일어판 문고본 계약(일본 집영사).

2005년 단편 「미로 더듬기」《현대문학》. 1월 1일 《문화일보》 2005년 신년 특집으로 〈광복 60돌 '한국을 빛낸 30인'〉에 선정. 5월 26일 순천시에서 '조정래 길'을 지정하고 표지석 개막식 개최(낙안 구기-승주 죽림 사이). 4월 1일 서울지방검찰청에서 『태백산맥』 고소 고발 사건에 대해 만 11년 만에 무혐의 결정 내림. 5월 20일 MBC TV에서 〈조정래〉 3부작 제작(『태백산맥』 고소 고발 사건의 발단과 수사 경과, 무혐의 결정이 내려지기까지의 전 과정). 6월 23일 인터넷 서점 Yes24와 포털 사이트 네이버가 진행한 '네티즌 추천 한국 대표 작가-노벨문학상 후보를 추천해 주세요'에서 네티즌 6만 명이 참여해 조정래를 1위로 선정. 또, '한국인에게 큰 감동을 준 작품'으로 『태백산맥』을 1위로 선정. 8월 10일 장편 『불놀이』 독어판 이기향 씨 번역으로 출간(페페르코른 출판사). 8월 15일 『태백산맥』 프랑스어판 3권 출간. 8월 13~21일 인천시립극단에서 광복 60주년 기념 특별 공연으로 연극 〈아리랑〉을 인천종합문화예술회관에서 공연. 10월 5일 MBC TV와 『태백산맥』 드라마 계약.

2006년 장편 『인간 연습』 분재 1회 《실천문학》. 3월 15일 『태백산맥』 프랑스어판 4권 출간. 4월 10일 〈한국소설 베스트〉 시리즈로 『유형의 땅』 포켓북 출간(일송포켓북). 4월 15일 「미로 더듬기」로 현대불교문학상 수상. 6월 28일 장편 『인간 연습』 출간(실천문

	학사). 장편 『오 하느님』 분재 1회 《문학동네》, 10월 15일 『태백산맥』 프랑스어판 5권 출간.
2007년	1월 5일 한국 문학 대표작 선집 27 『황토』 출간(문학사상사). 1월 29일 『아리랑』 100쇄 돌파 기념연 개최(도서출판 해냄). 3월 26일 장편 『오 하느님』 단행본 출간(문학동네). 4월 20일 『태백산맥』 프랑스어판 6권 출간. 8월 10일 조정래 소설집 『어떤 전설』 출간(책세상). 10월 25일 '큰 작가 조정래의 인물 이야기(위인전 시리즈)' 첫 다섯 권(신채호, 안중근, 한용운, 김구, 박태준) 출간(문학동네). 11월 30일 『태백산맥』 프랑스어판 7, 8, 9권 출간. 12월 27일 『태백산맥』 프랑스어판 전 10권 완간.
2008년	4월 7일 KYN과 『아리랑』 TV 드라마 계약. 4월 10일 『교과서 한국문학』 시리즈 조정래편 5권 출간(휴이넘 출판사). 5월 1일 『죽기 전에 꼭 읽어야 할 책 1001』에 『태백산맥』이 선정됨. 서기 850년경에 씌어진 『아라비안나이트(천일야화)』에서부터 최근에 이르기까지 1,200여 년 동안 발표된 전 세계의 소설을 대상으로 평론가·학자·작가·언론인 등으로 구성된 국제적인 전문가 집단이 참여하여 1,001편을 가려 뽑은 책으로 우리나라 작품으로는 『태백산맥』과 『토지』가 뽑혀 수록됨(영국 카셀 출판사, 번역서 마로니에북스). 11월 20일 '큰 작가 조정래의 인물 이야기' 제6권 『세종대왕』, 제7권 『이순신』 출간(문학동네). 11월 21일 '조정래 태백산맥 문학관' 개관식(전남 보성군 벌교읍 회정리 『태백산맥』이 시작되는 지점). 12월 11일 '자랑스러운 동국인상' 수상. 12월 23일 '사회 각 분야 가장 존경받는 인물' 문학 분야 1위로 선정됨(《시사저널》 제1,000호 기념 특대호 특집).

2009년   3월 2일 『태백산맥』 200쇄 돌파 기념연 개최(도서출판 해냄). 대하소설로 200쇄 돌파는 최초. 9월 30일 자전 에세이 『황홀한 글감옥』 출간(시사IN북). 10월 26일 2007년 출간한 장편소설 『오 하느님』을 『사람의 탈』로 제목을 바꿔 개정 출간. 11월 18일 장애문화예술인들을 위한 'Art 멘토 100인 위원회 1호' 위원으로 위촉됨(한국장애인문화진흥회).

2010년   장편소설 『허수아비춤』을 계간지 《문학의 문학》 여름호에 600매 분재함과 동시에, 인터넷서점 인터파크에도 2개월간 60회로 연재한 후 10월 1일 단행본으로 출간(도서출판 문학의문학). 11월 10일 장편 『불놀이』, 12월 1일 장편 『대장경』 개정판 출간(도서출판 해냄). 12월 2일 경남 창원에서 '고려대장경 팔각 불사 1,000년 기념'으로 장편 『대장경』을 오페라로 공연(경남음악협회). 12월 22일 장편 『허수아비춤』이 독자들이 뽑은 '2010 최고의 책'으로 시상식 거행(인터파크 도서). 12월 26일 장편 『허수아비춤』이 '2010 네티즌 선정 올해의 책'이 됨(Yes24).

2011년   4월 대하소설 『태백산맥』 『아리랑』 『한강』 전자책 출시, 이와 동시에 장편소설 및 중단편소설집도 개정 출간과 동시에 전자책 출시 결정. 6월 3~4일 예술의전당에서 '고려대장경 팔각 불사 1000년 기념' 오페라 〈대장경〉 공연(경남음악협회). 4월 25일 초기 단편 모음집 『상실의 풍경』 개정판 출간, 5월 30일 중편 「황토」와 7월 25일 중편 「비탈진 음지」를 장편으로 전면 개작해 단행본 『황토』 『비탈진 음지』로 출간, 10월 10일 『어떤 솔거의 죽음』 개정판 출간(이상 모두 도서출판 해냄).

2012년   2월 유비유필름과 『태백산맥』 드라마판권 계약. 4월 영국 놀리지펜 출판사와 『태백산맥』의 영어·러시아어 번역출간 계약. 4월 30일 『외면하는 벽』 개정판 출간(도서출판 해냄). 7월 중편 「유형의 땅」이 전경자의 영어번역으로 영한대역 『유형의 땅』으로 출간(도서출판 아시아). 9월 30일 『유형의 땅』 개정판 출간(도서출판 해냄), 11월에는 《출판저널》이 뽑은 '이달의 책'으로 선정됨. 10월 5일 『사람의 탈』 영어판 출간(Merwin Asia). 『금서의 재탄생』(장동석 저, 북바이북)과 『금서, 시대를 읽다』(백승종 저, 산처럼)에서 금서로서의 『태백산맥』을 집중 조명함.

2013년 2월 23일 참여연대로부터 공로패 받음. 2월 25일 단편집 『그림자 접목』 개정판 출간(도서출판 해냄). 3월 대하소설 『아리랑』의 뮤지컬 제작을 위해 신시컴퍼니(대표 박명성)와 판권계약 체결. 3월 25일부터 인터넷 포털 사이트 네이버에 『정글만리』 일일연재를 시작, 7월 10일 108회를 끝으로 연재 종료와 동시에 7월 12일 단행본 전 3권으로 출간(도서출판 해냄). 10월 7일 『정글만리』 중국어판 출판계약 체결. 『정글만리』에 대해; 10월 7일 문화계 인사 60인이 선정한 '2013 출판부문 1위.' 10월 24일 《중앙일보》·교보문고가 공동 선정한 '2013년 올해의 좋은 책 10.' 11월 26일 제23회 한국가톨릭매스컴상 수상(출판부문). 12월 9일 출간 5개월 만에 100만 부 돌파 최단 기록. 12월 11일 한국예술평론가협의회 선정 제33회 '올해의 최우수 예술가상' 수상(문학부문). 12월 14일 《동아일보》가 선정한 '2013 올해의 책.' 12월 20일 Yes24 네티즌 선정 '2013년 올해의 책' 1위. 12월 21일 《조선일보》가 선정한 '2013년 올해의 책.' 12월 26일 인터파크도서 '제8회 인터파크 독자 선정 2013 골든북 어워즈'에서 골든북 1위, 골든북 작가부문 1위. 12월 30일 알라딘 독자 선정 '2013년 올해의 책' 1위.

2014년 1월 8일 《매일경제》·교보문고 공동 선정 '2014년을 여는 책 50'. 1월 10일 국립중앙도서관 통계, '2013년 도서관에서 가장 많이 이용한 도서' 1위. 3월 6일 뮤지컬 〈태백산맥〉 개막, 3월 8일까지 공연(순천시립예술단). 3월 15일 『정글만리』 100쇄 돌파(『태백산맥』 2번, 『아리랑』 1번에 이어 네 번째 100쇄 돌파가 됨). 6월 12일 벌교읍 부용산 아래, 복원된 보성여관(소설 속의 남도여관)으로 이어진 '태백산맥길' 첫머리에 조성된 '태백산맥 문학공원 기념조형물 제막식'이 열림. 높이 3미터, 길이 23미터의 조형물에는 작가의 약력, 『태백산맥』에 대한 평가, 『태백산맥』의 줄거리, 그리고 작가의 흉상이 조각되어 있다. 그런데 그 조각은 모두를 놀라게 할 만큼 특이하고도 독창적이다. 조각가인 서울대학교 이용덕 교수는 세계 최초의 기법인 '역상(逆像) 조각'으로 그 창조성을 감동적으로 보여주고 있다. 9월 20일 제1회 심훈문학대상 수상. 12월 15일 인터뷰집 『조정래의 시선』 출간(도서출판 해냄).

2015년 6월 15일 『아리랑 청소년판』 출간(조호상 엮음, 백남원 그림, 도서출판 해냄). 7월 16일 뮤지컬 〈아리랑〉 개막, 9월 5일까지 공연(신시컴퍼니). 8월 5일 장편소설 『허수아비춤』 개정판과 함께, 문학 인생 45년을 담은 『조정래 사진 여행: 길』 출간(도서출판 해냄). 10월 3일 제2회 이승휴문화상 문학상 수상.

2016년 7월 12일 장편소설 『풀꽃도 꽃이다』(전 2권) 출간(도서출판 해냄). 10월 4일 『정글만리』를 영어로 옮긴 『*The Human Jungle*』이

	브루스 풀턴 교수와 윤주찬 씨의 번역으로 미국 현지에서 출간(Chin Music Press Inc). 11월 8일 『태백산맥 출간 30주년 기념본』(전 10권) 및 『태백산맥 청소년판』(전 10권) 출간(조호상 엮음, 김재홍 그림, 도서출판 해냄).
2017년	7월 25일~9월 3일 뮤지컬 〈아리랑〉 공연(신시컴퍼니). 11월 21일 은관문화훈장 수훈. 11월 30일 시조시인 조종현, 소설가 조정래, 시인 김초혜의 문학적 성과를 기념하고 그 정신을 이어나가고자 전라남도 고흥군에 설립된 '조종현 조정래 김초혜 가족문학관' 개관.
2018년	2월 9일 〈2018 평창 동계올림픽대회〉 성화 봉송(오대산 월정사 천년의 숲길). 4월 20일 맏손자 조재면과 함께 집필한 『할아버지와 손자의 대화』 출간(도서출판 해냄).
2019년	장편소설 『천년의 질문』을 네이버 오디오클립에 오디오북 형태로 30회 연재한 후 6월 11일 단행본 전 3권으로 출간(도서출판 해냄). 11월 2일 조정래 작가의 문학적 성취를 기리고 국내 문학을 대표하는 중견 작가의 작품 활동을 지원하기 위해 제정된 '조정래문학상' 제1회 개최(전남 보성군 벌교읍민회). 11월 11일 '서점인이 뽑은 올해의 작가'로 선정됨(한국서점조합연합회). 12월 12일 『천년의 질문』이 '2019년 올해의 책'으로 선정됨(Yes24).
2020년	3월 1일 서울 종로구 배화여고에서 열린 〈3·1절 101주년 기념식〉에서 묵념사 집필·낭독. 6월 25일 강원도 철원군 백마고지 전적지에서 6·25전쟁 70주년 기념 '한반도 종전기원문' 집필·낭독. 이 기원문은 김정은 북한 국무위원장, 도널드 트럼프 미국 대통령, 안토니우 구테흐스 유엔 사무총장 등에게

전달됨. 오대산 월정사 자연명상마을에 집필실 세심헌(洗心軒) 마련. 7월 2~4일 뮤지컬 〈아리랑〉 공연(전주시립예술단). 8월 1일 등단 50주년을 기념하며 자전 에세이 『황홀한 글감옥』 개정판 출간(도서출판 시사IN북). 10월 15일 대하소설 『태백산맥』, 『아리랑』, 11월 30일 『한강』의 등단 50주년 개정판 출간(도서출판 해냄). 『한강』 100쇄 돌파(『태백산맥』 2번, 『아리랑』 1번, 『정글만리』 1번에 이어 다섯 번째 100쇄 돌파가 됨). 10월 15일 반세기 문학 인생 및 남녀노소 독자들의 질문 100여 개에 대한 작가의 답을 담은 산문집 『홀로 쓰고, 함께 살다』 출간(도서출판 해냄).

2021년 4월 30일 장편소설 『인간 연습』 개정판 출간(도서출판 해냄). KBS와 한국문학평론가협회가 공동으로 진행한 연중기획 〈우리 시대의 소설〉에 『태백산맥』 선정 및 방영됨(제26화).

2022년 6월 18일 경남 창원에서 콘서트 오페라 〈대장경〉 공연(창원문화재단). 『천년의 질문』 경기도 공공도서관 60대 이상 대출 1위 도서 선정.

2023년 4월 영국 펭귄-랜덤하우스가 '펭귄 클래식' 시리즈 최초로 출간한 한국문학 번역 선집 *The Penguin Book of Korean Short Stories*에 「유형의 땅」 번역 수록. 브루스 풀턴 교수가 편집하고 권영민 교수가 서문을 씀. 윌라 오디오북 대작 라인업으로 조정래 대하소설 3부작과 『정글만리』를 독점 공개하기로 함. 7월 24일 『태백산맥』을 시작으로 10월 『아리랑』, 12월 『한강』 공개. 10월 28~29일 태백산맥문학관 개관 15주년 기념행사로 북토크와 문학기행 등 진행. 11월 21일 장편소설 『황금종이』를 단행본 전 2권으로 출간(도서출판 해냄).

2024년 4월 22일부터 윌라 오디오북 대작 라인업에 『정글만리』 독점 공개. 9월 『인간 연습』 독일어판이 장영숙 씨 번역으로 출간(이오스 출판사). 『황금종이』가 제주도 공공도서관 60대 이상 대출 1위 도서로 조사됨. 새 장편소설 집필을 위해 프랑스와 네덜란드 등 취재 여행. 11월 태백산맥문학관의 필사본 전시실 증축이 완료되었고, 이곳에 총 68세트의 기증 필사본이 전시돼 있다(24년 10월 31일 기준). 12월 3일 전남 순천에서 창작판소리 〈태백산맥〉 공연((사)무성국악진흥회).

제1판 1쇄 / 1983년 7월 10일
제2판 1쇄 / 1999년 4월 20일
제3판 1쇄 / 2010년 11월 10일
제3판 17쇄 / 2025년 1월 31일

저자 / 조정래
발행인 / 송영석
발행처 / (株)해냄출판사

등록번호 / 제10-229호
등록일자 / 1988년 5월 11일(설립일자 | 1983년 6월 24일)

04042 서울시 마포구 잔다리로 30 해냄빌딩 5·6층
대표전화 / 326-1600 팩스 / 326-1624
홈페이지 / www.hainaim.com

ⓒ 조정래, 2010
ISBN 978-89-6574-000-1

파본은 본사나 구입하신 서점에서 교환하여 드립니다.